大鱼
有爱的青春陪伴者

孟中得意 / 著

花山文艺出版社
河北·石家庄

图书在版编目（CIP）数据

甘之如饴 / 孟中得意著. — 石家庄：花山文艺出版社，2022.9
ISBN 978-7-5511-6181-7

Ⅰ.①甘… Ⅱ.①孟… Ⅲ.①长篇小说—中国—当代
Ⅳ.①I247.5

中国版本图书馆CIP数据核字(2022)第099338号

书　　名：甘之如饴
Gan Zhi Ru Yi
著　　者：孟中得意

责任编辑：董　舸
特约编辑：蒋彩霞
责任校对：郝卫国
封面设计：刘　艳
内文设计：唐卉婷
封面绘制：zhiting
美术责编：胡彤亮
出版发行：花山文艺出版社（邮政编码：050061）
（河北省石家庄市友谊北大街330号）
销售热线：0311-88643221
传　　真：0311-88643225
印　　刷：长沙鸿发印务实业有限公司
经　　销：新华书店
开　　本：880mm×1230mm　1/32
印　　张：9.5
字　　数：324千字
版　　次：2022年9月第1版
2022年9月第1次印刷
书　　号：ISBN 978-7-5511-6181-7
定　　价：45.80元

目录

contents

目录
contents

第一章 白事会

齐姐来第一个电话的时候，乔乐乔正在冀北的农村里，穿着黑衣黑裤黑鞋，胸前别着白花，和众人一起追悼金丝楠棺材里的老太太。

这是喜丧，老太太活了九十六，一天夜里撒手归西。据老太太的孙子万总说，老太太没有别的喜好，就喜欢每天晚上躺被窝里戴上助听器听广播，最喜欢听的就是乔乐乔的《怡笑茶馆》，爱她的嗓子爱得都不行了。这次请她来主持追悼会也是为了满足老人家的遗愿。

乔乐乔，市电台文艺频道的一个小主持，每月工资扣除五险一金后还剩 6852 元，远低于母校毕业生人均收入。如果直播的时候少放了几秒的广告或者出了其他问题，这个数也拿不到。仗着在电台混的这点儿知名度，她主持过各式婚礼、野鸡车展、城乡接合部的楼盘剪彩、十八线小县城商场的开业典礼，量变引起质变，靠着这个她愣是挣下了一套北四环的小两居。

门口是蓝白纸糊的二丈高大牌楼，院里四周摆满了花圈挽联，乔乐乔站在院中间用当地方言追溯老太太的生平。

作为一个非职业相声演员，乔乐乔擅长倒口，北方各地的方言都能说上几句。钱到位了，她自然得让人家满意。老太太生平最大的功绩就是生下了七子五女，子女都很有出息，她站那儿一个个地数逝者子孙的成绩。

风吹过，沙粒进了她的眼睛，流了几滴泪。

出殡是 64 杠，三班倒，一共 192 个人轮着抬棺材，金丝楠的棺木套上软绣缎的棺罩，上面绣着松鹤万寿图。全套的纸人纸马，绮罗伞盖，光单夹皮棉纱四季衣服就糊了上百套。人群浩浩荡荡，头尾差了竟然有半里地。

乔乐乔凌晨五点就开车上了高速，不到七点到的老太太家，八点发引，直到下午三点才结束。

三十万块劳务费给的是现钱，装在路易威登的老花包里。乔乐乔还是第一次收到这么多的劳务费。

“您能不能给我一个便宜的袋子？我自己没别的可以换。”

“这个您直接带走就行。万总说了，如果乔小姐不喜欢这个袋子，到家直接扔了就好。”

齐姐来第二个电话的时候，乔乐乔正在乡间路口的加油站加油。等她打完电话，发现加油站的大姐正在拿着 92 号油枪加。

“大姐，我要加 98 的油。”

“你这车没必要加 98 的。”

“您再仔细看看，我这是辉腾……”

“你怎么不早说？”大姐扫了她一眼，接着换 98 号油枪加。

乔乐乔食指和中指在额头上敲了两下。她不是个低调的人，就不该开低调的车。有买二手辉腾的钱，再加点儿完全可以买全新低配的宝马五系了，这个别人肯定不会认错。小乔决定吸取教训，顺从自己的心意，改天把车喷成明黄色，铁灰色实在太低调了。

路上遇到堵车，晚上七点多才到市里。

存完钱，乔乐乔火急火燎地赶到了直播间。每晚九点到十点半，电台有她一个固定的节目《怡笑茶馆》，节目的大半时间都在放相声，除了当代的录音，还有从台里资料馆搜罗到的老唱片和钢丝录音带，她的主要作用就是见缝插针地进行相声科普。

到齐淼家的时候，已经快晚上十二点了，客厅的 CD 机里正放《游园惊梦》。

“和你把领扣松，衣带宽，袖梢儿揾着牙儿苫也，则待你忍耐温存一晌眠。是那处曾相见，相看俨然，早难道这好处相逢无一言。”

落地台灯发出橙红色的光，齐淼穿着绣花的真丝睡袍仰卧在丝绒沙发上，左右腿交叠着，脚趾上的鲜红很是晃眼。乔乐乔要是个男的，早就把持不住了。可即使她是个女的，也得承认齐淼是个美人。

不过这美人说出的话就不太有格调了：“小乔，我听你说昆曲多高雅，就买了张 CD 听。听来听去，这不讲的就是古代版一夜情嘛，睡过一觉就情不知所起一往而深了，大家闺秀也太没见过直溜黄瓜了！”

乔乐乔忙活了一整天，只吃了一套煎饼果子，还没加蛋，现在饿得要命。桌上摆着草莓奶油小蛋糕，她拿起来就吃，边吃边说：“要真在这方面见过世面，那就不是大家闺秀了，那是青楼名妓！再说了，昆曲的雅不在故事，在唱词，就一臭流氓，也能唱出风流味来。”

乔乐乔认识的有钱人不多，齐淼算一个，市里每个区都有她开的美容院。

两人是在某个婚礼上认识的，据齐淼自己说，她是小乔的忠实听众，有一阵患了失眠症，靠听小乔的相声才能睡着觉，接着又补充了一句，凌晨两点的重播。

乔乐乔把这当真话听。齐淼比她大九岁，以前在某不知名学校学过表演，毕业后在影视剧里当了几年丫鬟，后来在当时男朋友的帮助下投入创业大潮。如今，这个帮齐淼创业的男友已经成了不知多少届前任。每次齐淼找她来，都是倾诉自己的感情进展，故事的男主人公一次一变。

“说吧，又有新情况了？”乔乐乔摆出一副洗耳恭听的姿态。

“你们历史系是不是有一个叫江曜的？”

乔乐乔没想到会在齐淼嘴里听到前男友的名字，连蛋糕都顾不得吃了：“你问他干什么？”

齐淼扑哧一乐：“还能为什么？当然是追他了。”

见乔乐乔沉默，齐淼又说：“他长这么帅，当初很多女生追他吧。”

乔乐乔轻轻“嗯”了一声。江曜当年被各种院花系花追逐，最后吊在她这棵歪脖树上，大家由此得出一个结论——一切皆有可能。

“他现在有女朋友吗？”

“我不知道。”乔乐乔的声音有些懒洋洋的，“不管有没有，你都没戏，他小学期上完课，还要回英国的，他八成要在英国待一辈子。”

乔乐乔是不折不扣的学渣，能和江曜做校友基本耗尽了人生中的所有运气。Z大的学生大一一般都过了六级，且分数还不低，她大三时以428分的成绩低空飘过堪称奇葩中的奇葩。江曜是她的反面，大二雅思考到了8.5，本科毕业后去英国直博。英国和美国不一样，基本不怎么给国际生奖学金，尤其是文科专业，但江曜拿到了校方提供的全奖。江曜博士一毕业，连博后都没做，就在当地找到了教职，这在被欧美学者占据绝对话语权的古典学系非常难得。

Z大有夏季小学期的传统，小学期里，学校会请一批国外知名高校的学者来本校上课。江曜这次被请回来给系里本科生讲希波战争史。他还开了一门校公选课，讲希腊神话。

齐森听乔乐乔这么说，情绪明显低落了许多。

“你怎么会认识他？”乔乐乔前几天才在微信朋友圈里间接得知了江曜短暂回国的消息，江曜这才回国几天，按理说不应该和齐森有交集。

“你还记得老严吗？”

“有点儿印象。”

齐森一直有名校梦，MBA 简直是为齐森这种向往名校的成功人士量身打造的。自从齐森开始在 Z 大读在职 MBA，她就言必称自己是 Z 大人，连头像都换成了 Z 大校徽。在 Z 大学习，唯一让齐森不满的就是同班严总，明明是已婚人士，长得也很有碍观瞻，还天天自以为是地拿话撩拨她。

“他被江曜给打了。老严块儿那么大，愣是一点儿便宜没占着，差点就跪下管人叫爸爸了。”

“怎么就打起来了？”乔乐乔想，四年没见，江曜还这么流氓，白白浪费了一身书卷气。真正的大流氓果然都长了一副斯文败类样儿。

“就前天，我去上课，没看见老严，一问才知道，他白天把人自行车给剐了，不道歉，还特横，人家哪里吃他这一套，当下就把他给揍了。”

时隔四年，江曜还在骑自行车，她已然开上了辉腾，虽然是二手的。

乔乐乔打开了自己的朋友圈。这两天她太忙，连朋友圈都没时间看。当年她和江曜分手分得十分利索，抱着老死不相往来的架势，彼此删除了一切联系方式。但江曜毕竟是历史系的风云人物，即使远赴英吉利，也永远活在同学们的心中和朋友圈里。

翻了一遍朋友圈，乔乐乔总算弄清了事情的原委。

前天江曜骑自行车进校的时候，被一宾利给剐了，宾利车主并没有说对不起，连车都没下，留下一串尾气扬长而去。江曜记下了车牌号，跟着车到了停车位，要求车主马上向他道歉。车主摇下车窗，很是不屑地看了江曜一眼，非但没道歉，反而特横地说让江曜小心点儿，撞死江曜，他有保险。江曜非常诚恳地问车主买人身意外险了吗，那车主挤出一脸皮下油脂，怎么，你还敢打我？

说完，他就被打了。

乔乐乔一边翻手机，一边问齐森：“老严被打得那么惨，他肯就这么算了？”

“他倒不想这么算了呢，谁能想到人家自行车上竟然安了行车记录仪，把他的孙子样儿全给拍了下来，最重要的是有经院郑院长给江曜当目击证人。老严最后反过来求人家，让人千万不要把视频放到网上。”

BBS 十大热帖江曜占了四个，大有刷版的架势。

本校的学生里不乏对 MBA 那群土豪不满的，作为本校的嫡亲学生，进个校门还时不时被门卫查学生证，而那些只在周末上上课的土豪，开个豪车却能长驱直入。同学们的愤怒由来已久，如今这仇恨进一步发酵，大家纷纷留言，表示打得好。

在不断发酵的讨论里，江曜俨然成了一个替天行道的英雄人物。版友们的兴趣渐渐转移到江曜本人身上。有老版友灵魂发问，这才过去几年啊，连江神都没几个人知道了？

在一堆关于江曜的帖子里，乔乐乔看到了此次事故里重要的证物——江曜的自行车。

那辆自行车，乔乐乔越看越熟悉。

特别像她当年买给江曜的，连后安的车座都那么像。

乔乐乔算是低配版的方仲永，她自幼在少儿曲艺团学京戏，在少儿曲艺比赛里拿过几个大奖，还在本市的春节晚会唱过京剧串烧，苦练多年，一朝变声，成名彻底无望。

这急坏了乔乐乔的母亲乐女士，唱戏的路走不通，文化课又落下了，自己和老乔都是工薪阶层，连套多余的房子都没给孩子挣下，女儿要是考不上大学，今后可咋办。

病急乱投医，乐女士决定孤注一掷，化妆品也不买了，省吃俭用给乔乐乔报各种学习辅导班。

乔乐乔每天对着一堆卷子习题叹气，叹完气又继续做题。老乔心疼闺女，每天砸山核桃给女儿补脑，有时实在看不下去，就劝闺女偷会儿懒。乐女士知道了，夫妻俩又是一顿吵。

老乔说："咱俩什么水平你不知道吗，我当年写个作文都费劲，你也好不到哪儿去，连作业还要抄我的，咱也没提供给孩子啥学习基因，你就别逼着孩子学习了。我就这么一个孩子，你要把她给逼傻了，我跟你没完。"

乐女士急了："我的基因怎么了，我小学次次考试考满分，当初追我的人海了去了。要不是你每天追着我满世界跑，我都懒得看你一眼，我这一心软，就把孩子基因给耽误了。咱闺女好不容易下决心考好大学，你不好好鼓励她，还一个劲儿拖她后腿，她要是考不上重点大学，咱俩也别过了，你就等着净身出户卷铺盖滚蛋吧。"

在父母日复一日的争吵中，乔乐乔熬到了高三。

关键时刻，乔乐乔得的那些奖发挥了作用。最终，她靠着曲艺特长生的身份特招进了Z大，父母的婚姻也得以存续下去。

老乔——一个中专生，拿着录取通知书，疑心自己产生了错觉，在把胳膊掐紫之后，确定是乔家祖坟冒了青烟，为奖励女儿，一狠心，拿出多年冒死积攒的私房钱给女儿添置了最新款的手机和电脑，千叮咛，万嘱咐，告诉闺女千万别跟乐女士说是他买的。

乐女士更是激动，为了庆祝女儿考入名校，把还差两个月到期的五年定期存款取出来，在门口酒楼摆了二十桌，连乔乐乔姨夫的三姑母都受邀来参加庆功宴。

入学前，乐女士嘱咐女儿，恋爱要慎重，千万别像她似的被男人的甜言蜜语冲昏了头脑，现在后悔也来不及了。

乔乐乔说多亏您当年被冲昏了头脑，要不这世界上就没我了，您也别后悔，我以后肯定会孝敬您的，李莲英怎么对慈禧，我就怎么对您，您就擎等着享福吧。

乐女士感动得一塌糊涂，也就忘记了自己的初衷。

带着全家的殷切希望，乔乐乔欢天喜地地进了Z大历史系，但她的同学们并不如她一般高兴。

近些年，市场大潮席卷高校，历史系的地位越来越低，不仅录取分数低，就连每年毕业生收入也排在全校吊车尾。有很多同学，把历史系当作进入Z大的权宜之计，一开学就抱着转系的念头。

大一下学期，系里前三名就有两个递交了转专业申请，都想要转到经管学院，其中一位同学在面试阶段无情被拒，无奈回到历史系。

就在其他专业的学生挤破头要向经管学院转的时候，经院绩点第一的江同学申请转到历史系。

江曜的转系申请迟迟没有批下来，原因是经院的郑院长不同意。郑院长认为经济学才是经世致用之学，历史学不过一雕虫小技耳，江曜这大好人才放弃经济学不学去搞历史，实乃人才的巨大浪费，如此弃明投暗之举，必须加以制止。

为此，郑院长还找到了江曜的父母，希望他们能劝一劝自己儿子。

江家二老的表态很明确，对于江曜的选择，他们情理上表示尊重，但经济上不支持。

翻译得更通俗一点儿就是，江曜实在想学历史也行，但是从今以后请他不要再花家里的一分钱。

因着郑院长迟迟不盖章，出于对江曜的重视，历史系傅主任特地去经院拜访郑院长。去之前，傅主任甚至准备退一步，让江曜继续读经济的同时双修历史。

不料，郑院长完全没有任何诚意，并且再次表示经济学才是经世致用之学。傅主任越想越生气，自己院系的学生一门心思往别的学院跑，好不容易有一人慧眼识珠从外系投奔历史学，还被眼前这厮横加阻拦，于是乎拂袖而去，并给校长发邮件一封，实名指斥郑院长干涉学生选系自由。

江曜的这次转系风波直接把经院对历史系的歧视摆到了明面上，历史系的老教授们纷纷出离愤怒。系里有小心眼如钟教授者，愤怒的小火苗甚至烧到了江曜父母所在的化学院和法学院。

好在江曜足够坚定，最终还是转到了历史系。历史系的教授们对江曜是一百二十分的欢迎，大家一致认为，江曜的到来狠狠杀了经院的气焰。自进入九十年代，历史系在与经济学院的斗争中一直被碾压，有前辈认为，这次的胜利虽然只是个孤例，但有着极其重大的历史意义，很可能是一个关键转折点。

事实证明，江曜的到来对乔乐乔的搭档孟渊确实是一个关键转折点。

大一上学期的成绩一出，乔乐乔就彻底绝了学术梦，转而把生活重心转到相声上来。

乔乐乔大一一进社就受到了相声社领导的高度重视。在乔乐乔进相声社之前，社里的柳活、腿子活一直没发展起来，柳活腿子活都需要戏曲基础，社里会唱的没几个，唱得好的更是没有，乔乐乔一来，立马补足了相声社的短板。相声社里大都是男的，还不少光棍，对于女社员一贯十分关照，何况乔乐乔还精通戏曲。

为了留住乔乐乔这一稀有人才，社里连夜开会研究她的发展，最后时任社长物理系大佬——人送外号秃顶一郎自告奋勇，决定亲自为乔乐乔捧哏。

慑于社长的威严，其他社员只好表示同意。

自从秃顶大佬远赴美利坚研究弦物理，乔乐乔的搭档就变成了孟渊。孟渊比小乔大两届，也是历史系的。

孟渊上大四时，楚学长已经毕业，如果江曜没转来，他理所应当地接任系草。

历史系阴盛阳衰，男女比例极度失调，为数不多的男生里面还不乏歪瓜裂枣。孟渊身高达标，头发茂盛，浓眉大眼高鼻梁，加之人还算风趣，颇受本系女生欢迎。

但人就怕比较，帅哥也是有等级的，孟渊跟江曜比起来就不够看了。跟江曜一比，孟渊长得太接地气了，缺乏传说中的书卷气。况且外来的和尚好念经，光是经院学分第一转系这一消息就足够有爆炸性了。以前只有历史系学生挤破头向经院转的例子，江曜这种反向转系的还是头一个。

萝卜白菜各有所爱，按理说孟渊和江曜是两种不同类型的人，理应有不同的受众，奈何本系女生的审美实在太过单一，又十分喜新厌旧，有了萝卜就忘记了白菜，孟渊以前的幽默风趣也变成了臭贫，远不如江曜的沉默具有观赏性。

孟渊本来和一小学妹马上就要确立恋爱关系，结果小学妹移情别恋江曜。小学妹和孟渊一拍两散那天，正赶上系里的中秋晚会。

第二章 起名字的艺术

大二历史系中秋晚会，乔乐乔和孟渊上台说相声，名字是《起名字的艺术》，那段两人换了位置，孟渊逗哏，乔乐乔捧哏。

开场的时候，孟渊突然就拿江曜的名字砸挂，说江曜的名字里藏着未来女朋友的姓，乔乐乔说这怎么看出来的，孟渊说你把“曜”字拆开看看。

曜——日翟。

江曜的女朋友姓翟这个笑点太低俗了，台下发出稀稀拉拉的笑声，基本都是男的。乔乐乔并没翻这个包袱，而是说：“曜的意思是太阳，你是说江同学未来的女朋友姓月，这可是个稀有姓氏。”

乔乐乔说的话也不高明，但好歹和三俗不沾边。这个插曲就这么过去了，乔乐乔和孟渊开始说别的。

又过了三分钟，孟渊说名字一般能看出五行缺什么，温鑫是五行缺金，王淼是五行缺水。说完这两个人，孟渊问小乔：“你说江曜五行缺什么？”

曜同日，这相当于直接说江曜五行缺日。乔乐乔听了连着狠踹了孟渊几脚：“我不知道江曜缺什么，我只知道你五行缺打。”

孟渊失恋喝了酒，上台时一直被酒精支配，乔乐乔这一踹把他给踹醒了，两人勉强按着词把剩下的段子说完。

下了台，乔乐乔马上带着孟渊去给江曜赔礼道歉。孟渊不愿意去，还是小乔踹去的。两人低声下气地说自己不是故意的，请江曜大人不记小人过。江曜自始至终冷着一张脸，和他们说的话不超过五个字。

乔乐乔从没这么低三下四过，这次因为孟渊丢人丢大了。他们说的是校园相声，观众基本都是学生，她又是个女的，平时对伦理哏荤口一直很回避，这次孟渊破了大戒。要不是孟渊痛哭流涕，发誓永不再犯，求她再给他一次机会，她就和他彻底拆伙了。

看在孟渊是初犯的情况，乔乐乔决定以观后效，再给孟渊一次机会。

那次舞台事故，导致孟渊在历史系的地位一落千丈，本来以前他虽被江曜压了风头，但还是有一些女生把他当成男神备选的，但这之后孟渊就成了系里猥琐男的代名词。而乔乐乔作为猥琐男的搭档，也连带着风评被害。

周三晚上，乔乐乔约孟渊一起去电台录《怡笑茶馆》。孟渊从大三开始摇号，摇到博后，还没摇上，每次乔乐乔约孟渊录节目，都要负责接送。

孟渊对母校爱得深沉，本科毕业后在母校直博，博士毕业后继续留校做师资博后。这年头土博越来越难过，应届土博要想拿到教职，基本得做两年师资博后，两年之后拿不到教职就卷铺盖走人。师资博后和讲师干的活儿差不多，除了搞科研，还得上课。

孟渊今天晚上有两节课，讲元史。乔乐乔跟孟渊约好了去听他的课，她六点十分就到了三教 302，距离上课的时间还有二十分钟，座位已经差不多坐满了。乔乐乔在心里感慨，没想到孟师哥的课这么受欢迎。

相声门讲究师承，没师承的叫海青。名不正则言不顺，大多数海青还是想给自己找一师父的。自从小乔和孟渊搭档后，孟渊就把乔乐乔正式引荐给了自己的师父，师父见到小乔第二句话就是："好好的大姑娘，说什么相声，要不跟我老伴学单弦吧。"

乔乐乔靠着软磨硬泡，在二十三岁那年，终于拜了师。

于是，孟渊不仅是她学长，还是她正儿八经的师哥。

乔乐乔一边向后排走，一边用余光找座。最后一排有个空位，她还没落座，旁边的小女生就笑嘻嘻地说："乔学姐，坐这儿吧。"

女生叫秦璇，Z 大历史系周刊《古今》的主编。秦璇接手之前，《古今》的阅读量已经十分惨淡，把报纸塞到宿舍邮箱里，都没人取。她成为主编后，马上开通了微博、微信、今日头条等十多家线上分发渠道，但是运营了一个月，阅读量依然惨淡。秦璇连着开了几个会，大家一致认为问题出在选题上，考虑到江老师最近很火，最终秦璇拍板决定做一个江曜的专题。

秦璇一看到乔乐乔——江曜唯一承认的前女友，敏锐的新闻雷达立马发出了信号。毕业四年，还要来学校听前男友的课，除了旧情难忘，没有别的解释。可惜落花有意，流水无情，秦璇在心里为乔乐乔掬了一把热泪。

秦璇一看见乔乐乔，眼睛就亮了，看来这宗陈年爱情故事有大新闻可挖。

学妹太过热情，乔乐乔也不好拒绝。

乔乐乔刚落座，秦璇就表达了对她最近相声的激赏："乔学姐，你的改良版《文章会》真是绝了，把一个不懂装懂，肚子里有一两墨水却偏装作十斤的学渣诠释得太好了，简直是教科书级别的。"

艺术来源于生活，乔乐乔仗着曲艺特长，从初中到大学，一路名校读下来，从来都是班里垫底的存在，她作为学渣本渣，写起学渣的生活来，简直文思泉涌，表演起来也是得心应手。听到称赞，她很谦虚地对学妹表示，还有改进空间。

在一番赞美后，秦璇小心翼翼地问："乔学姐，你怎么想起听学长的课来了？"

孟渊是她们的直系师兄，即使当了老师，叫学长也没毛病。

"我们之前约好了。"

秦璇心里暗喜，江神竟然和前女友破镜重圆，旧情复燃了，她可是挖到了大料。

这时候班里已经没了空座，外面还在不停地进人，有人看了发现没座只能失望地往外走。

"选这节课的人这么多吗？"

"本来只有四十个名额，但教室里八十把椅子都不够座了，都是来旁听的。长成学长那样，就算讲课枯燥无味，都有一堆人来听，何况他讲得实在太好了，就算对历史完全没兴趣的人，理解起来也完全没问题。"

孟渊虽然长得不错，但怎么也没到学妹形容的程度吧。乔乐乔告诉自己，每个人审美不同，认为孟渊帅得惊天动地也没什么不可以。

乔乐乔问秦璇："课真的那么有意思？"

"特别有意思，上节课大家都笑疯了，我第一次觉得上课时间短。"

秦璇出于对江曜的仰慕同时选了希波战争史和希腊神话，希波战争史是针对历史系的选修课。相比专业选修课，秦璇更喜欢希腊神话，可能是公选课的关系，要照顾非历史系的人，江曜讲得十分生动活泼。而希波战争史简直是噩梦，江曜要求他们一周读二百页的指定英文材料还要写读书笔记。文献又不是小说，看起来哪有那么容易，秦璇现在为了看材料每天都要熬夜。

秦璇叹了口气："太优秀的人当老师也有一个问题，他们以为自己轻易做到的事情，别人也能很容易办到。"

乔乐乔作为一个学渣，对此表示深深的理解。

教室突然安静下来，乔乐乔看向讲台，她嘴角的笑容慢慢凝固，怎么会？不是302吗？

她问秦璇："这节课是什么课？"

"学长的希腊神话啊。"

教室门已经关上了，如果她此时冲出去，江曜应该会一眼就看到她吧。最好的前任应该"像死掉一样"，她并不想来这里诈尸。

乔乐乔以左手遮着额头，望风一样朝讲台看。她开始还很小心，等江曜被几个同学围住，她的目光马上肆无忌惮起来。

江曜的衬衫袖子挽到手肘，双手撑着讲台，尽管他的腰弯下去，但身高优势依然明显。他的头发比以前梳得整齐多了，以前他的头发总是不服帖，为了遮盖自己的乱发，他的墙上挂着一堆帽子。

乔乐乔的眼睛很大，睫毛很长，安静的时候，忧郁便会从她的眼里漫出来。

秦璇觉得乔学姐沉静下来还是蛮美的，如果她一直这么沉默下去，选她当系花也不算昧良心。但是在历史系历届系花评选中，乔乐乔连前五都没进过一次。

美是需要气质打底的，乔乐乔话太多了，像一个没有关机键的收音机，无情地剥夺了男性对她的想象空间。最重要的是，乔乐乔热衷于在相声里扮演刻意卖弄的学渣、热衷占便宜的小市民、损人不利己的小痞子，这些艺术形象跟着她，很难让人把她和美女联系在一起。

就在乔乐乔打量江曜头发的时候，江曜抬起头，往台下扫了几眼。他的嘴角一开始带着点儿笑意，等目光扫到乔乐乔这块儿，笑意马上消失了。

乔乐乔暗叹一声完了，江曜可能发现她了。大概过了一分钟，她又听到了那个久违的声音，比四年前要低沉些。

因为旁听的人太多，有五位在选课名单的同学没座。江曜请旁听的人把位置让出来。

并没人动。

"最后一排左边那个穿白衬衫的女同学，请你把位置让给选课的同学，谢谢配合。”

四周的目光都聚集过来，乔乐乔才恍过神，她低头看了眼自己的白衬衫，像条件反射似的站起来收拾包，低着头快步出了教室。

乔乐乔快步走到走廊尽头，转身回头看，302 教室再没一个人出来。直到上课铃响了，还是没有一个人走出 302。上课时间过去了十分钟，依然没有一个人走出 302，不是有五个同学没座吗？合着就赶她一个出来？

她给孟渊发了一条短信，问他到底在哪间教室。

江曜大概是再也不想看见她了。当初是她主动提的分手，可分手对两人无疑都是最好的选择，她早就做好了和他老死不相往来的打算，今天纯粹是一场意外。当着八十多人的面，江曜把她赶了出来。她相信，明天历史系就会传遍这条新闻，她是跳进黄河也洗不清了。

乔乐乔口很渴，想要喝水。她把包翻了个遍，也没找到自己的水杯，估计是忘在教室了。杯子放在最后一排，如果要去拿，势必要经过一排又一排人的注视。可不去拿，她又舍不得，水杯倒是不值钱，可陪了她六年。

乔乐乔最终决定等希腊神话课彻底结束，她再去拿，那样一个杯子，应该不会有人顺走。

孟渊很有师德，上课从不开手机，直到下课，他才回复短信，说他在 203。

看到“203”的那一瞬间，乔乐乔骂自己是个智障。

课都是两节连上，第一节课下课铃响的时候，乔乐乔拿着两瓶矿泉水进了孟渊上课的教室。她把一瓶递给孟渊，自己拧开了另一瓶。

乔乐乔边喝水边打量台下，跟 302 教室的热闹相比，这间教室实在太冷清了，台下只有两个人。

这门课在选课系统上开放了四十个选课名额，只有五个人选。五个人是一个门槛，低于五个人的选修课不能开课。孟渊每晚守着五位高徒讲授毕生所学。而今天很不巧，有三个同学请了病假。

孟渊多少有点儿不好意思，向乔乐乔解释：“也不知道怎么回事，老有人生病。”

他嘴上这么说，心里却绝不相信有这么巧合的事情，八成这缺席的人去上江曜的课了。也是倒了霉，他的课竟和江曜的撞了。他没说心里话，一来是好面子，二来是顾及乔乐乔的心情。毕竟乔乐乔曾被“江世美”在出国前怒甩，提江曜徒让乔乐乔伤心。

孟渊并不知道乔乐乔被江曜赶了出来，只以为她有事来晚了。

孟渊上完课，乔乐乔怕赶不及录节目，就没去302，而是直接开车去了电台。

节目里，乔乐乔一口一个孟师哥，叫得十分亲切。

录完节目，乔乐乔把孟渊送到家，又回了趟学校。晚上十一点多，依然有不少人在教室里自习，她原先坐的位置上，一个男生正在敲键盘。

“同学，你看见这儿有一水杯吗？”

男生在桌上扫了扫，又看了眼桌膛，确定自己并没看见水杯。

“乔学姐，你要不在校内BBS上发个帖子问一下？”

乔乐乔虽然校外知名度不高，但在校内相声爱好者圈子里小有名气。

“算了，也不是什么特别重要的东西。谢谢你。”

回家已是深夜十二点，乔乐乔买的是二手房。买房的时候，她手头的钱远不够付首付，靠跟齐森和家人借钱才上了车。

靠着各种串场子，乔乐乔终于在今年年初还清了借齐森和家人的钱。

她不仅房子是贷款买的，二手车也是分期付款，出去谈工作，总不能打车去，车太便宜了，也不好谈劳务费。为了抬高自己的出场身价，她只好打肿脸充胖子买了辆二手辉腾。

房子到手之后，很长时间都空荡荡的。直到她还完钱，才开始置办像样的家具，沙发是四月份用主持婚礼的钱买的，买餐桌餐椅的钱用的五月楼盘剪彩的劳务费。上个月，她主持了一场车展，拿到出场费后她马上买了自己早就看中的地毯。

乔乐乔洗完澡，穿着睡衣瘫在沙发上，喝着酸奶，打开CD机，听自己上个月录的相声。她每次表演完，都会复盘一遍，看自己说相声的过程里是不是有吞音秃噜嘴的情况，要是有，下次好改进。

酸奶喝到一半，乔乐乔钻到CD机下面翻收纳箱，她抽出一张换到CD机里。

CD里是江曜给她讲希腊神话。

江曜第一次给她讲神话，是他俩刚确立恋爱关系不久，那时江曜去新加坡参加一个学术会议，而她每天发愁如何在相声大奖赛里走得更远一些，复赛的前一晚她又失眠了，夜里两点给江曜打电话，问江曜爱不爱她。江曜被她从梦里叫醒，脾气自然不太好，挺不耐烦地问她你没事儿吧，好像她是一个神经病，她只好说没事儿。过了三分钟，江曜又主动打过来，她按了接听键就上气不接下气地哭。江曜问她到底怎么了，她回我就是睡不着觉。

江曜只好像哄小孩儿似的给她讲睡前故事，听着听着她就睡着了，第二天醒来发现通话时长四个半小时，打电话问江曜，江曜说他讲着讲着也睡了，醒了才结束通话。

乔乐乔当时很遗憾没把江曜讲的神话录音，以后江曜再讲，她第一时间就开录音键。

那次相声大赛，乔乐乔只拿了优秀奖，得了两千块钱奖金。江曜参加的会议只给报销经济舱。她把钱打给江曜，让他加点儿钱升商务舱回来，别坐经济舱了，两条大长腿窝在经济舱里怪憋屈的。和江曜在一起后，乔乐乔才知道江曜根本不是勤俭节约，他是压根儿没钱。他家的空调坏了，修空调的师傅要五百块，他嫌贵，白天在图书馆吹免费空调，夜里吹三十块钱买的二手电扇。

江曜回来那天，乔乐乔捧着一大束红玫瑰去机场接他。那么多人，她一眼就看见了他，光看他那头乱发，就知道他铁定没升舱。

江曜是典型的合影杀手，单看五官算不上多么绝色，但在人群中，永远是最打眼的那个。没看见乔乐乔之前，江曜穿着牛仔裤黑色帽衫，背着双肩包，耳朵里插着耳机，特漫不经心地往外走。她怕江曜看不见自己，边挥手边激动地叫他名字。他听见她的声音，第一反应就是把帽衫上的帽子扣在头上。

乔乐乔本想给江曜一个惊喜，江曜可能是有点儿惊，但绝对不喜，他面无表情地问她："你怎么来了？"又看了一眼她手里的玫瑰花，手在她头上摸了一把说，"你这样傻不傻啊。"

两人坐机场大巴回家，乔乐乔本来有一肚子话要跟江曜说，可江曜一直戴着耳机，仿佛她不存在似的。她抱着自己买的大捧玫瑰坐在那儿，觉得自己确实挺傻的。她低着头在那儿数花瓣，暗骂自己是个大傻子。快下车的时候，江曜把耳机插到她耳朵里："你觉得这音质怎么样？"

"挺好的。"

江曜把两个耳机都塞到乔乐乔耳朵里："这个耳机听人声还不错，送你了。"

过了好长时间，乔乐乔才知道江曜给她的耳机价钱够他买一台 2P 变频空调了。

乔乐乔心里马上就原谅了江曜的冷漠，他并不是不理她，而是在给耳机试音。但她面上还是一副很受伤的样子，江曜还以为她因为相声大赛没拿大奖不高兴，安慰她说优秀奖也很好。

为了庆祝乔乐乔获得优秀奖，江曜让她随便挑馆子，他请她吃饭。最终在乔乐乔的提议下，两人去麦当劳吃小黄人套餐。为了拿到小黄人全套公仔，两人连续一周每天都去吃麦当劳，后果是江曜得了麦当劳PTSD，看见麦当劳的招牌就想跑。

江曜去英国后，乔乐乔再没去过麦当劳。

连着一周，乔乐乔每次喝水时都会想起自己的水杯。

她如果在朋友圈寻杯，肯定有一堆人问她在哪儿丢的，她总不能说在前男友的课上。

她想起坐在自己旁边的秦璇，绕了几个弯问到秦璇的微信号，加了微信。秦璇说她不知道水杯的下落，但她有一些事情要和小乔面谈。

秦璇对乔学姐非常同情，前脚刚和她说，来听课是和江曜约好的，结果后脚就被赶出了教室。

关于江曜和乔乐乔的恋爱故事，历史系流传最广的一个版本是，某天江曜打完网球，背着网球拍正往三教走，熟练掌握江曜行踪的乔乐乔，抓住时机，骑着自行车带着一堆杀伤性武器直冲冲撞过来，完全没给江神任何反应时间，直接把人撞倒在地，导致江曜右臂骨折。不幸中的万幸，江曜是个左撇子。

当时系刊《古今》还不像今日这般惨淡，时任主编特地在报刊登了江曜和乔乐乔的交通事故，提醒大家注意骑车安全。

江曜的胳膊固定上夹板后，乔乐乔不顾江曜的反对，坚持要对他负责。江曜上课，她跟着；江曜吃饭，她跟着；如果男厕所允许女生进入，她也可能会跟着一起去。烈男怕缠女，在乔乐乔的纠缠之下，江神不得已屈服了。

强扭的瓜不甜，两人最终在江曜去英国读博前，以分手告终。

如今这故事又因为一周前的事件有了后续：乔乐乔被甩后还对江曜旧情难忘，一心想破镜重圆，毕业四年，前男友短暂回国，就马上搞到了课表，偷偷来上课，结果落花有意流水无情，硬是被当着近百人的面赶了出去。

针对这一事件，秦璇所在的《古今》展开了两派讨论。一方认为江曜太狠心；另一方认为江曜做得好，不爱就当断则断，对乔乐乔狠其实是为了她好。

秦璇是后者，她希望乔乐乔能认识到江曜的良苦用心，迷途知返。

作为一个已经工作几年的社会人士，乔乐乔自然不能让小学妹请客。两人约在学校康园三层，这里吃饭买单可以不用饭卡。秦璇只点了一个菜，小乔又大方地加了三个。

秦璇没好意思直接说江曜马上要名草有主了。等菜上来，秦璇打开微信，找到一个类似德加画中少女的头像，点进朋友圈，指着第一条上的图片问："乔学姐，你是本地人，你知道这个射击场在哪儿吗？我这周也想去。"

图上的射击场，乔乐乔说不上熟，她只和江曜去过一次，这家射击场要想玩枪必须两人以上同行。

国内射击场的子弹很贵，当时 AUG 子弹一发就要三十块，最便宜的子弹一发也要十多块，每种最少十发起步。他俩当时都没啥钱，乔乐乔只玩了还算便宜的贝雷塔，就死活不再玩了。江曜不同意，他说坐了三个小时公交车你就玩这个，这不搞笑吗？在江曜的建议下，小乔又打了 92 和 95。她最喜欢的是打飞碟。

射击场里对拍照限制得很严，乔乐乔极尽谄媚之能事，在工作人员的默许下，给江曜拍了两张打枪的照片。江曜比她强多了，每次基本都是十环。走之前，她还拿走了江曜打枪的靶纸。

打完枪，逛了博物馆，距离他们出发已经过去了五个小时。射击场吃饭的地方太贵，幸好乔乐乔带了牛奶和面包。在走向公交站的路上，乔乐乔挽着江曜的手一边啃面包一边吹牛，等她有了钱，必须让江曜打枪打到手疼。江曜说等毕了业，他就带她去泰国走一圈，那儿子弹便宜，自由度也高，不像这儿只能听个响儿。

还没等乔乐乔畅想未来，距离他们二十米的公交车已经启动了，江曜拽着她的手就往前跑，江曜拽得太急，她毫无形象地摔倒在地，面包也掉了。她几乎是从地上跳了起来，沾了土擦破皮的手去找江曜的手，要继续往前跑，可惜这时公交车已经开远了。两人坐在站牌前，分食江曜剩下的半个面包，她手脏了，江曜把面包凑到她嘴边喂她。她说晚上一定要吃顿好的，说着她就给江曜背起报菜名，蒸羊羔蒸熊掌……

那是深冬的午后，阳光很好。

乔乐乔向江曜吹过许多牛，回想起来，好像一件都没实现。其实她现在虽然也没多少钱，但是请江曜去趟射击场还是可以的。只是他已经不需要她陪了。

乔乐乔笑着问："照片里这女孩儿是谁啊？枪打得不错。"

“校学生会外联部的部长，新闻系的叶樱，跟我一届，也上大三。”

秦璇和叶樱曾经都是学校外联部的。在拉赞助这点上，秦璇确实比叶樱差太多，但她并不认为这是能力差距，而是人脉差距——叶樱找到的赞助商不是她爸，就是她爸的朋友们。秦璇大一一进外联部，就和叶樱不对付，她不喜欢太会利用女性优势的女生，明明对那些男生一点意思都没有，但是一旦男生们有移情别恋的趋势，叶樱马上施展手段把他们的注意力转移过来。最让秦璇郁闷的是，叶樱是她男神的女神，每天看着自己的男神按时给叶樱的朋友圈点赞，从不缺席，她简直心如刀割。

整整两年，叶樱的朋友圈，秦璇男神的赞从未缺席。因为这个，男神也变成了前男神。但是这一条，二十四小时过去了，前男神还是没有出现，并点下一个赞。

叶樱一共发了三张照片：第一张是：江曜学长眼中的我；第二张是：我眼中的江学长；第三张是她打靶的靶纸，配文是正中靶心。

有人在她朋友圈底下问叶樱是不是两人在一起了，叶樱说只是一起去射击场而已，大家不要想太多。

但配图让大家不能不想太多，秦璇认为两人至少在暧昧，江曜才回国几天，就跟叶樱进入了暧昧阶段，进展也太过神速。

看到配图的一刹那，秦璇想到了与自己同病相怜的乔乐乔，她决定点醒乔学姐，让她不要再在一棵树上吊死。

“今年的毕业晚会是不是就是她主持的？”乔乐乔盯着照片看了很久。她虽然毕业多年，但Z大的学生，从大一到博士，每一届的都可以在她朋友圈找到。她想起今年毕业季在朋友圈刷到了叶樱的礼服裙。

“嗯。乔学姐知道她？”

“新任校花，能不知道吗？”乔乐乔想起秦璇的问题，“对了，这个我真去过，不过你要想玩枪，得两个人一起去。”

她跟秦璇说了射击场的地址，并告诉秦璇，要想玩军用枪，得开介绍信。

“这么麻烦啊，我再想想。乔学姐，你还会去上希腊神话的课吗？”

乔乐乔觉得很有必要为自己解释一番：“我上次其实是去听孟渊的课，结果把203记成了302。”

秦璇心里并不相信，只认为乔乐乔在找借口，但面上并没有戳穿她。

“那你今天还要去听孟学长的课吗？”

“我要去给相声社的新人们做戏曲培训。”乔乐乔虽然毕业多年，但仍心系相声社，时不时就回学校给学弟学妹们进行培训。

乔乐乔给秦璇倒了杯山楂汁，递到她手边：“说吧，今天找我有什么事儿？”

秦璇要说的事情已经说完了，可又不能跟乔乐乔明讲，只能把话题转移到相声：“乔学姐，你今年什么时候在学校有演出，我都等不及了。”

“那得等九月开学了。”乔乐乔看秦璇没话找话说的样子，顿时明白了秦璇的真实目的。秦璇给她看照片，摆明是为了让她死心，大家都认定她是主动去听江曜的课，对他旧情难忘。可她四年前决定分手的时候就打算和这人不再有交集了。

学妹确实很好心，但她真的冤啊。

“乔学姐，那水杯对你特别重要吗？”

“旧的不去新的不来。”

秦璇心里揣摩乔学姐的话外之音，乔乐乔又给秦璇盛了一碗汤。

秦璇刚喝完第二口，一看墙上挂着的钟表，噌地就站了起来：“学姐，我必须得走了，再晚就没座了。”

“你不是选课了吗？”她记得江曜把她赶出来之前说，旁听的要给选课名单上的人让座。

秦璇看着乔乐乔欲言又止。

乔乐乔马上明白了，她是唯一一个被赶出来的人。

乔乐乔还没来得及提醒秦璇饭后不宜跑步，秦璇已经跑远了。

录完节目，乔乐乔回家时途经Z大，停了车，扫了辆共享单车在学校里骑车瞎逛。

夏日晚上，有风从头顶吹过，她分不清月亮和路灯哪个更亮，她左手扶把，右手在膝盖上有节奏地敲着。置身在校园里，会让她产生一种她还没毕业的错觉。

前面辅路突然蹿出一辆自行车，乔乐乔骑的共享单车左闸失灵了，刹车不太及时，她连人带车直接倒在了地上。

她其实不太想看见他。

“还能站起来吗？”

乔乐乔下意识地向他伸出一只手，又缩了回去。

江曜握住她缩回的手，把她从地上拉起来。

他的手心还像以前那样热，跟他的人正相反。

江曜本来要给乔乐乔拍身上的土，手刚落到她衬衣上，又抄回了口袋：“这么晚了，你怎么在这儿？”

“我一时心血来潮，突然想骑车了。”乔乐乔是出了名的话痨，可见了江曜，连寒暄的客套话都说不出。她努力装作若无其事的样子，推车要走。她的脚刚往前走一步，心里暗叫一声不好，她的脚可能崴了。

“需要的话我那儿有红药水。”江曜就住在本校的家属楼。

“谢谢，我没事儿。”乔乐乔的嘴很争气，但她的腿不争气，往前走的时候稍微有点儿踉跄。

“你不会不放心我吧？”江曜的语气不无嘲讽。

“我没这么想。”

当年她一有空就去江曜家找他，江曜也没在那个老两居主动怎么样她，何况是现在。

“那就上来吧，上完药，我马上请你离开。”

在江曜的讽刺下，乔乐乔坐上了江曜自行车的后座，那太像她当年特意找修车师傅安的。因为江曜腿太长，车座还往上调高了不少。当年她抱着江曜像只八爪鱼，江曜说她再抱紧点儿，他就要被勒死了。江曜那时候洗衣服经常多放洗衣皂粉，刚洗的衣服穿在身上，总有一股皂角味，她喜欢那种味儿。

这些年乔乐乔只有在说英语的时候才会想起江曜。不过由于她百分之九十九点九九九的时间都在说中国话，除了给外国人指路，她基本不大想到他。

有时候问路的人顺嘴会夸一下她的发音，她的腔调完全是跟江曜学的，这是他俩为数不多相像的地方。

历史系关于乔乐乔的传闻许多都是以讹传讹。

在把江曜撞骨折之前，乔乐乔对他没有任何非分之想。

自从孟渊成了系里知名猥琐男，乔乐乔也受了牵连，很长一段时间，谁也不敢让他俩在重要节日表演节目。系里新年晚会，两人只能在台下看热闹。

孟渊良心发现，决定放乔乐乔一条生路，让她去和别人搭档。乔乐乔很讲义气，决定要共度时艰。

跟他俩的落魄相比，江曜过得倒是顺风顺水。

江曜转到历史系后，最直观的一项改变是，系里女生的化妆技术得到了显著提升。凡是江曜选的课，周围势必有一堆醉翁之意不在酒的女生。就连本系的必修课，也有外院的女生来旁听，有教授以为是自己的魅力所致，后来才知道是沾了江曜的光。大二上学期，乔乐乔经常能在必修课上看到经院院花的身影。下学期，西语系系花开始频繁上历史系的选修课，这让本系的男生魂不守舍。不过看得到得不到更让人恼火。

唯一让系里男生欣慰的是，由于江曜太过不解风情，直到他去雅典交流前还是孤身一人。判断江曜没有女朋友的依据很简单，他的破自行车没有后座。

虽然孟渊对江曜没什么好印象，但乔乐乔对江曜的观感却不错。

当她看到江曜总是两双回力球鞋换着穿、黑色短袖衫洗得发白还没有丢掉、每天骑着破自行车去全校最便宜的七食堂打饭时，不禁对江曜生出一股敬佩之情。江曜家境这么优渥，一入学就拿到几万新生奖学金，还如此勤俭节约，反观她，出身工薪家庭，一毛钱奖学金都没收到过，一天还要喝两瓶酸奶，真是惭愧。为了向江曜学习，从大二开始，她每天只喝一瓶酸奶。

敬佩归敬佩，乔乐乔对于学霸的态度向来是“可远观而不可亵玩”，况且江曜看上去实在太拽了。

历史系十分重视本科生的教学，系里基本有点儿名望的教授都有给本科生上必修课的硬指标。系里有一资深老教授，醉心发论文，无心教学，到乔乐乔这届，上课时还在重复播放十年前的教学 PPT，他在台上讲先秦史，江曜坐在前排，旁若无人地看色诺芬《雅典的收入》，封皮是希腊文，十分醒目，刺得老教授眼睛疼。换了乔乐乔看毫不相关的书，老师肯定要请她滚出去，但因为是江曜，老教授只好忍痛放弃 PPT，开始认真备课。

乔乐乔和江曜真正有交集是在大三下学期。江曜从雅典交流回来，还有好多学分没修，一回来就选了很多课，其中有一门是全英文授课的《外国史学名著选读》。按理说，乔乐乔这种六级考四次勉强才过的学渣是不应该选这种课的，但偏偏她很有上进心，试图通过该课程锻炼自己。悲伤的是，老师的授课内容，她就没有一次完全听懂过。

听不懂也就算了，每节课，祝教授都会让乔乐乔读名著选段，并请她发表见解。每次她那奇奇怪怪的儿化音都会引来大笑。

美式英语不乏儿化音，但乔乐乔的问题是，她在发音的时候，总是在不该儿化的时候儿化。拿中文举例子，就是把“宝贝儿”说成“宝儿贝”，乔乐乔说英语就是这么个效果。

祝教授并不讨厌乔乐乔，他不仅管乔乐乔要票去听她的相声，甚至还在课间帮她宣传过。

他老人家也纳闷儿，乔乐乔能说几十种方言，按理说应该很有语言天赋，可她的天赋好像都点在了中国话上，英文是一点儿不灵。他第一次请乔乐乔回答问题，完全是想进行单纯的课堂交流，并不是想让她出丑。但是乔乐乔的英语实在太可乐了，再配上她那一本正经的样子，他忍不住带头大笑，笑声也是传染的，很快就在底下连成了一片。

从此以后，每当课堂过于严肃的时候，祝教授就请乔乐乔起来朗读并发表见解，乔乐乔一出声，课堂马上升腾起活泼的气息。

要是换成别的学生，为维护学生自尊，祝教授决不会这么做，但在祝教授眼里，乔乐乔并不是一个普通学生。

乔乐乔作为一个相声演员，心理素质理应十分强大并且富有娱乐精神和表演欲望。有时祝教授甚至认为乔乐乔是为了营造一种喜剧的效果，才故意读成那样。

但乔乐乔并没祝教授想的那么强大，每次大家笑她的时候，她恨不得顺着门缝飞出去。她只想说好笑的相声，并不想成为一个好笑的人。为了不在课上出丑，指定英文材料的每一个单词她都要在电子词典上查一遍发音。名著选读的课在周一上午，每到周一，她早上四点就自然醒，披了衣服到走廊低声通读材料。即使这样，一到她念的时候，语言惯性又发作，大家还是笑。

这笑声彻底摧毁了她残存的学术热情。这时候已经是大三下学期，乔乐乔以往的成绩决定了她根本不可能本校保研，她口语这么差，出国也徒惹人笑话，况且她根本也不想出国。摆在她面前的，就剩工作这条路。关于工作，乔乐乔希望最好和相声有关。

她这时在校园相声圈已经有了些名气。这学期学校已经没什么课，她的时间大半都投入相声上。

也是在这节课上，乔乐乔又对江曜生发出了许多好感。

乔乐乔和江曜是这门课的明星人物。如果说乔乐乔是负责给祝教授减压的，那江曜就是给他加压的。希罗多德、修昔底德等希腊史家的著作祝教授都是看的二手英文译著，虽然读得十分熟稔，但面对江曜这种读过希腊语原典的，总有些心虚。每次上课，祝教授最怕的就是江曜主动跟他交流问题，一不留神师道尊严就马上扫地。

不过乔乐乔对江曜的好感和他的学问无关，而是当其他人笑她的时候，江曜的嘴始终闭着。笑她的人未必是抱着嘲笑她的心态，但她还是对那些不笑的人更有好感。

好感归好感，乔乐乔并没有想和江曜发生什么故事。

那天纯粹是个意外。

上大学之前，乔乐乔除了去外地参加比赛演出，基本没离开过家。距离产生美，她在家的时候家人没感觉出她有多么不可或缺，等她住了宿舍，家人马上发现了她的重要性，一到周五就给她打电话呼唤她回家。乔乐乔每次一回家，爸爸妈妈奶奶就一起下厨，张罗着给她做好吃的。

撞上江曜那天是周末，乔乐乔骑车从家回学校，她车筐里放着一个西瓜，左右车把上各挂着一个帆布袋，分别装着桃子、草莓、香蕉、小番茄。背上书包里还装了一堆吃的。每次她回家，都被迫背回一大堆东西。

这会儿正是初夏，往常乔乐乔都是坐地铁往返，这次她为了锻炼身体，骑的自行车。快到宿舍楼的时候，她实在口渴，决定先去小卖部买瓶水喝。拐弯的时候，她还在背相声贯口《地理图》，嘴上正过了大西洋到美洲，走加拿大魁北克往纽芬兰奔。还没到纽芬兰，车迎面就撞上了从小卖部出来的江曜。

江曜一下午都在打网球，因为对方是职业选手，他打得比较吃力，网球帽压着的头发湿了一半。从网球场出来，他骑车先来了小卖部。车停在门口，他买了瓶冰镇矿泉水，出门刚走两步，就拧开瓶盖，仰头往嘴里灌。

乔乐乔就是这时撞上来的。

后来的很多版本都是说江曜去三教途中被撞，其实江曜是要往学五食堂走，这充分说明未经当事人证实的二手史料要慎重使用。

江曜没去成食堂，身上却是一股水果味。乔乐乔车筐里的西瓜落在江曜的胳膊上砸成两半，西瓜汁像血浆一样顺着江曜的手臂流向地面。压在江曜身上的，还有乐女士非给她塞进去的桃子和草莓。

乔乐乔一开始完全是蒙的，等她意识到发生了什么，就一边不停地说对不起，一边转移江曜身上的水果。西瓜足足有十斤，是乐女士特意让乔乐乔带来分给舍友的。在转移水果的过程中，小乔完全没有占江曜便宜的主观意图，虽然客观上她确实在江曜的白 T 上抓了几把，但她只是在抓滚到江曜身上的草莓，从其他人的角度看，她好像压在江曜身上。

“同学，你能不能让我起来？”

“啊，马上。”

抓完江曜身上最后一颗草莓，乔乐乔把弄脏的手在自己另一只裸露的手腕上使劲蹭了蹭，才把手伸给江曜，要把他拉起来。江曜任她的手在空中悬着，左手撑地，艰难地站了起来。

小卖部里陆陆续续有人出来，加入围观，有人认出了江曜，站那儿感慨，不愧是江神，被撞成这样，还能面不改色。

“江同学，要不要去医院？”

“我没事儿，你走吧。”江曜左手扶着腰穿过围观人群去推自己的自行车。

“麻烦大家让一下。”江曜嘴上很客气，但眼神却很有锋芒，他这么一圈扫过去，围观的人马上就散了。

乔乐乔跟在江曜后面说：“你还是去检查检查吧，钱我来付。”

江曜左手推车，右手垂着，应该是受了伤抬不起来。

“我看你右臂好像伤得挺严重的，还是去趟医院，你要嫌别的医院远的话，我骑车带你去校医院。”

“不用了，谢谢。”江曜在吐出毫无感情的五个字后，直接蹬上了自行车。

这还是继上次舞台事故后，乔乐乔第一次和江曜说这么多话。

乔乐乔在地上看见了江曜的网球帽，顾不上收拾地上残局，骑上车去追江曜。江曜虽然是单手骑车，但没给小乔追上的机会。

隔着老远，乔乐乔见江曜进了一栋老式家属楼，她加快了蹬车速度，自行车都没来得及锁，就跑进了同一栋楼。依她的判断，她和江曜前后差了不到一分钟进楼，江曜手受了伤，开门应该没那么快。她从一楼一级级台阶跳上去，都没看到有人在开门，爬到五楼，她听到601传来关门声。她连着几步跨跳到了六楼。

楼是二十世纪五十年代前建的，防盗门还是九十年代初的产物。乔乐乔没想到江曜会住在这儿。

江曜的父亲是化学院的院长。二十一世纪初长白苑刚建好，Z大得了六百个购房名额，因远低于市价，学校分给本校职工的购房名额并不多，一堆教职工抢着进购房资格大名单，还有两名教授为了在名单上争靠前的位置，不顾斯文在教务处大打出手，连派出所都惊动了。

在许多和江院长有关的个人报道里，都有提到这件事。流传最广的版本是，江院长毅然放弃了长白苑购房资格，继续留守老旧的家属楼，如此不计较个人得失，实乃知识分子的楷模。事实上，江院长确实高风亮节，但是在长白苑建好之前，江家三口就搬到了一套一百八十平方米的商品房里。

乔乐乔想，这套房子应该就是传说中江院长苦守的小两居吧。可是江曜为什么现在还住这儿呢？大概是为了锻炼自己吧。

她深吸一口气，手指在门铃前停留了三十秒，最终摁了下去。摁一下，没响；摁两下，还是没响。

门铃看来是坏了。

她只好敲门，一开始跟给人捶肩似的，因着没人开门，慢慢加大了力度。

江曜刚打开一条门缝，乔乐乔马上把帽子递给他："你帽子掉了。"

江曜扯过帽子，嘴里挤出了一个谢谢，没等乔乐乔说话，门又"啪"的一声关上了。

乔乐乔站在那儿，她再不会看眼色，也知道江曜很烦她。这事儿确实是她做得不对，拐弯的时候不能走神，幸亏撞的是江曜，要是撞个年纪大的，还不知道有什么后果等着呢。

靠在601门口的墙上，乔乐乔给自己做心理建设。江曜平时那么傲气，应该挺在乎个人形象的，结果她把人撞得这么狼狈，虽然江神硬是靠着个人气质扳回了一局，但也不怎么露脸。

江曜的右胳膊应该受了伤，他背后背了个包，可能包里的东西也摔坏了。

后果如此严重，江曜没向她追责就够意思了，不能指望他对自己笑脸相迎。

乔乐乔打开书包拿出便当袋，里面有四个饭盒，分别装着红烧排骨、西瓜皮丝摊坨子、牛肉芹菜馅儿饺子、槐花糕，包里还有奶奶炸的小麻花和乐女士给她买的酸奶。

在连续深呼吸三次后，乔乐乔又敲响了江曜的门。

门越敲越响。

"啪"的一声，门开了，幅度太大，乔乐乔险些倒在地上。

"你到底要干什么？"

门开到四十五度，乔乐乔第一眼看到的是江曜的脚趾，他穿了一双黑色拖鞋，T恤短裤已经换了，头发还湿着，应该是洗完澡还没来得及擦头发就给她开门了。

虽然乔乐乔不矮，但江曜比她还要高很多，他低头俯视她，脸上的不耐烦显而易见，很明显对她已经忍无可忍。

"你是不是还没吃饭啊？"她在江曜身上闻到了一股清爽的海盐味，大概是沐浴露的味道。

乔乐乔左手拿着便当盒，右手举着酸奶："今天的事情真是对不起，你要没吃饭的话，先吃这个吧。里面有红烧排骨、牛肉饺子、槐花糕、西瓜皮丝摊坨子，都是家常东西，也不知道你喜不喜欢。”

江曜看了一眼乔乐乔手里的东西。此时的乔乐乔就像一个态度热情的推销员，他想起她车上带的西瓜、番茄、桃子、草莓、香蕉，不禁好奇这人是来上学还是来卖货的。

他耐着性子说：“我知道你也不是故意的，这事儿就到此为止。你赶快走吧。”说完就又要关门，门把手上塞的广告单掉了下来。

转系之前，江曜本来独自住在一个高端小区的大两居，一转系，江家二老就践行了经济上不支持他的狠话，“十分友好”地把他请到了几十年前建的家属楼，并要求他交房租。虽然二老看在血缘关系上，租金给了他一个友情价，但每月对于无业的江曜来说也是笔不小的开支。他的爱好又十分烧钱，日子过得紧紧巴巴。这个房子虽说也是两居，可只有五十平方米。

被赶出来后，他还在发育，不光个子在长，就连鞋也大了一码，这意味着他以前的那些衣服鞋子都不能穿了，他必须自己花钱买新的。他前几天买的衣服经过这么一撞，彻底报废。要命的是他的网球拍也摔了，不知道能不能修好。他的右臂应该是骨折了，一会儿还要去趟医院，医保也不能全部报销。但因为眼前这人不是故意的，他也只能认了。

“你是一个人住这儿吗？”乔乐乔的手及时扶到了门框上，她再慢一秒，手就被卡住了。

江曜再次强调：“这事儿结束了，你可以走了。”他刚才洗澡洗到一半，乔乐乔就在那儿疯狂砸门，他只好随便冲了冲泡沫，囫囵着拿浴巾擦了擦，因为是单手穿衣，又着急，T恤都穿反了。

乔乐乔眨着清亮的大眼睛说：“你要是一个人住的话，那我带你去医院吧。你先凑合吃点儿，我在网上叫个车，你吃完咱们就去。”

“我自己能去。”江曜此时懒得再跟小乔客套，“乔同学，我现在不太想看见你，能请你马上走吗？”

江曜说得这么明白，饶是乔乐乔脸皮再厚，也不能留了：“那我走了，你一定要去医院，有事随时联系我。”但她的手继续拄着门。

“乔同学，你的手能不能拿开？”

乔乐乔缩回手，下一秒，她就听到了关门声。

怕江曜没办法联系她，她找出纸笔写了自己的联系电话，顺着门缝塞了进去。其实她和江曜同在一个班级微信群，但江曜好像不怎么用微信。

便当盒和酸奶被乔乐乔留在了江曜家门口。

她又骑车回到小卖部门口，打扫战场。本来她带了一堆吃的，回宿舍的时候什么都不剩了。

第二天是周一，上午三四节课是《外国史学名著选读》，乔乐乔一早就到了教室，直到上课铃响，她也没看见江曜的影子。

课间，乔乐乔去问祝教授，江曜怎么没来，祝教授说江曜骨折请假了。有同学说，昨天江曜被一骑自行车的女生给撞了，撞得还挺严重的，十多斤的西瓜落在江曜的胳膊上直接砸成了两半。还有同学说，据可靠消息，撞人的女生把江曜撞倒后，趁其行动不便，把江曜给摸了个遍，直接把江神给摸脸红了，在提出带江曜去医院的要求被拒绝后，该女生骑车对江曜进行了尾随。

祝教授感叹，现在的女生行动力真是强啊。

乔乐乔没想到自己被传成了这个样子，很是伤心：“咱们都是学历史的，怎么能没有调查就听信那些谣言呢？”

祝教授表示，在没有拿到一手史料的情况下，二手的材料也可以凑合着用。

上午的课结束，乔乐乔跟着祝教授出了教室：“祝老师，您有江曜的电话号码吗？”

现在的女生行动力真是强啊！祝教授再次感叹。他虽然知道江曜很受欢迎，但没想到乔乐乔竟也对江曜有意思。

祝教授接过乔乐乔递过来的纸笔，犹豫了会儿还是写下了江曜的手机号：“你不要跟他说是我给你的。”

“我知道了，真是谢谢您。”

祝教授虽然年近退休，但还是老顽童性子，他被江曜的问题折磨得够呛，有乔乐乔这种人去折磨江曜，他乐得看戏。

乔乐乔拿到江曜的号码后，马上打开了外卖软件，添加了新的联系方式，费时五分钟耗费一百多元为江曜点了富含蛋白质、钙、铁、维生素的一餐。她想江曜这时一定在家里养伤。

学五食堂，乔乐乔被碗里的牛肉面热得鼻尖冒汗，林恬坐在她对面喝绿豆沙冰。林恬是乔乐乔的舍友，系刊《古今》的编辑，历史系出名的包打听。

林恬告诉乔乐乔，江曜昨天被一女生精准碰瓷了，据目击者说，肇

事女生高且瘦，穿一工装裤配浅灰色棉麻衬衫，头戴黑色棒球帽，手腕上还有文身，看起来很像不良少女。

乔乐乔一直在看外卖软件上外卖员的行踪，林恬的话从她左耳朵进去，又从右耳朵马上流了出来，她根本没听到林恬说了什么。

看到外卖确认收货，她一颗心终于落了地。

林恬盯着乔乐乔手腕上的小黄人文身贴问："小乔，你昨天穿的衬衫是不是浅灰色的？"

"嗯。"

"你昨天是不是也戴了一顶黑色的帽子？"

"好像是吧。恬恬，你有江曜的课表吗？给我一份。"

"我现在也是有男朋友的人了，怎么可能还有江曜的课表？"

大三下学期，系里的女生基本都谈过一轮恋爱，像乔乐乔这样一直单身的并不多。虽然系里大把女生都曾喜欢过江曜，但感情要交互才能持久，单方面的喜欢往往轻且淡，对江曜的喜爱并不妨碍她们正常交男朋友，和别的男孩子建立深刻的感情联系。林恬就是这样一个，她的男朋友是化学系的，两人每天都在一起吃午饭和晚饭，因为男友实验还没做完，林恬才约乔乐乔一起吃饭。

"哦。"

"小乔，你要他课表干吗？"

"我就随便问问。"江曜骨折了，她势必得给些经济上的补偿。江曜很明显不欢迎她去他的家，她只能去教室找他。

傍晚，乔乐乔又给江曜点了一单外卖。等确认收货后，乔乐乔给江曜发短信，问外卖是否合他的口味。

五分钟后，乔乐乔收到一条短信，江曜请她去他家一趟。

江曜发短信来的时候，乔乐乔正在他最爱去的七食堂吃白饭配白菜。

看到江神的召唤，乔乐乔随便扒拉了两口饭，就拿了包骑车奔向了最近的 ATM 机。经济赔偿，还是现金看着比较诚恳。

乔乐乔每月可支配收入一千五，生活费在宿舍里垫底，但因为每周末回家吃饭，还带回一大堆吃的用的，从没觉得手头紧张，甚至有余钱给家人买点儿小礼物。隔三岔五，家里做了什么好吃的，老乔就会开车给她送过来。孟渊的生活费比她多一倍，也没她过得舒服。

可因为撞了江曜，钱就显得不够用了。她从 ATM 机里取了一千块，塞到信封里。等自动门关上，她转身又来到 ATM 机前，取了两百块。她想着这几天先忍忍，等周末回家再管家里要点儿钱，把这个月挺过去。

此时天色突然暗了下来，雷声阵阵，乔乐乔顾不得去宿舍拿伞，直接骑车往家属楼奔。

她走进楼栋的时候，天已经下起了雨。

到了六楼，乔乐乔在第四次深呼吸后，敲响了江曜的门。

这次她没怎么敲，门就开了。

她一眼就看见了江曜右臂上的夹板。江曜这次没穿拖鞋，他穿的是球鞋。

乔乐乔还以为江曜要请自己进去，她正准备问自己需不需要脱鞋，江曜问："中午的外卖也是你点的吗？"

"嗯，好吃吗？"乔乐乔看向江曜，一脸期待。

"我不知道是谁点的，就扔了，一会儿我把钱给你。"

江曜撒了谎，他不但没扔，还都吃完了。他昨天从医院回来偶遇自己母亲沈律师，今天中午突然来了外卖，他第一反应就是爸妈给自己点的。他大一拿了新生奖学金，请父母去那家店堂食过，昨天的外卖都是他当年点过的菜，看到外卖餐单的时候他还好奇，这不太符合自家父母的性子，可也没别的人选可想。

吃完午饭，他给父母各发了一条短信，说自己是小伤，请他们不要担心。

过了半个小时，沈律师给他发来短信，说他要是很想回家的话，她今天就让阿姨把他的房间收拾出来。江曜说不用了。

等到乔乐乔发来短信，江曜才知道中午的事情纯属误会。父母根本就没把他的骨折当回事儿，结果他自作多情发去短信请二老不要担心，弄得沈律师以为他上赶着要回家。

这才真是丢人丢到家了。眼前的人固然是好意，但江曜没法子给她好脸色。

乔乐乔虽然不太高兴，可她很快为江曜找到了解释，要是外卖员送来一份自己没点过的外卖，她也不敢吃。她笑着问："不用给我钱。昨天的饭，你觉得怎么样？"

"你等一下，我把东西拿给你。"

没一会儿，江曜左手拎着两个袋子走到她面前。

除了晚上未开封的外卖，还有她昨天留下的便当盒和酸奶。袋子里还放着江曜赔给她的外卖钱，是现金。

江曜本来想把她的便当盒扔掉的，最后还是把里面的保鲜盒和酸奶一起放到了冰箱。等给乔乐乔发去短信，江曜就把她的饭盒和酸奶从冰箱里掏出来，给她装到袋子里。

这次乔乐乔实在笑不出来了：“你都没吃啊？你要不喜欢吃这些的话，我可以给你换一家。”

江曜没理她，左手还维持在刚才的位置，等着她把袋子接过去。

一分钟后，乔乐乔接过江曜手里的袋子。

没等她说话，江曜就微笑着同她再见。

就在门马上要关闭的时候，乔乐乔拿手去挡。很不幸的是，乔乐乔被夹了手，她不争气地“啊”了一声。

“抱歉，你的手没事儿吧？”

乔乐乔越想越委屈，她晚饭只花了三块钱，可给江曜点外卖就花了两百多。她是错了，可现在她不是正尽力弥补吗？况且她又不是故意的。怎么江曜赶她就像赶瘟神一样？好像她是预谋害他一样，连饭都给他投了毒。

楼道的窗户没关，窗外的雨泼进来。她还没带伞，一会儿恐怕得淋着雨回去。

乔乐乔缩回手，忍着疼取出信封，伸手递给江曜：“里面是我给你的赔偿，你要实在不想要的话，直接捐款也行。你拿了这钱，以后你就是求着我来，我都不会来了。”

她的眼泪在眼眶里打转，侧过脸不让人看见。

乔乐乔对着窗外的雨赌咒发誓：“我乔乐乔要是故意撞的你，一道雷打下来劈死我。”

天空传来一声闷雷。今天下的是雷阵雨，隔几十秒就要打一次雷，这么多雷都没劈死乔乐乔，越发显得她说的是真话。

乔乐乔还是很有骨气的，如果不是江曜非要请她进屋用酒精消毒，她才不会进去。

江曜的家看起来很挤，乔乐乔小时候住胡同平房，大学住宿舍，都没这么局促的感觉，几乎没有下脚的地方。他家客厅西面的墙上挂着一个100寸的投影幕布，东面的角落里挂着吉他，旁边是架子鼓和两脚书柜。

中间的长桌子占据了大概客厅三分之一的空间，江曜的电脑是台式组装机，主机放在地面，桌子上摆着一台三十二寸的电脑显示器、两个键盘、打印机、老旧的台式电扇。除此，还有一堆纸箱堆在桌上，里面放的都是打印的资料。

乔乐乔在江曜的指引下坐到一张沙发上，对面的茶几面上和底下隔板都堆了好几个纸箱子，不知道的还以为江曜是收废品的。

在乔乐乔坐下前，江曜特地拿报纸给她打扫了下座位。

乔乐乔看到江曜住这么个地方，心里感觉很复杂，刚才的气愤也就丢了一半。

江曜右手固定了夹板，一直是他的左手在动。他拿来酒精和创可贴给乔乐乔，让她消毒。

“你想喝点儿什么？”

“我擦完酒精就走，不用管我。”

江曜打开冰箱，里面能喝的只有两盒牛奶、三罐啤酒，他心里暗骂了一声。

“喝柠檬水行吗？”

“不用麻烦了。”

“不麻烦。”

江曜拿苏打枪做了苏打水，又切了两片鲜柠檬，往杯子里丢了几个冰块，把盒装牛奶上自带的吸管扯下来，塞水杯里，一杯简易的柠檬苏打水就做好了。装柠檬水的杯子好像是他半年前买牛奶送的，今天为了乔乐乔才开封，除此他并没别的杯子。

江曜虽然只有一只手能用，但整套动作下来非常娴熟。

乔乐乔被江曜递过来的杯子惊到了，没想到江神和她一样都是小黄人爱好者。

“你手还疼吗？”

“不怎么疼了，其实就擦破点儿皮。”乔乐乔又拿出信封，“这个钱，你收下吧。”

江曜仔细看了下乔乐乔的手，确实不严重。

沙发只能盛两个人，江曜搬了把椅子坐小乔旁边，说：“医保和意外险都覆盖了，我自己根本没花钱。今天你手也受伤了，咱俩就算扯平了。”

“那怎么一样？”

“就这么一件小事儿，咱俩就别车轱辘来回说了。”

“那好吧，谢谢你对我这么宽容。”乔乐乔拧上酒精瓶盖，“那我走了。”

江曜自从搬到这里来，很少请人到家里坐，冷不丁来一个陌生人，他也不是很习惯。乔乐乔主动要走，他心里求之不得，再不走，他锅里的挂面就彻底粘一块了。

他前些天买了两张绝版碟，意外险是延迟报，他自己垫付了一部分，这两天手头比较紧，只能吃挂面。

江曜随口问：“你带伞了吗？”

“没带。你能借把伞给我吗？”

“等雨停了再走吧。你手受伤了，碰了雨水不好。”

乔乐乔当时以为江曜是好心，很久之后，她才回过味来，江曜是不想把伞借给她，有借就得有还，以后联系就多了。

第三章 错中错

GanZhi RuYi

江曜从抽屉里翻出上个月表姐送他的巧克力和开心果放到乔乐乔手边，让她吃。

乔乐乔这人吃软不吃硬，江曜现在对她这么客气，她很快原谅了他之前的不客气。

有柠檬水润喉，乔乐乔的话就更多了，她问江曜什么时候能好，生活有哪些不方便。

江曜告诉乔乐乔，他伤得不算严重，夹板估计一个月就能拆，现在生活基本能自理。

江曜越云淡风轻，乔乐乔越不好意思："你爸妈知道你骨折了吗？"

"要不要再来一杯？"

"不用麻烦了。"

"都是现成的。"江曜接过乔乐乔的杯子，奔向厨房。

乔乐乔坐在沙发上，眼睛看向茶几。

在一堆外文材料里，乔乐乔看见了一只血淋淋的手，那是一本英文书的封面，画得还挺生动，乍一看见，她吓了一哆嗦。

随后一只手把柠檬水端到了她的面前。

乔乐乔捧起杯子说："你这杯子好可爱。"

"你要喜欢就送你了。"反正他也不会用。

君子不夺人之好，乔乐乔虽不是君子，但她也不能要江曜的杯子。

"你这种情况，是不是先回父母家养一段时间，有人照顾会比较好。"江曜手臂上的夹板在那儿摆着，光看就知道洗澡穿衣会不方便，吃饭也是个问题。

江曜打开了巧克力盒子，递到乔乐乔面前：“你怎么不吃？”

乔乐乔随手挑了一个放在嘴里，包装上不知道是哪国鸟文，她自然也看不出是哪个牌子。

当乔乐乔平息了愤怒，开始冷静思考，她发现自己给江曜造成的损失远不是一千块钱能解决的。生活上的不便显而易见，最重要的还有隐性损失。江曜大二才转到历史系，中间又去雅典交流，为了修完学分，江曜这学期的课表几乎是满的。还有不到一个月就要期末考，江曜要戴着夹板去答题，如果江曜考砸了，完全就是她的锅。

乔乐乔挣扎着问：“要不要我给你请一个护工？”一个护工一个月的价钱，要抵得上她一学期的生活费了。

乔乐乔还没说完，就听见了手机响。她一听就知道不是自己的，她的铃声是《数来宝》。

“你在开玩笑吧，不是说两清了吗？”江曜把巧克力盒子递到乔乐乔手边，“你先吃着，我去接个电话。”

江曜拿走长桌上的手机，进了卧室。

来电话的是江曜的发小叶勘，问他这周去不去踢附中友谊赛。

“别了，我丢不起那人。你们是被一群小破孩儿虐上瘾了是吗？”

“上次咱们不是在你力挽狂澜下赢了吗？”

“那是人家有一个主力不在。再说赢了一群十几岁的孩子，还是业余的，说出去也不露脸。”

江曜的父母都是足球迷，他在娘胎的时候就跟着沈律师看了不少比赛。小学时一到寒暑假，他就被送去练球，后来打架的手段都是练球时学会的副产品。他的水平虽然走不了职业，但在业余里算不错的，无奈当初他所在的附中足球队太菜，每次比赛都被人完虐。别人是转着圈比赛，他们是转着圈丢人，这给他造成了深重的心理阴影。他上大学时打网球，完全是被集体运动搞怕了。

比附中足球队还要菜的，是附中的校友足球队。校友足球队的人下到十八，上到五十八，原先都是附中足球队的，这帮本来就菜的人因为年纪增长，还不加强锻炼，越发地菜。校友队的人不知道出于怎样一种心理，经常上赶着跟高中生踢友谊赛。江曜上高中的时候，就特烦这批人，可因为足球队的赞助，都是靠他们，他只能硬着头皮踢。把校友队踢得落花流水，是他高中足球生涯为数不多的高光时刻。

叶勘和江曜以前都是附中足球队的，跟江曜一毕业就完全和足球撇清关系不同，叶勘高中一毕业，就自愿加入了校友队，上个月还拉着江曜去踢了一场。要不是他不上场，比赛就因为缺人进行不了，江曜绝对不上去丢人。

“老陈指名要你去，给老陈一面儿，你以后买房他还能给你打折。”老陈是搞房地产开发的，附中78届校友，校友队里的人还挺捧他。

“得了吧，他那房子就算打一折，我也买不起。”江曜不想再跟叶勘废话，“挂了，别再为这事儿烦我。”

其实直接和叶勘说他骨折去不了更简单，但他被乔乐乔用西瓜砸骨折的事儿说出来实在丢人。

江曜走出卧室的时候，看见窗外的雨已经停了。如果乔乐乔知趣，此刻她应该马上告辞。

乔乐乔并没有告辞，她正在客厅拖地。

江曜的左手搭在头上，他已经被眼前的景象惊呆了。

“我自己能收拾，不行的话我自己找保洁，真的请你不要再这样了。”

乔乐乔想，像江曜这种性格应该是很在乎私人空间的，她马上知错就改：“我刚才不小心把柠檬水洒到了地上，你又不在，我就去卫生间自己拿拖把了。放心，我绝对没碰你的东西。”

乔乐乔刚才还顺便拖了拖厨房，她不小心看见了锅里冷掉的面条，她没想到江曜竟然已经节俭到吃水煮挂面的地步。

“我刚才是不是打扰你吃晚饭了？”

“乔同学，刚下完雨，天黑路滑，你骑车回去的时候一定要小心。”

江曜这是在下逐客令了，乔乐乔也不好再留：“我把拖把洗了，马上就走。”

临走前，她对江曜说：“我吃过饭了，外卖我拿回去就馊了，你放冰箱里，明天还能吃。我想，你应该不是个浪费粮食的人。”她说得很恳切，就差当场给江曜背“锄禾日当午，汗滴禾下土”了。

交代完外卖，乔乐乔又说起她的便当盒：“这个你也留着吧，我拿回去也馊了。红烧排骨可以当热汤面的浇头，牛肉饺子用油煎一下倍儿好吃，西瓜皮丝摊坨子当下吃最好，不过你要是用热辣椒油滚一遍，比刚出锅时还香。槐花糕你要是受不了那个味儿，扔了也行。保鲜盒你也留着吧，要是不愿意用，扔了也行，我们家好多呢。”

乔乐乔话都说到这份儿上，江曜再拒绝就显得非常不近情理。为了对乔乐乔表示感谢，江曜把巧克力和开心果送给了她。

江曜把乔乐乔送到门口，乔乐乔没走一步又转身：“你要不方便随时找我，我随叫随到。”

乔乐乔是个很有分享精神的人。等晚上宿舍的人到齐了，乔乐乔马上拿出了江曜给她的巧克力和开心果给大家分。宿舍里四个人，按年龄林恬排老二，乔乐乔排老三。

四把椅子聚在乔乐乔的书桌前，大家边吃边聊。

老大先开了腔：“乔乔，你这一颗巧克力都抵我一天的饭钱了，这么贵的巧克力，谁送你的？是不是交男朋友了，赶快从实招来。”

乔乐乔听说巧克力这么贵，马上起身盖上巧克力盒子，用手压住：“吃两颗就够了啊，大晚上吃这个不利于减肥。”

“小乔，你这就不够意思了，我刚才说不吃，你非要让我吃，我这食欲被你勾起来了，你又开始护食。”

乔乐乔一着急说了实话：“我不是不知道它这么贵吗。”

林恬在旁边吃开心果，边吃边说：“乔，我们对你太失望了。原来在你心里，我们不配吃这么贵的巧克力。”

乔乐乔为自己辩解：“要是我自己买的，你们怎么吃都行。关键这是别人送的，我要知道这么贵，就不收了。”

老大先猜：“说吧，到底谁送你的？是不是国关那个？”

老四马上否决了老大的猜测：“我觉得是孟渊。乔乔为什么三年不谈恋爱？还不是为了等孟渊。孟学长终于良心发现了。”

“孟学长不会这么大方吧。”

“我和孟渊那是清清白白的搭档关系。”乔乐乔把巧克力护在手里，“巧克力是江曜送我的。”

“乔乔，你再说一遍，是谁送你的？”

“江曜。”

大家吃惊的程度不亚于听见贾宝玉情许刘姥姥。

“不是你们想的那样。”

乔乐乔把事情的来龙去脉对大家讲了一遍，她怎么不小心撞了江曜，怎么给江曜点外卖被拒绝，江曜如何接受了她的好意又转送了她巧克力。

林恬听完马上对老大、老四炫耀：“我跟你俩说，江曜是小乔撞的，你们还不信。”

“不是说撞江曜的是个有文身的不良少女吗？”老大对着老四感叹，“哪个不良少女文小黄人？”

林恬拍了拍乔乐乔的肩膀说：“乔乔，行啊，有创意，有手段。照这样下去，拿下江曜，指日可待。江曜既然来到历史系，千万不能让他流到外人田。”

老大恍然：“原来小乔单身三年，是为了江神。”

只有老四选择相信乔乐乔对江曜无意：“乔乔的男神是马三立，要论像，还是孟渊更像，起码他是个说相声的。我觉得乔乔撞江曜，完全是为了给孟渊出气。”

“我根本就不是故意的！你们不能这么污蔑我！”

老四发挥了福尔摩斯的特质，审问乔乐乔：“你说的那个小卖部在东边，从西门到咱们宿舍楼根本不会经过那个小卖部。”

“我是从东门进的。”

老四继续追问：“西门离咱们宿舍楼更近，而且你从家到学校也是走西门更方便。你为什么要舍近求远？”

“我当时又不赶时间，我就想从东门进。”

这次轮到林恬质疑乔乐乔：“你说去小卖部买矿泉水，可是咱们上周批发的矿泉水还剩十几瓶。从那个小卖部到咱们宿舍骑车三分钟都不到，买也需要时间，你为什么不到宿舍直接喝？”

“我想喝冰的。”

老大说：“那个拐弯的地方视野还是挺开阔的，一般来说只要扫一眼就不会撞到人。”

“我那天不是不小心嘛！”

“乔乔，你就算告诉我们实话，我们也不会说出去的。”

乔乐乔冤死了：“就算有反常的地方，我怎么会知道江曜那个点儿会去小卖部？会在那儿等着撞他？”

“如果上周末江曜打网球的时候，你就盯着他，还是可以做到的。毕竟江曜每个周末和网球队那几个人打球并不是秘密。”

乔乐乔忍不住乐了：“我下午四点才从家里出来，你们说的完全不成立。”

“谁能为你做证？”

“我爸、我妈、我奶奶。”

“乔乔，你这就没意思了。就算是你故意的，叔叔阿姨难道能大义灭亲？肯定要包庇你啊！”

乔乐乔的舍友们不是江曜，就算她赌咒发誓，舍友们也不会相信她，毕竟大家都知道她是无神论者。哪个无神论者会相信随便一发誓，就会被雷给劈死。

“你们再说下去，马上就要六月飞雪了，我比窦娥还冤啊！”乔乐乔气得去收自己的开心果，“我往里面投了毒，你们都别吃了！”

“乔乔，你要这么说的话，我们愿意相信江曜不是你故意撞的。”

“不管你们相不相信，我都不是故意的。而且，我跟江曜根本不可能。”乔乐乔护住开心果的手又打开了，“你们说我收这么贵的巧克力，是不是不太合适？”

林恬做了一番高屋建瓴的分析：“小乔的战略很好，但因为没谈过恋爱，战术上还是不成熟。这其实对你是个大好的机会，你再请回去不就是了吗？”

老大为乔乐乔出谋划策：“我知道有一海鲜自助餐厅特别好，我和王然上周去过。坐地铁半个小时就到，就是价格有点儿小贵，一人要五百。不过江曜给你的巧克力也要一千多块呢。”王然是老大的男朋友。

林恬马上否认了老大的提议：“老大，你虽然成绩比我们好，但在这方面的经验对于小乔完全没有借鉴价值。自助餐厅，不使劲吃，对得起餐费吗？你和姐夫已经进入老夫老妻阶段，吃相怎样都没关系。小乔还没拿下江曜，怎么能当着江神的面胡吃海塞？小乔，听我的，请江曜吃法餐。”

乔乐乔翻了个白眼：“不早了，赶快去洗漱吧，明天还得早起呢。”

乔乐乔第二天早上六点钟就奔到学校南门附近的老字号包子铺，她买了一屉小笼包、一屉烧卖、一两虾仁菜心包、一两霉干菜包，小米粥和皮蛋瘦肉粥各一份，买完就骑车奔向了家属楼。这次她熟门熟路，一到六楼就给江曜打电话，让他出门拿吃的。

昨天刚下过雨，早上阳台上还留着雨后的腥气，乔乐乔打来电话的时候，江曜正顶着一头乱发靠在阳台的躺椅上看阿里斯托芬的喜剧，他准备七点到七食堂吃早点。虽然Z大的早点质量一年不如一年，但毕竟是现成的。

江曜没想到乔乐乔又找上门来，他从墙上摘了顶帽子，倒扣在头上，趿拉着拖鞋去给小乔开门。

乔乐乔从江曜脸上的表情看出，他好像并不是很欢迎自己的到来。

“我也不知道你爱吃什么，就随便买了点儿。”她看了眼江曜右手的夹板，“我给你提进去，马上就走。”

“上次不是说好了吗，咱们两清了。”

乔乐乔很是恳切地说道：“你这么说是你大度，我不能因为你大度就放松对自己的要求，那不符合我做人的原则。你中午想吃什么？”

做人的原则？江曜看了看乔乐乔鼻尖上的汗珠，又看了眼包装袋上的商标，这人为了买早餐还特地去了学校外边。眼前的人一脸赤诚，完全没意识到她的热情对他是一种负担。

“你吃了吗？”

“我给你拎进去，就去学一吃早点。”

“一起吃吧，我吃不了这么多。”江曜认为自己很有必要和乔乐乔谈一谈，别中午她又给自己点外卖。

乔乐乔跟着江曜进了门，把早点放到长桌上，一一打开。

“我能去你家卫生间洗个手吗？”

乔乐乔从洗手间回来的时候，手边多了一双没拆封的卫生筷。

江曜拿湿纸巾擦完手，招呼乔乐乔吃饭。

看见江曜拆吸管包装，乔乐乔眼疾手快，以迅雷不及掩耳之势把自己手边的吸管剥开插到江曜要喝的小米粥里。

看着江曜只能用左手夹包子，乔乐乔越发愧疚，虽然江曜是个左撇子。

江曜告诉乔乐乔，他生活基本能自理，吃饭问题也都能在食堂解决，请她不要挂心，以后不要再跑那么远给他买早点了，他心里很过意不去。

乔乐乔越发觉得江曜难得，长得好也就算了，成绩还好，大三就在重量级英文期刊上发文章，明明家境优渥还天天住在这里苦其心志，每天骑个破自行车去七食堂打饭。最重要的是人很善良，雅思考 8.5，她的发音那样，也从没像别人一样在课堂上笑她，现在她把人撞得生活差点儿不能自理，他还怕给她添麻烦。人家越客气，她越得对人家负责。

“其实也没多远，这也是锻炼的一种方式。”乔乐乔注意到江曜在夹最后一个霉干菜包子时犹豫了一下又缩回去夹小笼包，她马上说，“我不喜欢吃霉干菜包，你都吃了吧。”

乔乐乔并没有在男生面前收束胃口的习惯，她从来都是想吃多少吃多少，但今天她吃了一个霉干菜包子，就专心致志地喝起粥来。

江曜发现乔乐乔安静时和说话时完全两样，她的眼睛尤其清亮。看她的脸，绝不会认为她是一个笨人，但她的长相也不是那种所谓的聪明相，聪明相多少有些刻薄的。她安静时的脸和她说英语时的发音很不配，江曜不知怎的想起了乔乐乔的发音。她的发音太可乐了，忍笑实在太辛苦，好几次他都差点儿憋不住了。

江曜突然拿餐巾纸捂住了嘴，连着咳嗽了几声。

乔乐乔开始以为江曜被包子噎住了，可他的眼睛却好像在笑。

过了二十秒，江曜才把餐巾纸从嘴边移开，他对乔乐乔说：“你怎么才吃这么点儿？”

“我饱了。中午你想吃什么？”

“我去食堂吃。有食堂，吃饭还挺方便的。”

“你准备去哪个食堂？中午咱们一起吃，我先去给你占座。”

“你这么热情，我特别感动。但是吧，咱们毕竟男女有别，虽然你只是正常地帮助同学，但你男朋友未必这么想……”依江曜对乔乐乔的判断，这么活泼到近乎癫狂的一个人，不可能大学三年还没男朋友。

乔乐乔没想到江曜同学为她想得这么周全，她忙说：“我没男朋友。即使有，如果他思想这么龌龊，我也要跟他分手。”

思想龌龊？江曜想乔乐乔既然这么没性别意识，他再拒绝就太过扭捏，而且他确实挺需要有人帮他在食堂占个座买个饭什么的。他吃够七食堂了，可Z大的食堂除了七食堂，一到饭点儿永远人满为患。他的课表从早到晚都是满的，根本抢不过人家。

江曜先感谢了下乔乐乔，算是答应了她搭伙吃饭的提议，接着他来了一句：“你支付宝账号是你手机号吗？”

“嗯。”

等乔乐乔反应过来的时候，江曜已经给她转了四百块钱过来。本来江曜想先转五百的，无奈余额不够。

“你这是干什么？”

“这是我给你的饭钱，等用完了我再给你打。总不能我吃饭还要你掏钱吧。”

他俩又为这个争执了几句，最后还是乔乐乔屈服了。

两人约定中午去康园一层吃饭，乔乐乔在下课铃打响前十分钟，就抢先去食堂占座买饭。在江曜的建议下，乔乐乔又吃了两个小笼包，她发现江曜明显不喜欢吃她买的烧卖，他只吃了一个，明天就不买了。

送走乔乐乔，江曜看了眼自己的支付宝余额，接着打开了股票账户。

乔乐乔到康园的时候，食堂里还没什么人，她按照江曜的嘱咐给他买了狮子头、胡萝卜牛肉、清炒小白菜，又自己做主加了糖醋小排、宫保鸡丁和烧茄子，除此之外还有米饭和汤，她买得太多，两个餐盘都摆满了。

打完饭，乔乐乔站在桌子旁边，咔咔拍了两张食堂全景照，打开支付宝传给了江曜。照片基本能锁定她的位置。

几年后，支付宝因为执着于搞社交引发群嘲，乔乐乔一看到新闻马上就想到了江曜，他俩最早就是在支付宝上交流的。

拍完照片，乔乐乔撑着下巴等江曜来吃饭。她没等来江曜，却等来了林恬。

下课铃刚响，食堂还有一些空座，林恬让二师兄去打饭，她先来占座。林恬在宿舍里排老二，大家都顺着她的排号叫她男朋友“二师兄”。

“乔乔，怎么了，再想不开也不能暴饮暴食啊。”林恬再一看，乔乐乔买的汤饭都是两份的，她马上收起痛心疾首的表情，露出一个意味深长的笑容，“你约了谁？”

“江曜。他手骨折了，打饭不方便。”

林恬忍不住为乔乐乔竖起大拇指：“细水长流，这可比吃法餐靠谱多了。乔乔，我以前怎么就没看出你这么有谋略呢？”

“我和江曜，那完全是肇事者和受害人的纯洁关系，你可不要瞎传，更不要在系刊上污蔑我。”

林恬不顾乔乐乔的澄清，继续说：“赶快搞定，咱们宿舍就差你没有请过客了。”乔乐乔宿舍有一个不成文的风俗，谁有了男朋友，就请大家吃饭，乔乐乔跟着蹭了三顿饭，却一直没有请客的苗头。

等二师兄端来已经做好的麻辣香锅，江曜还没来。这时候食堂的座已经满了，还有人站着吃饭。

二师兄自动坐到了林恬旁边，他指了指自己对面的座位，问林恬：“谁坐这儿？”

没等乔乐乔说话，林恬抢先说道：“你偶像的儿子，小乔的准男朋友。”

二师兄一直把江院长当作人生偶像。江院长虽然有着一堆行政和社会职务，但为人没有一点儿官僚气，即使每天因为科研和行政工作忙得脚不沾地，也依然坚持给本科生上课，上完课还自掏腰包请院里的本科生吃饭，丝毫没有院长的架子。化学院并不是什么热门院系，每年想向经管学院转的学生也不少，江院长每次开会都以自己儿子为例，让大家不要被经管学院的短暂繁荣所迷惑，社会要发展还要依靠基础科学。二师兄深以为然。

“二师兄，别听林恬胡说，我和江曜就是单纯的同学关系。”乔乐乔解释。

“我和林恬当初还是单纯的校友关系呢，现在不也成你二师兄了吗？”

“你当二师兄是什么雅称？”林恬拍了二师兄一下，转而问乔乐乔，“江曜怎么还不来？”

“他上课的教室离这儿有点儿远，而且他右手伤了，骑车也不太方便。”乔乐乔又拿着餐巾纸给江曜擦了遍勺子和筷子。她的眼睛一直盯着入口，隔着十米远，她就看见了江曜，他还戴着早上那顶帽子，耳朵里塞着耳机。她站起来冲江曜挥手。

林恬冲着二师兄使了个眼色：“你看小乔那个兴奋样儿。”

江曜把一瓶酸奶放到乔乐乔面前，他刚才买矿泉水的时候顺便买的，牌子恰巧是乔乐乔经常喝的。

“谢谢，你怎么知道我喜欢喝这个？”乔乐乔马上递过一张湿纸巾给江曜擦手，“筷子和勺子我给你擦过了。”

林恬心里叹了口气，她准备回去一定要给乔乐乔上上课，女孩子多少还是要矜持些，即使倒追男生，也不能表现得如此狗腿。

“下次你买完饭就吃，不用等我。”江曜说。

“下次”两个字在林恬看来别有深意，这次不够，还有下次，这进展可真够快的。

“其实也没等多长时间。”乔乐乔买了两瓦罐汤，一罐菌菇乌鸡，一罐玉米莲藕，她问江曜喝哪个。

江曜看了一眼乔乐乔买的饭。就算食堂饭菜便宜，照乔乐乔这么个花法，他那四百块钱未必能坚持到周五。

乔乐乔连着给江曜打了一周饭，周末都没回家。

又过了一周，周六，乐女士给乔乐乔打来电话，说她要没要紧事，最好回家一趟。

周日早上，乔乐乔很是狗腿地给江曜的粥插上吸管，送到他面前：“你今天回家吗？”

“不回。”

“我今天要回家一趟，中午我给你点外卖。”她想，江曜不回家，可能是怕家长看见他手臂的伤担心。

“不用，我自己去食堂就行。”

临走前，乔乐乔不顾江曜的强烈反对，又给他从里到外拖了一遍地，收拾了冰箱。江曜的冰箱很空，喝的只剩两罐啤酒，剩下的基本都是鸡蛋挂面这种主食，她之前送的饭盒还在冰箱里待着。这些天江曜一直跟着乔乐乔吃食堂，也没工夫吃这些，隔了这么长时间，味道肯定大不如前。

乔乐乔一狠心，就把饭盒里的东西全给扔了。要不是江曜是男的，乔乐乔能把他床单被罩都给洗了。

江曜十六岁生日那天，沈律师为锻炼儿子的理财意识，特地帮他开了个证券账户，到现在，江曜已经有四年多股龄。他用安卓机，账户上苹果股票却占了大半。从去年年末开始，苹果股价一直跌，今年年初，他把别的股票抛了，又低价加仓了苹果。现在，股价比他年初买入时的价格还要低。他本来打算等着新机上市时涨一波，到时再决定卖不卖，没承想现在就陷入了经济危机。

送走乔乐乔，江曜在家里等着买家来提货。他周三在发烧友论坛上发了个出售胆机的帖子，他以为照自己这机子配置，标价一万二绝对良心，肯定有一堆人上赶着买。为给自己的胆机找一诚心买主，他特地注明，买主自提，不负责安装。事情与他预料的正相反，非但没有人买，还有一大堆人对他的帖子评头论足，嫌他报价太高。

也是凑巧，他还没卖股票，就等来了识货的。买主是高他几届的学长，以前是本校信科的，姓路。

路学长来得很准时，江曜特地拿碟让他感受了下声音效果。

“效果没的说，要不是这小房子太憋屈了，配不上它，我真舍不得卖给你。”

买主很爽快，直接给江曜的支付宝打了一万二。

江曜觉得这学长挺诚恳，便说道：“安装有问题，随时跟我说。我要不是骨折了，给你上门安也没问题。”

“你这碟能卖给我吗？”

“这个不行，我也没听几天。”江曜指了指小屋书架的第三排，“这排的碟，除了左边那三张，你随便挑，我送你。以后这胆机你要是不想要了，想出手，先联系我。”

乔乐乔回家的时候，又撞上老乔和老乐吵架。

她的童年是伴随着父母的吵架声度过的。

乔乐乔成年前的世界很拥挤，三十多平方米的小院，两间小房，她和奶奶住一间，爸妈住一间，印象里她爸妈隔两天就要对打对骂，起因总是很莫名，有时候是她妈的口红颜色深了一点，或者她爸多抽了一支烟，一丁点儿小事儿都能引发一场你死我活的战争。两人吵架每次都免不了互相问候对方的女性亲属，有时候她爸被骂急了，便压着嗓子焦躁地说：“我妈在隔壁呢，你嘴上积点德！”

“你怎么不积德，我妈不在你就能随便骂了……”

乔家的拥挤情况在乔乐乔高三时才发生转变，那年胡同拆迁，家里分了一套三居，一套两居，还有一笔五十多万的拆迁款。奶奶是房屋的所有权人，她做主把三居给了大儿子，两居给了小儿子，也就是乔乐乔的二叔，自己留了拆迁款，继续跟着大儿子一起住。

乐女士一直对这个分配方案不满，这次吵架也是为房子的事。

昨天乔乐乔的二婶中午来家里吃饭，有意无意地提到了她的表外甥女芳芳。芳芳前年嫁了一个小企业主的儿子，据说男方家里有五套全款房，婚礼也办得很盛大，在五星酒店办了五十桌，二婶还去参加了婚礼。没承想芳芳今年就办了离婚手续，因为房子是男方父母的财产，所以芳芳分财产的时候连个卫生间都没捞着。男方出轨，法院出于维护公序良俗的目的，多判给女方一成的婚后财产，但因为男方是事业单位的劳务派遣工，一个月也就挣三四千，婚后财产贡献为零，算下来，还是芳芳倒赔钱。现在芳芳只能租房住。

这个事件有多种警示，二婶偏偏得出一个最刺激乐女士的结论：我们当父母的，要想女儿不受委屈，至少得给她买套房，结婚离婚都有底气。

这简直是往乐女士的伤疤上戳。

也是凑巧，昨天下午乐女士陪人去通州看房，看着看着就心动了，她为乔乐乔相中了一个一居室。家里搬到新居，光是装修就把存款花得七七八八了，剩下的钱又套在股市里。乐女士怂恿老乔去跟乔奶奶借钱付首付，她和老乔给女儿还贷，她二十多年的公积金不用可惜了。

“通州就够偏的了，那儿在通州还算偏的，吃饱了撑的才在那儿买房！”

“你知道个屁！再过一年多，六号线二期就通到那儿了，肯定得涨。我倒是想在二环买房呢，你也得有钱啊！”

“你要有钱你就买，反正我不跟老太太要钱！”

“谁说要了？我打借条。”

“你拿什么还？靠你那股票？”

一提股票，乐女士就来气。去年她听人介绍买了一只白酒股，没想到去年年底限制三公消费后，白酒股就一路下跌。老乔没少拿这个笑话她，说她当初有买白酒股的钱不如去买真茅台囤着，起码不会赔得像现在这么惨。

乐女士一生气就翻起了旧账。

“老太太就不该把房给老二。当初老二结婚的时候，让他选要房还是要钱，他可是拿了钱走了。这些年，他家孩子在香港上大学，一年几十万花着，咱们苦哈哈过的什么日子。我辛辛苦苦把孩子生出来，却让她随你姓，你就不应该给孩子挣下点儿什么？我话说在前头，必须给小乔买婚前房，我可不想她因为没房子跟我一样在婆家受气！”

“你动不动就给我俩大耳刮子，一丁点儿破事儿就捕风捉影上纲上线，我好男不跟女斗让着你，你受的哪门子气！”

“别跟我说那个！老二的闺女跟她妈姓，小乔是你们老乔家唯一后代，让你们出钱出房都是应该的！再说，我这是管老太太借钱，房贷也从我公积金里出，你们有什么不乐意的！”

乔乐乔进门的时候，乐女士正处于单方面碾压阶段。

乔乐乔十八岁的时候遇到这事儿，会信誓旦旦地告诉乐女士别担心，她自己就能买大房子。可随着房价一路飙升，乔乐乔对自己的实力也有了比较清醒的认识，于是只好说租房也很好。

奶奶回来的时候，乔乐乔把江曜送她的巧克力拿出来让大家吃，顺便把她怎么撞了江曜、江曜如何大人不记小人过还送了她巧克力的事讲了一遍。

“是不是从经济学院转到你们系的那个男孩子？”

乐女士对江曜很有几分印象。乔乐乔以前跟乐女士不止一次提到过江曜。上次乐女士要给乔乐乔加生活费，乔乐乔拒绝了，理由就是江曜家里有钱又拿奖学金，还每天骑个破车去学校最便宜的食堂吃饭，相比江曜，她已经过得很好了。

“就是他。他这学期有十多门考试，都得戴着夹板去考。换了别人，肯定恨不得打死我，可他连医药费都没让我出一分钱。”

在乔乐乔嘴里，江曜简直是再世的圣人，乔家人一致认为江曜是个好小伙子。

“我让您买的牛棒骨您买了吗？”乔乐乔认为哪儿折了就应该补哪儿，江曜骨折了就应该喝骨头汤。

“正在锅里熬着汤呢。”乐女士说。

下午一过三点半，乔乐乔就主动提出要走，理由是江曜早喝骨头汤早好。

乐女士把乔乐乔拉到一边问：“你是不是对这男孩子有意思啊？”乐女士早就有这种感觉，女儿提江曜的次数比提孟渊还要多不少。

“您可别逗了，我们根本不是一路人，现在只是因为一个错误短暂地有了联系。”

临走前，奶奶特意拿出了别人送她的花旗参和柴鸡蛋，让乔乐乔带给江曜。以前家里住胡同平房的时候，街坊邻居谁做了阑尾炎手术，大家都要提着东西去探望探望，骨折已然算得上大事了。江曜和他们虽然是一个城市的，但根本不是一个思维模式，乔乐乔觉得这样对江曜来说过于夸张了，就让奶奶留着，没料到奶奶态度十分坚决。奶奶告诉她，千万不能没了礼数。

乐女士又拎出一大兜水果让乔乐乔带着。

“妈，我真带不了了。”

“你爸今天不出车，让他送你去，顺便看望下你那同学。”

快要到学校的时候，乔乐乔给江曜发短信，问他是否在家，她要过来一趟。

江曜回了一个很简短的“在”。

下车时，乔乐乔费尽唇舌才没让老乔跟她一起上楼。

江曜开门的时候，乔乐乔左手拎着花旗参、柴鸡蛋，右手拎着一个保温盒，背上还背着一个大背包。

没等江曜开口，乔乐乔就说：“先让我进去。”

乔乐乔把保温盒放到桌上，问江曜：“牛骨汤，有助于骨折恢复，要不要现在来一碗？”

“不用了。”

“那就先吃点儿水果。”乔乐乔从包里掏出一堆水果，荔枝、樱桃、小番茄，转身拿到厨房洗。她今早刚给江曜收拾过厨房，对里面东西的摆放很熟悉。

江曜从客厅冰箱里拿了瓶酸奶进了厨房，单手拧开瓶盖，递给乔乐乔：“你今天又整的哪出？”

“花旗参和柴鸡蛋是我奶奶给你带的，感谢你大人不记小人过，不跟我计较。”乔乐乔喝了一口酸奶，“你什么时候买的？”明明早上她走的时候冰箱里根本没有。

“中午吃饭的时候顺路买的。”

“江曜，CD 机好像出问题了，你过来看一下。”

乔乐乔突然听到一个女声，她回头看，正看到一个女孩儿捧着玻璃杯站在客厅。女孩儿穿了一件绿底白波点的裙子，长鬈发垂在胸前，离着老远对着乔乐乔笑。

乔乐乔人脸记忆能力一般，但有着强大的听声能力，光凭这几个字，她马上想起女孩儿是法语系系花何溪，主持过不止一次学校的新年晚会。

"你就是乔乐乔吧。"

这场景多少有点儿尴尬，好在乔乐乔有丰富的舞台表演经验，她马上回了个标准的笑容："正是区区不才在下我。"

"谢谢这几天你对江曜的照顾。"何溪微笑。

"将功赎罪，应该的。"

江曜阻止了两人的寒暄："你换盘碟试试，我一会儿过去。"

"我妈刚才来电话，说饭马上就做好了，让咱俩六点到。"何溪说。

"行，我知道了。"

乔乐乔马上意识到了自己的多余："水果我洗好了，你不吃的话放冰箱里，什么时候想吃什么时候拿。你忙，我先走了。"

厨房本没有台阶，乔乐乔出去的时候不知怎么就被绊了一下，好在她及时扶住了墙。

江曜坚决要乔乐乔把柴鸡蛋和花旗参带走，她拗不过他，最终带着花旗参独自奔向了学五食堂。

周一上午有《外国史学名著选读》课，一进教室，乔乐乔就看到江曜坐在左边第五排，旁边的女孩儿，她一眼就认出是何溪。上节课是美国史，和接下来的课一样，都是历史系内部选修课，法语系的何溪来这儿，明显是奔着江曜来的。

乔乐乔本来有问题要请教江曜，见到两人在一块，也不好去打扰，在右边随便找一空座坐了。她知道，今天上课老祝肯定不会放过她，为了少丢点儿脸，她一放下书包就低头读材料。

天不遂人愿，她回答问题的时候又丢人了，英语比以前还要不着调，今天的笑声听起来格外刺耳。读到后半部分，她干脆将错就错，用说相声贯口的方式把柯林伍德的经典选段读完了，并按照事先准备的材料发表了观点。她发音本就不准，加上语速飞快，直接把老祝给听愣了。

老祝并不关心小乔真正的见解，也就没让她再重复一遍。

乔乐乔一向很有自娱精神，今天心理素质稍微差了点儿，耳朵红了两节课，以前她顶多只红几分钟。

最后一节课下课铃一响，乔乐乔没像往常一样收拾书包，而是坐那儿等着。她猜，何溪来找江曜，八成是要一起吃饭。她作为肇事者，人家可以不用她，但她不能罢工。她想着如果一会儿江曜和何溪一起有说有笑地出去，那就是百分之百不需要她了，到时候，她再自己去吃饭。

江曜给她发来短信，说中午要给朋友过生日，就不去食堂了。乔乐乔马上回了个好。回完她突然意识到自己回得太快了，好像自己一直盯着手机似的。

江曜站起来的时候，回头看了她一眼，问她怎么还不去吃饭。

乔乐乔说，反正食堂已经人满为患，倒不如过了饭点再去。其实她只是不想和这两人一起出去。

等她目送江曜和何溪出了教室，才收拾书包往外走。

教室在六楼，乔乐乔一般都不坐电梯，而是走楼梯。乔乐乔走楼梯走得急，一步就迈两个台阶。到四楼拐角的时候，她又看见了江曜的背影，大概是何溪穿了细高跟，两人才走得这么慢。

她放轻了脚步，缩着步子走在后面。

“那女孩儿的英语太逗了，她是不是特招进来的？一听她发音，就知道她小学音标没学好。真没想到，咱们市还有教育资源这么落后的地方。”

没等江曜说话，乔乐乔就用攥紧的拳头捂住了耳朵。她不确定，自己在听了江曜的话后，是不是还有勇气和意愿去照顾他。但她撞了人家，理应照顾他到拆夹板的那一天。也许江曜和何系花成为男女朋友，这个日子就可以提前了。

没想到何系花还挺聪明的，光听她的发音就猜到了她的教育经历。

虽然本市是出了名的教育资源丰富，但具体到乔乐乔所在的区就很一般了，她所就读的小学更是一般中的一般。当初她幼升小的时候，乐女士为了让她上个好小学，一度想把她的户口转到姥爷户口本上，由于舅舅的反对只能作罢，当然她即使迁过去，按照政策，也不能上姥爷学区的小学。一句话，以升学率为评判标准，她所在的小学简直一无是处，她的小学同学有一大半在中考时被分流到中专职校，像她这种考上Z大的简直是学校之光。

读了这么一般的小学，还能考到Z大，乔乐乔一向以此为荣。像江曜、何溪这种从幼儿园就开始上名校的，进入Z大有什么稀奇，她乔乐乔才是真正的难能可贵。不料在何系花眼里，这么励志的故事，竟然成了一个嘲点。

道不同不相为谋，乔乐乔也懒得同何溪解释。她站在原地，眼睛直直地看着窗外，大概过了五分钟，才挪动了步子。

中午乔乐乔来到了江曜最常去的七食堂，Z大这么多食堂，这个时候，只有这里有位置。

午饭乔乐乔打了炒豆芽和土豆烧牛肉，她今天食欲不太好，只吃了一口白饭，就拿着筷子在菜里扒拉。所有的努力都是有回报的，乔乐乔在扒拉第十下的时候扒拉出一只苍蝇。

她拿着饭盘又回到窗口，心里盘算如果大妈态度不好，她马上传到BBS。结果窗口的大妈看到苍蝇，二话不说就要给她换一份，她又想起那只苍蝇，拒绝了大妈的提议。

下午五点的时候，乔乐乔收到江曜的一千块支付宝转账，备注是饭钱。

乔乐乔知道，大概是何溪和江曜还没发展到那个阶段，重任暂时还得由她这个肇事者来担负。她这次没拒绝江曜的钱，心里盘算等江曜彻底好了，她再把钱还给他，那时才是真正的两清了。

傍晚，乔乐乔去康园前，顺路买了个加薄脆的煎饼，她特意嘱咐大爷不放葱花，多加香菜。这些天，陪着江曜吃食堂，她还没碰过煎饼。

乔乐乔吃完煎饼，就坐在食堂的椅子上，边听相声《学外语》，边等着江曜来。往常她觉得这段儿很可乐，今天不知道怎么就笑不出来。

桌上摆着她给江曜打的饭。今天她给江曜买了两荤两素，二两米饭加莲藕汤。

等江曜把酸奶摆到乔乐乔面前，乔乐乔才知道人来了。

酸奶已经打开了，乔乐乔也不好拒绝，只好说了声谢谢。不过这次她没喝，又把瓶盖给拧上了。

江曜见桌上只有一份饭，问她："你怎么了？怎么不吃饭？"

"我吃过了，一会儿我要和孟渊排练节目，我先走了，你慢慢吃。"乔乐乔又把勺子和筷子擦了一遍，递给江曜，站起来就向门口走。

乔乐乔走出两米，被江曜叫住了："你的酸奶。"

乔乐乔拿着酸奶到学生活动中心时，之前预订的房间还没人，她是第一个到的。她从网上翻到了一堆音标教学的视频，本来她只是随便搜搜，后来就忍不住跟着练起来。

孟渊到的时候，乔乐乔正用牙齿咬着舌尖重复发音。

"小乔，今天怎么来这么早？"

乔乐乔忙关掉视频，漫不经心地说："这不想着当第一嘛。别的当不了，只能当第一个来的。"

"听说你把江曜撞了，现在顿顿和他一起吃饭？"

乔乐乔叹了口气："好事不出门，坏事传千里，我这名声啊。"

"你不会对他有意思吧？"自江曜转到历史系，孟渊在本系女生心里的排位大幅下跌。但孟渊没想到的是，现在竟然连乔乐乔也沦陷了。

“你也太瞧不起我了。我是那么肤浅的人吗？你要相信我，我是不会向大众审美妥协的。”

“你又不是故意的，赔点儿钱就算了，犯不着跟他耗。你要缺钱的话，我借你。”

第四章 黄鹤楼

GanZhi RuYi

周二早上，乔乐乔四点就醒了。

她越想越气，说她发音差她承认，何必嘲笑她的小学呢？何溪作为教育资源不平衡的既得利益者，不反思社会结构性的不公也就算了，最起码也要做到闷声发财。再说，像英国这种讲求阶级的地方，拿口音看人就算了，怎么在中国也来这一套？就算来这套，在中国难道不应该比普通话吗？她乔乐乔的普通话可早就是一级甲等，也就比《新闻联播》的播音员差点儿。而何系花的普通话，不提也罢。

乔乐乔之所以对何溪印象深刻，是她在主持学校晚会时好几次都吞音了，有些地方轻重音也不对。何溪的普通话平时交流还行，但到了台上，明显就露怯了。不过在这种晚会上，大家看的是主持人的长相和裙子，声音这种东西只有乔乐乔会注意到。何溪学不了乔乐乔的英语，乔乐乔却能把她的中国话音调学得十足。要不是看江曜的面子，她能把何溪当场怼哭。

世上没有后悔药，乔乐乔不能穿越回去将何溪怼哭，只能朝前看。

历史系的选修课考试都在统一的考试周前进行。也就是下下周，《外国史学名著选读》就要考试了。所以，她必须要在下周一的课堂发言上一雪前耻，这是她唯一的机会。否则，班里的同学们多年后想起她，只会记得她那一口发音。

凌晨四点五分，乔乐乔悄无声息地穿上衣服下了床，走向了水房。怕打扰同学，她看视频时插上了耳机。

四点多，窗外还黑着，一个披散着长发的女生对着镜子练英语口型其实是一件很恐怖的事儿。

五点，乔乐乔对面宿舍的女生来找昨晚忘在水房的水盆，看见乔乐乔正对着镜子张开嘴发“啊”的口型，也不由得“啊”了一声。

“别怕，我是小乔。”

“乔乔，你在这儿干什么？吓死我了。”

乔乐乔模棱两可地说她在练声。

“你可真够用功的。对了，你们相声社毕业晚会的票能不能给我留两张，我和我男朋友一起去。”

“抱歉，亲爱的，我最多只能给你一张。你也知道我们的票很紧俏，我自己也就能拿四张票，我们宿舍那几位已经跟我预订了三张，她们要想带男朋友去还得排队领票。”

“了解了，到时候放票的时候跟我说一声，我好去排队。”

“没问题。”

快六点的时候，乔乐乔骑车去了南门。她在一家早点店点了一碗疙瘩汤，配上芝麻烧饼和茶叶蛋。吃完，她觉得茶叶蛋和芝麻烧饼不错，给江曜打包了一份。

乔乐乔如约出现在江曜家门口，一进门她就把吃的放在长桌上：“今天我没去包子铺，老吃一样也不好。我给你买了驴肉火烧还有芝麻烧饼，你要爱吃，我明天还给你买。中午咱们去学五吧，都吃了一礼拜康园了。”

桌子剩余的地方很小，被一大堆打印纸给占满了，刚打印出来的纸和刚出锅的饭一样，都带着独有的气味。乔乐乔的英语虽然发音不太行，但词汇量还是有一些的，她大概能看出江曜打的是十八世纪的美国报纸。

把东西放好，乔乐乔就往门外走。

江曜今天没戴帽子，耳机倒扣在脖子上。大概是用洗衣机洗衣服时，洗衣皂粉放多了，他身上还残留着皂角味。

他把材料敛到一起，对乔乐乔说：“一起吃吧。”

“我吃过了。咱们中午见。”

没等江曜说话，乔乐乔就出门了。关门的时候，门把上的报纸抖了出来，乔乐乔随手捡起来丢到了楼下的垃圾桶。

乔乐乔确实考虑过孟渊的提议，可给江曜买饭的事儿是她主动提出来的，反悔不太好。如果她早知道江曜也可能会嘲笑她，她大概会选择赔他钱。

中午，江曜到食堂的时候，乔乐乔正在吃炒河粉，她边吃边看音标视频。

乔乐乔看见江曜时多少有点儿不好意思，她要是没吃或者是吃完了都没事儿，尴尬的是她正在吃。她本来打算，在江曜来之前把饭吃完。

她心里怨江曜来得太早了。江曜上午最后一节课是围棋课，现在是考试阶段，轮流组队下棋，比出输赢就可以走。和江曜下棋的那位，大概是个慢性子，每出一招棋势必深思熟虑，照这个进度，到下午一点也下不完。看着其他人陆陆续续地离开，江曜索性出了步错棋，卖了个大漏洞给对方，没走几步，他就输了。就在对方纳闷儿自己怎么突然就赢了的时候，江曜已经背包走人了。

江曜盯着乔乐乔面前的盘子看了几眼，才拧开酸奶瓶盖。

乔乐乔又把江曜打开的酸奶盖拧紧："我最近正在戒糖，酸奶的糖分太高了，你还是自己留着喝吧。"

因为江曜骨折，乔乐乔没给他打河粉这种营养不均衡的东西，而是像往常一样荤素搭配，有饭有汤。

乔乐乔按照老操作给江曜用纸巾擦了筷子勺子，送到他面前："这儿的刀削面不错，晚上你要不要吃？"

"这么着急，今天你又去排练？"

"嗯。"她晚上才排练，她要去练发音。

"你喜欢吃烤鱼吗？"

"还行。"

"附近开了一家越南馆子，咱们晚上去吃吧，我请你。那儿的香茅草烤鱼好像还不错。"

乔乐乔夸张地叹了口气："我真是没口福，晚上还要抓紧时间排练。"

江曜吃到一半的时候，乔乐乔已经吃完了，坐在那儿看手机。

"你要是有事儿就先走吧。晚上你自己吃吧，我约别人。"

乔乐乔马上起身说了声好，毫不留恋地背着包出了食堂。

叶勘咬了口越南春卷，问江曜："何溪说你重色轻友，到底怎么回事儿？"

江曜、叶勘、何溪都是一个幼儿园的，他们之所以能成为朋友，是江曜先主动的。江曜的爸妈都不会做饭，一家三口在没钱请阿姨的时候天天吃食堂。江曜读幼儿园时也只能吃食堂，但叶勘、何溪都是从家里带饭，他们带的饭一看就比食堂提供的好吃。

有一次幼儿园开家长会，江曜主动找到叶勘的母亲，先对人家从外貌到气质进行了一番夸赞，然后委婉地向叶阿姨提出，能否每天让叶勘带两份饭过来，他愿意付费。那时候，江曜长得可爱，嘴也比现在甜得多。叶阿姨当即被赞美冲昏了头脑，在她看来，没有什么比孩子的话更真诚了，一个孩子夸自己有气质那就是真有气质。她想，做一份和做两份没区别，何况家里是阿姨做饭，就很爽快地答应了，前提是她不要江曜一分钱。

江曜没给叶阿姨饭钱，每个周末用剩下的钱买了礼物，带着礼物又到叶阿姨家去蹭饭。他属于糙养长大的，沈律师怕他丢了，在他身上装了个定位器，除此之外，他一切都比同龄的小朋友自由。

过了一阵，他觉得何溪家的饭也很好，又对何溪的母亲袁教授如法炮制。袁教授那时候还是个讲师，在外语学院教希腊语，也没躲过江曜的糖衣炮弹。和叶阿姨不同，袁教授本人做的饭就很好吃。

后来江曜搬出了家属院，家里也请了阿姨，他仍然出去蹭饭。沈律师饮食奉行低盐低油低糖，一个儿童胃根本不可能喜欢那些。

叶勘那时候想，江曜的长相配上他这张甜死人不偿命的嘴，以后多少少女将惨遭毒手。

不过江曜的性格在青春期后发生了突变，突然就成了一个沉默的人。

“她还说我什么了？”

江曜这人从小养得比较糙，对敏感娇气的灵魂从来都敬谢不敏。他现在还能和何溪保持友谊，一方面是两人认识的时间太长了，另一方面袁教授对他也很好。要是有人请她当希腊语私教，友情价几年前也要时薪四位数，江曜一分钱没花跟着袁教授学了一年。虽然历史系有开希腊语的公选课，但效果肯定没有一对一的好。

“说你‘直男癌’，都二十一世纪了，还想让女孩儿伺候你，你根本不能接受和你一样平等的灵魂，只想找个弱的。”

江曜喝了一口苏打水：“还有别的吗？”

“我说，你真和那个说相声的女孩儿好了？不是吧，这才几天？”

“何溪跟你说的？”

“其实何溪说的都是气话。你好歹也在女人堆里打滚这么些年，虽然一无所获，但女孩儿想什么你难道不知道？我看，何溪八成是喜欢上你了。”

“她这跟喜欢没关系，就是争夺注意力。当焦点当多了的人都有这毛病。”

“你们俩就这么僵着？”

“帮我给她带句话，就说她对我的评价，我完全认同。”

买单的时候，江曜让服务员给他全部打包。

晚上九点半，老祝给江曜发了一小段视频，他的胆机好像出了点儿问题，让江曜给他看看有什么毛病。

祝教授自从老伴去美国给女儿带孩子后就一直独守空房，夜深人静的时候，全靠唱机排遣寂寞，结果胆机出了问题，这直接影响了他的生活质量。

他给江曜发消息，只是想咨询一下，毕竟他的胆机不是从江曜那儿买的，没承想江曜竟然主动提出要马上过来给他修理。祝教授客气地表示，你右臂受了伤，晚上过来也不方便，等明天再来吧。江曜硬邦邦地来了句，明天我没时间。

江曜单手骑着自行车到了长白苑祝教授的住处。老祝给他拿了瓶冷饮，他没接，说他已经刷过牙了。

排查完故障，江曜告诉老祝，胆机的两个整流管都得换。江曜说了个型号，让老祝自己在网上买整流管，买好了，需要的话他可以给调试下。

出门前，江曜问老祝："您是不是对乔乐乔有什么成见？"

"你怎么会这么想？"

"您要是对她没成见的话，下次就别让她读材料了。没有人想成为一个笑话。"

老祝还想为自己辩解，江曜已经走了。

江曜下楼的时候，遇见正在散步的钟教授和钟师母，钟教授请他周末来家里吃饭，江曜感谢盛情后婉拒，钟教授的厨艺还不如七食堂的大师傅，也只有钟师母为了不做饭，把他夸得上了天。

乔乐乔一口喝了小半瓶水，她边拧瓶盖，边对万陵说："别着急，慢慢练，还有十天才上台呢。"

万陵是国关专业大二的，他要在下下周的相声晚会上说一段《黄鹤楼》。

《黄鹤楼》取材于同名京剧，是传统腿子活，逗哏的虽然是不懂装懂，但也要唱上几句。万陵"说"得不错，但唱不行，他没有戏曲基础，唱戏没戏腔。本来《黄鹤楼》的逗哏演员另有其人，但那演员突发急性胃炎住院了，万陵自告奋勇要替补，相声社很重视社员的需求，万陵非要上大家只好同意，况且社里的赞助都是万陵拉来的。

乔乐乔正在喝的"好饱"牌矿泉水就是赞助商之一。万陵的父亲是相声社主要赞助商——好饱食品公司的高级副总裁。万陵家里很有些底子，这从他上大学不到两年就丢了九辆自行车便可以看出来。

乔乐乔作为相声社唱戏唱得最好的，每个周日晚上都要教唱。她虽然是旦角出身，但老生、小生也能唱。万陵每次都去，但明显学得不怎么样。

乔乐乔和孟渊很有默契，基本对两遍词就差不多了，剩下的时间她都在教万陵唱戏。她一个字一个字掰开了揉碎了给万陵讲，讲得嘴都干了。

“学姐，你是不是觉得我笨啊？”万陵长了一张精致的娃娃脸，舞台上看着很讨喜。他虽然长着一张典型的中国人面孔，说一口流利的普通话，但证件上显示他是外籍人士，在本校的身份是留学生。

“没基础的唱成你这程度已经很可以了，多唱多听，回去把马三立的《黄鹤楼》多听几遍。”

十点半散场，乔乐乔找了五分钟也没找到她的自行车，她想起自己好像没拔自行车钥匙，车很可能被人给偷走了。这时候万陵提出送她回宿舍。万陵告诉她，他之前丢的九辆自行车有一辆找到了，现在他有两辆自行车，可以把其中一辆借给她，反正闲置着也是闲置着。

校园很大，乔乐乔深知没有自行车的麻烦，她爽快地答应了万陵借车给她的提议。

“谢谢，等我买了车就还你。”马上就是毕业季，有很多毕业生要卖自行车，乔乐乔准备回宿舍就在BBS上发一个诚求二手自行车的帖子。

万陵本打算先骑车送乔乐乔回去，明天早上再推着另一辆车送到乔乐乔宿舍楼下。

“不用那么麻烦。”乔乐乔指了指自行车后座，“我先送你回宿舍。”

万陵将将一米七，男孩子不怎么显个儿，看起来比不到一米七的乔乐乔还要矮。他虽然每个月都去健身房锻炼，但看起来依然很瘦。乔乐乔觉得万陵未必有自己重，她带万陵完全没有问题。

万陵很不情愿，但在乔乐乔的坚持下，只好坐到了自行车后座。

乔乐乔利用一切时间见缝插针地对万陵进行教学，她开始唱的还是《黄鹤楼》的词，后来万陵说自己想听《武家坡》的西皮流水板，乔乐乔看在万陵借车给她的份儿上，答应得没一点儿犹豫。

有夏风吹过，乔乐乔额前的碎发在眼前飘了几飘，这个晚上实在是很适合唱戏。

校道两边有很多树，枝杈树叶太过浓密，把天给遮得严严实实，月光透过枝叶泻下来，在地上碎了一片。一个梳马尾穿白衬衫的女孩子骑着一辆黑色自行车，唱着百年前就有的唱词，带着一个男生不快不慢地往前骑，有行人经过，总不免多看几眼。

江曜骑车从长白苑回家属楼迎面遇上乔乐乔，看到的就是这一幕。树把路从上到下从里到外包了起来，像是一个没尽头的凉亭，伴着蝉鸣，四周回荡着小乔的唱腔，她的影子碎了一地，只有活泼如她，才会在校园里毫无顾忌地唱戏。

乔乐乔也看见了江曜，大概是江曜的夹板让她想起了之前的事故，为避免悲剧重演，她紧急刹了车，万陵下意识地搂住了她的腰。

乔乐乔微笑着同江曜打招呼，江曜冲她点了点头就骑着车错过去了。

“这人怎么这么拽啊？”

乔乐乔低头看了下自己的腰，这才觉出了不对劲：“万陵，你的手。”

万陵忙收回放在乔乐乔腰上的手。

“学姐，你那天撞的是不是就刚才那人？”万陵跟孟渊关系很不错，对江曜的了解基本都是通过孟渊的二手资料。

“你也知道了？”

“孟学长跟我说的。现在像你这么善良的女孩子真是太少了，还每天给他打饭。”

“那是我应该做的。”

万陵马上接道：“不过，我跟你说，有些男生吧，特别自恋，你多看他几眼，他都会误以为你暗恋他，更别说你每天给他打饭跟他朝夕相处了。换了别的男生，肯定美死了。但是像他这种被女生追着跑的男生，很可能会因此轻视你。”

“他不是那种人。”

“你毕竟是个女孩子，要说对男人最了解的还是男人。”

“你也这么自恋吗？”

万陵停顿了一下，回答得非常艺术：“我以前也犯过这种错误。学姐，你和他毕竟男女有别，如果他非要有人给他打饭的话，我可以去，毕竟我这段时间这么麻烦你。”

“谢谢，这个还是我自己来吧。”乔乐乔虽然和万陵很熟，但也没熟到这个份儿上。

“或者咱们三个可以一起吃，有我做缓冲，你也不用那么尴尬。”

乔乐乔在脑子里过了一遍，反而觉得更尴尬了：“你的好意我心领了，但是真不用。”

把万陵送到留学生宿舍门口，乔乐乔骑着自行车回了自己宿舍。

宿舍里只有林恬在写学期论文，老大、老四上自习还没回来。乔乐乔马上打开电脑在BBS上发了一个诚征二手车的帖子。

等四个人都凑齐了，林恬问乔乐乔和江曜关系进展到什么地步了。

乔乐乔说：“你可别再造谣了，人家可能有准备交往的女生了。”

“谁啊？”

“何溪你们知道吧，就她。”

“那他都要有女朋友了，怎么还天天和你一起吃饭？就不怕何溪误会？这不符合常理啊，你是不是搞错了？”

“就算他俩没关系，我和江曜也没半点儿可能。”

林恬认定乔乐乔在江曜那儿碰了钉子，马上变了口风：“还是万陵更适合你，男生还是热情的好。”

老大喝了一口“好饱”牌绿茶，马上附和：“我总觉得他像现在特火的那个组合里的人，叫什么来着？反正挺帅的，也就比江曜矮了点。”

“那叫矮一点儿吗？”老四马上反应过来，“不过万陵送你的自热火锅真挺不错的。”

万陵代表相声社和好饱食品公司签了赞助协议，相声社要在报幕员报幕时对其商品进行口播，赞助物就是“好饱”牌的火腿肠、自热火锅、茶饮料，因为没地儿放，只好由社员搬回自己的宿舍。乔乐乔也搬回了几个箱子，和宿舍里的人分了。

“姐姐们，还是别提男的了，来听听我的英语吧。”乔乐乔打开手机，开始播放自己的英语发音。

宿舍马上安静了下来。

十分钟后，乔乐乔请大家发表意见。

林恬咳嗽了一声，像吐枣核似的往外蹦字儿：“还是很有进步的。你们觉得呢？”

老大说：“别有一番韵味。”

老四做总结陈词：“乔乔，学英语不是一朝一夕的事儿，你也不要太着急。”

乔乐乔脸上闪过一丝失望，但这失望马上被笑给掩盖了，她笑着说：“不早了，咱们赶快睡吧。”

周三这天，乔乐乔吃完早饭又给江曜买了一份送过去，中午她在江曜来之前就吃完了饭。在晚饭之前，乔乐乔和江曜的见面时间不超过五分钟。

晚饭点儿，乔乐乔打完饭找好了位置，正打算看视频，就遇到万陵捧着饭盘走了过来。

在康园这么火爆的食堂，一周遇上几次熟人也没什么稀奇的。

“学姐，这儿有人吗？”

“有一个。”乔乐乔并不希望万陵坐在这儿，万陵比她还要能说，和他这么说下去，江曜吃完了，恐怕他俩才吃到一半。

“学姐，那车好骑吗？”万陵找了乔乐乔对面的位置坐了。

“比我之前那辆好骑多了。”一分钱一分货，贵有贵的道理。

“那送给你了。”

“你自己留着吧。我已经买了车了，说好明天交货。”

江曜到的时候，乔乐乔和万陵正在看视频，怕别人听见，两人还分享了耳机。一看见江曜，乔乐乔马上把万陵的手机倒扣在饭桌上。

视频是两年前乔乐乔和孟渊的演出录像，视频里乔乐乔穿着一件薄荷绿的大褂，脸也比现在稚嫩。节目正是乔乐乔恨不得忘掉的黑历史——《起名字的艺术》，里面孟渊拿江曜开黄色玩笑的那部分一点儿没删，尽管开着静音，乔乐乔还是看得心惊肉跳。当初历史系中秋晚会放出来的时候，为了控制不良影响，维护本系形象，独独剪掉了这一段，没想到今天竟流了出来。好在标题不甚吸引人，只有几百的播放量。

这么流氓的一段要流传出去，乔乐乔和孟渊恐怕很快就要成为 Z 大之耻。“就你们俩，也配上 Z 大”的评论绝对不会少。

乔乐乔问万陵怎么找到这视频的，万陵说搜她和孟渊的名字，多加几个关键词就找出来了。

江曜一落座，乔乐乔特地对他多笑了两下，不知怎么，江曜总觉得这笑有些诡异。

他最终坐在了乔乐乔的旁边。万陵主动和江曜打招呼，江曜只对他点了下头，连笑都没笑。

乔乐乔因为心虚，对江曜格外热情，不仅给他擦了筷子、勺子，每隔几分钟就让他多吃点儿。万陵坐在乔乐乔对面，好几次都要看不下去了：学姐这么殷勤，江曜竟然还是吊着一张死人脸，难道笑一下会死？

吃完饭，乔乐乔和万陵两人一起骑车去了学生活动中心，江曜向着他们的反方向走了。

乔乐乔叮嘱万陵，这段视频自己看看就算了，千万别外传。

晚上一回去，乔乐乔就给团委的老师发了微信，问当年有这视频源的都有谁。这种段子在小剧场说或许无伤大雅，但在大学说，尤其他俩背后还挂着Z大历史系的横幅，要是看的人多了，她和孟渊出名是小，影响系里名誉是大。

老师说会好好问一问，让她不要担心，毕竟只有几百的播放量。

担心是担心，但不妨碍生活继续。

第二天早上乔乐乔又四点起来在水房对着镜子练发音。她并不知道祝教授的打算，一心想着在下周一的课上一雪前耻。

她越练越挫败。

就在她准备去给江曜买早餐的时候，她收到江曜发来的短信。江曜问她会不会做饭，他不想吃外面买的早点了。如果她不方便的话，他就只好自己去食堂随便吃点儿。

她撞了江曜，江曜相当于她的债主，债主有要求，她应该尽量满足人家。何况还有视频的事儿，她老觉得这事儿是一炸弹。

乔乐乔在短暂挣扎之后，问挂面煮鸡蛋是否可以。她在江曜的冰箱里看见过挂面和鸡蛋。

过了两分钟，江曜回她说行。

乔家最会做饭的是老乔，光早点老乔就会做十多种，烙糖饼烙火烧炸油条炸油饼卤豆腐脑卤茶叶蛋水煎包水煎饺摊煎饼摊鸡蛋灌饼都不在话下；小乔的奶奶也是个爱吃的，香椿榆钱儿豆瓣蒲公英枣树芽花椒叶没有不能吃的，万物都能当菜吃。相比之下，乐女士虽然差了些，但家常菜也是会做的。

乔乐乔受长辈们的熏陶，理论知识还算丰富，可基本没实践过。

小乔的奶奶是唱河北梆子的，各剧种也有鄙视链，梆子一直低京剧一等，乔奶奶受够了歧视，打小就培养小乔唱京剧。在乔奶奶眼里，万般皆下品，唯有京剧高。后来乔乐乔唱戏的路走不通，又变成了万般皆下品，唯有读书高，乐女士从早到晚监督乔乐乔做题。在乔家两代女人的努力下，乔乐乔在做饭上还有很大的进步空间。

乔乐乔认为自己饭做得不好吃，江曜至少要负一半的责任。江曜家的厨房里连小葱、老抽、香油都没有，她就算有惊天厨艺也做不出什么好东西来。

她在清汤挂面里卧了两个荷包蛋，汤很清，鸡蛋很圆，挂面很细，一看就很有食欲。

她本来打算只做一份的。江曜说吃完还要麻烦她洗碗，总不能他吃她看，那样也太不礼貌了，坚决要请她一起吃。

江曜从不请人来家里吃饭，家里只有一只碗。他把小碗让给了乔乐乔，自己用起了另一只敞口大碗，并且把大的那个荷包蛋分给了她。吃饭前，江曜又给乔乐乔倒了一杯鲜牛奶，杯子是乔乐乔上次用过的，上面是小黄人。

乔乐乔并不知道江曜只有这一只待客的杯子，还以为他记得自己上次用了什么杯子，心里多多少少有些感动。

乔乐乔这顿饭吃得没滋没味的，也不是说多难吃，就是难以下咽，她是以根为单位吃面的，每次只吃一根。她准备一会儿再去买俩生煎吃，最好再有一个小烧饼，滚满了芝麻的。江曜倒对她的饭表现出了极强的包容性，没一会儿就吃了小半碗。某一刻，乔乐乔竟然有点儿同情江曜，这也太没吃过好东西了。

席间，江曜问乔乐乔怎么换了一辆自行车？

乔乐乔说她自行车丢了，她现在骑的是万陵的车，等晚上她和大四学长交易完了二手车，再把车还给万陵。

“你们很熟？”

“算是吧。”

“《外国史学名著选读》学得还顺利吗？”

乔乐乔马上想起上次的丢人场面，连耳根都红了。连带着，何溪背后说她的那些话她也想起来了。

她用一种很轻松的语气问道：“你是不是也觉得我的发音挺可笑的？”

“你会觉得一个人一嘴京片子，不说普通话可笑吗？没必要追求所谓的标准发音，都一样了也挺没劲的。”

乔乐乔觉得江曜说得并不确切，她的发音和标准发音的距离，并不是北京话和普通话的差距，至少是上海话和普通话的区别。不过江曜的话还是给了她一些安慰。

那天可能江曜并没和何溪说她坏话。

见乔乐乔沉默，江曜又说：“语言就一交流工具，别人能听懂就行。”

“你真的能听懂我说了什么吗？”乔乐乔在上这门课之前，还是很有自信的，她经常为外国友人指路，告诉他们本校的食堂在哪儿，她能用英文描述出本校十几个食堂的具体位置。

“那有什么听不懂的。”江曜起身进了厨房，不一会儿从厨房拿了一瓶醋出来，他往自己碗里倒了几滴，又问她是否需要。

乔乐乔摇摇头，看着自己碗里的面条问江曜：“面条是不是很难吃？”

“我觉得挺好，就是下回别煮这么软了。”

不得不说，乔乐乔的实践水平和她的理论水平严重不符，远低于江曜对她的期待。不过也许是巧妇难为无米之炊，没准明天就会好起来。

“要不我再去给你买点儿别的吧，你想吃什么？”

“不用，我马上就饱了。”江曜又往面里滴了两滴醋，“你要是学习上有问题的话，可以和我说，我没准儿能帮到你。”

“你觉得我的发音能在四天之内纠正过来吗？”乔乐乔说完马上补了一句，“我开玩笑的。”

饭后，江曜坐在沙发上，随便拿了张英文报纸摘出一段比较简单的让乔乐乔读。

乔乐乔单读音标的时候还可以，但是当那些字母组合在一起以单词出现时，她又回到了原来的老路上。但凡江曜笑一声，乔乐乔都不会读下去了。好在江曜的脸从头到尾都没有表情。

乔乐乔读完放下报纸对江曜说：“我先去刷碗了。”

在乔乐乔读之前，江曜本打算辅导她的，可一听完，他就实在说不出刚才已经准备好的话。江曜本以为乔乐乔经过这两天音标的自学能有所好转，但好像没有任何变化。他并不是个有耐心的人，教学水平也很一般。他大二的时候为改善生活，还考虑过做雅思培训，两个小时的课时费能顶一个月饭钱，但教到第三节课时，他就实在忍不下去了，连之前两个小时的钱都没要。那人的水平要比乔乐乔高得多。

乔乐乔的发音别说四天，四十天能改变也悬。

乔乐乔刷完碗出来，问江曜中午想吃哪个食堂。

“你之前的发音已经形成了肌肉记忆，突然改变也没那么容易，不过你要是信得过我的话，我可以帮你调一调，就是不一定能达到你希望的效果。”

乔乐乔有些不好意思地问：“那方便吗？”马上就要期末考了，江曜的时间也挺宝贵的。

“我晚上有时间，这个看你。”

“可我最近晚上都要排练。”这个提议还是很有诱惑力的，照她这么学下去，没有一个水平高的人指导，下周的课还要重蹈覆辙。不过凡事都有轻重缓急，相声晚会成功举办比专业课上一雪前耻更重要，除了万陵，还有一堆新人等着她去辅导。孟渊太无为而治，这事儿还得她来。

相比历史，相声才更像是她的专业。

江曜决定再退一步："早上和中午也行，你哪个时间段有空？"

乔乐乔马上说："我都有空。"

"你学美音还是英音？"没等乔乐乔回，江曜说，"你还是学美音吧。"

"行，听你的。"

"你中午之前去药店买几个一次性压舌板，实在买不着的话买几个棒棒糖也行。"

等到中午，乔乐乔很庆幸自己多跑了几家药店买到了压舌板，要是买的棒棒糖，她得羞死。

江曜把音标视频投到了投影仪上，他觉得如果亲自给乔乐乔示范发音，那场面一定很滑稽。

"你舌头要往后缩，嘴巴收一下。"江曜拿压舌板抵住她舌头的后半部分，"对，抬高一点儿，记住这个位置。你再发一遍这个音。"

乔乐乔一颗心怦怦直跳。江曜是和她同龄的男孩子，两个人又离得那么近，近得能看到他的喉结。她的脸有点儿发烫，如果她脸红的话，江曜一定能看到，那可不是什么好事儿。乔乐乔的指尖陷在手心里，努力控制加速的心跳。

江曜自始至终维持一个表情，他的衬衫扣子只解了一颗，一看就是一个正经人。乔乐乔自然不会怀疑他对自己有什么不良企图。

乔乐乔前两天学音标的时候，单个音标学得不错，可一到具体单词，她马上把学的音标给忘了。江曜的手劲儿有点儿大，好几次拿压舌板把她的舌头戳痛了，但她没好意思说，可能正是疼痛，让她有了记忆，她很快就学会了正确发音。

"嘴向两边张，舌尖抵住下面的牙齿。"江曜的喉结吞咽了下，"小乔，你的舌尖不要老探来探去的。"

江曜把压舌板给乔乐乔："你先自己练，我去喝口水。"

乔乐乔想，可能自己太笨了，把江曜耳朵都给气红了。

那天中午从江曜家出来，乔乐乔的心就一直怦怦地瞎跳，喝酸奶的时候，酸奶卷到舌尖，都能想到江曜，然后脸一阵阵地发烫。乔乐乔在心里做了自我批评，人家好心好意教自己，自己都在想些什么。为了掩饰自己的内心活动，她晚上再见江曜时，在脸上抹了厚厚的防晒，还敷上一层粉，她想，这样即使脸红，也没人看出来了。

因着有了遮盖，她在江曜面前十分坦荡，也更加心无旁骛。

开始江曜还拿压舌板给她调整，等她熟了，就让她自己拿着。大概是教她教得太累，江曜时不时就要喝水。

短短两天，江曜对乔乐乔的厨艺水平已经有了基本认知。

周六早上，江曜建议乔乐乔给他煎蛋和煎午餐肉，还写了一张便笺，油精确到毫克，大火小火的时间也精确到秒。为此江曜拿出了量杯和秒表给她。

一个常年吃七食堂的人，今天有了她这个免费劳力，突然就开始讲究起来了，量杯也就罢了，竟然还用秒表。乔乐乔转念又一想，江曜教了自己两天发音，提些要求也是正常的。

乔乐乔老老实实地按照江曜的法子煎了午餐肉，味道竟然很不错。

“你之前经常在家做饭吗？”乔乐乔没想到江曜这么全能。要是不长期做饭的人，绝对不会把要求提得这么细致。

“我动手能力比较差，也就有点儿理论知识，不像你，学一次就会。”煎午餐肉的法子是江曜跟叶勘家阿姨学的。江曜是个很在乎吃的人，但同时他又懒得做饭。如果他有钱的话，金钱可以有效解决这一矛盾，但他没钱。在方便和美味之间，他一般会选择前者。

乔乐乔以为江曜真在夸她，还谦虚了一番。

饭后，江曜从冰箱里拿出一瓶酸奶，拧开瓶盖递给她：“无糖的。”

“谢谢。”乔乐乔想起上次江曜给她酸奶，她说自己在戒糖，很不好意思。她接过来喝了一口，如果不是及时捂住了嘴，她简直要呕出来。

怎么有这么难喝的酸奶！乔乐乔酸得牙痛。

江曜给乔乐乔的酸奶并不是市面上那些号称无蔗糖却放了好多添加剂的无糖酸奶，它是真正的无糖。

如果是一点儿糖都没有，她为什么要喝酸奶？

“怎么了？你不喜欢？”

“喜欢，特别喜欢，我刚才不小心噎住了。”乔乐乔看了看瓶子上的鸟文，以前从没见过，“你在哪儿买的？”

江曜说了一家乔乐乔没去过的超市。这家超市是面向欧洲在华人士开的，江曜在超市网页上买午餐肉的时候，看见了无糖酸奶，这家的起送价比较高，为了凑齐起送价，江曜就多买了几瓶。

“我给你买了十瓶，放冰箱了，你什么时候想喝什么时候拿？”

乔乐乔勉强挤出一丝笑容：“你自己留着喝吧。”

“我不喝酸奶。”

乔乐乔的笑僵在那儿：“你这样我多不好意思。”

“你喜欢薄荷炸排骨吗？”

乔乐乔很诚实地说她没吃过。

“咱们中午就吃它吧。这几天我总是吃你的饭，也该给你做一回了，就是我的手不太利索，做出来的东西可能差点儿意思……”

江曜话说到这份上，乔乐乔不加思索就说中午她给江曜做。

江曜又谦让了一番，乔乐乔表示不必客气。

吃完饭，小乔准备去学校附近的早市采购食材，顺便买些水果。江曜提出陪她一起去，她又不是他家保姆，他不能从买菜到做饭都使唤人家。

乔乐乔骑着从学长手里花八十块买来的二手自行车，跟江曜一起骑车往早市走。

早市很大，大概有一千多个摊位。去早市的路上，能看见一群大妈大爷推着小推车。

大爷大妈对附近的大学生颇有微词，这些来早市的学生完全不懂还价，按原价买还觉得便宜，完全扰乱了市场行情，给他们的生活制造了极大不便。

乔乐乔并不在列。

乔乐乔，人送外号“砍价小公主”，宿舍里其他人来早市买东西，都要带她来一起还价。

江曜眼看着乔乐乔在一家调料摊先把价钱杀到一半，之后以八成的价格成交。老板夫妇都是安徽人，乔乐乔还跟老板说了几句家乡话。这对夫妇有两个小孩子，一儿一女，都在小摊上写作业，乔乐乔觉得孩子很可爱，把兜里的巧克力给了他们。

乔乐乔一路走一路买，早忘了她只是来买薄荷炸排骨的食材。她在一家药店买了罗汉果、菊花、玫瑰花等东西，说要给江曜泡水喝，这两天她听着江曜的嗓子有点儿哑。

途经水果摊，乔乐乔分别问了西瓜、菠萝、草莓、水蜜桃的价钱，这些水果曾给江曜留下了深重的阴影，但并不妨碍乔乐乔对它们的热爱，这些水果太占地方，她决定离开的时候再买。

走到一个冰激凌批发店门口，乔乐乔说：“一会儿回来的时候咱们再进去买，骑快点儿，就化不了了。”

在去买猪肋排的路上，乔乐乔路过一个烤冷面摊，她早上没怎么吃主食，闻见烤冷面的味儿就饿了。江曜看见旁边有一个小超市，他想起应该买个玻璃杯，上次何溪来，不小心用了他喝冰水的杯子，这几天他一直用马克杯。

江曜去了超市，留下乔乐乔一个人排队。乔乐乔觉得天儿很好，拿出手机拍照。她打开相机的时候正拍到不堪入目的一幕。

乔乐乔排在队伍里的第四个。排第二个的是调料摊的老板娘，第三个——也就是小乔前面的一中年男人，男人在老板娘屁股上捏了一把，老板娘回头翻了个白眼。

乔乐乔认得老板娘的丈夫，于是认定这个中年男人是个流氓。就在她考虑要不要大喊一声吓退流氓的时候，男人的手又开始不老实。

她刚才买了一个可爱的小葫芦，此时她拿起葫芦在男人背上敲了一下，用她那字正腔圆的高腔喝道：“你手往哪儿放呢？”

乔乐乔的声音很有扩散力，周围的人都看过来。

男人冷不丁被敲了一下，转过身来，噌噌往外冒火：“小丫头片子，刚才是不是你敲的我？”

“谁让你耍流氓？你马上向人家道歉，否则我就要报警。”

“臭丫头，谁耍流氓了？我对你流氓了？我流氓你哪儿了？就你这个屁股没三两肉的小丫头片子，你求我，我都不稀得碰你。”

乔乐乔气得涨红了脸，她虽然能说，但毕竟没学过系统的骂街。她的目光扫过去，调料摊的老板娘已经走了。

这人怎么能这样呢？留下路见不平的她一走了之。

江曜买完玻璃杯，又买了十个一次性纸杯。等他从超市出来的时候，正撞见一个中年男人在那儿扯着嗓子污言秽语地骂乔乐乔。乔乐乔用她那独有的高腔诉说男人的骚扰恶行，请大家给她评理。

江曜并不知道事情的前因后果，还以为乔乐乔被骚扰了，他走过去一脚把男人踹了个趔趄。

男人开始还有点儿害怕，一看江曜右臂上的夹板，马上有了底气，心想不就一个长得高点儿的小白脸吗，现在还是个半残。他单手扶地站起来：“小兔崽子，就你这样儿，还想拔份儿呢！”

江曜给乔乐乔使了个眼色，让她闪开，随后他一脚把自行车踹倒在男人身上。玻璃杯在地上砸了个粉碎。

野球场上多流氓，江曜小时候跟人踢野球，遇上过不少小流氓，踢不过就上脚打人，往往场上打一架，打完了还要约一架，尤其是场上打架的时候，脚上的功夫比手要重要得多。

派出所里，一个中年男人在骂骂咧咧：“这俩哪是大学生，就是俩小流氓。那小兔崽子把自行车踹到我身上，咣咣就拿脚踹我。要不是我身体好，现在都躺急诊室了。还有这小丫头片子，说帮凶都是轻的，一直摁着不让我起来！”说着他扯了扯身上的短袖，“这上面的脚印都是那小兔崽子的！不信您让他把鞋脱了，对一对！”

警察敲了敲桌子：“注意素质！”

“我够有素质了。让他们校领导来，瞅瞅他们教出来的都是什么玩意儿？就这还名牌大学呢，中国的教育算是完了！”

警察冲小乔和江曜扬了扬下巴：“你们俩同意他的证词吗？”

乔乐乔在眼眶里积蓄起眼泪，委屈巴巴地说：“两位警察哥哥……”

年纪大的警察开了腔：“在这儿就不要套近乎了，我这岁数都够当你爸爸了。”

“那您可真不显老。警察叔叔，我手机里有关键证据，但现在没电了，您能帮我充个电吗？”

老警察冲小警察说了两句，小警察拿着小乔的手机去充电。

“警察叔叔，您可别听他胡说八道。您看看我，手无缚鸡之力，您再看看他，”乔乐乔指了指江曜，“右臂骨折，连生活自理都有问题。像这种长得凶神恶煞的，我俩平时都躲着走，要不是他今天骚扰妇女，我们也不会和他发生冲突。”

中年男人虽然没江曜高，但胜在膀大腰圆。

“他骚扰的妇女在哪儿？”老警察问。

男人这时又嚣张起来：“我骚扰谁了？骚扰你了？我还说你骚扰我呢！就你这种干巴巴的柴火妞儿，也就那个小兔崽子没见过世面，拿你当回事。你就算脱光了站我面前，我都懒得看你一眼！”

江曜噌地站了起来，一把扯住男人的领子：“你的嘴给我放干净点儿！”

乔乐乔扯了扯江曜的衣袖。

“警察同志，您看见了吧，当着您的面，他都敢这样，必须把这两个小流氓圈起来，出去还不知道怎么为非作歹呢？”

老警察瞪了眼男人：“你，从现在起，我不让你说话，你嘴就给我闭着！”

他又对江曜说：“你可不是第一次来这儿了，说说吧，这次又怎么回事儿？”

“我自从上次来这儿受了您的教育，就下定决心，能讲理的绝对不动手，我当时正准备跟他讲理来着，谁想到自行车倒了，您也看见了，我现在就一只手能用，反应比较慢，就没扶住……”

男人马上插道：“小兔崽子，装什么装！”

“闭嘴！”老警察又问，“那他身上的脚印是怎么回事儿？”

“他虽然不拿自己当个人，但他的命确实是条人命。我不是手不好用吗，怕自行车真把人给砸了，就伸出脚去顶车架，想把自行车支起来，您想这惯性有多大，就没顶住，结果这脚就落在了他身上。他虽然骚扰妇女，但自有法律惩罚他，至于他身上的伤完全是一场意外。”

乔乐乔在一旁点头。

“警察同志，您可千万别相信这俩小骗子。”

这时乔乐乔的手机已经有了电，她打开手机，调出照片。

老警察把照片拿给男人看：“说，这是不是你？”

“是……我那是不小心。”

“怎么不小心才能做到你这样？”

乔乐乔忙说：“他在光天化日之下这么肆无忌惮地骚扰别人，肯定不是第一次作案。”

老警察问男人：“你这是第几次了？”

“我和照片里的女的在谈恋爱，做点儿这种事很正常。”男人反问乔乐乔，“你难道不和你男朋友干这个吗？”

乔乐乔这次骂得很有底气：“你要不要脸！你摸的可是已婚妇女！人家丈夫不是你！”

男人这才蔫儿了，为证明自己确实没有性骚扰，他从手机里拿出了自己和调料摊老板娘近期的大尺度合影。

乔乐乔又惊又气：“你怎么能破坏人家的家庭？”

婚外恋这种事虽然违反了公序良俗，但不归派出所管。

老警察对江曜说：“不是我不相信你，光我就第三次在这儿看见你了，总不能每次都是人家蓄意滋事，你是无辜的吧。说吧，叫你们学校领导还是叫家长？”

“我真是无辜的，自行车倒了能怪我吗？”

“你要不自己叫，我就给你们学校打电话了。”

江曜知道今天这事儿还有得麻烦，他对警察说：“这事儿跟乔乐乔没关系，能让她先走吗？”

乔乐乔说：“我不走，我们没错。”

江曜不耐烦地看了乔乐乔一眼：“你这人怎么这么烦？赶快走，在这儿耗什么啊。”

乔乐乔嘴上振振有词："我就想在这儿接受人民警察的教育。警察叔叔，我们确实有错，可那是一场意外。"

男人在一旁恨恨地说："学校教育不了你们，还有政府呢。这次我让你们俩坐牢。"

江曜无奈只好给沈律师打了个电话，简单说明了下情况，让她来派出所一趟。

沈律师来的时候，乔乐乔还在和中年男人打嘴仗。

"你以后不能再破坏人家家庭，否则我就给你捅出来。"

"关你屁事！你是不是有病啊？"

乔乐乔只在电视普法节目上看见过沈律师，那阵子因为老乔老看这个法制节目，乐女士认定老乔是色迷心窍，吃了一肚子飞醋，连带着吵了好几次架。

大概是比较上镜的缘故，沈律师并不如乔乐乔想象中的美，但一身套装被她穿得很有气势，一下就把中年男人给唬住了。

男人刚看见沈律师，并不知道她是江曜的母亲，还以为是学校派来的，一见到人就开始说乔乐乔和江曜的坏话："你们学校用的是国家拨款吧，花我们纳税人的钱，就培养出这种败类。我告诉你，我不同意调解，必须拘留他俩。"

"请你注意下措辞，公然贬损他人人格，是要负法律责任的。既然你不同意调解，那我们就走法律程序，不过拘不拘留可不是你说了算。"说完，沈律师给他递了张名片。

最后中年男人决定大人不记小人过，放江曜和乔乐乔一马，主动提出和解。

"把我打成这样，你们就准备赔我一千块钱？打发叫花子呢。"

沈律师又把钱放到钱包里："你要不同意的话，咱们走法律程序。你的伤残鉴定费我们出。你那照片一定要保存好，留着当证物。"

"你在威胁我？"

"我只是在提醒你。"

出了派出所，已经是中午饭点儿，江曜问沈律师要不要和他俩一起去吃云南菜。沈律师告诉儿子，她中午约了人，就不和他们一块去了。她从钱夹里掏出五百块钱给儿子："你最近还是别骑车了，打车吧。"

江曜说他有钱，沈律师也没跟儿子客气，又把钱收了回去。

上车前，沈律师特意和乔乐乔打了招呼，欢迎江曜带她来家做客。

江曜和乔乐乔目送沈律师开着奥迪 A8 扬长而去。

“你妈妈可真有气质。对了，你上次为什么来这儿啊？”

乔乐乔以为江曜这种人除了丢东西报警来派出所，平常是没有机会来的。

江曜没回答这个问题，而是告诉乔乐乔，下次遇上事儿，报警就完了，不要一冲动跟人发生正面冲突。

乔乐乔心想你比我冲动多了，我再生气也是跟人讲理，你一上来就打人，谁有你冲动啊。

第五章 学外语

“咱们回去买排骨吧。”

“这都几点了？还有，最近一个月你不要去早市了。”

江曜带乔乐乔去了一家云南馆子，点了一个薄荷炸排骨后，就让乔乐乔点餐。乔乐乔做好了自己请客的打算，为了显示大方，她一连点了六个菜。

江曜虽然嫌弃乔乐乔点得太多，但毕竟是第一次请她吃饭，总不能拦着她不让她点。

吃完饭，乔乐乔去买单，服务员告诉她有人已经买过了。

乔乐乔很不好意思，她自己买单，点多了叫大方；江曜买单，她点这么多，叫敲诈。

她问江曜晚上想吃什么，她请客。

江曜说：“叫服务员打包，晚上继续吃。”

打包的饭一直吃到了周日早上，江曜叫乔乐乔拿剩下的鸡块煮了面。这次在江曜的要求下，面条不算太软。

乔乐乔的音标学得差不多了，就开始读《外国史学名著选读》的材料，不确定的单词一个个查字典。

下午，乔乐乔让江曜听她的发音。

乔乐乔单个字词的发音错误倒是不多，一旦连词成句，就很怪异。

江曜给乔乐乔读错的单词标了音标，让她再读一遍。乔乐乔读单词的时候，江曜一直盯着她的嘴唇看，虽然她认为江曜是在看她的口型，但她莫名有些紧张，不由得舔了舔嘴唇。江曜的脸越来越近，近得她能听到他的呼吸声，她下意识地闭上了自己的眼睛，她能听见自己的每一声心跳。

闭着眼睛，乔乐乔感受到江曜的手搁到了她的头发上。

“你的头发上有一片纸屑。”

乔乐乔的眼睛忽地睁开了。她心里骂道，乔乐乔，你一天到晚到底在想什么啊。她想自己的脸一定红了，好在有粉遮着。她假装用手指去摸自己的眼角：“我有时候眼睛有重影，休息几秒好多了。你眼睛可真好，看这么多书也不近视，我就不行了。”

“需要眼药水吗？”

“不用，我现在好多了。”

乔乐乔之后再读单词的时候，一直低着头，不去看江曜的眼睛。

“你觉得明天大家还会笑我吗？”

“有什么可笑的？”

乔乐乔想江曜和别人毕竟不一样，江曜不笑，别人未必不笑。

她叹了口气。

江曜安慰她：“你没必要把这个太当回事儿。明天老祝未必叫你。”实际上，江曜认为，老祝根本不会再叫乔乐乔。

乔乐乔想，肯定会叫的，要是老祝不叫她的话，她怎么能一雪前耻，江曜不是白费时间教她了。老祝让她出了一学期的丑，好不容易她有所改进，却不叫她，她怎么能接受。

“我是不是和英语八字不合啊？”明明学个方言，人家说两句，她就能学个八九成。

“学语言不必求快，你也不用太着急。”

江曜主动提出要给乔乐乔打个样，他把明天要用的材料读了一遍，用乔乐乔的手机录了下来，后来他怕她听不真切，又放慢语速读了一遍。

作为回报，乔乐乔帮江曜复印材料。江曜自从到了历史系，就养成了书非借不读的习惯，如果图书馆没有，他就发邮件给管理员让他们赶快采购，除非特殊情况，他一般都不怎么买书。

江曜录完音，把手机交给乔乐乔，又从冰箱里拿了一个光明奶砖给她。昨天上午，两人去早市，乔乐乔说要批发一箱，结果没买成，江曜昨晚经过超市，顺便买了几个放冰箱里。

乔乐乔没想到江曜这么热情，不仅主动给自己录音，还买了自己最爱吃的奶砖，也许江曜对她并非全无意思，但想到刚才的闭眼事件，她又骂自己想多了。

“你想去哪个学校读研？”江曜问。

“我不准备读研。”历史系出名的教授多，学生少，保研率比其他院系要高，但无论如何也轮不上她。而且就算轮上她，她也要考虑考虑，毕竟Z大又没相声专业。

“你不用太担心语言成绩，如果你去英国的话，可以先申请学校，等offer下来，再考雅思也没问题。时间还挺充足的。”

乔乐乔从来就没考虑过出国，一天不说中国话她都难受，像她这种人，出国纯属受洋罪。而且以她的成绩，学校或许能申请上，但绝对要自费，一年花几十万出国受洋罪，这不吃饱了撑的吗。

乔乐乔还没来得及回答，就听见门外的敲门声。来的人是何溪。

中午，何溪的母亲袁教授叫江曜过去吃饭，江曜没去。

“我妈让我给你带的汤。”何溪说。

江曜接过去道了谢，又说：“你下次来之前最好通知我一下，万一我不在，你不白跑一趟吗。”

“你是嫌我不告而来了？”

“我没这么说。”

何溪一进门就看到了乔乐乔，她笑着问：“我是不是来得不是时候？”

江曜从冰箱里给何溪拿了一瓶苏打水。他拧瓶盖倒不费力，麻烦的是固定住，毕竟有一只手不方便。

何溪并不认为自己有拧瓶盖的责任，乔乐乔一把拿过江曜手里的水，拧开递给了何溪。

何溪很主动地跟乔乐乔说话：“江曜没欺负你吧，他要是欺负你，我帮你教训他。”她看似在为乔乐乔做主，实则是在展现自己和江曜的亲密关系。

乔乐乔很不配合地说道：“江曜对我没话说。”

她认定何溪和江曜并非男女朋友关系，如果是，以江曜的为人，绝对不会和自己这么亲近。至于江曜对她是什么看法，她现在倒不是很清楚。

因着何溪在背后嘲笑自己和自己所读的瓦片儿胡同小学，乔乐乔对她并没什么好感。但乔乐乔今天对何溪格外热情，她问何溪明天是否还去《外国史学名著选读》听课，何溪说自己的时间很紧，明天不一定有时间。

乔乐乔自然不好说上次她听到何溪背后说自己坏话，明天一定要在何溪面前展现一下自己的真实实力，只说明天的课预计很精彩，请何溪有时间一定要去听一听，不听很可能会后悔。

何溪还没想通乔乐乔为什么一直劝她去听课，乔乐乔就转换话题问她和江曜是不是一个小学的。

“从幼儿园开始，我们就一直是一个学校的，我的每一任男朋友都怀疑我和江曜的友谊不纯洁，但其实他只是我男闺蜜，我和他特别清白。你说是吧，江曜。”

何溪谈恋爱的时候，江曜确实没打扰过她，她并不感激。不过江曜一直单身，也让她稍微有些平衡。她一直以为江曜喜欢自己，只是不好意思表白，否则一个性取向正常且颇受欢迎的男孩子不可能单身到现在。她等着江曜主动，江曜却从来不主动。

江曜听见何溪用男闺蜜形容自己简直恶寒。但何溪毕竟是个女的，他也不好当面说什么过分的话，他低头看了下表。

何溪并没注意到江曜的举动，反倒是乔乐乔主动告了辞。江曜之前跟她说过晚饭他要回父母家吃，她还要抓紧时间读材料。她的时间可太宝贵了，还有不到二十四小时就到她要一雪前耻的时刻。

何溪以为这是乔乐乔识趣的表现。她再次感谢乔乐乔对江曜的照顾。乔乐乔本来想说“谢什么，我照顾的又不是你”，但话到嘴边，又变成了应该的，她不想在明天上午前得罪何溪。

临走前，乔乐乔再次建议何溪明天最好来听《外国史学名著选读》的课。

出了楼，乔乐乔就戴上了耳机，耳朵里充斥着江曜的声音。

晚上相声排练的时候，乔乐乔十点就提前走了。夜里十一点，乔乐乔在宿舍里朗读选段，舍友们一致认为她有了长足进步，纷纷问她怎么提高的。

她说是江曜在给她辅导，至于辅导的具体方法她没太好意思说。一想到那儿，她的耳根就忍不住发烧。

“你当时不是说和江曜没可能吗？”

乔乐乔想到今天的闭眼事件，真是太丢人了，遂说：“没什么戏。”

宿舍里只有林恬体会到了“没戏”和“没什么戏”的区别。

乔乐乔今天说“没什么戏”的心情自然是和以前不一样的，现在她这么说，就像是怀孕不足三个月的准妈妈，出于迷信的心理，不肯说自己怀孕了，直到满了三个月，才公之于众。

今天宿舍里最不爱学习的乔乐乔变成了最一心向学的，她强烈要求，舍友们不要再八卦打扰她的学习。

整整一夜，乔乐乔都没拔耳机，耳朵里都是江曜的声音。戴着耳机，好像江曜守在她耳边跟她说着悄悄话，听到某几个单词的时候，她还会不自觉微笑。伴随着这连绵的声音，乔乐乔做了一个不太好意思的梦。醒来她又嫌弃了自己一番。

乔乐乔夜里一点多才睡，早上四点就按时醒了，继续去水房读材料。

早上，大家都起了，乔乐乔拿着一件白T问林恬："你觉得我穿这个怎么样？"

既然乔乐乔主动提问，林恬也不吝赐教："乔乔，你腿又长又直，夏天应该多露一露，不要一天到晚穿长裤。"

搁平常，乔乐乔有很多理由反对，譬如长裤防晒，如果骑车撞倒了也不会摔得那么惨。

"还有你这头发，披着比梳起来好看，我这儿有卷发棒，你要不要用？"

"不用了，那太热了。"

"美丽是要付出代价的。"

乔乐乔最后还是决定把头发梳起来，她倒不只是怕热，她虽然瘦，却是易出汗体质，太热了，脸上的粉就会掉，万一花了脸，那可太尴尬了。

江曜早上五点半给她发来了信息，说他在父母家吃饭，让她今天多睡会儿，不用起那么早。

出宿舍前，乔乐乔特意换上了她新买不久的小白鞋。

《外国史学名著选读》课前十分钟，乔乐乔到了教室，她发现何溪也来了，这次何溪倒没和江曜坐一桌，而是一前一后。

江曜在教室右边，乔乐乔特地选了个左边的位置坐下，她怕看见江曜紧张。

往常一节课进行到二十分钟的时候，祝教授就会请乔乐乔回答问题，但一节课过去了，祝教授还是没叫到她。

说实话，以前乔乐乔因为祝教授丢人的时候，她并没怨过他，偶尔怨，也是怨自己实力不济。可是今天就不一样了，他让自己丢了那么多丑，自己努力了一礼拜，不仅练了发音，通读了材料，连观点都准备了好几个，衣服都换了新的，还特地请了何溪观礼，结果他倒沉默了。

乔乐乔很生气，希望第二节课祝教授能够良心发现。

可第二节课二十分钟过去了，祝教授还是没有意识到他应该做什么。下节课就要考试了，这是最后一节课，一会儿肯定还要花十分钟讲讲考试的事情。

乔乐乔看了下手机，留给她的时间不多了。

在讲课的间隙，乔乐乔咬了咬牙，主动从座位上站了起来。

看见乔乐乔从座位上站了起来，祝教授第一反应是乔乐乔是不是对自己的课有什么意见。他请乔乐乔不必客气，一定要畅所欲言。

在同学们的注视下，乔乐乔先是把选段里柯林伍德对修昔底德的评述读了几句，这是她读得最烂熟的一部分。她读的时候垂着眼，睫毛遮盖了三分之二的眼睛，两片嘴唇因为课间多喝了几口水，显得更红了。乔乐乔从不搽口红，她嘴上的红是天生的，她的幼儿园老师曾因怀疑她每天都涂口红让她请过家长。纸上的文字从她的嘴里不急不缓地流出来，她的腔调是学的江曜，当她学会了音标，模仿就变得没那么难了。

乔乐乔读的过程中还是有一些微小的毛病，但因为她之前读得太差了，同学们对她根本没有任何不切实际的期待，她的读音甚至让人产生了小小的惊艳之感，有人怀疑她之前读成那样是为了搞笑做的行为艺术。

腔调是很能影响气质的，乔乐乔之前的腔调很难不让人把她和搞笑联系在一起，现在配上这样一种语调，她整个人的气质即刻变得沉静起来。她整个人的面貌其实是宜静的，但以前她很少展现这一面。乔乐乔旁边的男同学忍不住多看了她几眼。

乔乐乔并不打算给大家留下这样一个形象，她读完并没有就此打住，而是认为自己很有必要把在读的材料升华一下，否则就太突兀了。她从材料引申下去，谈到了史料的甄别，进而提到了当今学历史的人，如果对现实生活中发生的事情都没有甄辨能力，怎么有能力把史料处理好呢。就拿她和江曜为例吧，她撞江曜完全是个意外，学历史的人要拿出专业态度来看这件事，不要听信传言，以讹传讹。

这一番发言，整体还是很流畅的，音准上也没有什么明显错误，但因为没有样本模仿，完全是她个人发挥，语调又变得轻松活泼起来，回归到了她原来的气质。

否认传言是有风险的，有时会产生此地无银三百两的效果。

祝教授听完咳嗽了两声，眼睛不自觉地朝江曜看，江曜左手扶着前额，看起来颇有些无奈。祝教授忍住笑，对乔乐乔的思维方式进行了表扬，并鼓励她一直坚持下去。

下课时，乔乐乔等人走得差不多了，收拾书包走向江曜。乔乐乔问何溪要不要和他们一起去吃饭，她请客。

乔乐乔的两条长腿在何溪眼前一直晃，她今天穿的短裤，因为常年不见光，腿像在漂白剂里浸过一遍，很难不引人注意。何溪对乔乐乔说不用了，问江曜要不要和她一起回家吃饭。江曜婉拒了何溪的美意。

“我今天表现得还成吗？”她自认今天的表现还算不错，一直等着江曜表扬她，但江曜好像这事儿没发生一样。

“特别好。”

乔乐乔的眼睛马上弯起来，她很大方地把军功章全部让给江曜：“那多亏了你。”

“这会儿食堂人已经满了，咱们去附近的南京大排档吧。”

乔乐乔同意得很干脆。

乔乐乔自认今天表现得很不错，而之所以这么不错，江曜功不可没。既然江曜提出来，她肯定不能拒绝。

今天的阳光很足，晃得乔乐乔睁不开眼，江曜把自己的帽子扣在乔乐乔头上，挡住了一部分阳光。

乔乐乔谦让了一番，最后帽子还是戴在了她头上。

江曜看了看乔乐乔的腿：“今天咱俩别骑车了，打车去吧。”

这会儿正是饭点儿，店里的座位都满了，乔乐乔和江曜在外面等位。江曜没想到工作日也要排这么长时间的队，要是知道，他就不来了，这里的食物偏甜，并不是很对他的口味，但他觉得乔乐乔会感兴趣，加上这里的人均消费不算贵，老吃食堂多少显得他有点儿小气。

附近有一个麦当劳甜品站，乔乐乔叫江曜等着，她去买甜筒。不一会儿，乔乐乔就拿了两个抹茶甜筒回来，她把一个递给江曜。

“我不吃这个。”

乔乐乔一脸恳切地说道：“行行好吧，我吃不了俩。”

“那你买一个不就得了。”

“可第二个半价啊。”

“你这相当于变相浪费。”

“好吧，我知道了，下次我不这样了。你好歹吃一口，要不更浪费。”

江曜勉为其难地咬了口甜筒。

乔乐乔看了看等在他们前面的人：“至少得有十五分钟才能轮到咱们呢。楼下有一个抓娃娃机，咱俩去抓娃娃吧。”

江曜的语气有点儿不耐烦：“要去你自己去。”

“那也行，你想要什么，我去给你抓。”

两个人站在娃娃机前。

江曜把他之前戴在小乔头上的帽子又戴回了自己头上，顺便压低了帽檐。此地在 Z 大附近，也是他打小生活圈的一部分，在这儿遇到熟人的概率非常大。

乔乐乔尽管号称自己是抓娃娃小能手，但是二十个币用完了，她一个也没抓到。她不服输，又买了十个币，还是一个没抓到，好几次她眼睁睁地看见快要到手的娃娃又弹了回去。她不承认是自己手笨，一心认定是老板动了手脚。

江曜说："马上就排到咱俩了，走吧。"

乔乐乔又买了十个币。

江曜拿她没办法，只想抓到一个让她赶快收手："你想要哪个？"

"我想要熊猫。"江曜觉得熊猫不太好抓，"换一个行吗？"

乔乐乔不说话，江曜只能给她抓熊猫。

熊猫横在出口，江曜一把拽了出来，塞到小乔怀里，说："这下可以走了吧。"

乔乐乔抱着熊猫说："币还没花完呢，要不咱们再抓个兔子吧。"

等乔乐乔抱着熊猫、兔子、河马离开娃娃机的时候，江曜的脸色已经不太好了。

到了电梯口，乔乐乔抱着熊猫、兔子、河马向着南京大排档的方向拔腿狂奔，她知道要是排号错过了，江曜肯定特别生气。

地上不知谁洒了橙汁没收拾，乔乐乔一个趔趄就要跌倒，江曜伸手拉住了她："你以后能不能别这么莽撞？"

赶在服务台叫号的最后一刻，江曜跑到了门口。他冲后面的乔乐乔扬了扬帽子，让她别着急。

乔乐乔吃饭的时候明显心虚，一个小小的烤鸭包，她吃了五分钟。

江曜给乔乐乔盛了一碗粥，语气也变得和缓些："错过就错过，大不了换一家，你要摔了，是我照顾你，还是你照顾我？"

乔乐乔终于有了台阶下，她表示自己知道了，今后下不为例。她心情一好，没一会儿就喝完了一碗糖芋苗。

这次乔乐乔学乖了，吃到一半就去买单。江曜也没拦着，他想上次的一千块应该还有剩。

晚上乔乐乔把江曜给她抓的娃娃拿回了宿舍，舍友们问是谁给她抓的？

“江曜。”乔乐乔说名字的时候面露三分娇羞。

林恬第一次见乔乐乔这个样子，心道这是被套住了。

林恬问他俩进展到哪种程度了。

乔乐乔说八字还没一撇呢。此时距离昨天她说没什么戏过了二十四小时不到。

林恬想，这进展够快的。

乔乐乔虽然总体上是个厚道人，但有时也蔫坏。林恬和二师兄刚确定恋爱关系在湖边接吻，被路过的乔乐乔看见了，乔乐乔停止背贯口，当即从兜里拿出手机，给林恬打电话。当时林恬的嘴一直被二师兄堵着，只能任由手机一直响，周围的人都朝他俩看。后来林恬给乔乐乔回电，问她有什么事儿。乔乐乔说没什么，我就想确定湖边那人是不是你。

林恬一心想着，等小乔谈了恋爱，她一定要报复回去，小乔的男朋友要是江曜，那就更有意思了。

周二中午，乔乐乔和江曜又相聚食堂。

前几天，因为要江曜教她发音，她中午一直泡在他家。今天不练发音了，她还有点儿不习惯，当饭后江曜问她要不要去他那儿坐一坐时，她很爽快地答应了。

到了家，江曜给乔乐乔开了一瓶无糖酸奶，在江曜的注视下，乔乐乔痛苦地喝了好几口。

她看见客厅里的架子鼓问江曜：“你也喜欢敲鼓啊？”乔乐乔以前跟人学过一段时间的京韵大鼓，虽然两个鼓看上去就很不一样，但毕竟都叫鼓。

“也就随便玩玩。”

“你能敲……”乔乐乔看了眼江曜的手，马上噤了声。

“其实单手也行。”

江曜见她想听，还真给她敲了一小段：“好多天不敲了，有点儿手生。你就随便听吧。”

乔乐乔听得入神，还没过瘾，江曜就停了：“这儿不太隔音，再敲，楼下老太太又该来找我了。”

“那你平时怎么办？”

“还能怎么办？就不敲了呗。”

乔乐乔想起之前客厅墙上的吉他，问江曜吉他哪儿去了。

"墙上太潮，我放箱子里了。"

"你平时都弹什么曲子？"

江曜没说，而是反问乔乐乔喜欢什么。

乔乐乔说了几首民谣吉他曲。

江曜心里骂了一声，他学的是古典吉他。

江曜学吉他，是沈律师的主意。沈律师生活的那个年代，会弹吉他的男孩子稍微平头正脸点儿就很受欢迎，为了提高儿子在女同学中的受欢迎程度，赢在起跑线上，沈律师特地给还在上小学的儿子找了个吉他老师。不过沈律师找老师的过程里，出了点差错，她那个年代受欢迎的是民谣吉他手，而她给江曜找了一个古典吉他的老师。这位古典吉他老师极其看不上弹民谣吉他的，认为这群人完全没有任何技术可言，所谓的边弹边唱也破坏了吉他的灵魂。

如果单从吸引女孩儿来看，即使是现在，学古典吉他也并不是个经济实用的选择，耗时长却收效慢。江曜的吉他老师和江曜先后证明了这一点。

江曜最终抛下偏见，向乔乐乔的审美屈服，他打开手机查了下曲谱。曲子倒挺简单，但他目前的钱都有明确用处，未来几个月并没有买民谣吉他的预算，于是选择了沉默。

乔乐乔小心翼翼地问："你怎么不和父母一起住？"她想，江院长住的房子应该挺隔音的，可以每天敲架子鼓，应该也不怕扰民。

"这儿离学校比较近。"

确实是个不错的理由，乔乐乔马上就被说服了。

江曜转换了话题，问乔乐乔这学期选了几门课，考试有什么困难。

乔乐乔不太愿意和江曜谈学业成绩，英语也就算了，总不能每门课都那样。

她并不是在每个学霸面前都有技不如人之感。

乔乐乔的第一任搭档"秃顶一郎"也是本科就发过多篇 C 刊的物理系大佬，因为有专业之壁，乔乐乔没事儿就在一郎面前甩历史专业名词，以至于一郎远赴国外后，也没看清乔乐乔的学渣本质，还盛情邀请乔乐乔去斯坦福读研，谋划与她共创北美 Z 大相声社分舵，在异国他乡弘扬祖国的相声文化。孟渊也算一学霸，作为同专业的学长，对乔乐乔的学渣本质更是一清二楚，但因为唱戏都靠乔乐乔教，也不敢有任何优越感。

江曜和他们都不一样，他不仅和她是同专业的，最重要的是他好像对她擅长的不太感兴趣，她在他面前无法施展引以为傲的专业能力。

而且，江曜比她年龄小。昨天乔乐乔从林恬那里得知了江曜的出生日期，林恬以前在团委，能看到系里同学的生日。江曜是十一月生日，而她是四月份，两人差着大半年，如果她早就知道江曜比自己小，很可能就不会对他有意思。

现在为时已晚，乔乐乔只好挽回自己作为年长者为数不多的尊严。

她试图向江曜传达一个观念，乔乐乔还是挺牛的，她绩点不高，不是能力不行，而是她根本就不需要高绩点。事实上，她也确实不需要。

乔乐乔对江曜说没有任何困难，自从大二开始，她就抱着及格万岁的理念，她虽然不算聪明，也不是很用功，但学得还算认真，正常复习拿个七八十分也不成问题。她告诉江曜，像她这种，既没有保研目标，也没有留学打算的，这个成绩就够用了。虽然有的工作单位也看绩点，但她并不打算去那样的单位。她暑假已经定了去电台实习，不出意外的话，毕业也会留在电台工作。

“你现在这么想，以后没准儿就变了，把绩点提高一下也没坏处。你要实在对历史不感兴趣的话，读研的时候也可以换专业。”

“有相声专业吗？别的我都不喜欢。而且我从小就不是很喜欢上学。”乔乐乔放下酸奶，充满期待地看向江曜，“对了，晚上你想吃什么，我请你吃好的。我昨天收到了一笔版权费，说要把我小时候唱戏的音频和其他人刻成一张碟，虽然没多少钱吧，但请你吃顿饭够了。”

当年勇还是要提的，乔乐乔开了话头，只等着江曜问下去，她就简单地提一提自己如何在大赛里获奖如何登上春晚，然后再谦虚地表示往事随风，这些都没有什么。

但是江曜并没有问，对于这个喜怒一般不形于色的人，除了偶尔不耐烦，乔乐乔很难看到他有别的表情。这次乔乐乔从他脸上看到了明显的失望，她想不通自己哪句话让他失望了，于是她认定自己看错了。

江曜说时间不早了，让乔乐乔赶快回去午休，毕竟她这几天中午都没有好好休息。

搁以前乔乐乔肯定认为江曜在逐客了，可今天不一样。江曜刚给她敲了架子鼓，以后还要给她弹吉他，她一定是看错了。

“我一点儿都不困。”她认为江曜是真的在关心自己的睡眠，她还想跟他多待一会儿。

江曜告诉乔乐乔，他困了，想去睡一会儿，冰箱里有酸奶和奶砖，她喜欢的话可以自己拿。

“你去睡吧。”

十分钟后，江曜从卧室出来，看见乔乐乔正在客厅拖地。

“你真没必要这样，我自己找保洁就行。”

“你现在不是受伤了吗？等你好了，你叫我做我也不做了。”说完，乔乐乔继续拖地。

和同龄人不太一样，江曜不愿在感情生活上浪费时间，他对女朋友换来换去的生活没有任何兴趣，就想找一个人从恋爱到结婚一劳永逸。他对异国恋更没兴趣，好不容易谈个恋爱，聊个天都有时差，那还谈个什么劲。

乔乐乔那番话一说出来，基本等于给他俩的感情判了死刑。好在还没正式开始，就此结束也不晚。

“那你做吧，我睡觉了。”江曜把卧室门关上，把乔乐乔隔在了门外。

乔乐乔继续在客厅拖地，她认定自己肯定是惹着江曜了，难道江曜是嫌弃她没上进心？她多有上进心啊，只是时间要用到刀刃上，她为什么要花时间在自己不擅长的事情上呢？

乔乐乔决定等晚上有时间一定要跟江曜谈一谈。

到了晚上，乔乐乔正准备去食堂买饭，江曜给她发来一条信息，说他约了别人一起吃饭，让她自己吃。

乔乐乔自认她和江曜的感情已经到了新的发展阶段，于是多问了一句和谁吃啊，江曜回她：你不认识。

乔乐乔吃饭的时候又把中午的事情复盘了一遍，最终她认定，虽然她没有任何错误，但江曜的情绪也是可以理解的。江曜给她补课可能是想增加两人的相处时间，她这么拒绝，搞得像江曜自作多情似的。她决定明天好好给江曜解释一下。

相声排练的时候，乔乐乔把社里的人都问了个遍，问他们是否还有多余的票。她自己的四张内部票都预订了出去，结果大家和她一样。

万陵问她是帮谁要票，她说是给江曜。上次《起名字的艺术》完全是个意外，这次应该让江曜看看自己的真正实力。而且前不久她刚做了一件杧果黄的大褂，这周五登台是第一次穿。

万陵本来还有一张票没送出去，一听是江曜，马上说自己的票都没了。

乔乐乔只好第二天去排队领票。

这一年，相声社的节目在校内很是火爆，要想拿到票，必须得提前一节课去排队。

排队的都是对相声感兴趣的，这也意味着他们基本都认识乔乐乔。乔乐乔一个要表演的人，去排队领票，多少有点儿奇怪，为了不被人认出来，她特地戴了顶帽子。

她的伪装水平太低，还是有不少人认出了她。她只好笑着解释："许的人太多了，结果票不够分，只能自己来排队。"

这样一说，大家都很同情她。

有一个男生问乔乐乔的微信号，他刚写了个相声剧本，想和她交流交流。他跟乔乐乔说，要是不愿意加微信的话，把邮箱给他也行。乔乐乔看男生一脸良善，打开了微信，加了好友。

中午吃饭时，乔乐乔像往常一样，把勺子和筷子擦好递给江曜。

"你以后对别人别这样，容易把人惯坏了。"

"你不是骨折了吗，你要好好的，我肯定不这样。"乔乐乔有点儿委屈，莫非是她这么体贴，让江曜觉得她不矜持，可她只对他这样啊，毕竟她把他给撞骨折了。

"我今晚请你吃牛排，离这儿大概一个小时车程，我下课咱们打车去，你去东门等我。"那家店人均八百，两个人吃一顿顶江曜以前一个多月的伙食费。

乔乐乔说她没时间，晚上还要排练。

"那明天行吗？"

"我明天也得排练。你要实在想去的话，我可以周末陪你一起去。"

"那我还是约别人吧。你晚上别等我了。"

江曜本想请乔乐乔吃顿好点儿的散伙饭，认识这些天，也没请她吃什么好的，不过她没时间，也就算了，他正好省下一笔钱。

江曜的语气冷冰冰的，乔乐乔的热情马上被浇灭了，可乔乐乔不是别人，别人的熄灭是彻底熄灭，她还残留着点儿火星，并且随时准备燎原。

乔乐乔又思考了下，昨天中午吃饭的时候还好好的，他还给她敲了段鼓，问题大概就出在她对成绩的不在意上。

乔乐乔觉得有必要为自己辩护一下："我知道你是为我好，可是我的兴趣就不在那儿，你说我一不想保研，二不想出国，考高分对我也没啥意义，有这时间，我还不如背两段贯口呢。咱俩之间，除了学习也可以谈谈别的。"乔乐乔自以为已经暗示得很明显了。

"是我有问题，我不应该把我的意愿强加于你。"虽然本校的留学率不低，但乔乐乔这情况确实不适合出国。

"不用说得那么严重，我明白你也是为我着想。"乔乐乔以为误会解除，笑着拿出了她好不容易排队拿的票，“我周五晚上演出，攒底。”

说完她又给江曜解释了什么叫攒底，不是什么人都能攒底的，只有像她这种有丰富表演经验群众基础又好的演员才能攒底。

“我没时间。”

乔乐乔无法掩饰失望，试图找到回旋余地：“那事儿特别重要吗？要是不那么重要的话……你不听相声可能不知道，我们的票很抢手的。”

“我对相声不感兴趣。”

“兴趣都是培养出来的。”

“那你大学读了三年，不也没培养出对历史的兴趣吗？”

乔乐乔的笑容僵在那儿，她伸出去的手又缩了回来，把相声票攥在手心里。

江曜又说：“我现在自己打饭、订外卖都没问题，实在不行我可以回家吃，你以后不用这么辛苦了。”

乔乐乔有点儿没反应过来：“我不辛苦。”

“其实我更想一个人吃饭。”

“我明白了。”原来是她自作多情了，可能她自作多情得太明显，江曜迫不及待地要和她划清界限。可昨天不这样啊。

乔乐乔吸了吸鼻子：“那也行，我以后给你打了饭就走，等你彻底好了，我就不打扰你了。”

“你不用这样。”

“你不会怀疑我对你有什么想法吧。”乔乐乔突然就笑了，“这个真没有，我对你就是纯粹的肇事者和受害者的革命感情。你不要有心理负担。”

晚上，江曜说自己约了人，让乔乐乔自己一个人吃。这次乔乐乔很知趣地没有问他约了谁，她只是问他，明天是从外面买早点还是她做。江曜回她，别买了，你自己过来吧。

第二天乔乐乔到的时候，江曜已经把饭做好了，白色餐盘上摆着煎好的午餐肉和煎蛋，卖相比她做的要好一些，他一只手都能做成这样，看来确实是不太需要她。

江曜煮的挂面里有虾，虾仁是昨晚买的现成的，虾仁配青菜，盘在面上，从色彩审美来看还挺不错，但乔乐乔看完了却没有任何食欲。

小黄人杯子里是江曜刚给她倒的鲜奶。

乔乐乔感觉到了江曜不需要她的决心，她说：“你自己吃吧，我走了。我以后就不给你买饭了，你有需要随时找我。”

"你吃完再走吧，要不然也是浪费。"

乔乐乔低头吃面，她到现在还是想不通，这才两天不到，江曜对她的态度怎么就突变了呢，难道仅仅因为她在学习上没上进心。或许从头到尾都是她自作多情。

她罕见地在饭桌上一直沉默。吃完饭，她放下筷子，呆坐在那儿。

江曜指了指她盘子里的煎蛋和午餐肉，问她怎么不吃。

"我不想吃。"

"你有事儿就先走吧。"

"我把碗刷了就走。"

"不用，我有洗碗机。"

虽然乔乐乔不知道江曜一个独居还总是吃食堂的人为什么要在这么狭窄的厨房里放一台洗碗机，但厨房里确实放着一台洗碗机。

"那我走了。"

江曜从冰箱里拿出剩余的无糖酸奶，让乔乐乔带走。

"你自己留着吧，其实我一点儿都不喜欢喝无糖酸奶。"

从家属楼出来，乔乐乔有点儿想哭，她好像没恋爱，就已经失恋了。

被江曜划清界限的同一天，祝教授给乔乐乔发来短信，问她可有多余的相声票。乔乐乔给江曜的票没送出去，此时还留着，于是主动提出给祝教授送过去。

送票的时候，乔乐乔随口问祝教授："您之前一直叫我读材料，怎么最后一节课不叫我了啊？"

祝教授马上把锅推到了江曜身上，把当天江曜对他说的话又简述了一遍，说完又替江曜往回找补："你也不要怪江曜，他也是好心。"

"他真跟您这么说的？"

"当然。"

打开支付宝，乔乐乔发现，她中午给江曜转过去的一千块钱又被转了回来。

乔乐乔的心情马上又明媚起来。江曜不让老祝叫她，是照顾她的自尊心，而明知道老祝不会叫她，还花大把时间给她补习发音，是想和她相处。如此一来，乔乐乔认定并非自己自作多情。而江曜明明对自己有意，还要和自己划清界限，她推断是江曜的自尊心作祟。

像江曜这么一个高傲的人，被她撞到生活差点儿不能自理，连筷子勺子都要自己擦，这无疑是件很伤面子的事情，而给她补课让他找到了面子。毕竟他俩关系飞速进展，是在江曜给她补发音的时候。补习事件一结束，江曜的优越感大概又无处安放，于是提出给她继续辅导功课，结果被她毫不犹豫地拒绝了。不仅如此，她还两次拒绝江曜请她吃饭的邀请。很明显，这些都严重伤害了江曜的自尊，让他以为自己对他无意。

喜欢一个人的时候，总是难免把对方想得脆弱，眼下在乔乐乔眼里，江曜就是一个有着脆弱自尊心的男孩子，急需她去安慰。

即使按乔乐乔推断的，江曜也太过骄傲了，但现在她喜欢他，觉得他的缺点也很可爱。

乔乐乔心里盘算，等演出一结束，她一定要好好地哄一哄江曜，恢复他俩的关系。

晚上，祝教授买的电子管终于到货了。祝教授给江曜发短信问他是否有时间帮自己安装一下。过了半个钟头，江曜骑自行车到了。

这些天祝教授独守空房，并没培养出慎独的优秀品质，反而越加八卦起来，他问江曜明天是否去听小乔的相声。

“我没时间。”江曜上次听相声还是乔乐乔和孟渊表演的《起名字的艺术》，对相声这门艺术并无任何好感。

祝教授并不清楚江曜的心理活动，以为江曜是排不到票才故作矜持，遂死活送给他一张。

出了门，江曜就把相声票扔进了垃圾桶。

周五相声社毕业晚会上，乔乐乔和孟渊最后一对儿上台。他们说的是Z大版的《学电台》，乔乐乔除了学唱传统《学电台》版本里常有的京剧、黄梅戏、评戏、河南坠子，还把各学院调侃了一番，用的都是本校人才能听懂的哏。本校的观众很是买账，每隔几十秒就是一片大笑。

返场时，乔乐乔又唱了她的经典保留节目《叫张生》，虽然她自己最喜欢的是《穆桂英挂帅》，但观众们明显更喜欢俏皮的小红娘。

万陵的自行车又丢了，散场后，他坐在乔乐乔的车座后面，帮乔乐乔拿着书包，书包里塞着乔乐乔杧果黄的大褂。

乔乐乔对万陵的唱腔进行了表扬。

月光下，万陵看起来很娇羞，他谦虚地表示是学姐教得好。

“学姐，你的大褂哪儿做的？真好看。”

“就我们家附近，你要喜欢，我带你去。”

“明天行吗？我好久没看见叔叔阿姨了，正好去看看他们。”乔乐乔的同学和相声社的人好多都去过乔家吃饭，万陵也跟着孟渊去过一次，乔乐乔的家人对他们非常热情。

“下周行吗？这周我不回家。”乔乐乔说。

“不着急。”万陵问乔乐乔，“江曜来听相声了吗？”

乔乐乔摇头。

“学姐，我不是挑拨，他但凡有点儿诚意，就应该去排队领票，而不是没现成的票就不来。”

乔乐乔没好意思跟万陵说，她都把票送到江曜面前了，请人家来，人家都不来。

这一举开创了相声社“送票都不来”的先例，乔乐乔简直无言面对相声社的父老。

万陵为了打击江曜，又开始出卖自己所在的男性群体：“学姐，千万不要主动追男生，男的吧，都喜欢做猎人，而不喜欢做猎物。他们更喜欢自己追到手的女孩子，对于那些主动追他们的，即使在一起了，往往也不会珍惜。”

缺什么往往就认为什么重要无比，万陵认为自己追乔乐乔的最大障碍就是身高，在一群北方男孩中间，他有点儿矮了，尤其和江曜相比。这些天，他经常抽空打篮球，积极补钙，不用多，只要再长高两厘米，他就会对乔乐乔发起猛烈追求，争取将她一举拿下。

“陵子，我也喜欢做猎人，不喜欢做猎物。”

万陵很失望：“那你拿下他了吗？”

乔乐乔叹了口气：“还没有。”

“学姐，那你还是换个猎物追吧，他不适合你。”

乔乐乔想，适不适合也得等吃下去才知道吧。

把万陵护送回留学生宿舍，乔乐乔骑车回了自己宿舍，正赶上她叫的外卖也到了。乔乐乔早就馋烧烤了，前几天为了保护嗓子没敢吃。节目一完，她一进后台，连演出服都没换，马上打开外卖软件，给自己点了十多样烤串。

乔乐乔拎着外卖进到宿舍，一打开袋子味道就散了出来，舍友纷纷骂她没公德，竟然引诱她们犯罪，不，大晚上吃烧烤简直比犯罪还严重。

乔乐乔赶忙护住自己的烤串，恳求道：“请你们让我独自犯罪吧。”

“不行，我们必须得和你一起分担。”

乔乐乔狠狠咬了一口面筋，打开手机给江曜发短信示弱。短信上乔乐乔为了照顾江曜的自尊心，违心地表示，她之前说自己不需要考高分，其实是虚荣心作祟，她不是不想考，而是考不了，怕江曜看不起她，才说自己不在意。如果江曜不计前嫌的话，她希望明天能和他一起补习功课。

她想，反正相声社最近也没事儿了，费点儿时间提高分数于她也没什么损失。此时的战略性后退是为了更好地前进，只要相处时间长，江曜总能发现她其他方面的闪光点，而不必再纠结于自己的学习成绩。

确认没有错别字，乔乐乔按了发送键。

第二天早上七点，乔乐乔还是没收到江曜的回复，她又看了一下自己的措辞，自觉姿态已经足够低。

林恬坐在乔乐乔旁边吃早点，看着乔乐乔每隔几秒就要看一眼手机，忍不住问："小乔，你在看什么？"

"没什么。"

"咱们去逛街吧。"

乔乐乔考虑了两秒，马上说行。她问林恬："你真觉得我穿短裤好看吗？"

"我要有你这腿，冬天都要露出来。"

这时网购已经十分发达，但乔乐乔不愿牺牲逛街的乐趣，相比在网上买衣服，她更喜欢去批发市场外贸小店捡漏。她从小陪着乐女士纵横各大批发市场外贸小店，练就了一身杀价的本事，不用实在可惜。

想捡漏的人实在太多，如今张自忠路的外贸货就跟潘家园的古董一样，买到真的成了一门玄学。乔乐乔和林恬配合默契，林恬负责挑货，乔乐乔负责砍价。一间十来平方米的小店，挤了二十多人，里面大妈在抢货，陪大妈来的大爷在站岗，乔乐乔和林恬是最年轻的，两人胜在腰细，在一群大妈当中硬是杀出了一条血路，买到了断码的德国牛仔裤。

外贸小店今不如昔，两人把街走遍了，也只买到了牛仔长裤。抄近路去东四，一听老板要价，马上没了兴致。最后两人转战奥特莱斯，乔乐乔这次很是豪爽，一下买了三条短裤。

林恬不禁感叹荷尔蒙果真是第一消费推动力。

第六章 恋中人

GanZhi RuYi

扫完货回宿舍，乔乐乔又在支付宝上给江曜发了条信息，约他晚上一起吃饭，说她有考试的问题想请教，她在众多表情里选了个自认为还算比较可爱的，发了过去。

十分钟后，江曜回了她五个字加两个标点符号：抱歉，没时间。

从“。”可以看出江曜是一个严谨的人，乔乐乔在聊天软件聊天时句末从不加标点。

周日早上，乔乐乔买了早点又赶赴家属楼。她的敲门声欲说还休，含羞带怨，江曜给她开门时，她眨巴着大眼睛对江曜说：“明天《外国史学名著选读》就要考试了，我一点思路都没有，我感觉要挂了。”相声演员也是演员，乔乐乔的哀伤跟真的一样。

江曜头上倒扣着一顶帽子，帽檐遮住了他的眉毛，他快速打量了下乔乐乔的穿着，问她：“你腿不冷吗？”

虽然是夏天，但凌晨五点雨才停，空气里残留着一片湿气，乔乐乔短裤外的大腿皮肤全都暴露在空气中，她确实感觉到了一阵凉意。

“也不是很冷。”

“进来吧。”

江曜找到乔乐乔之前用过的杯子，把他刚给自己热好的牛奶倒了进去，递给她。

乔乐乔捧着牛奶杯对江曜说：“咱们吃饭吧，我给你买了雪菜包。”

席间，乔乐乔以为江曜还在生她的气，马上换了一种很可怜的语气：“上次我是怕你看不起我，才那样说的。其实我特别需要你的辅导。要不是你教我音标，我肯定得丢人。”

江曜把之前乔乐乔的观点又重复了一遍："如果你不读研的话，没必要纠结分数，你只要不挂科拿到学位证就行了。"

"话是那样说，谁不想考高一点？多总比少强，我上大学后还从没考过九十分呢。"

江曜想，小乔可能不是不想留学，也许只是成绩所限。

"你真的想提高成绩？"

乔乐乔狠狠点头。

江曜问乔乐乔以前的绩点多少，乔乐乔说了一个不太好说出口的数字。江曜又问她以前参加过什么课题项目没有，她很不好意思地说，她只在孟渊主持的国创项目里打过酱油。至于论文，不用问，江曜也知道她没发过。

"你这个学期要考几门专业课？"

"算上老祝的课，一共五门。"

"你其他课都修完了？"

"嗯。"

江曜当即判定以乔乐乔的履历，申请"牛剑"的一年制授课硕士也绝对没戏。他心里多少有些失望，不过他还是安慰她，现在开始还不晚。

乔乐乔只是想借此缓解她和江曜的关系，顺便增加两人的相处时间，但江曜并不这么想。

他从箱子里翻出之前打印的资料，打开夹子，找出三十页资料："明天的题大概从这里出，你先看，有问题问我。"

"你怎么知道？"

"这些资料是老祝在论文里反复引用过的，照他的性格，八成会放到试题里。"江曜并不是对绩点很有追求的人，对他来说，够用就行，他在考试之前对考试范围之类的从不关心，基本都是裸考。但乔乐乔不一样，已经是大三下了，她这次的专业课考试要是不能全考到90+，未来申请学校可就太困难了。

江曜给乔乐乔收拾了桌子，把材料用订书器订好放到她面前，又给她放了个小闹钟。

"你只有这一天时间了。"

乔乐乔就跟做梦一样，她确实和江曜又和好了，可这和好的方式并不是她想要的。她刚从被音标支配的恐惧中逃离出来，怎么又要开始学习了。

江曜在资料库里找到材料对应的中文部分，给乔乐乔打印好。

“你先看英文，不懂的地方标出来。中文材料我放这儿了，你最后再看。”江曜给了乔乐乔纸笔，“把你其他要考的科目和考试时间写这儿。”

乔乐乔老老实实地写完，把纸笔交给江曜。她有些恍惚，谁谈恋爱跟她一样呢。

“你要喝咖啡还是茶？”

乔乐乔说不用麻烦了。

“咖啡还是茶？”

“我自己来吧。”

“那就咖啡吧，你好好看材料，中午之前把前十页弄完。”

乔乐乔很痛苦，她宁愿去操场跑一万米。追求个人怎么就这么难？还带考试的。

咖啡很苦，不过乔乐乔心里还是有些甜的。补课虽然很痛苦，但别人想让江曜给他们补，江曜未必肯。乔乐乔这么安慰自己，心里又好过了一些。

中午之前，乔乐乔只搞定了四页半，这已经是她的极限，毕竟不是普通的阅读材料，专业名词太多了。她一用脑就容易饿，可江曜布置的内容没有完成，她又不好意思说吃饭，只能往嘴里灌咖啡。

她看了一眼正在单手敲键盘的江曜，正好和江曜的眼神对上。江曜问她：“你饿了？”

乔乐乔没好意思答应，她说：“你应该也饿了吧，你想去哪儿吃？”

“你在上面点吧。”江曜把手机递给乔乐乔，首页正是外卖页面，乔乐乔发现正是她第一次给江曜点的那家。

乔乐乔忙说：“我点吧，你给我的饭钱我还没用完呢，再说我这儿有打折券，满五十减十八。”

听乔乐乔如此说，江曜也没反对。

中午又淅淅沥沥地下起雨，一直下到晚上九点钟。

乔乐乔一直在江曜家待到晚上十点半，江曜主动提出要送她回宿舍。

“不用了，你手又不方便。你手是不是快好了？”江曜以前跟她说，差不多一个月就会好。

“还得过段时间。”

江曜坚持骑车送她回宿舍。

地面湿漉漉的，空气里也带着一层湿气，树上落下的水珠落在乔乐乔脸上。他俩并排骑车，谁也不说话，月亮早就藏了起来。

乔乐乔还是比较喜欢沉默的男人。她的童年太吵了，父母总在吵架，但凡其中一个人少说一点儿，都不会吵得那么厉害，可他们家个个都是极有表达欲的人，谁也不懂得沉默。

到楼栋门口，林恬和二师兄刚结束亲昵，正看到江曜送乔乐乔回来。

江曜告诉乔乐乔，晚上把材料再看一遍，明天去他那儿的时候不用买饭，直接来就行。

乔乐乔看着江曜的背影融进夜色，林恬拍了下乔乐乔的肩膀："你们在一起十二个小时了吧，怎么还没看够？"

"他手不是不方便吗。"

乔乐乔和林恬并排上了楼。

林恬看着乔乐乔的腿笑得意味深长："你们俩干什么去了，你一大早就出去，现在才回来？"

"江曜给我补课。"

"补课？今天天这么凉，你一早就穿着短裤走了，就只是补课？"

"就是补课。"乔乐乔想，她也不想只补课，可江曜只肯给她补课，她有什么办法。

夜里一点，乔乐乔还在看江曜给她画的段落，好几次江曜对她愚钝的不满都要脱口而出了，但到了嘴边又变成了夸赞鼓励的客套话。

幸亏只有五门课，最多半个月就结束了，这是她能为爱情做的最大努力。再长，她可就扛不住了。

周一考试，祝教授看见江曜明明早就停笔了，但一直坐那儿不交卷。他又重复了一遍，做完的可以提前交卷走人。

陆陆续续有人走出教室，江曜仍没有动。乔乐乔赶在铃响前的最后一分钟交了卷子，江曜随后把自己卷子压在乔乐乔卷子上面，跟着她出了教室。

"你写字是不是不方便？"乔乐乔想，江曜竟然和她一个时间交卷，肯定是手的问题。

"没有。"

乔乐乔走在江曜旁边谄媚道："你可真行，竟然都猜对了。"她今天梳了双马尾，看起来比往常还要活泼。乔乐乔决定犒劳下自己，去吃顿好的，孰料江曜提议去七食堂，因为那里现在没什么人。

从食堂出来，乔乐乔又跟着江曜回了他家。

乔乐乔有一门专业选修课期末考试是交论文，后天上课前要提交电子版和纸质版。在江曜的要求下，乔乐乔把论文发到了江曜的邮箱。

江曜一收到邮件就把她的论文打了出来，装订好放在长桌上看。江曜站着，乔乐乔则坐在江曜旁边的座位上喝酸奶，因为她上次说不喜欢喝无糖的，江曜又给她换成了她经常喝的那款。乔乐乔打了个哈欠，从昨天到现在她只睡了三个多小时，她自认论文写得还行，江曜应该挑不出大毛病来。

江曜开始看得很仔细，他越翻越快，最后直接跳到了参考文献。

“你写美国新闻史的论文，为什么引用了这么多中文文献？”

乔乐乔心道那不是因为中文看起来更方便嘛，她为自己辩护：“你往后看，我英文文献也有引用的。”

“你这论文转引也太多了吧。”

乔乐乔很没底气地说：“原始文献太难找了，我上哪里找两百多年前的美国报纸啊。”

江曜明显对乔乐乔的态度不满意，乔乐乔给两人找台阶下：“你说得特别对，但论文马上就要交了，我下次一定不犯这种错误好不好？”今天再熬夜，她离猝死也就不远了。

乔乐乔坐的是转椅，江曜转了下乔乐乔的椅子，两人的脸正对着，江曜俯下身，他的脸越靠越近，乔乐乔的一颗心怦怦跳，她能看见江曜眼球里的自己，这次她吸取了教训，没有闭眼，而是倔强地睁着她的大眼睛。江曜抄起桌上的笔在她额头上敲了一下：“你觉得好吗？”

她觉得很好，论文拿个七十来分就够了。而且，她比他大半年，他怎么能这么对待她，真是过分。等她把他追到手，她一定……

乔乐乔还没来得及畅想，江曜不知从哪儿翻出一台笔记本电脑，敲了一个网址，让她独自寻找引用的原始文献。

乔乐乔对着美国历史文档系列数据库，欲哭无泪。这是她第一次觉得前途不甚乐观，不会还没把江曜追到手，自己就挂了吧。

乔乐乔看着看着就睡着了，迷迷糊糊间，她感觉有人拿东西在戳她的嘴。她懒得睁开眼睛，含混着说：“别闹了。”她一说话，吸管滑进了她的嘴。

“起来吧，你已经睡了一个小时了。”

乔乐乔揉了揉眼睛，心里骂江曜真是一个魔鬼。

江曜把吸管丢进他刚给乔乐乔做的柠檬苏打水里，递给她。乔乐乔吸了一口，说：“你不用特意给我做，我喝现成的就行。”她觉得里面加一些柠檬浓缩汁更好，但她一看江曜的右手，也没好意思提要求。

江曜把一沓资料扔到乔乐乔面前：“这是你引用的原始文献，我把你引用的部分标出来了，和你转引的有出入，你改一下。”

乔乐乔还没来得及说好，江曜又扔过来她的论文：“你列的参考文献其实都没怎么看吧。”

“我看了。”难道一本书看四分之一就不叫看吗？

“你的这些论据根本不足以证明你的论点，我列了你需要看的资料，页码我给你标注了，你自己去找。”

不像乔乐乔，江曜下午还有别的科目要考。见江曜要走，乔乐乔也跟着他一起要出去。

“这个点儿，图书馆自习室都没座了，你就在这儿待着吧。”他告诉乔乐乔，务必在他晚上回来之前把他标注的地方改完。

江曜在论文的每一页上都有批注，他写的字都要把原文盖住了。

乔乐乔小声说知道了，她问江曜晚上吃什么，她好去提前占座。

“快改吧，晚上吃外卖。”

照江曜这么个改法儿，她几乎相当于重写了。

江曜回家的时候，乔乐乔连十分之一都没改完，光是看江曜给她列的资料就足够让人头疼。

听见开门声，乔乐乔立刻从座位上起来，从冰箱里拿出四分之一个西瓜进了厨房。她把西瓜去了皮，切成小块，插上牙签，端到江曜面前：“你尝尝甜不甜？”

江曜被西瓜砸出了后遗症：“你自己吃吧。你论文改得怎么样了？”

乔乐乔往嘴里塞了一块：“真的特别好吃，你尝尝。”

“一半总有吧？”

“我还买了荔枝和桃子，你要不要吃？我去给你拿。”

“三分之一有吗？”

“你想吃什么啊？要不咱们晚上去吃火锅吧。”

“你到底改了多少？”

乔乐乔觉得躲不过去了，只好说：“论文给分很随机的，我就算很努力写，也不一定能拿高分，这周我还要考拉美史，我想把重点放在那上面。”

“你不是说你很想提高成绩吗？”

她用五分钟在网上下单了水果，还用一分钟的时间和快递员进行货物交接，剩余的时间都在改论文，读文献，可她只改了这么多，她也没办法啊。

乔乐乔趁着江曜张嘴，把切好的西瓜送到了他嘴里，她笑着问：“是不是很甜？”

江曜的牙齿触到果肉，汁水溢出来，确实挺甜的。

乔乐乔接连往江曜嘴里送了好几块。

“够了。”江曜握住乔乐乔的手腕，硬是转换了她手的方向，把西瓜送到了她嘴里。

乔乐乔的手腕有些痒，她咬咬嘴唇，搬出以前江曜跟她说的话：“你以前不是劝我不要贪快吗？”

“你倒记得清楚。你论文的电子版是不是最晚明天中午十二点前交？”

“嗯。”

“你不用管了，我再看看，你明天再交。”

乔乐乔听到自己不用改论文了，很干脆地说了声好。

第二天再见面时，乔乐乔发现江曜眼里多了血丝，出于关心，她问道：“你昨晚是不是睡得不太好？”她自己倒是睡得还行，昨天回去洗漱完刚碰枕头就睡着了。

江曜没理她，从书桌上拿出打印好的论文：“这是定版，你就交这个吧。电子版我发你邮箱了。”

乔乐乔翻开江曜给她打印的论文，一页页翻过去，不禁纳闷，这是她写的吗？连参考文献都变了，变成了一水的英文。

“你昨天没睡就为给我改这个？”

“其实也没花多少时间。”

“可老师会看出来的吧，这样会不会不太好。”她虽然是个学渣，但作业她从来都是自己做的。江曜哪里是改，分明是重写了。

“没什么不好，骨架和论点都是你的。你之前的英文注释格式都有问题，我给你标注了，下次你认真点儿。”

“我知道了。你对我真是太好了。”就是他真的不需要在这方面对她这么好，她得七十分就足够了。

江曜大概是嫌她太肉麻，没接话茬儿。

乔乐乔的专业选修课，除了老祝那门，就没有和江曜一样的。但每门江曜都给她制定了复习计划，并给她淘来了往届的考题。拉美史的考试每年考题重合率极高，江曜告诉她把之前三年的考题答案背熟就行。

周五考拉美史，周四晚上江曜让乔乐乔去他那儿复习。乔乐乔和相声社的人约好了晚上在门口吃烧烤，她跟江曜请了假，说等吃完烧烤回宿舍，她一定好好背题。

烧烤吃了四个钟点儿。每到毕业季相声社就会走一批人，今年相声社大四的只有两个本校保研，一个留在市里工作，剩下的不是出国就是回家乡，再见面就难了，乔乐乔一进社就和他们混在一块儿，大家对她都很照顾。乔乐乔说别的请不了，啤酒她买单。十几个人喝了六七十瓶，他们吃的是露天烧烤，几张桌子并在一块，中间散落着一堆啤酒瓶。

乔乐乔一个人就喝了两瓶，她不胜酒力，两瓶就让她忘乎所以了。有人喝醉骂街，有人喝完酒大哭，乔乐乔喝了酒就开始夸人，一个个夸下去，大家都被她逗笑了，她自己也傻兮兮地在那儿笑。

到了十一点，大家不得不散，约好明晚一起去 KTV。乔乐乔头晕乎乎的，但也只有三分醉，不至于连回宿舍的路都找不到，她拒绝了万陵送她回宿舍的建议，但耐不住万陵主动跟着她。

刚进宿舍楼，乔乐乔就接到了江曜的电话。电话里江曜问她是否到宿舍了，她说早就到了，她让江曜放心，她一定好好复习。

“你喝酒了？”

乔乐乔延续了她的夸人路线：“你的声音真好听。”

大概是受不了她的谄媚，江曜挂断了电话。

周五早上乔乐乔醒来的时候，第一反应就是糟了，江曜给她的题，她都没背，她昨天一回宿舍就睡了。其实她课上学得还算认真，照着她之前的记忆，拿个及格分不成问题，但离江曜对她的要求可差太远了。

江曜给乔乐乔倒牛奶的时候，乔乐乔的眼睛没敢看他。

“你昨天复习得怎么样？”

“还行吧。”

江曜问了一个名词解释，乔乐乔答得磕磕巴巴，再问另一个，还是磕磕巴巴，问到第三个，她干脆一个个地从嘴里蹦字儿。

“你不是说复习了吗？”

乔乐乔沉默。

“你要是无所谓就直接说，现在搞得我强迫你一样，这样真挺没劲的。”江曜拉开椅子站起来。

她很想把考试周挺过去，和江曜进入历史新阶段。现在看来，她可能挺不过去了。

乔乐乔一激灵，起身踮起脚堵住了江曜的嘴。她不择手段追求江曜的事情已经传得沸沸扬扬，她不能白担了这个罪名，那可太冤了，总得留下点纪念。

她刚喝了牛奶，嘴唇被奶液浸过，软软滑滑的，她的嘴贴在江曜的嘴上，他大概刚喝了冰水，嘴唇很凉。她一颗心乱跳，身体僵在那儿，她的嘴也僵硬地保持着刚才的位置，一点儿都不知道变通。她不知道怎么继续，但知道不能停下，一停下，她就要面对现实的尴尬。

江曜的嘴越来越烫。突然，她的后脑勺被扣住，整个人被一步步抵到了长桌的边缘。

乔乐乔本来只是想亲完就跑的。经过这几天的补习，她大致明白了，江曜并不只是想借辅导功课跟她增进感情，他是真的对她的学习状态很不满意。可以想见的是，未来他也绝对不会对她满意。

可她又不甘心这样半途而废，她想像江曜这么傲气的人，就算被她强亲了，也不会满世界说，不亲白不亲。自从江曜给她补习音标开始，她就梦到过好几次江曜亲她，可这一幕变成现实，她没想到他的嘴那么软那么烫，一点儿都不像他本人冷冰冰的。

江曜左手扣住她的后脑勺，一个劲儿地亲她咬她，把她嘴唇都咬破了皮儿，完全忘了还有口腔交流这回事儿。

他就像刚学会捕猎的小狼崽儿，看见生平第一头猎物送上门来，一个劲儿地撕咬啃啮，把猎物弄得毫无还手之力，生怕它跑了。等确定这猎物逃脱不了，就开始小心翼翼地亲亲舔舔，毕竟是他捕猎生涯的第一个，新鲜且稀有。

直到江曜离开她的嘴唇，乔乐乔的眼睛还闭着，连睁开眼都没力气。要不是有桌子撑着，她就瘫那儿了。

江曜的头抵在乔乐乔的肩头，左手去摸她的头发，他的话顺着她耳朵滑进了她心里："你怎么还要赖呢？"

"我……我没有。"

"把手伸出来。"江曜不知从哪儿拿了块表，因为只有左手能用，他给乔乐乔戴表的过程并不顺畅。

乔乐乔站那儿，跟做梦似的，她的嘴又酥又麻还疼，还没等她好好复盘刚才发生了什么，表已经戴在了她手上。

表是标准的小三针，款式很简单，大概是男款表，表盘显得有些大。表上的字母乔乐乔都认识，但加起来她也不知道是什么品牌。

江曜并没有因为亲了乔乐乔而对她怜香惜玉，他亲了亲她的眼皮，让她好好看看表，还有不到三个小时她就要考试了。

江曜又在乔乐乔鼻头捏了捏："背关键词吧，能记多少记多少，咱俩的事儿中午再说。"这次他的声音和缓了不少，带着点儿轻快的少年气。

自从乔乐乔踮起脚亲江曜后，剩下的事情都超乎了她的想象。江曜亲了她，还送了她表，这是委婉向她表白了？

乔乐乔红着一张脸，看自己手上的表盘："这表你戴几年了？"

"六年。"那年他初中毕业，江院长去瑞士开一个学术会议，他正好放假，就跟着一块儿去了。江院长没空搭理他，他自己就一个人瞎逛。这表就是他瞎逛时买的，他喜欢小三针的款式，一看就决定买了，买表的钱是他管江院长借的，回国时按照买表当天瑞士法郎和人民币的汇率，以人民币的形式还给了江院长。那时候江曜比现在有钱，他有一堆姑妈姨妈，每次过年都能收好多压岁钱，花钱也大手大脚。

江院长对江曜的大手大脚很看不惯，他是一个十分节俭的人，对于儿子没能继承他的优良传统，很是失望。沈律师则与之相反，她认为理财意识必须从小培养，手头没有财，怎么理，在给江曜零花钱这件事上，沈律师一直表现得很大方。

二老达成一致是江曜坚决要转系的时候。江院长对江曜转系并无太大意见，在他眼里，经济和历史没什么区别，反正他都不满意，江曜要转就随他去。真正对江曜转系不满的是沈律师，沈律师的父亲就是搞历史的，搞着搞着顺便和历史系的女学生好上了，还传得满城风雨，沈律师是一个很体面的人，这件事让她的青少年时代很不体面。她恨屋及乌，坚决反对江曜学历史，并以断掉江曜经济来源相威胁。

本来沈律师只是威胁，但江院长直接促成了这件事。当年他毕业留校住六平方米的筒子楼都挺过来了，把江曜赶到这个五十多平方米的两居还附赠之前家里淘汰下来的家电家具简直是仁至义尽，考虑到江曜手头上还有股票，江院长提出让他每月给家里交房租。

江曜并不想把他戴了六年的表送给乔乐乔，但他也没钱送别的。

一瞬间，乔乐乔心里直接炸开了一场烟花，江曜把自己戴了六年的表送给她，摆明了是要套住她。她本来是准备放弃走人的，没想到柳暗花明又一村。既然他这么主动，她就勉为其难答应吧。

乔乐乔的手指在表盘上摩挲："放心，我一定给你好好保管。你有什么特别喜欢的吗？"江曜送了她表，她也应该回赠江曜一份礼物。

"你是不是想让我说特别喜欢你？"江曜想，这人也够幼稚的。

"我根本没那么想。"乔乐乔觉得自己冤死了。

"我特别喜欢你。"

乔乐乔还没来得及脸红，江曜朝她扔来了一页纸。

十多页考题，江曜逐张给她圈关键词，每圈完一张，江曜就把纸丢到她手边。

这些考题页又把乔乐乔拉回了现实。

江曜上午八点就有考试，而乔乐乔的考试在十点。走之前，江曜叮嘱她一定要好好背。

乔乐乔的手指放在嘴唇上，脸一阵阵地发烫，她哪里还背得下去。为了不让自己胡思乱想，她一边拿不出水的笔尖扎自己，一边背材料。这一天如此重要，万不能叫一个蹩脚的分数破坏了，将来想起来，她和江曜正式确立关系的这一天，自己挂科了，那感觉实在太糟糕了。

考完试，乔乐乔从教学楼出来，正碰上江曜在路边等她。他倒扣着帽子，耳机塞在耳朵里，嘴里嚼着口香糖。

江曜说这时候食堂都满了，咱们回去吃外卖吧。乔乐乔说好。

自从上次她穿着短裤顶着冷气看了一天英文材料后，她又恢复了以前长裤衬衫的装扮。

“考得怎么样？”

乔乐乔有些心虚：“还行吧。”关键词她都写了，剩下的篇幅她都在生拉硬拽。

她跟着江曜上了楼，两人并排走。江曜的脚步很轻，但每走一步，她都能听见。

到了门口，江曜让乔乐乔伸出手，他从兜里掏出一把钥匙放她手心里。江曜很早就交卷了，交完卷他骑车去了配钥匙的地方。

江曜冲乔乐乔扬了扬下巴：“你开门吧。”

乔乐乔抖着手把钥匙插进锁眼，怎么也打不开。江曜以为钥匙出了问题，抢过她手里的钥匙，一转，门就开了。

乔乐乔在那儿不好意思地笑，江曜说：“你跟这门还不熟，以后就好了。”说着，又把钥匙放到了她手心里。

江曜拉开门，让乔乐乔先进去，他家是顶楼，一进门，一股热气就冲了过来。

他开了空调，从冰箱里拿了冰水，单手拧开，仰头灌了小半瓶，又给乔乐乔拿了奶糕。

江曜打开手机的外卖软件，推给乔乐乔，让她点餐。

乔乐乔打开了自己的手机："我有满减券，我这辈子的运气都用在吃上了，每天都给我发这么大券，我不用都对不起它。"前几天都是江曜花钱点外卖，她觉得也该轮到自己了。

江曜看了下自己的外卖界面："我这儿也有券。"

乔乐乔凑过来看了一眼，摇摇头："我的券比你的大。等下次你的券比我大，再花你的。"

江曜以前没谈恋爱倒不是因为他多么清心寡欲，而是贫穷限制了他在这一方面的想法。股票账户里虽然有钱，但那是万一申请不到全奖的备用金，不到万不得已，他没打算动。到二十一世纪，江曜的恋爱观念还没更新换代，依然停留在农耕时期，他认为男女谈恋爱，男的应该负担大部分消费，可他的日子过得紧紧巴巴，自己过都勉强，哪里有余钱给别人花。他也不是圣人，自己吃糠咽菜，女朋友山珍海味并不符合他的人生哲学。

问题是，现在他就算吃糠咽菜，小乔好像也没法山珍海味。

江曜暑假报了个意大利的拉丁语高级班，为期一个月。他之前学过拉丁语，但学得不系统，想去加强一下。

这个拉丁语暑期项目不提供任何奖学金和资助，江曜给Z大对外交流中心写了申请信，中心思想就是让学校给他出学费报销往返机票，他去的暑校和Z大并无合作，原则上学校不会批钱，不过因为他的申请信写得非常堂皇，学校同意出钱，但是必须得等他拿到那边的结业证书才给报销。也就是说他自己得先垫付学费，交完学费，他卖胆机的钱就花完了，连飞罗马的机票都是刷信用卡买的。

他估摸着自己给乔乐乔的钱已经花完了，这几天能吃外卖就吃外卖，轻易不去食堂。他饭卡上已经没什么钱了，充饭卡得真有钱，点外卖却可以绑定信用卡支付。

江曜认为确立恋爱关系的第一顿饭必须得他请，他本来想带乔乐乔吃顿好的，他的信用卡额度不低，完全可以负担人均几百的消费，但是他下午两点就有考试，只好一切从简。

从简归从简，原则问题不能变。江曜拿起自己手机，抢在乔乐乔前面下了单。

乔乐乔的考试只剩下一门《外国史学史》，这门课的复习时间很充裕，足足有一个星期。

那些史学流派把乔乐乔搞得头昏脑涨。

乔乐乔是个吃软不吃硬的人，如果江曜跟她说你这么笨怎么连这个都记不住，她会马上义正词严地表示，她一个致力于说相声的，分清马考莱和卡莱尔能让她多一个观众吗。不过江曜并没嫌她笨，每次都是反省他自己的教学水平。她好几次都想劝江曜大可不必如此，她根本就不想考高分，不必为她浪费时间，可话到嘴边又咽了回去。她想反正就最后一门课了，再苦也就一个星期，忍忍算了。

虽然在可以预见的未来，一遍一遍地背诵赫尔德、孔多塞、梯也里、米什莱到底是谁，几乎没有用处。但在那个夏天，江曜的客厅里，他们都要在乔乐乔嘴上活上几百次。

江曜客厅里的空调用了多年，一点儿都不节能，平时他不怎么开，乔乐乔在的时候，空调从没关过，电表上的数字噌噌地涨，一个星期的电费顶他之前一个月的。

冰箱里放着她经常喝的酸奶，好像怎么喝也喝不完。乔乐乔一到盛夏就不好好吃午饭，加上复习她更是没食欲，她买了一个十斤重的西瓜，劈成两半，放在江曜的冰箱里，一个中午吃一半，当饭吃，吃完再买。江曜也好像没啥食欲，她吃西瓜的时候他就啃一块干面包，然后喝一大瓶冰水。乔乐乔觉得江曜每天要考这么多门课，只吃面包不行，为了给江曜开胃，她在冰箱里塞满了山楂果茶和杨梅汁，江曜不喜欢这么酸的东西，那些果茶和杨梅汁最终被她自己解决了。

乔乐乔每天早起去江曜家报到，晚上再由江曜把她送回来。

宿舍楼外不少男女卿卿我我，但他俩并不在此列。每天晚上，乔乐乔都会一脸大义凛然地对江曜承诺：放心，我会好好学习的。

一进宿舍乔乐乔就抓住舍友们反思史学碎片化的原因，探讨边疆学派在美国史学中的地位。林恬刚想问乔乐乔和江曜进展如何，乔乐乔就把手上的资料塞到林恬手里，让林恬考查一下她的知识掌握情况。

有天老大从梦中醒来，听见乔乐乔在那儿念念有词，仔细一听乔乐乔在那儿评述兰普勒希特论战，她想乔乐乔平常不会这么没公德，大家睡着了还说话，第二天一问才知道乔乐乔在做梦。

乔乐乔突然成了一个行走的学习机器人，摇身一变成为宿舍里最爱学习的人，连宿舍里最爱学习的老四都自愧不如。

《外国史学史》考完的那天，乔乐乔真正感受到了什么叫如释重负。这是一个关键节点，从此以后她再也不用为考试痛苦了。

乔乐乔上午考完最后一门，江曜还剩四门要考。中午吃饭的时候，两人约好晚上去吃牛排。

下午快四点的时候，乔乐乔骑车去了最近的商场。

她在网上查了江曜送她的表，这个型号现在已经停产了，但是该品牌的官网，没有一块表低于两万，这很出乎她的意料，她以为江曜很节俭的。表的价值经过六年的折损已不复当年，但应该是他身上最值钱的东西。

乔乐乔觉得自己有必要回赠江曜礼物，她在某运动专卖店看中一双鞋。鞋这个礼物很好，一穿鞋就能想到她，唯一缺点就是她看中的鞋有点儿贵，要一千八。考虑到自己的账户余额，她最终选了一双比较便宜的。

拿着鞋从店里出来，乔乐乔坐在麦当劳吃甜筒，她越看这鞋越别扭，她第一次送江曜礼物就要退而求其次，实在不是个好兆头。

想到这里，乔乐乔给叉哥发微信，问他最近有配音的活儿介绍没有，最好钱款现结。

叉哥以前跟乔乐乔都是瓦片儿胡同小学的，比她大三届，现在干广告配音，以前工作室需要配戏腔找过她几次。叉哥工作室的广告配音比较低端，主要面向电台广告以及三线以下城市的电视台。

叉哥说都是百八十块的活儿，不好意思麻烦你这高才生，贵的有倒是有，就怕你不愿意干。

在乔乐乔的追问下，叉哥说是一壮阳药的广告，要乔乐乔唱全本的十八摸，钱款现结。

乔乐乔一听就拒绝了，要是二十万，她或许会考虑个几分钟。十八摸，还全本，还靠这个卖壮阳药，传出去，她还混不混。

乔乐乔问是否还有别的，叉哥说还有一避孕药的广告。

她说那就再见吧，祝你幸福。

吃完甜筒，乔乐乔又回了专卖店，换成了她最开始相中的那款，刷的信用卡。

她拎着新买的鞋到了江曜家，拿钥匙开了门，发现江曜正在打电话。

“至少得交百分之三十定金，不行你就找别人。”

挂掉电话，江曜从冰箱里拿出一瓶酸奶，拧开，塞到乔乐乔手里：“今天晚上吃牛排行吗？”

“行，你刚才给谁打电话啊？”乔乐乔有点儿好奇，江曜干什么还叫人交定金。

“你不认识。”

既然江曜不愿意说，乔乐乔也没追问下去，她晃了晃手里的鞋盒：“试试这鞋，看看合不合适。买一送一，买鞋送了我双袜子，你直接穿上试就行。”她提前把票据藏了起来，从袋子里拿出鞋盒让江曜试。

“你刚才出去就为买鞋？”

乔乐乔在那儿笑，没说是也没说不是。

在乔乐乔的强烈要求下，江曜换上了她买的新鞋。

“你怎么知道我脚多少码？”问完，江曜突然想起乔乐乔今早偷偷摸摸地在鞋架上翻东西。

“我火眼金睛，一看就知道。”

江曜穿着乔乐乔买的新鞋，打车带她去吃牛排。

这家店是厨师当着客人的面现煎牛排，自始至终乔乐乔都没看到菜单，也就没看到价钱。

选了牛排，厨师问他们要几分熟。

江曜说五分熟。

“我这份要十成熟。”说完，乔乐乔不好意思地对江曜笑笑，“我这个胃，不能吃生肉。”她对牛排的兴趣有限，唯一一次吃也是全熟，很少有人点全熟，那次服务员跟她确认了好几遍。

厨师看了江曜一眼。

江曜向乔乐乔建议：“要不七分熟吧，全熟的太硬了，你不一定喜欢。”

乔乐乔继续看着江曜笑。

江曜对厨师说：“给她做全熟的。”他有点儿后悔带她吃牛排了，她要吃全熟的，买块牛肉回家煮多好，还便宜。花这么多钱，吃力不讨好。

因为江曜只有一只手能用，他让厨师帮他把牛排直接切好，考虑到乔乐乔的牛排太硬，他对厨师说：“这个您也帮忙切一下吧。”

江曜特地点了红酒，乔乐乔没好意思说自己不胜酒力。

她在红酒杯里看到了自己的脸。她虽然不爱吃牛排，但不得不承认，吃牛排确实比吃酱牛肉浪漫一点。这家餐馆看上去比上次她去的那家高级多了，但牛排的味道却并没有好多少。

江曜看乔乐乔皱眉的样子，叉了一块自己盘子里的肉送到她嘴边：“就尝一小口。”

肉抵在乔乐乔嘴边，乔乐乔张开了嘴，她在江曜的建议下，又喝了一小口酒，好像确实比她的全熟牛排好吃点儿。

江曜又往她嘴里送了一块。乔乐乔舔舔嘴唇，又把肉吃了进去，她吃肉的时候两腮一鼓一鼓的。

餐厅里这么多人，要一块一块地喂也够不好意思的。江曜提出把自己盘子里的牛排和乔乐乔换一半。乔乐乔说这不好吧，她不认为江曜喜欢吃全熟的。

不过乔乐乔最终没拗过江曜，两人在光天化日之下进行了亲切友好的置换。

“好像有人在看咱俩。”

江曜喝了口酒，问：“你认识他们吗？”

“不认识。”

“他们认识你吗？”

“应该也不认识。”

“那你有什么怕看的？要不你也看看他们？”

见乔乐乔杯里的酒见了底，江曜又给她倒了小半杯。

乔乐乔看着自己盘子里剩下的全熟牛排，不好意思地说：“刚才我是不是太固执了？”

江曜等嘴里的牛排嚼完，才说：“你点全熟的没问题，问题出在咱们来的这家店，全熟牛排做得好的厨师，比较难找，所以你下次为了安全起见，最好还是不要点全熟的。”

乔乐乔点头表示同意，她又连着喝了几口酒。她一喝酒就脸红，顺带又犯了喝完酒夸人的老毛病，她支着下巴盯着江曜的鼻子看：“有没有人夸过你的鼻子很好看？”

江曜不知道这话怎么接，继续低头吃乔乐乔点的全熟牛排。

乔乐乔又说：“你的眼睛也好看。”她的睫毛扑闪扑闪的，在脸上投下一层阴影。

江曜抬头看乔乐乔，她的脸红到了耳根，刚喝了酒嘴唇越发红，眼下正看着他傻兮兮地笑。

“你是不是醉了？”

乔乐乔喝了一口酒，眼睛盯着江曜看：“我是看你看醉了。”

江曜确定乔乐乔醉了，他没再吃，打包付款后直接拉着她出了餐厅。

“我眼睛要是照相机就行了，每看你一眼，就自动生成一照片，拍出的每一张都能当画报。你就没有不好看的时候，不，你本人比画报上的人长得好看多了。遇见你之前，我老觉得再好看的人也经不住细看，可现在我想把你的动作放成 0.1 倍速的，一帧一帧地看你……”

乔乐乔越说越不像话，她的普通话一级甲等，虽然声音不大，但胜在字正腔圆，每一个字儿都送到了出租车司机的耳朵里，江曜羞愤得简直想钻到车底。

到了江曜家，乔乐乔的嘴还没停下来，一直在那儿说。

江曜家是顶楼，一开门就冲来一股热气，他没顾得上开灯，就把乔乐乔按在门上，堵住了她的嘴，一点儿缝隙都没有。乔乐乔顺从地闭上了眼睛，她的睫毛很长，刺得江曜发痒。她老老实实地听江曜的话张开了嘴，打开了她那细细密密的牙齿。江曜的左手从她头发滑到肩头再一路向下滑，她的腿一阵阵地发软，江曜搂住她的腰把她捞了上来。她本来就喝了酒，江曜又缠着她渡给了她好多酒气，整个人迷迷糊糊的。

晚上十点钟，林恬和二师兄在湖边散步。林恬看着湖边的男男女女，问二师兄："为什么小乔和江曜也不来湖边逛逛？你说，这时候他俩在干吗？"

"人家爱干吗干吗，你管得也太多了。"

"你说我现在给小乔打电话，她有什么反应？"

二师兄是个很讲求和平的人："己所不欲勿施于人。"

"这话你得对小乔说，她既然做了初一，就不能怪我做十五。"

《数来宝》的铃声太有威力，铃声一响，乔乐乔就被振了个半醒。最后还是江曜放开了她，"啪"的一声开了灯。

"小乔，你在干吗？"

乔乐乔的声音有点儿喘："你有什么事儿？"

"没什么，就是想让你早点儿回宿舍。"

"哦。"

"你这声音怎么有点儿不对？乔乔，晚上别做剧烈运动，对身体不好。"

"谢谢关心，再见。"

乔乐乔一听林恬的话音，就知道她安的什么心。

天道轮回，报应不爽。

此时江曜已经开了空调，他递给乔乐乔一杯冰水："谁找你？"

"林恬，我舍友。"

乔乐乔发现江曜的表情跟往常没什么不同，除了耳朵有点儿红。

江曜仰头灌了小半瓶水，侧身对小乔说："时间不早了，我送你回去吧。"

乔乐乔笑着答应了，心里诅咒林恬吃方便面没调料包。

"咱们走着回去吧。"

两人推着自行车，并排走在学校的林荫路上。

学校里还有毕业生没离校，小路上或是一伙人勾肩搭背，或是三三两两并排低声细语，乔乐乔听见有人在唱《斯卡布罗集市》，也跟着哼了起来。这首歌她是跟着录音学的，音准倒无太大问题，可因为唱戏久了，她唱歌也有戏腔。风吹过，树叶簌簌地响着，蝉声叫得既没有节奏也没有节操，每一声都在发出求偶的信号。她走在树底下，低声哼着歌，她仰着头看天上的月亮，而不去看江曜的脸。

乔乐乔站在宿舍楼门口，看着江曜骑车离开的背影，下意识地摸了摸自己的嘴唇，而后对着星星笑了。

第七章 礼相赠

GanZhi RuYi

接下来的几天，乔乐乔虽然没了考试，但她依然每天去江曜家里报到。

江曜的冰箱变得满满当当，塞满了水果冷饮。

阳台的灯坏了，乔乐乔买了个小油灯安在了墙上。她在花卉市场买了吊兰、绿萝，阳台顿时多了几分生气。墙上贴了纸，上面写着江曜拆夹板倒计时。

在江曜拆夹板之前，她暂时承担了他家的家务劳动。

乔乐乔买了一本煲汤食谱大全，主要学习如何做营养汤，以让江曜的右臂恢复得更好。从江曜的表情来看，汤的味道可能不是那么美味，也许还有那么点儿难喝，但这不重要，最重要的是很营养，良汤苦口利于病。同时为了给江曜补充维生素，她买了一台榨汁机。她想着自己从敦煌回来，就会拿实习工资，提前透支的钱还是还得起的。

乔乐乔每天用她新买的榨汁机给江曜榨芹菜、胡萝卜、西蓝花混合汁，据说十分有营养。

世间难得两全法，当然，味道也不是十分好喝。

有一次，乔乐乔尝了口她给江曜做的蔬菜汁，刚喝第一口，就忍不住往外吐。她不由得越加佩服江曜，这么难喝的蔬菜汁竟然也能面无表情地咽下去。

乔乐乔吸取了教训，开始研发其他口味的蔬菜汁。

因为江曜不吃冰棍，乔乐乔又发挥了家传绝学，她买了绿豆、红豆、藕粉、白砂糖以及冰棍模具为江曜制造了小乔牌绿豆冰棍和小乔牌红豆冰棍。看着江曜吃下她制作的冰棍，她十分欣慰。

劳动之外，乔乐乔开始看相声剧本。她并不是个创作型人才，平常说的相声都是社里其他人写的本子，现在她决定创作一段江曜占很大篇幅的相声，虽然她没想好怎么写，但定了目标，就每天捧着《张寿臣单口相声选》《何迟相声选》《梁左作品选》学习。

考试周进入尾声，江曜也拆了夹板，两人进入相亲相爱的新阶段，主要以互相亲吻为表现形式。大都是乔乐乔主动，往往她嘴里的奶糕还没化开，就捧着江曜的脸去亲他的嘴。乔乐乔每次开头都很有斗志，结束时都会怨恨自己嘴欠。每当晚上乔乐乔红着一张脸、肿着嘴唇回去都会招致林恬的无情嘲笑，但这并不妨碍她继续主动挑衅。

乔乐乔和江曜相亲相爱，一时忘了家里人，她亲爱的家人一连给她打了五个电话，急召她回家。

乔乐乔小时候和乐女士无话不说，最近突然迎来了叛逆期，她怕乐女士拉着她把江曜的祖宗八辈儿都扒出来说，最终决定暂时对她和江曜的事情保持沉默。

往常她都是假期允许待多久，她就在家待多久，当天她在家里待了不到四个小时，就急着要走，和她一起走的，还有家里一堆吃的，牛肉馅饺子、荷叶糯米鸡、红烧狮子头、莲藕排骨汤和她一块回到了江曜的住处。

江曜买了西瓜切好放冰箱里，乔乐乔回来西瓜的温度刚刚好。

她吃瓜，江曜在一旁吃她带回的饭。

“饺子皮是我擀的，是不是挺薄的？”

“嗯。”

晚上江曜吃着老乔做的荷叶糯米鸡、乐女士做的红烧狮子头以及乔奶奶调的牛肉馅饺子，听乔乐乔简单介绍她家的家庭情况：老乔是一个出租车司机，乐女士是一个手工课老师。他们以前居住在瓦片儿胡同，胡同口每天清早都有一个驼背的老大爷挑着一个馄饨担子叫卖，那馄饨是真香，尤其是调馄饨汤用的香油，乔乐乔越说眼睛越亮，而后黯淡下来，馄饨摊子现在没了。

乔乐乔嘴上说馄饨，江曜盘算的却是另一桩事。以乔乐乔的水平，本科毕业直接申请博士根本不用考虑，研究型硕士也基本没戏，只能暂时先申请个授课型硕士过渡，至于能不能过渡成功，他也没有十分把握。而且乔乐乔读硕士，一定是要自费的。去英国读文科硕士，性价比实在不高，普通工薪家庭的孩子没必要去冒那个险。他如果不能为乔乐乔解决经济问题，而要求她一定去英国读书，完全是强人所难。

但他也不想考虑异国恋。

乔乐乔并不知道江曜的心事，带着剩下的西瓜回了宿舍。

林恬边吃瓜边对乔乐乔说："帮我问问江曜，他是出国还是保研？要是他出国，我这个暑假就省得去勾搭别的学校了。"

本校历史系的保研率很高，成绩靠前的保本校，靠后的走外推。不像老大、老四，林恬的成绩虽然比乔乐乔好，但好得有限，虽然保研没问题，但是成绩有些边缘，说不准就保去别的学校。她自己算了下，只要名次排在她前面的，有五个人确定放弃保研选择出国，她就稳升本校了。现在她把系里的人都问了个遍，有四个确定出国的，两个不确定的。江曜的选择对她很关键。

乔乐乔登录选课系统看自己的成绩，《外国史学名著选读》出分了，她考了 92 分，她上大学以来还是第一次专业课考这么高。

她盯着屏幕看，半晌才回："出国吧。"

"你确定？"

乔乐乔拿过切好的瓜，咬了一口："确定。"她想起江曜那一屋的资料，一个搞世界史的人，如果能力条件允许，是不会选择留在本校深造的。

"那你和他怎么办？"林恬对异国恋并不持乐观态度。

"珍惜当下呗。"乔乐乔合上电脑，又咬了一口瓜。

考试一结束，暑期实践就提上了日程。

说是实践，其实就是包食宿的免费参观，还要计入学分，而江曜也要去罗马读暑校，他跟系里协商用他在罗马暑校的结业证书抵实践的学分，系领导同意了。

考虑到还有几天，两人就会经历一个月的分别，乔乐乔决定这几天要和江曜好好相处，但是计划赶不上变化，江曜考完接了一个攒胆机的活儿，并没时间和她去茶馆或逛游乐场。

同一时间电台又给乔乐乔来了电话，让她先过去熟悉熟悉流程，等她从敦煌实践回来，马上投入工作岗位。

从学校到电台开车也就半个多小时，但是坐地铁绕来绕去要一个多小时，乔乐乔还没拿实习工资，自然舍不得打车，每天挤一个多小时的地铁去电台，下午再挤一个多小时的地铁回来。她永远都是站着，即使看到空出座来，也懒得抢，万一有个老头儿老太太站她面前，让座吧，她舍不得，不让座吧，良心不安，于是她干脆一直站着。好在有相声，三个小时的往返她也勉强能忍。

晚上她坐地铁回来已经是八点了，江曜骑车去地铁口接她，再带着她去食堂。

江曜的车原先是辆山地车，没后座，在江曜的坚持下，修车大爷给他加了个座。加完座后，这辆车怎么看怎么怪异，乔乐乔晚上就坐着这个座跟江曜一起去食堂。虽然早就过了饭点儿，但食堂里人并不少。

江曜接了个攒胆机的活儿，收了一笔定金，除了买材料，他把剩下的钱充了饭卡，每天晚上带乔乐乔去食堂吃小炒，每顿至少四个菜。

吃完饭，江曜就骑车带小乔回家属楼。

江曜在屋里攒胆机，阳台上乔乐乔躺在躺椅上边看星星边戴着耳机听相声。楼下有几棵大杨树，风一过，树叶就簌簌地响，树上有蝉在叫，蝉声越聒噪，越显出夜的静谧。听到好笑处，乔乐乔便忍不住笑出声来，她的笑声一出，就把夜的寂静给打破了。每每笑到一半，她就捂住自己的嘴。

江曜飞罗马的前一天，胆机终于攒完，钱也随之打到了他指定的卡上。这笔钱的意义非常重大，保证了他能在罗马不至于饿死以及按时还信用卡分期账单。

他问乔乐乔想吃什么，他请客。乔乐乔说在家吃，我给你做，然后她找出刚买的菜谱，摆到江曜面前，让他随便挑。

江曜连日来遭受乔乐乔的荼毒，此时对她的厨艺已经完全不抱信任，但当她提议后，江曜还是答应了她的要求。

乔乐乔问江曜要不要吃佛跳墙，她可以试着做。江曜马上否定了她的提议，说吃点儿简单的家常菜就行。

当乔乐乔做好第一道西红柿炒蛋请江曜尝一尝味道对不对时，江曜友善地把她从厨房里请了出去，并请她在饭做好之前不要再进厨房。

饭桌上除了西红柿炒鸡蛋，剩下的干煸四季豆、香煎午餐肉、咖喱牛肉和青菜豆腐汤都是江曜做的。

“这个西红柿炒蛋好像有点儿酸。”乔乐乔尝了一口自己做的菜，把问题归因于食材，“我买的这个西红柿不是太好。”

“那就别吃它了。”

乔乐乔采纳了江曜的建议，她看了看江曜杯子里的啤酒，问：“我能不能喝一点儿？”

江曜又给她倒了一杯酸奶：“你还是喝这个吧。”

最后四盘菜都差不多光了，只有西红柿炒鸡蛋还是满满的一盘。

饭后，乔乐乔问江曜能不能给她弹吉他。

江曜这次没问乔乐乔爱听什么，直接给她来了一段经典轮指曲《最后的颤音》。这首曲子自从他学会后常年在家庭聚会上唬外行，直到他上了高中，他突然厌倦了在人前表现，只在私下里弹一弹。

江曜认为拿这首曲子唬乔乐乔绝对够用了。他的右手之前有段时间不用，多少有点儿生疏，过程中出现了一点儿失误，好在乔乐乔是个外行，完全没听出来。乔乐乔确实被唬住了，她忽略了曲子，一心去看江曜的手，她没想到一个人的手指还能这么灵活。

看乔乐乔这么捧场，江曜又给她弹了首巴赫。

江曜不仅镇住了小乔，还把楼下的老太太震来了。老太太原先是历史系资料室的资料员，和老伴常年住在楼下。据她自己对左邻右舍说，她有严重的神经衰弱。一有点儿大动静，这位老太太灵敏的耳朵便能马上感知到，并且迈着轻快的步伐找上门来。

巴赫弹到一半，乔乐乔就听到了敲门声。

江曜放下吉他去开门，老太太让他晚上不要玩乐器，她刚才已经入睡了，又被他发出的声音给吵醒了。接着老太太换了一副意味深长的口吻，问江曜最近是不是总带女孩子回家，她在楼下经常能听见晚上女孩子在他房里笑，好像还是不同的女孩子。老太太教育江曜对待感情要严肃一些，不要太过随便。

为让老太太赶紧走，江曜说他不弹了，说完再见，没给老太太再说话的余地，直接“啪”的一声关上了门，留老太太在门口感叹江曜没素质。

江曜本来心情不错，直接被老太太给弄低落了，这房间也太不隔音了。

乔乐乔在那儿做白日梦：“等我有了钱，我就买独栋别墅，你在里面想弹多久就弹多久。”说完，她就不好意思地捂住了嘴，她现在每天为了省打车钱挤三个小时的地铁，还买别墅，买个厕所都不知道要攒多少年。

江曜也笑了，只有几秒钟。乔乐乔很少看到他笑，看着他笑，她又忍不住笑了。

“你要还想听的话，咱们换个地方。”

江曜把乔乐乔带到了小树林，不远处是学校那个著名的湖。

他以前常来这儿，夏天的时候，他有时会拿着吉他，钻进小树林练曲子。小树林比较隐蔽，情侣去得比较少，不过往往去的人干的也是比较背人的事儿，有好几对小情侣被他打断过，他也从未有过忏悔。一到冬天，旁边的湖就成了冰场，那些卿卿我我的小情侣也不来了，他就带着他的溜冰鞋过来，在上面滑冰。

很不巧的是，今天江曜又撞到了一对儿，只闻其声，不见其人。乔乐乔大概是没来过小树林，没江曜经验丰富，她问江曜是什么声儿，江曜直接把她拉走了。

考试周虽已结束，湖边依然有很多人。既然来了，直接走也不合适，江曜压低了帽檐，打开琴盒，坐在台阶上，给乔乐乔弹吉他。

月光泻在湖面上，把湖水都给搅碎了。湖边有风，两旁的柳树条子随风摆着，乔乐乔折了一个长柳树条，拿着去搅湖面。江曜在一旁给她弹德彪西的《月光》，月光洒在乔乐乔的脸上，她闭上眼睛，听到了风声和蝉鸣。

等到江曜弹《夜曲》，注意他俩的人越来越多。江曜面朝湖面，眼盯琴弦，并没注意到别人的目光，直到传来不合时宜的鼓掌声，吉他声突然断了。他把曲子弹完，在旁边乔乐乔的手上拍了一下，乔乐乔马上会意到他的意思，起身走人。

乔乐乔提议江曜去小树林继续弹，理由是那儿人少安静。

江曜不知道乔乐乔是真不懂还是装不懂，看她脸上的表情，默认她真不懂，他想着树林里那两位按照一般规律来讲也应该结束了，于是又带着她回了小树林。

但有些人偏不按照常理出牌，这次的声音乔乐乔也听得很清楚，她听得脸红心跳，还没等江曜说话，她就说："咱们走吧。"

乔乐乔的包还放在江曜家，自行车也停在家属楼门口，她跟着江曜回去拿包。

拿完包，她想到江曜明天就要走，问他："你东西都带齐了吗？"

"齐了。"

"明天用不用我去机场送你？"

"不用。"

乔乐乔走到门前，突然转身，捧着江曜的脸在他嘴上亲了一下。她本来想亲完就走的，结果是她的嘴又肿了，后来江曜不知怎么起了怜香惜玉的心思，印在她嘴上的每一下都轻得要命，她受不了，两只手捧住江曜的脸，把他的嘴当成了酸奶盖。等到钟表的时针正落在十二的时候，她整个人被箍在沙发上，沙发垫随着她的身体陷下去，江曜的嘴从她的颈窝一路向下，留下一个个印子。她特没情趣地睁开了眼，眨巴着眼睛问："你是不是要对我耍流氓啊？"

她紧接着又补了一句："你一会儿轻点儿，要不楼下老太太又该上来敲门了。"

江曜的嘴又回到了乔乐乔的脸上，手也从下而上滑到了她的后脑勺。江曜用之前弹吉他的手在她头上揉了几下，贴着她耳朵问："你是不是缺心眼儿？"

这个点儿，乔乐乔也不好再回宿舍。江曜本来要把卧室让给她，但她坚决要躺在阳台上看月亮，江曜从角落里找了张折叠床放在阳台。她躺在床上，耳边充斥着风声和蝉鸣，还有蚊子的嗡嗡声。为了不被蚊子叮，睡觉前她浑身喷满了花露水，阳台上弥漫着花露水味，间或她能听到江曜的呼吸声和自己的心跳。

家属楼偶尔会有偷盗事件发生，江曜不放心乔乐乔睡阳台，卧室的门一直开着。他的床是那种老式的上下铺，他睡下铺，上铺堆满了东西。

凌晨两点半的时候，乔乐乔轻声问江曜："你睡了吗？"要是睡着了他肯定听不见。

江曜没说话。

乔乐乔提议："我们骑车去天安门看升旗吧。"升旗在五点，他们骑快点儿，完全来得及。江曜的飞机下午飞，并不会因此误机。

市里有规定，公路上骑自行车不能载十二周岁以上的人，他俩只好分别骑自己的车。

为了不让江曜被蚊子叮，乔乐乔又从包里翻出了花露水，在江曜身上一顿狂喷。一对浑身散发着花露水味的男女，骑车上了北四环。空气里湿气重，有露水味，很快他俩身上的花露水味就不那么明显了。

乔乐乔一心要在江曜面前拔份儿，骑着她从学长手里花八十块买来的车一路狂奔，誓要把江曜甩在身后，让他来追她。江曜的车虽然年久失修，但毕竟是辆正宗的山地车，而且论腿长，乔乐乔也完全不是江曜的对手。没一会儿，江曜就超了过去，他在前面骑着，看上去一点儿都不费力，乔乐乔看着前面江曜的背影，疯狂地倒腾着她那两条腿。

江曜见乔乐乔久久追不上来，骑得越来越慢，可即使这样，乔乐乔也没追上来。他扭头看了一眼，离着老远，乔乐乔正蹲在地上，好像在捣鼓什么。

乔乐乔自行车的链子掉了，链子前几天刚上了润滑油，她蹲下来挂链子，沾了一手油。

看见江曜回来，乔乐乔如释重负："刚才我还怕追不上你了。"

乔乐乔起身，伸出她那双被机油染得黑乎乎的手，让江曜从她的包里拿张餐巾纸。江曜拿了纸，握住乔乐乔的手腕，给她擦手。黑了好几张纸，乔乐乔的手也没白过来。

到后来，乔乐乔干脆表示，不用擦了。江曜主动跟乔乐乔换了车。两人一前一后，乔乐乔在前，江曜殿后。

江曜之前弹《月光》被乔乐乔录了下来，此时乔乐乔开了外放。真实的月光被路灯给分去了光芒，但是另一种月光从吉他声里流泻出来。

放到第四遍的时候，江曜问能不能别放了。他弹的时候没有感觉，这么一外放，他马上听出了问题。他还没自恋到可以一遍遍听自己弹过的曲子。

乔乐乔说行，于是两人就继续骑车，谁也不说话。

凌晨的街上，依然有人在工作，有市政工人正在修白天坏掉的井盖，马路上的洒水车一路过，留下一路水迹。

乔乐乔和江曜并排骑车走在路上，一辆摩托车从他俩后面蹿过，乔乐乔眼睁睁地看着摩托车主倒在了地上，地上溢出鲜血来，两人打了报警电话又叫了120。等救护车把人拉走，他俩才向着天安门拼命骑。

他们到的时候，旗已经升完了。

乔乐乔看着旗杆上已经升好的旗子，有点儿不好意思，江曜今天要坐十来个小时的经济舱，她没让人休息拉着人来看升旗，结果还没看成。她建议江曜打车回去休息会儿，她负责把他的自行车给带回去。

江曜没搭她话茬儿："你饿了吧，我请你吃早点。"

不远处就是一个煎饼摊，有好些人在排队。隔着几米，有人在卖烤冷面。两人分别混入了不同的队伍，乔乐乔特意给江曜的煎饼加了两个蛋。之后，他俩拿着各自买的早点胜利会师。

乔乐乔的手黑了吧唧的，没法插吸管，江曜把插好吸管的豆浆塞到她手里。

盛豆浆的塑料杯一到乔乐乔手里，马上多了一个黑乎乎的巴掌印。她左手举着豆浆，右手拿着煎饼，和江曜向他俩停自行车的地方走。她的手太脏了，不能拿签子去插烤冷面，江曜只好拿着签子把烤冷面送到她嘴里，她吃一口烤冷面，嘬一口豆浆，太阳已经升起来，人群熙熙攘攘，她觉得豆浆可能糖放多了，甜得要命。

手上的污渍太过顽固，乔乐乔洗了十分钟还没有掉。送江曜到机场的时候，她本想伸手抱抱他，一看自己黑不拉叽的手，她背过手去，冲江曜咧着嘴笑了笑。

敦煌实践结束，乔乐乔拎着包回了家，她把带回来的纪念品分给家人，就瘫在沙发上等饭吃。

乔乐乔的考试全都出了分，除了拉美史，她其他的科目都是90+。鉴于历史系保研率极高，她的绩点保本校是毫无可能，保到外校还是有机会的。不过她对保研全无兴趣，也就没把这事儿放在心上。

席间，乐女士不知怎么想起了江曜：“你那个同学骨折好了吗？”

“好了。”

乔乐乔没跟家人说她和江曜的事儿，乐女士还是老一套，基本认定不以结婚为目的的恋爱都是要流氓，如果她知道了自己和江曜谈恋爱，不仅要把江曜的祖宗八辈儿刨出来，还要把江曜请到家里坐坐，问他未来二十年的人生规划。乔乐乔不想给自己找麻烦，干脆也就没提。

“你真不打算读研？要是能保研，不保白不保。”私心里，乐女士希望乔乐乔继续深造，至少读个硕士，因为乔乐乔的堂妹也要读硕士，无论如何，女儿不能让别人压下去。

“人生苦短，干吗不把时间放在自己擅长的事儿上呢？妈，我自己几斤几两，我比谁都清楚，您就不用操心了。”

乔乐乔实习比正职还要忙，频道领导对她重视得过了分，她不仅要和正式员工一起主持节目，还要给前一个节目当导播，其他时间还要自己写台本。

她每天在电台累得跟狗一样，坐地铁时被挤得死去活来，回来最大的心愿就是躺在床上长眠不醒，但这只是一个梦想。按照江曜临走前给她的交代，每天她至少要背一百个英文单词，她每天洗澡的时候背，刷碗的时候背，挤地铁的时候一边听相声一边背单词，直背得天昏地暗。除此之外，她还要读江曜发给她的论文。

乔乐乔的学年论文是民俗史方向，毕业论文也打算写与中国近代史相关的，她不想去看外文文献。江曜发给她的论文也是中国史方向，只不过是用英文写的。她过了六级，可论文里的好多单词还是不认识，光是查单词她就要耗费很多时间。

好几次她都想说老娘不干了，但是打印好的论文扔到垃圾桶，没几分钟她又捡了回来。她有一种直觉，如果她不看了，她和江曜很可能就要玩儿完，她暂时还不想完。

乔乐乔从网上查了江曜去的学校，据说课程很紧张，周一到周日都有安排，即使基础好的一天也只能睡五六个小时。尽管江曜如此忙，两人还有时差，但这并不妨碍两人每天进行二十分钟的固定通话。

通常在二十秒的寒暄之后，两人就进入了正题，江曜通常会花四十秒到一分钟的时间考一下乔乐乔背诵的单词，之后的时间便是和乔乐乔交流论文。在乔乐乔简单地从框架论点论据描述完读后感后，江曜便会委婉地指出她的问题，鼓励她再接再厉。有时江曜说多了，还会超过二十分钟。跟江曜一比，乔乐乔就显得非常庸俗，她一般会嘱咐江曜好好吃饭，好好睡觉，注意身体。

在电台领导和江曜的双重挤压之下，乔乐乔日益消瘦。乔乐乔以前洗澡、走路、刷碗的时候背贯口，现在是贯口和单词串着背，乐女士不知道女儿为何有了如此大的学习热情。乐女士劝女儿，要是准备考研，就别去实习了，在家里好好复习。乔乐乔很干脆地表示，她不仅不准备考研，就算保研的名额落到她头上，她也不去。

有天，乔乐乔和江曜进行语音聊天，乐女士敲门给乔乐乔送水果。乔乐乔听到声音，走到门口拿完水果说了声谢谢就把门关上了。隔天乐女士问乔乐乔和谁聊天，乔乐乔说，一个朋友。

江曜回国那天，乔乐乔的直播时间和江曜下飞机的时间有冲突，不能去机场接他。乔乐乔提前跟家里撒了谎，说是要和舍友聚餐，她一下班就奔去超市，拎着菜买了一些熟食就打车去了江曜家，许久不见，她准备向江曜展示一下自己的厨艺。

她的钥匙刚在锁里转动，就听见有人说话，一进门，第一眼就看见了江曜。

一个月不见，他瘦多了，至少瘦了七八斤，要是在别的地方见到，她可能都认不出他了。

客厅里在放一首挺激昂的乐曲，江曜斜坐在长桌上，衬衫卷到手肘，捧着杯子跟人聊天，看起来聊得不错。

一见乔乐乔进来，江曜就从长桌上跳下，给她和另外两人做了介绍。

女孩儿小乔认识，正是何溪；男生叫叶勘，据江曜说是他发小。江曜对乔乐乔的介绍很简单，就“我女朋友乔乐乔”几个字带过去了。

乔乐乔发现何溪的脸色明显有些不好看，倒是叶勘挺热情，对着江曜说：“你这不声不响，速度够快的啊！”

江曜看了眼乔乐乔手里的东西，说：“今天就别做了，咱们去外面吃。”

叶勘开的是家里淘汰下来的旧奥迪，江曜坐副驾驶，乔乐乔和何溪坐后面。

叶勘和乔乐乔一样是个自来熟，可能比乔乐乔还自来熟。

“你们俩谁追的谁啊？”

还没等乔乐乔说话，江曜就说：“我追的她。”

乔乐乔觉得江曜的话一点都不符合事实，大概是为了给她面子才在外人面前撒谎。其实就说是她主动的，她也没觉得有什么丢人的。

“那可是头一份儿。

“你什么时候对人家有意思的，不会是因为那段相声吧。说真的，你那搭档嘴太欠了。我一直挺好奇江曜为什么没打他？”

乔乐乔和孟渊的那段相声曾小范围在江曜的圈子里流传过，大家对江曜没揍孟渊表示非常稀奇。江曜的性格和他长相并不是那么相符，别人要得罪了他，他能动手就基本不跟人讲道理。孟渊根本没和他熟到那个份儿上，当着几百人的面骂他，以叶勘对江曜的了解，孟渊那顿打是绝对免不了的。

乔乐乔每次提起这段就觉得心虚，但她还是觉得自己有必要替孟渊辩护一下：“我搭档也不是故意的，事后我们也道歉了。”

何溪坐在乔乐乔旁边一直保持沉默，这时她突然开了腔：“你还和他在搭档吗？”

在乔乐乔表示确定后，何溪说：“那你们挺默契的。能搭档这么久，你们价值观应该挺一致的吧。”

从字面意思看，乔乐乔也不能否认，但何溪明显话里有话。

何溪又问：“你搭档平时也和你开那种玩笑吗？”

按常理，一个男生如果能当着几百人的面和女孩儿自如地开黄腔，那么人们有理由认为，这两人在私底下应该没少进行这种谈话。

乔乐乔明显感受到了何溪的敌意，问：“你说的是哪种啊？我不太明白。”

“没什么。”何溪也没再纠缠下去，转而问江曜，“你什么时候有了听相声的爱好？我记得以前有人送你票，你都不去。”

江曜现在也没这爱好，但他决定终止何溪夹枪带棒的谈话：“我也没必要每件事都向你报告吧。”

还是去的之前的越南菜馆子，上次江曜请乔乐乔去，她没去。

这次江曜请客，名目是他交了女朋友。他把菜单给了桌上的两位女孩子，让她俩先点。

席间，几人谈起未来打算。何溪学的是法语，她准备去英国读比较文学，乔乐乔在旁边低头吃鱼。何溪大概觉得不便冷落乔乐乔，问她：“你打算未来和江曜去一个学校？”

何溪并不认为乔乐乔和江曜能申请到一所学校，问这个问题只不过是为了让她稍微有点儿自知之明。

“江曜唯一的女性朋友”这个定语，是何溪优越感的一部分。江曜对别的女孩儿爱搭不理，唯独和她做了十几年的朋友，这一定程度上佐证了她的优越。她这些年男朋友换来换去，而江曜孤身一人，很难不让外人认为江曜是为了她才如此。对于这些传言，何溪从不否认，甚至有些享受。但现在江曜不声不响就找了一个女朋友，还和她南辕北辙，如果和她像倒罢了，或许还会有人怀疑江曜是对她求之不得而找的替身。偏偏是她最看不上的那类人，就那种发音，还好意思主动站起来发表见解，生怕别人不知道她几斤几两，生动诠释了什么叫无知者无畏。

“我们俩的事儿就不劳你操心了。”江曜也并不认为乔乐乔第一年能和他申请到同一所学校，但是何溪这么说明显是不给乔乐乔面子，他当然不能顺着她说。

何溪对江曜的“重色轻友”很不满，这方面，江曜远不如叶勘，叶勘永远是朋友优先。

叶勘见火药味这么浓，马上转移话题，对江曜说：“老陈明天和人约了友谊赛，缺一中锋，你可一定得去。”

老陈是附中校友足球队的，小有名气一房地产开发商，有钱且任性，球技糟烂，却偏爱和青少年踢足球。

江曜想都没想就说：“不去。”老陈属于带不动的那类队员，每次一看见他，江曜马上想起自己不堪回首接连败北的三年球队生涯。

“给个面子。老陈那个视听室你看过吗，一百多平方米，一套音响就上百万。像老陈这种不懂装懂，附庸风雅的，你要想在这方面赚他的钱特别容易。你最近经济不正困难嘛，和他多相处相处没坏处。”

叶勘家是开装修公司的，和老陈有生意上的往来，叶勘没事儿就去陪老陈踢足球。

说着，叶勘又感叹：“沈阿姨也是够狠的，她每年给外人捐那么多钱，怎么对你这独生子毫不留情？就因为你学了历史？”

江曜忍不住为沈律师说公道话：“她自己辛辛苦苦挣的钱，她怎么花当然是她说了算。”

江曜虽然没住过江院长口中六平方米的筒子楼，但他记忆里家人还是挤过一居室的，而那时候他的爷爷奶奶住的是独栋小楼，有专门的厨师和司机。他家并没有父母为子女花钱的传统。

何溪接茬儿道："老江，我看你还是跟叔叔阿姨服个软。他们断你生活费也是一时赌气。我看你过成这样，每次收你礼物都特别不好意思。"

叶勘说："刚才你收礼物不是挺高兴的吗？也没见你不好意思啊。"

江曜虽然只去了罗马一个月，但叶勘和何溪早就提出给他接机，出于礼貌，他不能不给这两位带礼物。

何溪不满地白了叶勘一眼。

乔乐乔一直以为江曜生活费充足，并没想到他有经济上的困难。原来江曜穿回力鞋，吃七食堂，并不是因为勤俭持家，而是压根儿没钱。

席间，何溪又提起他们共同的一个朋友周东，刚和电影学院的某个女孩分了手。何溪对这个女孩倾注了极大的同情。

"你说周东真是的，他看不上那女孩儿，还跟人谈恋爱，等人家动了感情，他又嫌人家没格调，把人给甩了。你们这些男人，真是……"

叶勘认为何溪犯了以偏概全的错误，她的样本太小，周东一个例子绝对不能代表男性整体。

何溪反驳说："我这是见微知著。"

倒是江曜为周东说了句话："结婚还能离婚呢，谈恋爱就不能分手了？你俩怎么跟居委会大妈一样。"

周东是网球队的，江曜没事儿就和他一起打网球，两人关系不错。相比叶勘、何溪这俩发小，江曜和周东更谈得来。江曜自己喜欢一步到位，别人一个月换一人谈恋爱，他也不觉得有什么问题。

乔乐乔听到"居委会大妈"这几个字马上想起了上次在派出所门口的事儿，那次江曜就这么说她。

吃饭谈事儿就有这种好处，有得聊就聊，没得聊就吃。别人在那儿说，乔乐乔就埋头吃，偶尔用公筷给江曜夹些菜。她如此沉默，和居委会大妈还是有些差距的。

从上菜到快结束，乔乐乔的嘴就没停过，直到她把小肚子吃鼓了，才站起来，以去洗手间为借口，出门买了单。

江曜去收银台结账时，被告知已经有人付过钱了。叶勘提议送他们回去，乔乐乔说她吃多了，想散步消消食儿。

路上，乔乐乔打开自己的手机播放软件，分一只耳机给江曜。她听的是刘宝瑞的单口相声《连升三级》，讲的是明朝天启年间的一起笑谈，每隔几十秒她就咯咯地乐，听的时候，她会偷着观察江曜的表情。

五分钟过去了，乔乐乔发现江曜一声都没乐，连个笑模样都没有。

她问江曜：“不好笑啊？”

江曜觉得这段相声不符合历史常识，脱离了逻辑，他根本就听不下去。他不说话表示默认。

乔乐乔又换了一段《解学士》，江曜依然一声没笑。

于是她放弃了努力，踮着脚取下了她分给江曜的耳机。

“你别听他们瞎说，我经济没那么困难。”

乔乐乔知道江曜指的是买单的事儿，她说：“我发实习工资了，有钱。你在罗马这一个月是不是吃不惯？”要不怎么瘦这么多。

“还行吧。”

“你爸妈反对你学历史吗？”

“也没有，就是不太支持。”

江家二老并不专制，就是喜欢用钱投票。沈律师觉得男孩儿练吉他好，于是花大价钱给他请老师，花几万给他买吉他；沈律师不喜欢他玩架子鼓，但是他拿自己的压岁钱买，也不反对。他学历史，家里也没有如何反对，只是不给他钱而已。因为早有铺垫，他被赶出来的时候并无太大意外。

江曜说有礼物要送乔乐乔，让乔乐乔先去看下，看完，他再送她回家。

两人快到家属楼的时候，不知怎么就聊到了江曜昨天发给乔乐乔的论文，乔乐乔昨天太累，一到家就睡了，今天一下班就来找江曜，除了题目其他的都没看。江曜问了一句，她磕磕巴巴地瞎编。

“要是电台太忙的话，你就别去了。”

“我挺喜欢这份工作的。而且，我还签了实习合同。”

江曜在她头发上揉了一把：“我不希望你太累。”

“其实不看论文不背单词的话，也没那么累。”

江曜放在她头上的手落了下去。

进楼栋的时候，一只瘸腿的邋遢京巴不知从哪儿蹿出来，跟着他俩上了楼。江曜拿钥匙开门，瘸腿京巴正吐着舌头，围着乔乐乔的腿转圈，一副欢天喜地的模样。它背部的毛不知什么原因脱了大半。

“这是谁家的狗啊？”乔乐乔问。

“流浪狗吧。”学校里流浪猫很多，流浪狗却没几只。狗的攻击性太强，一经发现便遭驱逐，这货也不知道哪儿来的。

江曜无情地把京巴关在了门外。

江曜打开他带回的行李箱，在揭开一层一层的包裹后，雕塑就现了真身，他捧着给乔乐乔看：“像不像你？”

这是一个少女的半身像，乔乐乔觉得并不是很像，人家的胸部肌肉比她可发达多了。

“带回来一定很麻烦吧。”

“不麻烦，托运回来的。”就是包装的时候比较麻烦，要是打包不好，一不小心就碰碎了。

“你要是嫌一天背一百个单词太多的话，背八十个也行。”

乔乐乔站那儿看着雕像，那雕塑的鼻子确实很像她。她犹豫了半晌，最后还是说了一声好。

第八章
因果循环

时隔四年，再见到江曜，乔乐乔的心情并没预想的那样平静。

江曜骑的自行车太像她当年买给他的了。当年江曜从罗马回来，发现自行车丢了，她用实习工资给他买了辆新的。他俩分手分得比较决绝，江曜翻出所有她买的东西，能还的都还给了她，包括那辆原价 1288 元的自行车，至于那些衣服鞋子，还给她，她也用不着的，当着她的面全都扔进了垃圾桶，并且按照原价打到了她的支付宝。

她也没客气，把江曜送她的手表、雕像、耳机、帽子、玩偶还有一堆雅思备考资料全都物归原主。

这些东西都被他扔进了垃圾桶。

在乔乐乔带着东西离开时，江曜极其轻蔑地看了她一眼，并为她下了定语，像她这种半途而废的人是没有未来的。

那辆自行车最后被小乔卖给了修车大爷，1288 元买的，卖了 128 元。她拿卖车的钱请宿舍三位姐妹去学校门口吃了一顿烧烤，一个人喝了四瓶啤酒。

乔乐乔坐在江曜背后，谨慎地扶着车座，她觉得自己有必要对走错教室的事情解释一下：“我那天不是故意占用你教学资源的，我本来是去听孟渊的课，结果把 203 记成了 302。”

她感觉江曜的后背明显地僵住，随后她听到了一声冷笑：“放心，我没误会。”

车停在老旧的家属楼前，六层的板楼，没有电梯。

楼道黑漆漆的，江曜让乔乐乔打开手机的手电筒，他俯下身，让她攀上他的背。

乔乐乔站在那儿犹豫。

“我只是怕你的伤更严重，你不要误会。”

为证明自己确实没误会，乔乐乔爬上了江曜的背，她的手尽量避免和江曜有身体接触。江曜的手为避免和她的大腿接触，一直握着拳头。

大概是怕乔乐乔掉下来，江曜走得很慢。每分每秒对乔乐乔都是煎熬，她宁愿自己走，哪怕明天就骨折。可一味拒绝，好像她心里有鬼一样。

到五楼的时候乔乐乔又看见了以前那位时不时就敲江曜门的老太太。老太太进门前还一直打量他俩。

江曜家的门把手上塞着两张广告传单，是卖房的。大概是响应本市人口调控的号召，传单鼓励大家去 ××× 买房，并罗列了种种优惠。分手时，乔乐乔将钥匙还给了江曜。如今，她只能站那儿看江曜开门。

一开门，一只毛茸茸的京巴就扑上来蹭江曜的腿，乔乐乔用了五秒的时间认出那是“暴富”。

当年瘸腿京巴连续一周在江曜门前徘徊，最后乔乐乔看不下去了，决定把它给收养了。名字是小乔起的，那时候他俩很穷，她十分渴望一夜暴富。

暴富一来，乔乐乔就迷上了买彩票。江曜虽然后来学了历史，但他以前是个理科生，参加数学奥赛拿过奖的，乔乐乔请江曜用他那聪明的脑袋瓜帮她预测下期及下下期的一等奖，江曜在她额头上弹了一个脑瓜嘣，让她清醒清醒——“我要是有这种本事，我还能住这儿吗？”

乔乐乔最后把希望放在了预测双色球的蓝球上，她认为这个比较好预测，虽然中一张彩票也就赚三块，可架不住买得多啊。

在乔乐乔的软磨硬泡下，江曜研究了之前半年的双色球中奖资料，并给她预测出了下次的蓝球号码，不过把握只有七成，买不买就看她了。

乔乐乔人穷志短，并没敢拿出两千块买彩票，只拿出了二十块。她拿着从彩票站兑出的五十块钱奖金追悔莫及，后来她再让江曜预测，江曜就不再搭理她了，理由是她是个赢得起输不起的人，万一因为赔钱寻了短见，他可负不起这个责任。

暴富的到来并没有使他俩一夜暴富，反而让本就拮据的生活更加拮据。暴富缺钙缺锌缺维生素，凡是应该有的它都缺，它要吃进口狗粮，看兽医，做手术。暴富就像一个瘟神，请来容易送走难，除了他俩，根本没人要一只瘸腿还缺毛的半残京巴。

为了给暴富做植皮手术，两人连着吃了一个月七食堂，江曜最后还是屈服于老陈的金钱，跟他踢了场球，接了个攒胆机的活儿，改善了两人加一狗的生活。

分手时本来决定由乔乐乔带走暴富，但走着走着暴富又自己跑回了家属楼。乔乐乔觉得暴富实在忘恩负义，要不是她，江曜怎么会管它死活，明明当初暴富吃她的牛肉、狗罐头、火腿肠摇尾巴摇得那叫一个勤。

如今这只忘恩负义的狗连她都认不出了，一个劲儿地冲着她“汪汪”。

这四年里，小乔还为暴富牵肠挂肚过，如今切实体会到了什么叫一片真心喂了狗。

乔乐乔在江曜的指示下，坐到了沙发上。

江曜比以前阔了不少，这是乔乐乔到他家的第一感觉。

麦景图的黑胶唱机配同品牌的胆机功放，音响大概比以前的贵了十倍。她对音响设备的了解完全是因为江曜，他们在一起的那段时间，江曜除了学习写论文、督促她学习写论文、打球吃饭睡觉，剩下的时间都在攒胆机。每次攒完，两人都会开瓶酒庆祝一番。酒是在超市买的，两位数的干红，装在特价买回的高脚杯里。

他俩在一起的那阵是真穷，家里的喷墨打印机改了连供，连原装墨水的钱都不想花。如果不是为了给她凑留学学费，江曜其实不用过得那么紧张。

暴富气势汹汹的叫声把乔乐乔从回忆里拉了回来。

暴富是乔乐乔起的，江曜嫌这个名字太过粗俗，难以启齿，又给它起了个名字，叫初一。正是在八月初一那天，两人决定正式收养这只忘恩负义的京巴。

“初一，别叫了！”

京巴听到了主人的命令，在地上缩成白色的一个团子。

江曜拿来了医药箱，乔乐乔卷起裤腿，她腿上倒没什么伤。

腿没事儿，但走不动路，那就是脚受伤了。

“你脚是不是扭了？”

“好像是吧。”

“你把鞋脱了，我去给你拿冰袋。”

“谢谢。”

“能不能喝凉的？”

“可以。”

就在这时，乔乐乔又听见了敲门声，还是楼下的老太太。

“你们家这只狗太吵了，能不能让它安静点儿。”老太太说话的时候眼睛还往客厅探了探。

“知道了，您别往里看了。”江曜把老太太探究的眼神关在了门外。

关上门，江曜转身拿了一个一次性化学冰袋，还有一瓶冰水，正要递给乔乐乔，一看她肿起的脚面，命令她：“把袜子脱了。”

乔乐乔坐那儿不动。

“你不脱是等着我给你脱吗？你现在必须把伤处固定住，否则你一个月就别想动了。”

“真有这么严重？”

“我骗你干吗？”

乔乐乔犹豫了一下，还是低头脱了袜子，来都来了，再扭捏反倒显得她对他还有什么期待。

乔乐乔的脚被江曜握在手里，江曜拿纱布给她固定。幸亏她每天都泡脚，要是脚臭还挺尴尬的，即使如此，她还是感觉到了尴尬，与四年不见的前男友第二次见面，就当着他的面脱鞋扒袜子，比骨折还要惨烈得多。

在给乔乐乔固定好后，江曜说：“这么严重，还是去医院吧。”

在江曜的坚持下，乔乐乔只好由他陪着打车去了医院。

从片子上看，她并不是骨折，只是软组织挫伤。

医生又给乔乐乔重新缠上了绷带，开了口服药和喷剂外敷药。

乔乐乔问：“医生，您看我这样还能开车吗？”车现在已经成了她的第三条腿。

“你还想着开车呢？这半个月能不动就不动。我给你开一个十天的病假条，十天后你来复查。”说着他看向了江曜，“别让你女朋友开车了，药要按时用，能让她少走路就少走路。”

乔乐乔还没来得及解释她和江曜不是男女朋友关系，就听江曜说了一声好。

江曜没有否认他俩的男女朋友关系，乔乐乔并不因此认为江曜对她旧情未了。她觉得江曜完全是图省事，懒得和外人解释。

“您不用开病假条了，我还想去工作。”她这工作特殊，不能找人代替。再说江曜当年骨折还去上课呢，她不过是软组织挫伤，唯一难办的地方是伤在了脚上。

“你非要工作的话，那你康复的时间可能会延长。”

江曜问：“您看她这情况用拄拐吗？”

“也可以拄，不过这个时间，你可能租不到拐。”

江曜扶着乔乐乔出了门，在把她安顿在椅子上后，又去窗口拿了药。

“你还跟父母一块住？”

“我现在自己住，前两年我买房了，就在绛石园。”乔乐乔并没炫耀的意思，她只是在说明一个事实。她不认为自己是大事儿，老乔要上班，乐女士要进修，总不能叫八十岁的老祖母伺候她。

江曜又提出要背她，她挺不好意思：“其实不怎么严重，我自己能走，你不用背我。”

“你要不想和我有身体接触，明天我给你买一轮椅，现在你先凑合一下。”

“真不用，根本没那么严重。我就这点儿伤，连骨折都不算，要一坐轮椅，别人得笑话死我。”

回去的出租车里一直在重复播放林忆莲的《不必在乎我是谁》，那句“女人若没人爱多可悲”乔乐乔越听越气，这歌儿也太“直男癌”了，难道男人没人爱就不可悲吗？

“大爷，咱能换个歌儿吗？”

“你是不是《怡笑茶馆》那小乔？”

乔乐乔没想到打个车还能遇到听众：“您怎么认出来的？”

“听话听音儿。”

“这小伙子是你男朋友？”

乔乐乔赶忙否认。

红灯停的时候，司机大爷递给乔乐乔一照片：“这是我儿子，三十三岁了，在一互联网公司当部门经理，底下四十多个人。我们家有三套房，他自己也买了一套，你要没男朋友的话，我把他微信推给你，他真人比照片好看。”

乔乐乔没想到现在相亲都进化成这样了，幸亏同为出租车司机的老乔不这样干，否则她恨不得钻地缝里去，她心里为司机大爷的儿子掬了一把泪。

“您这样，取得过您儿子的同意吗？”

“遇上别人，可能还要问一下，不遇上你了吗，他还有什么不满意的。”

乔乐乔用了十多分钟说服司机大爷，她目前并没有找男朋友的想法，就不耽误大爷儿子的姻缘了。

下车前，乔乐乔给司机大爷签了个名。尽管司机大爷表示不要车费，但江曜还是付了钱。

乔乐乔由着江曜背到了自己家的楼栋。

江曜一直握着拳，生怕碰到她的大腿，虽然他以前碰过无数次。

天上的月亮太亮了，小区的树上有蝉在叫。江曜虽然看起来挺瘦，但脊背很结实，乔乐乔伏在江曜背上，不仅听到了蝉鸣，还听到了江曜的呼吸声和自己的心跳，她以为自己早就心如止水了。江曜头发上残留的洗发水的味道钻进了她的鼻子，混合着夜间的冷空气。

直到电梯口，江曜才把她放下来。

江曜跟着乔乐乔一起上了电梯，到门口，乔乐乔出于礼貌主动请江曜进去坐坐。

江曜把手上的药递给她，嘱咐："记得吃药还有外敷，需要用车随时找我，我还是四年前的那个号。你以前的号码还在用吗？"

"今天就够麻烦你的了。"乔乐乔冲着江曜笑，"我有事儿自己打车就行。你的支付宝还是以前的号吗？"

今天急诊的费用和来回的车钱都是江曜付的，她应该还给他。

"我撞的你，钱应该我付。"

"你也不是故意的。"

"你当年是故意的吗？"

所以这是报应吗？

开了门，乔乐乔第一次觉得有些空，按理说又不是两百多平方米的大房子，这么小的地方，东西都挤得挺满的，为什么突然就觉得缺点儿什么呢？她拖着伤脚走到窗前，透过玻璃窗，看到了江曜的影子，此时已经是凌晨两点。

凌晨两点半，乔乐乔给江曜发了条短信，问他到家没。如果不是太晚了，江曜自己又没车，她无论如何是不会发的。

大概过了两分钟，她收到一条短信，上面写：到了，你赶快睡吧。

乔乐乔睡不着，她的脚肿了，好像身体突然多出块什么，让她格外不适应。她不知怎么想起了江曜卧室窗外吹进来的风，她自己住，又是女的，夜里从不敢开窗，有时会格外怀念那阵风。

乔乐乔睡得晚，醒得早，江曜的短信比她醒得更早：记得吃药外敷，我给你预订了早点，七点半到。

乔乐乔并不因此认为江曜想和自己旧梦重温，她又想起了他和别的女孩儿去射击场，就算没有叶樱，也有别的樱。她去上课，江曜把她赶了出来，很明显是不想再看见她。现在江曜主动联系她，不过是因为他撞了她，理应对她负责任。

五年前，她撞了江曜，两人才有了交集；五年后，她不想和江曜再有任何交集。

五分钟后，她回了一条短信：谢谢。其实昨天主要是我不小心，不关你的事，而且我只是轻微扭伤，没大碍，以后咱们就不要因为这个联系了。

大概过了一分钟，她收到江曜的回复：午餐我也给你预订了。

江曜给她订的早餐很丰富，不仅有生煎、鸡蛋、杂粮粥，还有牛奶、水果。

都是辛辛苦苦做出来的，乔乐乔自然不能扔了，这早餐顶她一天的食量。她一丁点儿饿意都没感受到，午餐就来了，看到鱼翅燕窝，她马上给江曜发了短信，让他不要如此破费。

江曜回她：要是不愿意吃，就直接扔了，我再给你订别的。

乔乐乔第一次感受到了五年前的自己是多么烦人。

因果循环，报应不爽。

她又回了一条：午饭实在太丰盛了，晚饭你就不用给我订了。

乔乐乔在电台工作，编播一体，她的工作时间很机动，只要节目直播的时候准时到电台，其他时间随她安排。

晚上七点的时候，乔乐乔准备早点儿去电台，她正在打车软件上打车，江曜的电话在此时插了进来：五分钟后，我到你家楼下，你收拾好东西，我送你去电台。

乔乐乔觉得自己要疯了。

这次江曜倒没提出要背她，而是推来了一轮椅。

她看见轮椅就呆了：“我真没那么严重。”这样会出人命的，虽然笑死人不偿命。

“你要是想尽快好，就坐上来。”

乔乐乔任由江曜推着出了小区门。江曜不是小区的业主，他的车只能停在外面。

她坐着轮椅跟着江曜到了一辆奔驰旁边。

见乔乐乔脸上的异样，江曜说了两个字：“租的。”

江曜打开副驾驶的门，等她进去后，江曜关上车门，把轮椅放到后备厢，又跳到驾驶位。

一上车，江曜从冰箱里掏出一瓶酸奶拧开递给她。

“我现在不喝这个了。”

江曜的手停在那儿，两分钟后还没人接，他又塞回了冰箱。

乔乐乔坐在副驾驶，江曜因为前几年在英国右方向盘开多了，如今又回到了左方向盘靠右驾驶，怕出事故，注意力都在车上，无暇他顾。

两人一路无话。

到了电台门口，乔乐乔从车上下来。江曜又从后备厢推出轮椅，让她坐上去，同时又把两盒进口车厘子塞到她手上。

“你留着吃吧。”说完，她才想起江曜不爱吃车厘子。

“这不是给你的，你脚受伤了，肯定要麻烦你同事，你总不能白麻烦人家。”

乔乐乔没想到，四年过去，江曜人情世故的窍突然就打通了。他为她想得太周到了，周到得她有点儿承受不住。

“那我自己买。”

“我不爱吃这个，留着也没用。”

她说了声谢谢。

江曜不顾乔乐乔的反对，一路把她推到直播间。

见到乔乐乔的人，从保安大爷到台里领导，无不向她投以关怀的眼神，问她怎么了。频道领导见到她，很是忧心：“小乔，你这是怎么回事？骨折了？台里虽然不能没有你，但你也要考虑下自己的身体，你伤成这样，还是好好在家里养伤吧，我明天找人给你代班。”

乔乐乔羞得不敢抬眼见老领导：“您不用太担心，我就是脚扭伤了。”

领导又看了下推轮椅的江曜：“小乔，你这男朋友可真是一表人才啊。”

“他不是我男朋友。”

领导马上默认两人正处于暧昧阶段，还没正式确立男女关系。

乔乐乔想起自己手上的车厘子，忙伸出手递给领导：“您尝尝。”

领导一看上面的价签，谦辞道：“你自己留着吃吧。”

“特意给您和同事带的。”

“那我给他们分分。”他让乔乐乔好好养伤，如果实在不能工作，他会帮她解决的，说完还冲江曜笑了笑。领导想，怪不得这两年给小乔介绍对象，通通拒绝呢，原来是标准太高了。

把乔乐乔送到直播间，江曜说：“把你的员工卡给我。这里进出电梯要刷卡，节目完了我上来接你。”

“你赶快回去吧，我晚上自己打车走。”

“你没看最近的新闻吗？”有女乘客打网约车被害。

“现在正在严打，应该不会有人敢冒这个险。”

“我在这儿等你。你要不想让我接你，那你就赶快好。”

乔乐乔不情不愿地把员工卡交给了江曜。

等江曜走了，乔乐乔把另一盒车厘子递给小导播。

“你男朋友可太帅了，怪不得方主播追求你，你不答应呢。”

“他不是我男朋友。”

“他肯定对你有意思。小乔，你也不要太矜持了。他长得这么帅，多少人虎视眈眈呢，赶快把窗户纸捅破吧。”

从电台出来，乔乐乔又和导播沟通了下节目的形式，她本来只想三分钟说完，没想到越说越多，还是导播最先发现了等在门外的江曜。

“小乔，咱们还是明天再说吧，别让人家等急了。”

两人上了车后，乔乐乔实在不习惯密闭空间里长时间的沉默，她主动打开了话匣子：“你在英国过得还好吗？”这话一出，就透着疏远。

“你觉得呢？”

“我觉得应该挺好的。”本科毕业后三年时间拿到博士学位，又迅速拿到教职，说好都简直差点儿意思，实在是太好了。

“那你还问什么？”

乔乐乔自嘲地笑笑：“我不是没话找话嘛。”她这句话印证了他俩已经无话可说。过去，是他俩极力回避的；未来，他们之间并没有未来；至于现在，现在有什么可谈的呢？

“要是没话说，就别说了。”江曜又把之前的话重复了一遍，“你要是觉得和我在一起很尴尬，那你就赶快好。”

“我可以自己打车，可以自己订饭，真的不用麻烦了。”

“当初我跟你说过多少遍，不要麻烦，你听了吗？”

乔乐乔从江曜的声音里听出了一丝怨气，当初是她一次次找上门，才和江曜有了交集。她找到他，又主动提了分手。难道现在他是用她当年的方法故意惩罚她，可这样惩罚她，对他有什么好处呢？既然他要这样，就由着他得了，反正她的脚伤没几天就好了。

江曜打开了电台，乔乐乔交通台的同事，正在播报实时路况。

一辆奥迪从他们侧面超过去，江曜继续匀速行驶。

后面的车超过来之后，就开始在前面蛇状前行，乔乐乔怀疑前面的人喝了酒，还没等她说话，江曜就让她打交警电话，而他继续不声不响地在那儿开着车。

乔乐乔发现，江曜开车时脾气好多了，被超车也特平静，完全不像以前那么暴躁。大四初期，江曜并不乐意她在电台实习，想让她把更多的时间用在写论文考雅思上，但她以签了合同为由坚持要去，他也没再反对。有次她在地铁上遇到了咸猪手，那男孩子长得体体面面的，但不干人事儿，她自觉穿着很保守，就差蒙个头巾了，但那人并没因为她捂得严严实实而停止对她下手，她用江曜教她的擒拿手把猥琐男的手腕给扭伤了，又踩得他直叫唤。回来她把这事儿当功绩炫耀给江曜听，结果江曜让她要么不去实习，要是非得去的话，就打车。没几天，江曜不知从哪儿搞到一辆不知几手的手动三缸的夏利，每天接送她上下班。车里每天都在循环播放雅思听力，她听得偏头痛。大概过了一个月，两人晚上十二点开着小夏利去郊区看星星，路上被一奔驰给超了，她觉得这很正常，但江曜明显不这么想，他们这辆破夏利曾一度跑到奔驰前面，代价是，坐在副驾驶的她因为剧烈震荡吐了，而争气的小夏利第二天就彻底废了。

江曜停好车，推出轮椅，送乔乐乔回家。

出于礼貌，乔乐乔问江曜要不要进去喝杯茶，意料之中，江曜又拒绝了。他把手上的鞋盒交给她："给你买的软底鞋，你不要穿现在这鞋了。"

"谢谢。"

周五，江曜照常给乔乐乔点了早中晚外卖，准时在晚上七点送她去电台，并在节目结束后送她回家，送她到门口后，又转身坐电梯离开。

乔乐乔刚到家，就接到家里电话，爸妈说想她了，让她周末回家。

她不想让家人担心，只说自己这几天很忙，下周再回。

周六下午四点江曜给乔乐乔打电话，问她现在忙不忙。乔乐乔说她正在写今晚节目的台本。

江曜直接为她拿了主意："你去台里写吧，我现在送你去。"

乔乐乔猜江曜非要这么早送她，肯定是有事要忙，于是说："你有事儿就忙你的，我自己打车去。"

“你收拾收拾，十分钟后在楼下等我。”上电梯要刷卡，江曜没卡。

乔乐乔拿江曜没辙，只好穿好衣服，找到轮椅坐上去。她一出门，正碰见江曜站在门口。

“我看有人上楼，就跟着上了。”

小区有门禁，江曜每次进楼都是尾随在别人后面进来。乔乐乔还有一张门禁卡闲置着，但是她和江曜这关系，把自己的门禁卡送他算怎么回事儿?

下车时，江曜递给乔乐乔两盒杨梅，又推着她的轮椅进了大楼。

连续三天，乔乐乔都以身残志坚的形象出现在大家面前，同事们已经见怪不怪。每次看到她，大家都祝贺她找到一个又高又帅又体贴的男朋友，男朋友应该经济条件还不错，开奔驰 S，她每次都要跟人解释江曜不是她男朋友，然后得到让她好好把握的劝告。

此时直播间还有人占着，江曜只好把乔乐乔推到休息室。

“我给你订了外卖，一会儿你叫同事帮忙拿一下。”

“知道了。”

把乔乐乔送到电台，江曜驱车去了附近的一家餐馆，晚上他和父母约好一起吃饭，饭后一起去看话剧。

他一回国，就收到了好多邀约，能推的尽可能推了，因为每天定点接送乔乐乔去电台，他还放了好多人的鸽子。但是，父母约他，他必须得去。

饭桌上，沈律师和江院长讨论儿子未来的发展。

沈律师不建议儿子留在国内：“从你的研究方向看，还是留在英国比较好，我和你爸不需要你给我们养老，哪里适合你的发展，你就选哪儿。”

江院长自始至终认为“科学是没有国籍的，但科学家是有国籍的”，虽然他不认为历史是门科学，但学历史的江曜应该是中国籍。在他老人家看来，江曜享受了国家这么多年廉价优质的教学资源，自然有必要在学成之后回报祖国。但他对于国内的科研考评机制并不赞成，建议江曜最好在英国多待几年，等把资历积累够了，国内的历史系愿意给他教授职位，再回来。

二老都只是建议，听不听由他。

“我再考虑考虑吧。”

从剧院到电台的路上，江曜租的车被人剐蹭，本来他都打算费用自理，不予追究，结果肇事车主又是找交警又是找保险公司，硬拉着他不让走。

江曜的脾气比以前收敛多了，他给租车公司的人打电话让他们过来处理，等把人等来，已经是十点半了。

江曜跳上了一辆出租车，让司机师傅开快点儿，师傅说我也想快，也得能快啊。

江曜的目光聚焦在手机上，他给乔乐乔发短信，让她在台里等着，他半个小时后就到。

乔乐乔看到短信就知道江曜有事儿耽搁了，她很大方地表示，自己可以打车回去。

江曜只回了两个字：等着。

节目结束后，小导播问乔乐乔："你那奔驰男什么时候来接你？要不要我把你送下去？"

这句话至少有两处地方可待商榷，第一江曜不是她乔乐乔的，第二江曜开的奔驰 S 是租的，称呼他为奔驰男并不是很合适。以前乔乐乔还给人家解释下第一条，现在她通通懒得解释。

乔乐乔坐在轮椅上，从直播间转战休息室，同频的吴主播在那儿吃小龙虾，鲜红的小龙虾在吴主播鲜红的嘴上焕发出第二春，看起来很是诱人。吴主播接过乔乐乔递过来的水果，问她要不要来点儿小龙虾。乔乐乔没忍住，决定吃一只。

江曜来的时候，正透过玻璃窗看见乔乐乔吃麻辣鲜香的小龙虾，她吃得很小心，生怕把它给吃完了。

听到敲门声，乔乐乔往门外看了一眼，马上住了手，脱了手套，向盛情的吴主播告了辞，坐着轮椅出了门。

"医生不是告诉你不能吃辛辣食物吗？"

乔乐乔说得很没底气："我只吃了一只。"江曜的口味比她清淡，像麻辣小龙虾、烤串之类的东西，他基本不吃。

"以后不要吃了。"江曜看起来并不相信她，"你等久了吧。"

"那倒没有，你闲着的时候顺路来接我就算了，忙的时候我可以打车。"

到了楼下，江曜给乔乐乔开了出租车的车门，让她上去。

还没等乔乐乔问，江曜就说："路上出了点儿小事故，不是大事儿。"

"哦。"

不用麻烦江曜的话乔乐乔已经说了一大堆，此时已不好再说出口。

她此时有些明白了江曜最初面对她的心情，虽然性质不同，但其中的无奈都是真的。

出租车里正在放《光辉岁月》。

她的光辉岁月江曜没经历，和江曜恋爱后，她把珍藏多年录有自己声音的磁带和碟片送给了他，分手时，她主动讨回，结果他说他不知道放哪儿了，等他找到再还给她。

后来，江曜再没联系过她，她当年的声音已成绝唱，当年的磁带已成绝版，本来她不送给江曜，还能时不时地重听一下缅怀自己的光辉岁月。

到了家门口，出于礼貌，乔乐乔请江曜进去喝杯茶。

出乎乔乐乔的意料，江曜竟然答应了。

说是请喝茶，其实根本无茶可喝。

乔乐乔的家新近才装修好，她请江曜进门，问他喝什么。

江曜说冰水就行。乔乐乔从冰箱里拿了一瓶冰水拧开，递给他。他俩都习惯递水前先给人拧开，这是两人为数不多的相似之处。

乔乐乔的沙发上摆着一堆玩偶，都是她当初抓娃娃抓来的。

在一堆娃娃中间，江曜看见了他当年给她抓的熊猫、河马还有兔子，客厅的陈列柜里放着小黄人，那是他俩吃麦当劳吃了一周才得到的。

乔乐乔见江曜一直盯着客厅里的娃娃看，她有些不好意思，她都多大了，还放这些啊。

她以前跟江曜规划过未来的家，要铺实木地板，要买手工地毯，要买一张舒服得要死人的沙发，可以窝在上面一直都不起来。最重要的是，房子一定要隔音，楼下的老太太不要总来敲门，她都做到了，装修时特意用了一堆隔音材料。只有一点儿偏差，那时候她规划的是他们的家，不是她的家。

江曜喝完水，就要告辞。

“你车坏了，就别来接我了。”乔乐乔说。

“一句话说十遍有意思吗？”

乔乐乔从抽屉里拿了一把钥匙，交给江曜：“我的车就停在西门门口，你非要接送我的话就开它吧。”

乔乐乔告诉江曜，她的车是一辆灰色辉腾。

她注意到江曜的眼神有犹豫，但最终还是接过了她手里的钥匙。

等江曜走了，乔乐乔才想起来她的车上摆着江曜送给她的泥人，她当年分手的时候忘记还给江曜了。她在心里默念，但愿江曜忘记了。四年多前的一个小泥人，他应该忘了吧。

周日中午江曜给乔乐乔打电话，说他晚上订了位置，约她一起去吃宫廷菜。

江曜来的时候，乔乐乔正在和万陵聊天。

两人在相声社有三年的交情，毕业后仍然保持着联系。

万陵口才极好，且很有商业头脑。本科毕业后，他从家里拿了一笔钱，开了个婚庆公司，主攻高端市场，很是赚了一些钱。经乔乐乔牵线，文艺频道天天播他那婚庆公司的广告。万陵在婚庆公司之外，还开了一间茶馆，每天都有相声表演，偶尔乔乐乔和孟渊也去茶馆说相声。如果乔乐乔脚没崴的话，这周日她应该和孟渊在茶馆里表演节目。但她脚出了问题，不能长时间站着，孟渊只好临时和别人搭档。万陵得知乔乐乔脚崴了的消息，马上开车来看她，还带了一堆补品和一大束玫瑰。

当初万陵本打算增高两厘米后就追求乔乐乔，无奈他还没达标，乔乐乔就有了男朋友，还因此有了出国读书的打算。万陵是正儿八经的中国生中国长，无奈成绩一般，为了在国内上大学方便，他爸未雨绸缪，他刚升初中，就给他整了一个马来西亚国籍，在学校这四年，他一直是留学生的身份。即使变了国籍，他讲得最好的仍是中国话。对于乔乐乔出国留学的这个决定，他是十二分的不支持。他曾对乔乐乔说，如果江曜爱她，就应该支持她的事业留在国内，而不是让她迁就其出国。万陵自认他这套说法对乔、江二人的分手起到了决定性作用。

乔乐乔和江曜分手后，万陵也不顾自己的身高，向乔乐乔表了白，最终被乔乐乔以她喜欢沉默的男人为由婉拒。

被乔乐乔拒绝后，万陵很是消沉了一段时间，到现在他已经交了不下十个女朋友，女朋友们无一例外都是身材高瘦外加讲一口流利的普通话，每次恋情都是热闹开场，无果而终。

得知乔乐乔现在每天由江曜接送上下班，万陵说："你们早就分手了，还是不要麻烦他了，以后我送你吧。"万陵不喜欢江曜，倒不只是因为他曾经是乔乐乔的男朋友。

江曜周身散发出来的那种生人勿近的气质，他十分厌恶，说难听点儿，不就是装嘛，无论男女，他对装的人都没好感。

"不用麻烦，我很快就好了。"

听见门铃响，万陵拦住了乔乐乔，说："我去给他开吧。"

门一开，江曜就看见了那张似曾相识的娃娃脸，大概为了增高，万陵的发型看上去用了小半瓶发胶。

“你好，还认得我吧，我是万陵，乔乔的朋友。”万陵一见江曜，就感到一股身高的压迫感。

江曜冲万陵点点头，表示知道了。他记得万陵，以前这人有事儿没事儿就找乔乐乔指导。

江曜一进门，就看见了那束红得刺眼的玫瑰花，送花的人除了眼前人不做他想。

“谢谢你对乔乔这段时间的照顾。”万陵问江曜，“来点儿茶吧，你想喝什么？”

乔乐乔受伤了，万陵就把待客的任务揽到了自己身上。

万陵开茶馆，对茶也有研究，每年都按时按点儿给乔乐乔送茶。

江曜上下打量了一番万陵，婉拒了他的好意。

“别客气，要喝我给你泡。”

还是乔乐乔说了话：“他喝的茶这儿没有。”江曜喝的茶特别苦，比最苦的黑咖啡还要苦。

乔乐乔还没起身，万陵就抢在江曜前面问：“你要找什么？我帮你。”

正好是要还给万陵的东西，乔乐乔也没客气：“你看见挂衣架上那个老花包了吗？那是你之前给我装钱用的，现在它的责任履行完了，你还是拿走吧。”

“你背着它去买菜吧，我拿回去也没用。”

乔乐乔自认她这个身价，还不够背着路易威登去买菜，但她也没再勉强，心想哪天再补给万陵一个差不多的礼物就行了。

“谢谢你来看我，改天我好了，请你吃饭。”

这是送客了。

“干吗改天，就今天吧。”万陵打量了一眼江曜，“江学长，你要愿意的话，可以一起。”

江曜并没搭万陵的茬儿，而是转身看向乔乐乔：“你没跟他说咱俩约好了一起吃晚饭吗？”

没等乔乐乔回答，江曜又对万陵说：“你不介意的话，咱们一起去。”

“方便吗？”

“没什么不方便的。”

乔乐乔并不愿意和万陵一起吃饭，她的想法很简单，每次江曜带着她出去，都要推着轮椅。虽然坐轮椅确实有利于康复，但她只是软组织挫伤，每天坐轮椅出行，说出去也够搞笑的。她希望能少一个人看见，就少一个人。

乔乐乔万般不情愿地坐上了轮椅，由江曜推着出去。

万陵发现江曜开的是乔乐乔的车，他貌似不经意地问江曜：“你平时开什么车？”

万陵本是想半带调侃地羞臊下江曜，没想到江曜毫无愧色地说：“我平常骑自行车。”

江曜预订的馆子在胡同里，下了车得走一段，江曜又从后备厢里拿出轮椅，乔乐乔说：“我能走着去。”

“再坚持几天，等你好了再说。”

院子是白墙青瓦红门，有鱼有树还有花。三人在服务员的引领下进了一个仿古的雅间。餐室的家具都是上好的檀木，四壁悬着字画，多宝阁里摆放着各式古玩。

这里不兴单点菜，只有套餐，江曜直接点了最贵的那种。有穿旗袍的一位妙龄姑娘坐门边弹奏阮。

虽然是中餐，但是吃饭的时候是分餐制，服务员时不时地过来上菜。

万陵先开了话头：“江学长，现在有女朋友吗？没有的话，我给你介绍。”

万陵除了婚庆公司，又办了一个相亲俱乐部，主要面对中高端人士，男性会员费一年超过十万。

“不用了。”

“别的会员十万入门，我给你免费。我们这儿什么条件的女性都有，雅思7分以上的一抓一大把，8分以上的也有不少，愿意定居英国的也有。你还有什么别的要求吗？”以前万陵找乔乐乔的时候，她不是在做雅思听力，就是在练雅思口语。他并不认为乔乐乔乐意干这种事。

乔乐乔发现江曜的脸色有些不好看，她并没跟万陵抱怨过江曜，也从没和万陵说过江曜的坏话，她也不知道万陵何以会对江曜的需求把握得如此精准。她赶紧对万陵说：“追他的女孩子多了，他相什么亲？”

“相亲才能精准筛选嘛，省得找到不合适的人去改造人家，白白浪费两个人的时间。你说是吧，江学长。”

江曜反问：“那你精准筛选成功了吗？”

万陵本意是讽刺江曜，没想到被反戈一击。他转而和小乔聊起相声的事儿来：“乔乔，我准备今年给你办一个巡演，你都打算去什么地方？”

乔乐乔还是很有自知之明的，并没因万陵的吹捧迷失了自己：“我这知名度，恐怕办不了巡演。”

“你就是缺少宣传，以你的水平办巡演绰绰有余。你以后尽量少跟那些打击你自信的人在一块儿。这些人，就是见不得你好。”

年轻姑娘在弹奏《倒垂帘》，江曜坐一旁听万陵吹捧乔乐乔，顺带夹枪带棒地贬损他。

江曜看上去倒也没生气，他建议乔乐乔一定要好好尝尝特意给她点的清汤燕窝。

万陵本打算买单，发现晚江曜一步，不由得恨自己手慢。

万陵本想送乔乐乔去电台，不料被江曜给截了和，临走前他多少有些不甘心：“乔乔，你有困难就跟我说，不要老麻烦外人。”万陵说“外人”时，字眼咬得特别重。

“我知道了，你路上注意安全。”

等把乔乐乔安排到车上，往前开了一段路，江曜问她：“万陵最近在追求你？”

“没有，一个老朋友。你支付宝多少？”

“你这是什么意思？”

“这顿饭太贵了。再说万陵是我的朋友，这顿饭合该我请。”这家餐馆收钱是按人头，她白吃了江曜几千块钱也就算了，还多了一个万陵，她自己不出钱不合适。

说者无心，听者有意，听在江曜耳朵里，乔乐乔这是直接把万陵划到了她的队伍，而他好像是一个外人。

“请你吃个饭我还是请得起的。”

乔乐乔不顾江曜的反对给他支付宝转了五千块：“万陵这人说话没遮拦，你不要太放在心上。”

“我怎么觉得他句句意有所指呢？”

“你想多了。”

“你当初既然不愿意学，为什么不跟我说，反倒跟外人……”江曜没说下去，万陵是外人，难道他是内人吗？

乔乐乔不太想提起以前，提起来徒增伤感，并没什么益处。她那时要真说了，两人很可能就分道扬镳，分手的时间只会早不会晚。

“我真的没有跟任何人说过你的坏话。”她对外从来都是说江曜的好话，把江曜夸到了天上，有时甚至通过自黑的方式来捧他，她当初并不觉得有什么，做得还很高兴。分手后后遗症就出现了，如果她不是如此自黑，别人也不会通过她上江曜的课被赶出这件事传出一堆闲话。

"所以你真的很不高兴？"她没说外人就看出来了，而他竟毫无察觉，或者说他根本不是毫无察觉，只是不愿意察觉罢了。

"过去的都过去了，再说学英语对我也有好处，现在外国人问路，我回答起来也有底气了。"并非一无是处。

江曜又推着轮椅把乔乐乔送到了直播间，乔乐乔坐在轮椅上和她的同事们一个一个亲切地打招呼。乔乐乔本以为同事们会笑话她，没想到大家每次看见她，都向她道喜，羡慕她找了一个如此体贴的男朋友。

"要是有一个男的这么对我，哪怕他长得跟猪八戒似的，我也要跟他谈恋爱。小乔姐，你在哪儿碰上的他啊？"小导播一边吃着江曜送的车厘子，一边打听乔乐乔的艳遇，问她在哪儿找了这么一位二十四孝男友。

"我大学同学，他不小心撞了我，才每天接送我上下班，你不要多想。"

"乔乔姐，不是我说，照你这个伤，就算你俩闹到派出所，他也就赔偿你几千块，这还是往多了说。他怎么看也不像无业人员，每天牺牲大把时间来送你，你就认为他只是撞了你才这么做？"

确实不合理，报复人也不是这个报复法儿，可要说江曜对自己旧情难忘，乔乐乔也不敢自作多情。

电台里，乔乐乔正在播送柳活专场，她王婆卖瓜自卖自夸放了她和孟渊的《武家坡》，江曜盯着乔乐乔车上的泥人，那是当年他自己捏的，其实捏得并不成功，脸捏得太大了，鼻子捏得太扁了。

把乔乐乔送回家再到家属楼，已经是深夜十二点，乔乐乔准时发来短信问他回家没。江曜回了个到了，就把手机扔到了一边。

他从橱柜里翻出乔乐乔当年送他的CD，当年他把她送的东西都还了，唯独还剩下这堆CD和磁带。

时隔四年，江曜再回想起当年的心境，当初怎么就没还给她呢？大概是因为她太想要回去了。他还给她自行车的时候，她说不用了，你留着吧，我有自行车，于是他毫不犹豫地还给了她；他把衣服鞋子还给她，她说你留着吧，我也穿不着，于是他把衣服扔进了垃圾箱，并按原价转到了她的支付宝；唯独这堆CD和磁带，她主动要求他还，他说不知道丢哪儿了。

他在英国偶尔听过几次，印象最深的是她给他唱《武家坡》选段。

此时旧音重温，江曜想起，四年多前，乔乐乔在楼下也给他唱过这段，唱完她仰着头问他："江曜，我给你做王宝钏好不好？你去英国，我就在这儿等你，你走多久，我都会等你，我保证不会移情别恋。"

江曜记得他当初好像就说了两个字：不好。

第九章 斗法

GanZhi RuYi

周三那天，因为晚上江曜有希腊神话的课，他很早就去接乔乐乔。两人到学校的时候刚五点出头，江曜提议去康园一层吃饭。

“你自己去吧，我还不饿。”乔乐乔说。

“你是觉得和我在一起吃饭很丢人吗？”

“怎么会？我不想让人看见我坐轮椅的样子，要是被熟人看见了，那可太丢脸了。”她是觉得自己很丢人，当年多亏她的《我要脱单》，凡是听过她的相声的人，都对她不择手段追求江曜的事迹有所耳闻，如今她再次靠自行车相撞和江曜有了联系，明明是软组织挫伤，愣是表现得跟双腿截肢似的，连吃饭都让江曜推着，很难不让人怀疑她是故意的。

“我骑车带你去。”江曜的自行车就停在学校门口。

江曜这么一说，乔乐乔就不好再找借口拒绝。

康园人满为患，乔乐乔的朋友圈从大一到博士，再到本校的教职工，在康园遇上百八十的熟人都不算稀奇。

乔乐乔从储物箱里拿出一顶帽子，扣在头上，坐在江曜自行车的后座，直奔了食堂。

考虑到她的脚，江曜把她安顿在靠门的位置，就去打饭了。

乔乐乔低头看着桌面，生怕被熟人发现。她现在基本可以正常走路，但医生的医嘱在那儿，她总怕一不小心，就留下后遗症。

江曜连着端了两个餐盘过来，他把绿豆沙冰的吸管插好送到乔乐乔面前。

乔乐乔这盘是玉米莲藕汤、小青菜和胡萝卜牛肉，荤素搭配倒也合适。她说了声谢谢，就低头吃。

怕什么来什么。

乔乐乔的老朋友，历史系当年的包打听——林恬，硕士毕业后留校当辅导员。乔乐乔听课被赶出来的事，林恬第一时间就从历史系新一届的包打听秦璇嘴里知道了。乔乐乔当初不择手段追求江曜的故事又被人翻了出来，成为历史系从上到下茶余饭后的佐料。

此刻，老一代包打听和新一代包打听到了康园一层，准备边吃饭边讨论系刊《古今》的发展。江曜和乔乐乔就坐在靠门的位置，这两人的组合也算显眼，林恬和秦璇作为小乔的老朋友和新朋友第一眼就注意到了。

此时距离乔乐乔被赶出教室也就两个星期，前两个星期还是落花有意流水无情，此刻花就稳稳当当地插到了带水的花瓶里。林恬随着年岁见长，好奇归好奇，却没想上前打扰。秦璇到底年轻气盛，看见乔乐乔旁边的座位还空着，三步并作两步走上前来和他们打招呼。

"乔学姐、江学长，旁边有人了吗？没有的话，我能坐这儿吗？"

一向冷漠的江学长此时更加冷漠，他问乔乐乔："这里好像有人了吧？"

乔乐乔并没表示肯定，而是说："没有，你们坐吧。"

"那麻烦帮我看一下座，我先去打饭。"

林恬被动地跟着秦璇坐到了乔乐乔的旁边。

秦璇自我介绍："江学长，我是《古今》的编辑，想约您做个专访，您什么时候有时间？"

"我这人没什么值得采访的。"

"您太谦虚了，历史系谁不知道你大二就开始在英文期刊上发论文啊？是吧，乔学姐。"

乔乐乔坐那儿极其尴尬地说了声是。

林恬毕竟认识乔乐乔多年，看出了她神色的不自然，知道事情可能并不像秦璇猜的那样。她主动和乔乐乔提起了宿舍老四周六的婚礼，问乔乐乔准备送什么礼物。老四现在跟着老祝读博，她的结婚对象是系里的一个助理教授，搞罗马史研究的。婚礼订在学校康园三层，学校的教职工经常在这里举办婚礼，经济实惠。

席间分成了两派，乔乐乔和林恬在谈老四婚礼的事儿，而秦璇变着各种方式夸江曜，以图他能被自己的话语打动，从而接受专访，但江曜的脸色实在不像被打动了。

进食快结束，秦璇问江曜："您是不是为了乔学姐能听到您的课，才让教务处把讲课的地方从302换成了阶梯教室？”

乔乐乔实在不能容忍秦璇当着江曜的面如此夸大自己的重要性，忙说：“这个跟我没关系。”

“阶梯教室这么大，乔学姐这次你去肯定有座。”

还没等乔乐乔拒绝，江曜就说：“你跟我一起去吧，等课一结束，我就送你去电台。”

“我还是不去了吧。”她要是再出现在江曜的教室，大家会怎么看她？估计会以为她故技重施，上次伤人，这次自残。

江曜看了看表：“你最好还是跟我一起去，这样最节省时间。当然，如果你一定要去听孟渊的课，我也可以送你去。”

江曜从乔乐乔口中听出了嘲讽：“这次要是人满了，你不会又把我赶出来吧。”

“放心，这次满不了。”

等到乔乐乔站起来往外走，林恬才发现她脚上的端倪：“小乔，你的脚怎么了？”

“不小心跌伤了，没大事儿。”

林恬和秦璇双双看向乔乐乔的脚：“怎么就伤了呢？”

江曜这时开了口：“我撞的她。”

乔乐乔补充道：“他也是不小心。”

秦璇做出一副原来如此的表情——

乔学姐不愧是本系最心狠手辣的女人，不仅敢拿别人开刀，还敢拿自己开刀，脚一伤，情况马上大变，前几天还被赶出去，没几天又被人请回来了。

乔乐乔一看秦璇脸上洞察一切的表情，就知道以后自己估计要天天在黄河里洗澡。

秦璇和他们一起出了门，她一跃蹬上车，对着身后的乔乐乔说：“乔学姐，我先去给你占座。”

虽然换了更大的教室，但因为乔乐乔去得晚，人也差不多坐满了。到了教室，江曜打量了下四周，给乔乐乔找座。秦璇坐在第三排，不停地向她挥手。

同学们第一次看江曜主动带人到教室，不由得把目光倾注到乔乐乔身上。

过度热情的秦璇很快得到了江曜的关注，江曜直接把乔乐乔带到了第三排，他问秦璇，乔乐乔脚有些不方便，能不能跟她换下座，秦璇马上说好。

秦璇看了一眼远处的叶樱，正好叶樱也向这里看过来。

自从前男神拜倒在叶樱的石榴裙下，秦璇就一直胸藏一口恶气，如今这口恶气借着乔乐乔一口出尽。她心道，呵，也有你叶樱追不到的男人。

秦璇很热情地跟乔乐乔换了座位。

等乔乐乔一落座，秦璇马上道歉："学姐，上次我给你看的照片你不要当真，很可能是叶樱单方面暗恋，故意发一些引人遐想的照片。"

"我和江曜不是你想的那样。"

"学姐，你不用多解释，我全都明白。"

乔乐乔心里叹道，你明白什么啊。

一直到周六复查，乔乐乔和江曜都维持着表面上的平和。

复查当天，江曜很早就到了乔乐乔家，他并没给她点外卖，而是直接带着早点来的。他带来的早点十分清淡，白粥、水煮鸡蛋和素菜包。

乔乐乔越吃嘴里越没味。

吃完饭，江曜就开车把乔乐乔送到了医院。

乔乐乔坐在轮椅上，由江曜推着去拍片。

放射科的年轻医生看到乔乐乔的伤势，又看看她的轮椅，不禁劝她："你这就是软组织挫伤，不要有太大的心理负担。"年轻医生参加工作不久，还是头一次看见这么个小伤就要坐轮椅的，这样一个女孩子，漂亮是漂亮，可伺候起来也是够麻烦的。

乔乐乔出了门，对江曜不好意思地笑："我还是别坐轮椅了。"她的活动量已经够低了，即使走几步也应该没什么，她坐轮椅已经坐出了心理阴影。

江曜递给乔乐乔一个还未开封的口罩："你要怕别人认出你，就戴上。"

江曜拿着片子推着乔乐乔到了门诊，医生看了片子，给乔乐乔拆了绷带，建议她未来一周还是尽量减少下地活动。

乔乐乔不知道听谁的，江曜说谨慎些总没错。

出了医院，江曜先是开车去了附近的体育商店，给乔乐乔买了一副护踝，又到一家面向外国人的超市买了牛排和调料。

"中午你想吃什么？我请你。"看江曜这么为自己忙前忙后，乔乐乔觉得自己有必要请他吃顿饭，再说这些天吃外卖也吃够了。

“回你家，我给你做。”

这些天，江曜对她的照顾可以说是无微不至，连给她的同事送水果都想到了，但他一直是公事公办的态度，好像对她如此完全是为了履行责任，乔乐乔自己也这么以为。

“不用麻烦了。”

“我买菜的时候，你为什么不说不用麻烦？”

她根本不知道他要给她做菜，人家采购食材，她突然来句不用麻烦，那不是自作多情的神经病吗？

江曜在厨房做饭，乔乐乔窝在沙发上写台本。她写得心不在焉。江曜只是对她负责的话，给她点外卖送她上下班就算仁至义尽了，怎么会主动给她做饭呢？莫非是对她……

乔乐乔阻止自己再想下去，难道她还能指望江曜对她旧情复燃。旧情复燃又怎样，他不还是要去英国，他们照样没“前途”。

老实说，江曜并没有对不起她的地方。

大四开学不久，江曜给乔乐乔看了他的股票账户，让她不用担心钱，一心准备论文考雅思就行。他告诉她，按照他对手头股票的估计，明年卖到三十多万还是没问题的，节俭如她，一年的学费和生活费总是够了的，第二年申博士没准就能拿到全奖，拿不到也没事儿，他给她想办法。江曜的全奖录取通知收到得很早，加上他有股票，按理说不用再为钱操心，如果不是为她攒学费和生活费，绝不会为了钱去陪老陈踢球。

江曜把她纳入了他的人生，而她并没有。即使她被迫学雅思，那也是主动地被迫，如果她放弃，他也不会勉强把她留在身边。她骗了他，虽然目的只是和他相处的时间长一点儿。

过去的已经过去了，说谁对谁错已经没有意义。

江曜给乔乐乔煎了牛排，十成熟的，本来配红酒更好，但考虑到乔乐乔的酒量，江曜只给她倒了苏打水。

“你尝尝怎么样？”

全熟牛排，做得一点儿都不柴，好嚼且多汁，乔乐乔知道江曜更偏爱五分熟的牛排，他什么时候突然会做全熟牛排了？做得还不赖。

“你这手艺这么好，现在是不是天天做饭？”

“我很少做饭。”

“也对，你工作这么忙。”

乔乐乔随意问起江曜在英国的生活。

江曜告诉她，去年底，他把手里的股票卖了，加上新书的版税，在距离剑桥市中心不到十分钟车程的地方贷款买了一个三层独栋。

“那可太好了。”乔乐乔突然就想起了过去吹过的牛，那时她说要给江曜买一个独栋别墅，让他想弹多久吉他就弹多久，再也不会有老太太来敲门。结果人家自己买了，房子都买了，就更加不会回来了吧。

无论如何，她应该为他高兴，为了表现得高兴，她甚至提高了音调。

这声“太好了”非常局促，于是显得言不由衷。

乔乐乔埋头吃牛排，不说话。

乐女士就是这时候开门进来的，女儿要是有男朋友，乐女士或许会提前打电话知会下，可女儿是单身，乐女士认为没有任何可避讳的。

乐女士昨天去了采摘园，带了好多水果回来，她本想让老乔给女儿送来的，结果今天中午吃饭的时候，她和老乔为女儿找对象问题进行了一番争论。乐女士嫌老乔不上心，老乔嫌乐女士管太宽，争论到最后，两人又翻起旧账，就当年买房问题吵了一架。乐女士一气之下，说要跟老乔分居，和女儿去住。她说到做到，拿着水果下了楼就打车往女儿家奔。她有女儿家的门禁卡和钥匙。

乐女士一开门就看见女儿和一个年轻男人对坐着吃饭。一瞬间，乐女士觉得自己这两年担心的问题就这么轻松解决了。

她一看江曜，喜悦的心情简直要溢出来。这些年乔乐乔的二婶一直憋着和她较劲，现在就连孩子结婚的事儿都要比。从今年年初开始，二婶一直主动要给乔乐乔介绍对象，条件基本都是一言难尽，要么是无房无车却希望女方有房有车有稳定工作和大把时间的，要么是身高样貌远低于年轻人平均水准的。如果不是乔乐乔拦着，乐女士已经要和这位弟媳打起来了。眼前这个男孩子，不管有没有车房，起码长相就很拿得出手。

乐女士的嗓音都透着欢喜：“乔乔，和朋友一起吃饭？”

她来得十分突然，乔乐乔怕她误会，连忙给两人做介绍。向乐女士介绍江曜时，乔乐乔斟酌了用词，最终在江曜名字前加了朋友二字。乔乐乔说她不小心和江曜撞了，脚稍微有点儿扭伤，多亏江曜的照顾，她现在已经好得差不多了。

江曜起身叫乐阿姨。

乐女士一听江曜的名字就觉得很熟悉，她很快就想起这是女儿当年撞的人，学习特好，本科毕业后就去留学了，好像还拿的全奖。

“这些天可够麻烦你的，我们家乔乔哪儿都好，就是不细心。你俩可真是有缘分，五年后又撞到了一块。当初我们乔乔老在家夸你，说你学习好又善良。”乐女士看了眼桌上的牛排，“这也是你做的吗？你也太能干了。”

乔乐乔发现江曜的脸色有一丝不悦，很快他就换了一副温和语气：“阿姨，您吃了吗？要没吃的话……”

“我吃了，你们吃，我去给你们洗点儿水果。”说着，乐女士就拿着她带来的水果进了厨房。

她想自己女儿果然是不声不响干大事儿的人，当年不声不响上了Z大，现在不声不响就把男朋友给搞定了。

乐女士一来，饭桌上的气压马上变低了。

沉默良久，江曜压低声音说：“你从来没把咱俩的事儿告诉过你爸妈？”

江曜和他的父母一个月才见一两次面，但二老都知道乔乐乔的存在。而乔乐乔一个几乎每周都回家的人，她的母亲竟然不知道他俩谈过恋爱。

“这个重要吗？”是，她因为一直没打算长久，所以从没把她和江曜的事情告诉过自己的父母。她吃的是中国菜，说的是中国话，写的是中国字，她的亲人、她的事业、她的朋友都在中国，除了某段时间被感情迷了心窍，她从没有过去英国留学的打算。她甚至连学费都凑不齐，还要靠江曜卖股票，如果她真的有学术理想也就算了，关键是她从来就没有，即使去留学，靠江曜一分分挣下的钱留学，她也不过是生产一堆学术垃圾罢了。

“乔乐乔，你当初说的话都是假的？”他甚至可以原谅她中途放手，但不能接受她自始至终就没想过和他长久。这让他像一个不折不扣的笑话。

“如果你需要我向你道歉的话，我现在就可以和你说对不起。我的脚已经好了，以后你不用接送我了，谢谢这段时间你对我的照顾。”

“你怎么能把事情说得这么轻巧？”

“过去的都过去了。”

“我过不去。”

乐女士并不知道自己的到来，在这对年轻男女中间掀起了如此大的波澜。她把洗好的水果放到饭桌上，随便找了一把椅子坐下。

“听乔乔说，你去英国留学了，什么时候回国的？”

乔乐乔怕乐女士说错话，直接代江曜答道：“人家早在英国找到了教职，小学期过了，他还要回英国的。”言下之意，江曜可不会做你的女婿。

乐女士听乔乐乔这么一说，多少有些失望，女儿嫁到外省，她都不能忍受，何况是嫁到国外。但她又转念一想，多少人出国之后又回来了。

“你照顾了小乔这么长时间，我们做父母的，无论如何得请你吃顿饭。我记得以前，小乔把你撞伤那会儿，一到周末就让我们给你做骨头汤带去，也不知道你现在爱不爱喝。想吃什么，跟阿姨说，阿姨给你做。”

“妈，人家很忙，没有时间的。”

乐女士看了眼自己女儿，心道这丫头平时挺机灵的，怎么突然就变得这么愣。她不顾乔乐乔的眼刀，对江曜说：“你回英国前，什么时候有时间都可以的。不是阿姨夸口，以前小乔经常带同学到我家吃饭，他们都说我做得好。”她想到周日小乔的二婶来家吃饭，问江曜，“明天有时间吗？”

“有。”

“那好，到时候你一定得来。”

“那麻烦您了，阿姨。”

“不麻烦，你照顾小乔这么长时间，我们不能不懂礼数。”

乐女士来得突然，走得更突然，唯恐耽误了二人相处。

“你这又是何必呢？我替你推了。”

“我当初吃了你们家那么多顿饭，去拜访一下你的父母，也是应该的。”

“你的心意我领了。”

“你好像不能代表他们吧。乔乐乔，你就这么怕我见你父母？”

“我只是觉得没必要。”

“没必要？乐阿姨不是说，你请过许多同学回家吃饭吗？我这个同学你还没请过吧。作为你的同学，在你母亲邀请下，去你家吃个饭，你觉得很不妥吗？”江曜看着她笑，音调自带三分嘲讽，“你不会认为这么多年过去了，我还是非你不可吧，去你家吃个饭都是为了借机接近你。”

“我从来都没那么想过。”

“那就好。”江曜起身收拾桌上的饭菜，碟子里残留的全熟牛排显得很讽刺。

乔乐乔站起来说：“我自己收拾吧。我的脚已经好了，以后就不麻烦你了。”

江曜凑近她的脸：“乔乐乔，凭什么你想开始就开始，你想结束就结束？”

“那你想要怎么样？”

江曜低头看表：“你今天不是要去康园参加婚礼吗？碰巧我也去，

咱们一起。”

这件事是她理亏，她没办法逐客，只能任由江曜在她的客厅里工作。小学期很快就要结束，到时江曜回英国，就算她不想结束也得结束。

再待几天也没什么。

键盘声敲得她一阵心乱。

乔乐乔是半被迫和江曜一起去的。

康园门口不便停车，江曜把车停在学校门口，骑车带着乔乐乔奔了康园。今天有风，吹起乔乐乔旗袍的边角，她低头按住。她穿了一件墨绿底子凤尾竹的宽松旗袍，到小腿才开衩，她小腿长而细，像藕段似的，头发盘起来，耳朵上的耳饰和旗袍一个颜色。乔乐乔热爱自由，就连衣服也不喜欢裹得太紧的。虽然是小学期，但校园里热闹不减，路过的人时不时往她这里扫两眼。

老四在康园请的客人都是历史系的，基本都是乔乐乔和江曜的老熟人，他俩的那些事儿系里的老人很少有不知道的，此时看见这两人一起来参加婚礼，不觉好奇。江曜一直虚扶着乔乐乔的腰，他手掌和她腰的距离大概有一厘米，好像随时要把可能摔倒的她扶起来，外人不知道端倪，还以为他俩要再续前缘。

两人被分配在不同的桌，江曜一眼就看到，乔乐乔右手边座位牌上赫然写着“孟渊”二字。林恬坐在乔乐乔的左手边，她凑到乔乐乔耳边问她和江曜是不是复合了。

“没有，说来话长，回去我再跟你说。”

乔乐乔的大学舍友里，老四是最纯粹的相声迷，乔乐乔的每场演出，她都要听。乔乐乔还曾跟老四许诺过，等老四结婚，一定要在婚礼上为她说段相声，老四当了真，给乔乐乔发请帖的时候，特意要求她兑现当初的承诺。

婚礼进行到一半，乔乐乔和孟渊上去，来了一段对口《巧嘴媒婆》。这段传统相声本是单口，被他俩改成了对口。两人结合新郎新娘的事迹又对相声进行了改编，“笑果”还算不错。

说完这段，乔乐乔又说了几句喜庆话就下了台。她本要回原来的位置，祝教授拦住了她。

祝教授本来要和祝师母一起来的，不承想家里的泰迪得了肠胃炎，祝师母带爱犬去看病，他身旁的座位就空了出来。

“小乔，我们这桌一半都是未婚男青年，既然你这么能说，要不给他们和你们那桌的未婚女孩子牵个线？你先坐这儿了解了解情况。”他早就听闻了江曜把乔乐乔从教室赶出去，没几天就把乔乐乔请去听课的事，私心希望江曜能和乔乐乔破镜重圆。希腊研究中心正在引进人才，江曜要是和乔乐乔在一起，回国的概率也大了很多。

乔乐乔笑着对祝教授说：“人家都有男朋友了。”

“那你呢？”

问话的是许毅，搞东亚关系史的。他刚来Z大，并不知道乔乐乔和江曜的前尘往事，赴宴又来得晚，也不知道小乔和江曜一起来的。他比江曜大两岁，仍在做博后，江曜早就在英国名校找到了教职，差距大得有点儿明显。

许毅并非妒贤嫉能之人，他很乐意和比自己强的人交流。江曜一来，他便主动和江曜攀谈起了最近的研究方向，礼貌性地表达了自己的敬仰之情。直到乔乐乔出场，他才停止了攀谈，确认台上的人大名叫乔乐乔后，他打开了手机搜索。

乔乐乔听人说系里前阵子招来了一个外校的博士后，因其长相在系里颇引起了一阵轰动。这位博士后或许单看很不错，但坐在江曜旁边，马上被比下去了。

她确实单身，也不能撒谎说自己有男朋友，只能诚实答道：“暂时还没有。”

“巧了，我也没女朋友。”

这弦外之音有点儿明显，还没等乔乐乔说话，许毅说：“我妈特别喜欢你唱的穆桂英，她那时候老跟我说，你没人家乔乐乔的好嗓子，只剩好好学习这条路了。”

乔乐乔连着两年上过地方台春晚，虽然是串烧，但也在她住的那片和小学引起了轰动，那阵子乐女士很是扬眉吐气，走路都不看脚下。其他小孩儿还在为考试发愁的时候，乔乐乔已经成名上报纸上电视了，俨然别人家的孩子。鉴于她给瓦片儿小学增光添彩，校长特批她不用写作业，同学们都很羡慕她。那时的乔乐乔很是牛气，根本没想到日后要经受文化课的毒打。

好女不忆当年勇，乔乐乔不太跟人提起从前，一时间有人跟她提当年的辉煌岁月，她还有些恍然。

许毅又跟乔乐乔说，他受自己母亲的影响，也很喜欢听她唱戏，后来她不唱了，他还很失落，没想到她也学了历史。

祝教授本想给乔乐乔和江曜牵线，没想到半路杀出个程咬金。他指了指自己和江曜间的空位，让乔乐乔坐。

桌上除了许毅，其他人或多或少都知道乔乐乔追求江曜的往事。

乔乐乔和江曜谈恋爱这事儿，历史系的人普遍认为是乔乐乔占了大便宜。乔乐乔，一个学渣，在和江曜恋爱后，接连在国内一家学报和一个国际普刊上发表了论文，虽然发表的期刊不是很有分量，但对于乔乐乔这种学渣也是极有难度的。后来，学渣乔乐乔又拿到了好几所英国名校的有条件录取通知书。对于乔乐乔没有留成学这件事，普遍猜测是乔乐乔没有在截止日前，考到录取通知上要求的雅思成绩。毕竟乔乐乔英语差这件事，从来不算个新闻。

关于乔乐乔和江曜谁主动提出分手，主要有两派意见：一派认为是江曜提出的，理由是对乔乐乔恨铁不成钢；另一派则比较阴谋论，认为学渣乔乐乔和江曜在一起，主要是把江曜当成学术路上的工具，结果江曜也没让她成功出国，遂怒甩。系里大多数人认为乔乐乔学渣归学渣，但总体上还是个善良的人，第一派意见占了大多数。

前阵子乔乐乔被赶出教室，这两天又传闻乔乐乔被江曜请去了新教室，如今两人一起来参加婚礼，乔乐乔却说自己还是单身，如此戏剧化的情节，大家都想看下集。

老祝和学长们太过热情，乔乐乔正不知如何拒绝，江曜开了腔：“你的脚伤了，不能久站，赶快坐吧。”

听江曜这么说，大家纷纷表示关心，问乔乐乔的脚怎么了。

乔乐乔很客气地表示只是轻微扭伤，现在早好了。

祝教授给乔乐乔创造了和江曜近距离接触的机会，孰料乔乐乔根本不好好把握，不是在吃，就是隔着江曜和许毅说话。

乔乐乔也不想隔着江曜说话，但是许毅问她话，她总不能沉默吧。

“你后来怎么不唱戏了？”

“变声期没保护好嗓子，职业的路就没办法走了。”

“幸亏你没保护好嗓子，要不相声界就损失了你这么一人才。”

来而不往非礼也，乔乐乔出于礼貌也询问了许毅的研究方向。两人互相吹捧了一番，都夸对方非等闲之辈，自愧弗如。

席间，大都是许毅和乔乐乔在说。

祝教授看不下去了，主动问江曜回国这段时间教学是否顺利。

江曜面无表情地说：“还可以。”

许毅这时插话道：“你也太谦虚了。我们都是怕学生不来，只有你是往外赶人。”许毅耳闻江曜上课时把蹭课的人赶走了，不知道被赶走的人正是乔乐乔。

祝教授笑道：“小许，你这只是看了上集，下集江曜可把人给请回来了。”

祝教授问江曜有无回国打算，江曜说没有。

快晚上八点的时候，乔乐乔对祝教授说晚上还有节目要直播，她就先告辞了，许毅主动提出要送她。

乔乐乔感谢美意并表示拒绝。

乔乐乔一起身，江曜就跟着站了起来，他对着同桌人说道：“我送她。”

在同桌人的注视下，乔乐乔跟新娘道了别，和江曜一起下了楼。

去电台的路上，乔乐乔不自觉地哼起了《穆桂英挂帅》，没想到当着江曜的面收获了粉丝一个，这样的奇遇还是头一遭。

这些天，江曜很少见乔乐乔笑，她以前完全不是这样的，很多在他看来丝毫不好笑的小事，她也能挖掘出笑点，在那儿咯咯地乐。她的笑声有很多种，不同的事能引发出不同版本的笑，以至于楼下老太太总认为他私生活放荡，每天带不同的女孩儿回家。今天看到她兴致这么高，江曜一时间竟有些恍惚。

“许毅之前并不认识你，你的资料他都是现场在网上搜的。”

“哦。”乔乐乔的情绪马上低落了下去。

空气突然冷下来。

“你刚才唱得挺好的，怎么不唱了？”

“不想唱了。”

到了直播间，小导播递给乔乐乔一盒枣。

“乔乔，这是给你和你男朋友的回礼，特别甜。人就怕比较，我以前以为方主播挺帅，现在看见你那男朋友……”

“谢谢，不过他不是我男朋友。”

小导播见乔乐乔一副不想提的样子，马上转了话题：“乔乔姐，我听人说你要去市台了？”

“我自己都不知道，谁跟你说的？”前些天，市电视台文艺频道的一个制片人确实和她吃过一次饭，问她有没有往电视方面发展的意思，乔乐乔委婉地表示那得看什么节目，要是和曲艺无关，她恐怕不能胜任。最后因为要开的节目和曲艺无关不了了之。往电视方面发展，她的知名度确实会更上一个台阶，但知名度对她并不是最重要的。

“我发现，甭管男女，只要长得好看的，最后都往电视台奔。你要走，可别瞒着我，你请我吃了那么多顿饭，我得还你一次。”

“你这是什么眼神？咱们台里这么多美女。”

小导播忙捂住自己的嘴：“乔乔姐，你可别跟外人说。”

乔乐乔马上心领神会：“你说什么来着？”

乔乐乔出门看见江曜正坐在她的车里等她。

由电台回家的路上，已是十一点多，外面的车流仍然不减，风顺着摇下的车窗吹进来，乔乐乔先开了腔：“谢谢你这些天照顾我，我的脚好了，现在完全可以自己开车。”

“你既然不想和我再有联系，为什么还要去听我的课？”

“我本来想去 203 的，走错了。”

“走错了？”原来一直都是他一厢情愿。

“那天我就应该把你送去孟渊的教室，你听我的课一定很煎熬吧。”

“你想多了。”

“当年你是不是也很煎熬？既然你这么煎熬，为什么还要忍呢？”既浪费她的时间，也浪费自己的时间。

为什么？因为有便宜不占王八蛋。

并不是所有的时刻都煎熬，如果一直都煎熬，她又不是个傻子，早就逃了。就是因为一直有甜头，她才赖着。

乔乐乔顾左右而言他：“上你的课，多少人求之不得。”

“你就不能说一句实话？”

乔乐乔捂住脸，过了好长时间，她才抬起头：“如果我早就摆明是一个毫无学术野心的学渣，你是不是根本不会和我在一起？”她还没问出问题，心里就有了答案。

这次轮到江曜沉默。

沉默等于默认。

“如果那天你把单词从一百个降到八十个，我还不愿意背，你是不是就会和我分手？”

江曜还是沉默。其实他最低可以给她降到三十个，再低就不行了。

“如果我一早就跟你说我根本不会去留学，现在你根本不会在我的车里。”既然他要听实话，她就说好了，“我是骗了你，让你浪费了一年的时间，但是，我想你会长寿的，这一年时间对你的人生实在算不了什么，真的，什么都不算。”

四年的时间，他俩都变了很多。唯一不变的是四环路，四年前堵，四年后还堵，早上堵，中午堵，晚上还堵。乔乐乔把眼神转向窗外的车辆。

沉默太过难挨，江曜打开了电台。

《怡笑茶馆》结束之后，就是情感夜话，主播是乔乐乔的同事陈主播。

陈主播在给听众提建议时，提到了她的一个同事。据她说，这个同事十分会说甜言蜜语，靠着这张巧嘴，几乎没有空窗期，交往的男朋友无不高大帅气，且都对其死心塌地。

陈主播在解答观众困惑时，常引用自己和身边同事朋友的情感经历，百分之八十皆为杜撰。以她自己为例，明明她从小到大一个男朋友都没交过，但在节目里她至少提到过自己五段完全不同的情感经历。

节目里，陈主播引用了她同事的话：“‘有些男人有多自恋，你说没他就得死，他就真相信自己这么重要。只要你这么说了，哪怕你是玩游戏心肌梗死，他也以为你是没日没夜想他想死的’……”

乔乐乔没征求江曜同意，就把电台关了。

她就是那个同事。她确实对陈主播说过类似的话，但她的情感经历和陈主播所说的相似度不超过百分之二十。

又是长时间的沉默。

“你这几年过得还不错吧。”

“挺好的。”虽没大富大贵，但也有条不紊，对于她这种几岁就站在舞台曾经也算红过的人，对观众认可的需求度大于常人。这几年她在电台，受众虽然有限，可大大小小也拿过几个奖，在她的努力下，一个个大学相声社发展起来，她心甚慰。

江曜嘲讽道：“我记得，你好像说过离了我就活不下去了。”四年里，这个口口声声说没了他一天都活不下去的人，一次都没联系过他。

乔乐乔不说话。

江曜刚出国那阵，国内的号一直留着，等着乔乐乔给他打电话求复合。毕竟当初眼前这个人不止一次说过没他就活不下去，他开始也当玩笑听，但什么话也禁不住老听，听着听着就当了真。他早就原谅了她的半途而废，只要她打一个电话过去，他就会表示既往不咎，读不读研也随她，雅思考不考四个七无所谓，实在不行可以办陪读签证，只要她过来就行。

他等了四年也没等到，各路消息都显示这人过得好好的，没死没伤没残也没失忆。好几次剑桥的凌晨，他忍不住要打电话质问她怎么说话不算数，但还是作罢了。

她不去英国找他，他就回了国。

对于把乔乐乔赶出教室这件事，他对外宣称的理由是，他和她是老同学，赶别的学生不合适，只好拿她下手。真实原因是他嫌她来得太晚了。

现在他才知道，乔乐乔不是来得太晚了，她是压根儿就没想再来。

“放心，我没当真，毕竟你嘴里没什么实话。”良久，江曜对乔乐乔下了定语，“乔乐乔，你当个骗子都当得半途而废。”

这次是真的寂静，外面的车流声把乔乐乔的耳朵都给占满了。

车子停在乔乐乔所在的小区，江曜并未马上下车，而是抓起了车上的泥人打量：“这个好像是我送你的吧。”

那是江曜捏的乔乐乔，捏得不太好，她的脸像是被压扁了一样。

“是吗？我忘了。”

下车时，江曜把车钥匙还给乔乐乔，顺便捞走了车上的泥人：“四年了，也该物归原主了。”

乔乐乔坐在副驾驶，五分钟之后，她摇下车窗，向江曜离开的方向望了望，人已经不见了。

天上的月亮倒是挂得好好的。

一到家，乔乐乔就收到了乐女士的微信语音：明天回来，什么都不用买，家里什么都有，把你自个儿和江曜带来就行。你看你二婶朋友圈发的视频了吗？你堂妹小雯的男朋友跟她求婚了，戒指得有三克拉，明天你二婶肯定要炫耀，你就干撂着她，别给她夸口的机会。宝儿，早点儿过来，妈妈爱你。

乐女士是家里最肉麻的人，当着外人的面动不动称呼她为“我们家宝贝儿”，后来她把这种肉麻如法炮制到江曜身上，左一个宝贝儿右一个宝贝儿地叫他。江曜开始听见，还向她投来嫌弃的眼神，慢慢就麻木了，只求她当着外人的面不要这么恶心地称呼他。

凌晨一点，乔乐乔仍在盯着手机看，她本来想问江曜到家没，直到一点，短信也没发出去。

固然她骗了江曜，但她感到抱歉的时刻并不多，只有想起他说未来一定要娶她的时候，才会生出那么点儿愧悔之情。

乔乐乔读大四时，因着要准备雅思口语，压舌板就又派上了用场。她觉得她和江曜进行英语交流太逗了，倒不只是因为两个人都是中国人，而是他俩太熟了，刚用中文交流中午吃哪个食堂，马上就无缝衔接英文。

这使得她一开始一直严肃不起来，发音也经常出错，她一出错，江曜就用压舌板纠正她。

“你的舌头怎么一说英语就僵？别的时候你也不这样。”

“别的时候是什么时候？”乔乐乔自认她说相声唱戏，只要说中国话的时候舌头都十分灵活。她很想江曜给她一个机会，让她可以理直气壮地说出自己不爱英语。

江曜扣住她的后脑勺，亲了下去。她刚喝了酸奶，她的舌头上还残留着酸奶沫儿。

乔乐乔才明白江曜“别的时候”并不是指她说话的时候。同时她还明白江曜的手指不只在弹吉他的时候灵活。

她闭上了眼，却没等来江曜对她大发慈悲，他在她嘴上亲一会儿，又让她说。经过这么长时间的训练，在固定考题面前，她说得还算流利，但她的心理素质也没强大到任何时候都能应对自如，她无法向江曜解释为什么一会儿僵硬一会儿灵活。她的英语越说越磕巴，为了掩饰尴尬，她吐了吐舌头。

江曜的耳朵越来越红，他直接站了起来，示意她跟去卧室。她还以为江曜要骂她，结果一关门，他就亲了上来，这次他再没给她出题，只一个劲儿地亲她。

她清清楚楚地感受到了江曜的欲望，连暴富的挠门声都没能阻止他的吻。

暴富的叫声招来了楼下的老太太。门铃响时，她的头发已然散开，扣子也开了，不知是谁解的。

她靠在门上脸红心跳，听江曜应付楼下的老太太，暴富进来蹭她的大腿。

这之后，江曜去香港开过一次会，他问她要不要同去，顺便打下HPV疫苗。那时候内地还没有该疫苗，他委婉表示疫苗越早接种效果越好。她没去，因为疫苗又不能一次打完，她不想打一针就飞一次香港。江曜认为她考虑得也有道理，到英国再打也不迟。

她有空就和江曜腻在家属楼，这一度让人以为她和江曜每天都在荒淫无度醉生梦死，但事实上她日日都在头悬梁锥刺股。

她如此用功，暴富功不可没。

每逢她带暴富去湖边遛弯，暴富看到男女搂抱在一起，嗓子里的开关就被引动，汪汪一阵狂吠。如果不是有链子拉着，它还要去撕扯人家裤脚。到了家，它并没因为她收养了它有一丝丝的通融，一旦卧室关门超过五分钟，暴富看不见他俩，就要去挠门。

她依然给暴富买进口罐头，但对暴富的不满与日俱增。她准备把暴富送回自己家，没说的理由是将来他俩肯定要分手，暴富总不能跟着他去英国，不如提前让它去适应新生活。这个提议遭到了江曜的拒绝。

如此一来，她和江曜在客厅里也十分规矩，学习的氛围就更浓了。

她的生活变成了一切为雅思服务。

他俩都不爱做饭，难得开一次伙，她负责洗菜择菜切菜刷锅洗碗，江曜负责掌勺。因为有洗碗机，她倒不觉得刷锅洗碗有多麻烦，她在家里打惯了下手，择菜切菜也很麻利，她并不介意一周做几次饭，但江曜并不喜欢每周都炒菜，他不仅自己不愿意炒，还阻止她炒，理由是她的时间最好还是用在学习上。

带着江曜的殷切希望，她考了第一次雅思，成绩并不乐观，分数不足以换学校的无条件 offer，还需要考第二次。江曜好像对此早有预料，并没生气，只是对她越来越严苛。可能是看她越来越倦怠，江曜祭出了世界杯门票鼓励她。他告诉她，只要成绩过了，她就可以彻底休息一段时间，等到六月，两人一起去巴西看世界杯。

可她等不到世界杯了，虽然她没去过，也很想和江曜一起去。

她太了解自己了，即使考第二次也不会达标，白白给外国佬送钱，有那考试费，她完全可以请江曜吃好几顿大餐。就算走狗屎运考过了，她也不想去，去了干什么呢。她可以装一时，难道能装一世？如果她去英国，最好的结果不外乎是压榨完江曜的钱最终成了一个靠江曜发论文的学术混子，到那时，他一定会迫不及待地摆脱她，别说江曜，就连她都会憎恶自己。

退而求其次，她决定分手之前最后再跟江曜去看场中超。也算一起看过球了。

乔乐乔的爸爸老乔是中超联赛的热心观众，资深国安球迷，这种对国安的热爱并没遗传到女儿身上，她太兼收并蓄了，谁赢她都能接受，看球一半为消遣，一半为说相声找素材。

相声社倒是有几个中超球迷，孟渊算一个，他是天津人，天生支持泰达，这几年他最痛苦的事情就是工体因为前几年京津球迷互殴取消了泰达球队的客场看台，他作为一个泰达球迷，在工体买不到客场票，只能混入国安球迷中间，听他们用一片整齐划一的声音骂自己热爱的球队。孟渊爱泰达，也爱鲁能，经常和社里的几个鲁能球迷去球场看球，社里还有建业和申花球迷。球迷团结靠国安，这些人吵得厉害时，只要有人骂一句国安就又恢复了原来的和谐。孟渊交朋友并不在乎对方是哪队球迷，但如果江曜是个国安球迷，孟渊就会更讨厌他。尽管没有任何可靠证据，孟渊一直偏执地认为江曜是个国安球迷。

事实上，江曜是个切尔西球迷，对中超并不感兴趣。

那天是国安对鲁能，国安主场。国安队服是绿色，鲁能队服是橙色，体育场里一片绿，客队看台的橙色虽然也连成了一片，但因为座位太少，跟绿色一比微不足道。

来看球的并不只是球迷，毕竟像这种有几万人陪自己骂街发泄情绪的地儿可不多，看演唱会可没这待遇。

乔乐乔和江曜因为谁的球迷也不是，也就没穿球迷服。

两人穿着黑色帽衫坐在一片绿色中间，显得有些突兀。主队球迷们十分热情，口号也整齐划一，骂人时更有种气吞山河的气势。江曜中外的脏话都是看球踢球时学的，他在球迷里算比较斯文的那一类，基本不怎么骂脏话，而且他对球场上的两支队伍感情也不是特别深厚，输球赢球都不能激起他骂街的热情。他俩混在这一堆激情澎湃的球迷中间，过于冷静了，有点儿像敌队的卧底，毕竟买不到客场票的鲁能球迷只能混迹在国安球迷中间。

旁边有人抽烟，江曜被呛得咳嗽了几声，乔乐乔正打算叫人别抽了，江曜拿矿泉水瓶堵住了她的嘴，制止了她要出口的话。抽烟的人不像是个听劝的，要是那人骂了乔乐乔，他未必能控制自己不跟人打起来，这场比赛是实况转播，真打起来他丢不起那人。

他早就过了当众打架，只要打赢了就觉得自己特别牛的年纪。

江曜和乔乐乔看得并不愉快，因为国安输了，而周围都是国安球迷。

这场球看得无波无澜，真正起波澜出在散场时。

第十章 打渔杀家

GanZhi RuYi

孟渊也来看球了，他跟朋友坐在客队看台看球。从北门出来，这帮哥们儿大概是因为赢球太过激动，整齐划一地骂国安，还有人脱了自己最外面的外套，露出骂国安的标语，更有甚者，拿出了专门用来羞辱国安球队的毛绒玩具——长寿绿毛龟，拿根绳吊在背后，走起路来，毛绒玩具在后面一晃一晃的。

据事后孟渊自己讲，他一开始并没有跟着骂，他只是没有制止，并混在人群里。

国安球迷哪看得了这个。两拨球迷混在一块儿，大家都很有血性，开始是对骂，接着便开始推搡。江曜和乔乐乔出门时，正看见孟渊被人揪住了领子，乔乐乔眼看孟渊要被打，心急之下就上去劝架。

因为她没穿标志性的绿色球迷服，此情此景，自然而然就被当成了鲁能球迷，看她是女的，对方也没好上手，只是推了她一趔趄。江曜本来没想管闲事儿，两队球迷在他看来半斤八两，都不无辜。但乔乐乔被人推了，他自然不能干看着。乔乐乔是女的，不能打，但江曜是男的，还是个人见人烦的小白脸。

乔乐乔开始只是想劝架，见有人要打江曜，下意识就抡起了矿泉水瓶子。孟渊怕她挨打，死活把她给拽出了血拼区。

警察来的时候，江曜不仅让对面的三个人挂了彩，他自己也没好到哪儿去。人群越聚越多，国安球迷里有认识江曜还和他一起踢过球的，以人格担保他不是鲁能球迷，这只是个误会。

这是乔乐乔第二次跟着江曜见警察，最后江曜和其他人达成和解，双方医药费自理。

这次之后，江曜作为球迷互殴的负面典型上了电视台的各大体育节目和法制节目，网站报纸体育版的头条。唯一让乔乐乔感到安慰的是，媒体还算有良心，给江曜打上了马赛克。

这件事很是引起了一些轰动，老乔受此事影响，特地在朋友圈号召大家文明观球，做理智球迷。

江曜警告乔乐乔离孟渊远点儿，以后不要瞎管闲事。乔乐乔本想为孟渊辩护两句，看见江曜头上的伤，话到嘴边咽了下去。

江曜头上负了伤，依然每天抽出宝贵时间辅导乔乐乔雅思，乔乐乔只好继续学下去，每天忍着头痛继续刷雅思真题，尽管这些题对她的未来毫无用处。江曜体恤她学习不易，冰箱里塞满了酸奶和她喜欢吃的各类瓜果。第二次考试的前一天，江曜特地为她煎了全熟牛排，他第一次做全熟，味道并不怎么好，太硬了，一点儿汁水都没有。但她笑着把碟子里的牛排都吃完了，一点儿都没浪费。

第二次雅思考完，成绩还没出来，乔乐乔心里已经有了数，她自知此次还是不能达标。江曜看了她的成绩，要么放弃她，要么让她考第三次，第三次她是势必不能考了，她好不容易攒俩钱，不能再便宜了外国佬。

乔乐乔的生日在出成绩之前。

她生日的前一天，江曜不知从哪儿借了辆切诺基，带她去一百公里外的水库露营。

为了这次露营，乔乐乔特地去了趟超市，带回了两个鼓囊囊的加大号塑料袋。江曜看着她手里的东西，问她：“你以为咱们去哪儿。”

两人在食堂吃完中饭后就把东西一股脑儿地塞进后备厢。

出了城，乔乐乔才觉出春天的真正好处来，正是四月，车窗摇开，风打在她脸上，江曜怕她喝了风，又把车窗摇上去大半。

大概是闲着也是闲着，江曜放起了雅思听力。

乔乐乔被春光激起的好心情突然就随风飘走了一部分。

“如果这次我还不达标怎么办？”虽然她知道江曜说“那就不考了”的概率几乎为零，但她还是忍不住问。

“那就继续考。”

“你听没听过一句话，‘两情若是久长时，又岂在朝朝暮暮’？”

“写这诗的人都没做到吧。”

“他做不到不代表咱们做不到。”

“我做不到。”江曜的语气放温和了些，“别老想着给自己留退路，小乔，你没退路了。”

乔乐乔自知无望，决定实行原来的方案。

到了目的地，江曜停好车，他在岸边租了条老旧的小帆船。待帆升起，江曜解开缆绳，小船就驶离了岸边。乔乐乔坐在船上抓着栏杆，旁若无人地唱《打渔杀家》。她今天披着头发，风一吹，头发就挡住了她的眼睛。风越来越大，小船越来越斜，船外的水刮进来，打湿了她的风衣和鞋面，她抓栏杆的手越来越紧，唱戏的声音越来越大，到最后唱京戏竟然唱出了颤音。

"要不要再斜点儿？"

"也行。"乔乐乔扶着栏杆，一脸无所畏惧的样子，"我要真掉进水里，就再游上来，下面的水草不会把我缠住吧。"

她这么一说，江曜把缆绳一拉，船顿时平稳了许多。

帆船返回岸边，江曜问她："你想不想玩帆板？"

"我倒是想玩，可我不会。"

"那我教你。"

乔乐乔本想说好，又一看自己的行头，再学她这衣服就全湿了。

江曜打量了下她的风衣，又看了看她风衣里的裙子，只好无奈地表示："我改天再教你。"

这人平常都穿长裤的，今天好巧不巧穿起了裙子。

"你自己去玩吧，我去钓鱼，你可能不知道，我就是鱼的克星。等你回来，你就知道我钓鱼水平有多高了。"

江曜真信了乔乐乔的话，自己租了帆板。

乔乐乔从车里取了水桶和鱼竿，找了一个没什么人聚集的地方，下了鱼饵。

离着老远，乔乐乔一直盯着水里的江曜。她这个心不在焉的样儿，也没鱼来捧场，快一个小时过去了，只有两尾鲫鱼上钩，这两条鱼加起来不超过一两。出于关爱"未成年"的目的，她把自己钓的小鱼都放了生。无奈之下她只有到渔民那儿去买鱼，她一边走一边看向江曜。渔民向她兜售最大的鱼，眼看着江曜就要回来了，她一时心急，也没顾得上挑，受了渔民的蛊惑，买了一条十四斤的大鱼放在自己桶里，鱼在桶里翻腾，时刻准备要跃出来。

水里浪大，江曜刚才尽管穿着救生衣，身上也沾了不少水，尤其是裤脚。他还了帆板，就看见乔乐乔提着水桶向他走过来。

乔乐乔告诉江曜，她把其他钓到的鱼都放生了，只留下一条最大的。言下之意，除这条大鱼，她还钓了不少。

江曜打量了一眼时刻准备从桶里蹦出的鱼，问她："你怎么钓到的？"

"音乐钓鱼法，只要我一唱，鱼就自动上钩。"

江曜明显不信她的胡扯："现在烤鱼还早，你再钓一条，让我看看。"

"我觉得这条大鱼够咱俩吃了。"

"多多益善，再钓到鱼，你可以拿回家。"

在江曜的监视下，乔乐乔又唱起了《打渔杀家》，鱼并没引来，反而吓跑了。夕阳打在水面上，碎了一池，说不清是太阳还是她的声音震碎的。

半个小时过去了，一条小鱼也没上钩。

"这么大的鱼，我恐怕烤不熟。"江曜拿过乔乐乔手里的鱼竿，"你刚才是在这儿钓的吗？我怎么觉得这儿没什么鱼。"

江曜又换了一个钓鱼点儿，他的手气也不怎么好，鱼倒钓了十多条，加起来也不足一斤。

他们借来了烧烤架，鱼太大了，江曜一直在那儿烤。乔乐乔从后备厢里取出桌布。

乔乐乔吃着江曜给她烤的玉米看他烤鱼。她有点儿后悔，买鱼的时候应该去早一点儿，就不会被渔民蛊惑买了条最大的。

等鱼烤完，她拿出了自带的小蛋糕和蜡烛。因为是二十二岁生日，她只插了两根蜡烛。她吹灭了蜡烛，对着天上的月亮许愿。

江曜笑话她："月亮一天一变，你怎么能对着月亮许愿？"

乔乐乔不理他，虔诚地双手合十。许完愿，她摸着自己吃鼓的小肚子对江曜说："你烤的鱼真好吃。"她刚才许了个愿，说明天还想吃江曜烤的鱼，但是月亮太不靠谱，估计愿望是悬了。

江曜找了个四下无人的地儿，和乔乐乔合作搭起了帐篷。此时还是四月份，夜里天又寒，江曜把只穿着裙子和风衣的乔乐乔赶到了帐篷里。

乔乐乔趁江曜不备把他的吉他也带了过来，此时她让江曜再弹一遍德彪西的《月光》，江曜没理会她的意见给她弹了一首《小星星》，现下并无月亮，只有星星。

夜里，两人睡在一个帐篷的两侧，井水不犯河水。乔乐乔趁黑去摸江曜的脸，发觉他还醒着，捧着他的脸去亲他，他并不配合，反而推她，让她别这样。乔乐乔没听，继续亲他，江曜手劲儿太大，没控制住一把就将她推到了帐篷边缘。

"你怎么样？"

"没什么。"乔乐乔脸马上红了，羞臊得忘记了疼。好在帐篷遮光，里面漆黑一片，江曜看不见她脸红。耍流氓被拒绝的滋味可真不好受，这之后她都讪讪的。

乔乐乔背对着江曜，因为太冷整个人缩成一团。他俩只带了一块毯子，江曜把毯子裹在她身上，她又扒拉下来，反复几次，毯子最后还是盖在了她身上。江曜也没再强迫她，只去亲她耳根那一片皮肤：“我不想你第一次在这儿。再说，咱们时间长着呢。”

乔乐乔心里说，没时间了。可她什么都没做，任由江曜抱着。两个人盖一块毯子，果然暖和了许多。

凌晨十二点的时候，闹钟一个劲儿地响，有一个声音对她说：生日快乐。

第二天，乔乐乔裹着毯子坐在帐篷里看日出，江曜穿着帽衫戴着帽子在一边点火煮面。没多久，她从毯子里伸出手端着小奶锅吃手工刀削面，刀削面是江曜不知道在哪儿买的，江曜还给她放了西红柿和鸡蛋。

江曜在一旁烤面包，她问他要不要一起吃。

江曜看了她的面条一眼：“你没发现那是一根面吗？”像这种一根面的半成品并不是很好买。

乔乐乔拿筷子挑起她咬断的那根继续放到了嘴里，没再说话。

因着那根长寿面，乔乐乔又推迟了分手的打算。

日子一天天挨下去，又到了出成绩的时候。

第二次雅思成绩出来，总分是够了，但口语和写作的小分不满足学校要求，她还得考第三次。

江曜并没怪她，还为她准备了第三次的考试费。她心疼江曜的钱，心疼他的时间，也心疼自己。事不过三，她不能再勉强下去了。

乔乐乔拿出自己的所有积蓄，在一家五星酒店开了间套房。她有勇气开房，却没勇气跟江曜说她开房干什么。为了找个名目，她订了这家酒店的海鲜自助请江曜吃。自助的哈根达斯免费，要搁往常，抱着吃回本的打算，她一定用海鲜和冰激凌把自己的肚子塞得鼓鼓的。但这次为了保持形象，她每样都浅尝辄止，碰得最多的，还要数红酒。不顾江曜的阻拦，她喝了两杯。因为酒精的关系，她整个脸红红的，她觉得这样很好，一会儿江曜就看不出她不好意思了。

她借着酒劲又把江曜夸上了天。乐女士曾告诉小乔不要被男人的甜言蜜语迷惑，所以她找了个最不爱说的男人，每天对着他说蜜语甜言，糖分严重超标，几乎要把江曜给齁死。她什么话都说，唯独不怎么说“爱”，“爱”这个词儿于她太过滥俗又太过神圣，说出来怪害臊的。

吃完自助，她借着酒劲让江曜陪她去客房。江曜这时才明白她的意图，问她知道在干什么吗。她说知道，她早就想那样了。

他俩的第一次是在江曜毫无准备的情况下进行的，开局十分尴尬。

乔乐乔羞得全身又红又烫，因为怕江曜没经验，害羞得一塌糊涂的同时又十分主动，不仅一个劲儿地表示她不怕疼，还拿之前在网上看的经验给江曜出谋划策。大概是嫌她太聒噪，江曜堵上了她的嘴。到了第二次，她就不再说话，整个过程都闭着眼睛，无论江曜怎么亲她的眼皮她都不睁开。

她记得自己哭了，也不知道是疼的还是激动的，江曜在她额头亲了亲，说以后一定会娶她，于是她哭得更厉害了。

江曜看她哭得那么惨，还以为她是太疼了，一边亲她眼角的泪，一边摸她的头，她在这时来了一句：要不要再来一次？

后来她想停也停不下了。

第二天，乔乐乔醒得更早一点儿，阳光顺着窗帘缝隙透进来，她看着江曜的头发微笑，她总算知道这人为什么经常要戴帽子了，原来他的头发一沾枕头就会乱成一团。她用手指掐住他翘起来的发丝，在他耳朵上亲了亲。

江曜是被她亲醒的，他问她还疼不疼。她撒谎说不怎么疼，于是江曜抱着她又来了一次。

那天是一个很适合讲甜言蜜语的场合，可她什么海誓山盟都没说。她只顾着为自己的傻气害臊了。那样的傻气就像出天花，一辈子只有一次。

乔乐乔不太想起那一晚，太傻了，光是想想就觉得脸红。

红着红着就睡了，蚕丝被蒙在头上。梦里，有人对她说：“我会娶你的。”

夜里三点，乔乐乔被铃声吵醒，声音太过熟悉，以至于她觉得自己仍陷在梦里。

“你这么委曲求全和我在一起，就是为了和我睡一觉？其实你一开始直接说，我也不会拒绝。”

乔乐乔被铃声吵醒，迷迷糊糊从梦里醒来，攥着手机不说话。

后来电话挂断了，只有手机上的通话记录提醒乔乐乔并不是在做梦。

她盯着来电号码，从左到右一个个数过去，过了会儿，铃声又响了，她索性关了机，手机扔到一边，拿蚕丝被蒙住头。

早上，再没有人给乔乐乔送早餐。

回家前乔乐乔先去荣宝斋给奶奶买了两刀宣纸，一锭松烟墨，一锭油烟墨，老太太前两年爱上了国画，每周都去社区组织的绘画班学习，上个月参加社区比赛拿了奖，得了一块香皂、一条毛巾、一个电子体温计，老太太特意把三分之一的奖品——毛巾送给了小乔，让她拿去擦脸。

一到家，老乔马上拿出紫砂茶具给她泡茶，乐女士在一旁给她削苹果。奶奶去公园踢毽子了，还没回来。

乔乐乔从带来的盒子拿出一瓶53度的飞天茅台给老乔："爸，给您的，不过开车前可不能喝这个。"

老乔笑嘻嘻地接过去："又让你破费了。"

"妈，这是最流行的色号，特衬您肤色，您一会儿试试。"乔乐乔从包里取出两支口红递给乐女士。

"乔乔，跟你说多少遍了，不要老给我们花钱。"乐女士瞅着门口问，"江曜什么时候来？"

怕乐女士有不应该的误会，乔乐乔特地声明："妈，我不知道将来您会不会有女婿，但江曜绝对不会是您的女婿，您不要瞎想了。"

"你们俩闹别扭了？"乐女士心下奇怪，昨天江曜答应得好好的，今天怎么就不来了。

"妈，人家小学期结束了是要回英国的，您别往不该想的地方想。"

"出国了不还能回国吗？再说，你单着也是单着，遇到好男孩儿多接触接触，就算不成也没坏处。又不是一定要结婚，你这孩子，怎么比我还封建？"

乔乐乔没想到乐女士在感情上还挺开明，四年前她也是这么想的，关键是有些事情不是说过去就过去的，一次就够了，再来第二次，她未必受得住。

"乔乔，他条件是不错，你也没比他差哪儿。你不要被你二婶给误导了，她就是见不得你好。"

"妈，不是差哪儿，是我们根本就不是一路人。"要是一个终点，差个二三十米的，她拼了命也往前奔，关键他俩就是两条岔路。

"没试过怎么知道不是一路？江曜知道咱家地址吧？"

"不知道。"

"那你赶快给他发一个。乔乔，人家帮了你这么多，咱们请人家吃顿饭不应该？"

“应该，但您为什么非要挑周日我二婶来的时候。我二婶是什么光彩照人的大人物，还得请外人来瞻仰一番？”莫非是让江曜来看看她二婶是如何怕她嫁不出去而天天给她介绍对象的，乔乐乔现在基本拿二婶当一人类学观察样本，无论二婶做什么说什么，她都不生气，但是二婶属于她的私人样本，她一点儿都不想和江曜分享。

“我是想让你二婶看看你交往的人都是什么层次的，别每天给你介绍那些四六不靠的。”

“我觉得我够好的，不需要男人给我抬身价。而且吧，江曜在二环内别说全款房，他连贷款房都没有，每天就骑一自行车，更买不起三克拉的钻戒，您找他是找错人了。”

乐女士以为江曜要来，早上七点就开始备菜，结果突然得知人不来了，心情急转直下。

她看了下女儿的表情，欲言又止。既然是给女儿找对象，女儿要实在不愿意，再勉强也没意思。唯一庆幸的是，她之前没和二弟媳提江曜，要是提了没来，二弟媳一定以为她吹牛。

“乔乔，没事儿，这个不行，还有下个，最近有没有别的男孩子追你，妈给你参谋参谋。”

乔乐乔喝了口水，瞪着大眼对乐女士说：“妈，其实我是个独身主义者。我准备以后就跟您二老过了，你们不嫌弃我吧。”

老乔忙说：“不嫌弃，怎么会嫌弃？”

乐女士瞪了老乔一眼，继续苦口婆心地劝道：“我们比你大这么多，又不能陪你一辈子。你年轻不觉得……”

老乔没等乐女士说完，就坚决站在了乔乐乔一边：“孩子不想谈恋爱，就不谈呗，咱乔乔还小……”

“小什么小！我像她这么大的时候，她都一岁了。”乐女士把炮火对准了老乔，“你这人永远这么自私，就怕女儿有了小家庭忘了你这个老东西，总想着把孩子霸在家里。老二两口子虽然不是个东西，但对孩子是没的说，把闺女送出国读书不说，还给闺女买房买车。你再看看你，给咱宝贝儿贡献了什么？”

“谁也没我爸做饭好吃。爸，您不是说今天给我做松鼠鳜鱼吗？我饿了，您快点儿去做吧。”

老乔看了一眼女儿，决定忍气吞声，息事宁人。

眼看乐女士还要再骂，乔乐乔挽起她的手：“妈，咱们去卧室试色吧。我觉得您涂上一定特别好看。”

二叔一家是临近饭点才来的，带了一箱牛奶、一个果篮。

每次二叔二婶来，乐女士和老乔都要仔细把家里打扫一番，拿出最好的茶叶和点心，饭菜八凉八热，有荤有素，生怕被人看不起。相反，她二叔倒从容得多，有时拿箱奶，奶经常要过期了；有时拿果篮，几乎每次果篮里都有坏的烂的。

越阔的人越不讲究，倒是穷人怕被别人看扁了，次次都要把自己最好的东西拿来给人家。

乐女士很要强，事事不肯比人差。她总是忍不住和乔乐乔的二婶比较，偏偏她除了长相身材略胜一筹外，其他的实在乏善可陈。人家是支行信贷科的副科长，她是胡同小学的手工课老师；人家的丈夫是开公司的，虽然公司也没几个人吧，可名号报出去总比出租车司机要来得响亮；人家有三套房，她有一套，还是回迁房；人家出入有奥迪，她出行不是坐地铁公交车就是自家爷们的出租车。

总之，跟二弟媳一比，乐女士在硬件上全面溃败。

任何喜欢攀比的女人最后总免不了要跟别人比孩子，乐女士自然也不例外，丈夫是人家的好，孩子是自己的强。在她眼里，自家宝贝儿已经很争气了，小时候就电视报纸轮番上，尽管后来变声不行了，可不在乎天长地久，只要曾经拥有；上的大学也很拿得出手，虽然成绩吊车尾，可凤尾总好过鸡头；自媒体时代，电台主播越来越没地位，可到底也算个公众人物。如今又靠自己买了房子买了车，实在是再完美不过。论相貌论个头论学历论一切，自己的孩子都不比老二家的孩子差，甚至可以说强得多。

但在乔乐乔的二婶看来，全不是那么回事。她不知谁给这位大嫂的自信，明明样样稀松，面上却拽得二五八万的，好像自己是个多牛的人物。小乔虽然还行，可在自己女儿面前，也只有被碾压的份儿，大嫂一天到晚到底有什么可傲的！论相貌，小乔的圆脸怎么也比不上自己女儿的瓜子脸；论个头，小乔太高了，自己女儿一米六五那是标准身高；论学历，小乔本科，自己女儿是硕士；论工作，小乔在电台，现在只要有手机，谁都可以做主播，而自己女儿在投行，多少人想挤都挤不进去。最重要的是自己女儿马上就要结婚了，而小乔二十六岁了，连个男朋友都没有。

席间，二婶表现得很谦虚："男方条件也没多么好，就是在二环有两套全款学区房，非要在房子上加我们小雯的名字。我倒无所谓的，我们家又不是没房子，我最看重的是人，两人以前是同学，现在是同事，知根知底，我们也放心。婚姻，最重要的，就是门当户对嘛。低就当然不行，可高攀也不靠谱。”说完二婶看向了乔乐乔，“乔乔，现在还没男朋友吗？”

乔乐乔如实回道：“没呢。”

二婶笑道：“我们支行有一个外地小伙子，各方面都很好，户口问题也解决了，就是没房子。他对女方的长相身高都没要求，就想找一踏实靠谱的本地姑娘。你要没男朋友的话，我可以给你俩介绍下。”

还没等乔乐乔说话，乐女士先发了话：“反正你家小雯还没结婚，现在换人还来得及！既然各方面都这么好，那就留着给你自己当女婿吧，我们可消受不起！”

“大嫂，我也是一片好心，你怎么不识好歹？”

“你一片好心？你刚才特意强调不在乎身高样貌是什么意思！我们宝贝儿盘靓条顺，怎么到你嘴里就成了要啥没啥。你说婚姻最重要的是门当户对，你们和有两套学区房的门当户对，我们和一没房的孩子门当户对是吧。孩子没房不要紧，但他指明要本地的，不缺心眼的都明白是冲着房来的吧。我们宝贝儿，要面子有面子，要里子有里子，可不指着房子嫁人。”

房子刺痛了二婶，她当初能和小乔的二叔结婚确实是因为她有一套房子。

“再怎样，一个女孩子有房子可让别人图，总比去图别人的房子强。你说是吧，大嫂！”

凭乔乐乔的直觉，再发展下去就要掀桌子了。为避免战事进一步扩大，她忙用公筷给二婶夹了块松鼠鳜鱼：“您尝尝这鱼怎么样？”

“乔乔，你说你妈……”

乔乐乔在底下拍了一下乐女士，让她不要再说了，又盛了一碗汤：“二婶，您再尝尝我爸做的这火腿鲜笋汤，我觉得火候还行。”

“大嫂你……”

乔乐乔及时转移了话题：“小雯的婚事什么时候办啊？我得随个大份子。”

二婶等了半天，终于等到有人问她，便开始绘声绘色地描述起来。小雯此时正在欧洲游，并不知道自己母亲这般规划。

吃了饭，乔乐乔把碗筷收拾了，陪家人在客厅聊天。阳光照进来，二婶的戒指不停地闪，她貌似无意地说道：“二婶，您手上的莫桑石在哪儿买的？要不是阳光这么强，还真看不出人造钻石和天然钻石的区别来。要光奔着折射率，这人造钻确实比天然钻石还闪。”

"哦，你知道戒指这东西，一不小心就掉了。真钻我也是有几个的，不过只在家里戴戴，出门还是戴这种，万把块钱的东西丢了也不心疼。我倒不是图便宜。"

等二婶走了，乐女士郑重地对乔乐乔提出了表扬："你看没看见你二婶那样子，你戳穿她之前生怕我看不见她的戒指，一直在那儿晃，你说了之后，没一会儿她就摘了。到底是我的闺女，我说你不会这么㞞呢，还给她夹鱼盛汤，原来有后手。"

"您下次说话注意点儿方式方法，就冲最开始那一句话，有理也变没理了。您不愿意，直接拒绝不就行了，干吗非跟点了炮仗似的。"她这么知书达理，竟然还嫌她㞞。

"我还不是为了你吗？她在那儿含沙射影明褒暗贬好像别人听不出来似的。她闺女既然能找到两套房的，你肯定差不了。宁缺毋滥，咱们宁可单身也不能将就。"

乔乐乔没想到，她和孟渊的《起名字的艺术》又被挖了出来，还在各大论坛和微博疯传。

视频是Z大新闻系大三女生叶樱放出来的，她是校记者团的，目前正在做一个"对性骚扰说不"的专题，把乔乐乔放在这个专题里纯属误打误撞。

因为对江曜的关注，叶樱用一天的时间就搜罗出了全网能找到的所有和江曜相关的资料，这段传说中恶意侮辱江曜的视频也被她挖了出来。

视频里的乔乐乔还不到二十岁，穿一件薄荷绿的大褂，扎一丸子头，两只眼睛清炯炯的，一嘴的俏皮话，浑身上下洋溢着朝气，十分清新可爱。看着视频，叶樱有点儿明白为什么乔乐乔能成为江曜的前女友了。

而她旁边的孟渊就不那么清新了。孟渊在公众场合，不顾女搭档的意愿强行与之开别人的黄腔，一次不成还开第二次，叶樱认定这是典型的言语性骚扰。从乔乐乔的表情和肢体动作可以看出，她对这一玩笑十分不满，要不然也不会猛踹孟渊好几脚。

叶樱认为乔乐乔的行动生动诠释了如何"对性骚扰勇敢地说不"，遂把她作为正面案例放在了微博上。之前叶樱听哥哥叶勘说，孟渊给江曜道过歉，虽然她对孟渊并无好感，还是特地给孟渊打了码。

叶樱的微博粉丝将将过万，平常转发率并不高，这次不知触发了什么玄学，没多久就有了几千条评论。

因着一轮又一轮的转发，孟渊的真身很快就被挖了出来。

随着话题的发酵，评论分流成两类：一类继续探讨如何对性骚扰说不，另一类则探讨起了相声的尺度问题。

前者的讨论比较单一，大都表示乔乐乔踹孟渊的动作看得很爽。

而谈到相声的尺度，大家在孟渊不能拿观众开黄腔上基本达成了一致。即使是很宽容的剧场相声爱好者，也有不少认为孟渊拿观众开黄腔的行为不上道儿，台上你拿自己拿家眷拿搭档怎么开玩笑都行，怎么能拿台下不熟的观众砸挂。

真正有分歧的是相声搭档之间能不能在台上开有尺度的玩笑，普遍认为两个男的没太大问题，但如果搭档变成了女的，就有待商榷了，这个话题最后就引申到了女孩子适不适合说相声上。

相关讨论很快就出现在了乔乐乔和孟渊所在的高校相声群。

乔乐乔还在读本科时，本市高校相声联盟也就八所高校，联盟很松散，在她的努力之下，现在已经发展到了几十所。由乔乐乔牵线的高校相声联盟巡演每年秋季都会在各大高校进行，巡演的节目会在《怡笑茶馆》择优播出。每年，乔乐乔都会去市里其他高校的相声社进行辅导，因为这个，她几乎吃遍了市里大学的食堂。她的微信好友有几百个是说相声的，遍布本市各大高校，这些人都在她拉的高校相声群里，如今早就满了五百人。

这个《起名字的艺术》只在本校的小圈子里传播过，外校的人很少看过。相比之下，乔乐乔描述她如何锲而不舍追求同校男神的相声《我要脱单》却流传颇广，群里的人好多都知道乔乐乔的前男友叫江曜。这两段相声联系在一起，颇耐人寻味。

消息一爆，乔乐乔作为群主，主动为她的师哥做了解释，并再次重申："校园相声，还是尽量少使用伦理哏，特别粗俗的荤口一定要避免，毕竟咱们面对的是学生。"

为了解决这事儿，乔乐乔特意约了孟渊晚上在康园二楼吃饭。

"江曜太过分了，七年前咱们都跟他道过歉了，现在他把这个翻出来是什么意思？"

"这个跟他没关系吧，发这个话题的不是个女孩儿吗？"

乔乐乔马上就把叶樱和那天与江曜一起去射击场的女孩子对上了号。这也就能解释为什么叶樱会突然翻出七年前的视频对其进行讨伐。

"咱们社里有人是叶樱的微信好友，最近她的朋友圈都是在发江曜。"在发完江曜和她一起去射击场的图片后，叶樱又连着发了江曜给她写的推荐信以及江曜去她家吃饭的照片。

“但也不能说这跟江曜有关。”

“小乔，我是不是你师哥？你不是说你对江曜一点意思都没有了吗？不能因为这次没骂你，你就向着他吧。”孟渊因为江曜又多了一波恶评，而亲师妹，现在竟然向着江曜说话。

“我早就对他没想法了。可他那样的人，你觉得他会把那种视频放在网上让人围观吗？他比你更恨不得那个视频消失。”江曜除非疯了，才会把孟渊明着暗着骂他的视频弄到网上大肆传播。

孟渊叹了口气，一失足成千古恨，那天自己为什么要喝酒呢？

“师哥，你还是写个道歉声明吧。七年前的事了，多承认承认错误，道个歉也就过去了。我给你证明，就那么一次。咱俩搭档这么多年，不就是对你人品的最好证明吗？”

孟渊并不觉得这是个好主意:“我不想道歉,我七年前已经道过歉了。再说江曜要是不满意，也可以这么说我啊，我不在意，随便他说。”

“师哥，你道也得道，不道也得道。咱们努力了这么多年，创作了这么多作品，也没靠伦理哏黄段子搏出位过。就因为这么一事故，让人否定咱们这么多年的努力，多不值得。”

“有那么严重吗？网络舆论就一阵风，再说你的形象现在不是挺高大的嘛。”要不是孟渊和乔乐乔认识多年，孟渊几乎要怀疑她踩着他炒作了。

“那是他们还不了解情况。要是那些骂你夸我的人，知道我跟你说了七年相声，我就擎等着挨骂吧。你的形象不扭转，难道别人会认为我是什么好人？多没溜儿一女的，才能跟你搭档了七年。”乔乐乔放下手里的沙冰，很郑重地对孟渊说，“最重要的是，我不能让别的女孩子认为，要想说相声，就得出怪声出洋相，忍受搭档的荤口，我们其实还有别的方式。”

现在因为《起名字的艺术》，女孩儿不能说相声的言论又甚嚣尘上，她可不能让这股言论继续下去。

乔乐乔为孟渊起草了一份道歉声明，发在了自己微博上。

声明里，孟渊悔不当初，并对乔乐乔和江曜表达了沉痛的歉意。

乔乐乔进一步补充，那次演出事故是一场意外，事后他们也向事主道了歉，并取得了当事人的原谅。其他时间，无论是平常生活还是舞台表演，孟渊都十分尊重女性，否则，她也不会和孟渊长期搭档。如果不信的话，尽可以去看他们的相声。最后，她表示，不说伦理哏不讲荤口也能说好相声，女生说相声完全没问题。

发完微博，乔乐乔马上在高校相声群丢了个链接，让大家去微博底下为孟渊说话。

借着这波热度，乔乐乔连着在自己微博发了十几段相声，不仅有她和孟渊的，还有其他校园相声作品，里面无一例外都有女性。

乔乐乔宣传技巧之娴熟，不禁让人怀疑之前都是她炒作的铺垫。

这段《起名字的艺术》进一步增大了江曜的知名度，又添了一批要去蹭江曜课的人。

孟渊的203依然十分冷清，乔乐乔和孟渊的五位高徒坐在堂下。其他人在做笔记，乔乐乔在微博发相声视频，好不容易有点儿热度，她可得抓住。

课间，乔乐乔跟孟渊说：“一会儿上课，满蒙藏回的语言都说几句，我给你录个视频，在网上宣传下。”

“这也太刻意了吧。”

“酒香也怕巷子深，小学期没人听也就算了，也就五周时间，要下学期还没人选你的课，你可怎么办？师哥。”

在乔乐乔的提议下，孟渊下一节课造作地讲了好几门语言，乔乐乔找好角度给孟渊拍了视频，传到她的微博上。

发完视频，乔乐乔就开车去了电台。观众热线环节，有热心观众说想要听乔乐乔的《我要脱单》，但网上没有完整的资源，希望《怡笑茶馆》能够播出。乔乐乔说会尽力的，她的声音很轻快，脸色却不那么好看，好在是电台节目，听众并不能看到她的表情。

大四开学后，新一届迎新晚会，在校礼堂当着几千人的面，乔乐乔把自己追求江曜的过程讲成了段子，其中使用了大量夸张的修辞手法。在这段相声里，乔乐乔把自己塑造成了一个死皮赖脸的不良少女，而江曜则是一个清清冷冷的良家少男，在她的猛烈攻势下，江曜只好屈服，同意与她试一试。

在叙事上，相声和小品、话剧的区别有点儿像小说中的第一人称和第三人称，前者总会让人觉得是真人真事儿。乔乐乔相声里的段子，传着传着，就成了真实存在过的历史。

那次在她的要求下，江曜也去听了，坐在很后排的位置。

节目结束后，她问江曜喜不喜欢，江曜说你把我说成这样，我以后还怎么混。她说那就跟我混得了，跟着我，我保你以后吃香的喝辣的。

江曜有一颗虎牙，笑的时候会露出来，瞬间增加他形象的亲和力。但江曜好像不太喜欢与民同乐，他一般不在外面笑。那次江曜没忍住，把他的虎牙暴露了出来。

是叶樱主动联系的乔乐乔。

两人都不是内向的人，按照社交六度空间理论，叶樱很快就找到了乔乐乔的微信号，并发来了好友邀请。她自我介绍是校记者团的，想就校园相声的发展对乔乐乔进行专访。

乔乐乔微信好友众多，并不缺这一个，她随手就加了好友。她翻了下叶樱的朋友圈，确认对方是叶勘的妹妹，和江曜有那么多交集也不稀奇。

两人约在学校附近的一家咖啡馆。

为了证明江曜以前的审美不是太差，乔乐乔在见叶樱前还特地化了妆，从抽屉里翻出巴洛克珍珠耳环戴了。她觉得自己这样的前女友可是太难得了。

乔乐乔从叶樱的眼神看出，自己的化妆手法还是很可以的。她可是自己能独立化京剧妆的，这种日常妆对她根本构不成任何挑战，即使她不说相声了，也能靠给人化妆过得不错，只有江曜这种审美与常人有异的，才认为她素颜比妆后好看。

虽然叶樱用微博挑起了一波舆论，但乔乐乔对叶樱并无恶感。她问叶樱能不能把微博删掉，网上大部分的言论都是转发叶樱的。

叶樱发的视频播放量接近上亿，超过了乔乐乔其他所有相声的总和，乔乐乔不想这段相声成为她的代表作。

叶樱考虑了一下，说："可以，我帮你这个忙，你能不能也帮帮我？"叶樱并不想删，毕竟她第一次获得这么大的流量，江曜那边也施压让她马上把微博删掉，她可以不考虑乔乐乔，但必须考虑江曜的意见。即使乔乐乔不说，微博她也是必须删的。

"那得看我能不能办到。"

叶樱说话很干脆，半点也不藏着掖着："你肯定能办到。不过你要是还想和江曜复合的话，我就不麻烦你了。"

"到底什么事？"

"你还没回答我，你还想和江曜复合吗？"

"不想。但是老实说，你追江曜没什么戏。"

"为什么？"

"江曜可不喜欢你把讽刺他的视频满世界传播，你这样做，犯了他的大忌。以后，他想起你，就马上想到这段视频，你觉得他能对你有什么好印象？”

“这段相声可是你说的，你说了之后，他不是还和你谈恋爱了吗？”

乔乐乔喝了一口咖啡，看着叶樱笑：“所以我现在成前女友了啊。难道你还不从中吸取教训吗？我劝你，还是尽早删了。”

“他因为这个跟你分的手？”

“不全是。”

“江曜最近帮了我一个大忙，我想选个礼物送给他，你觉得我送他什么比较好？”

“你为什么要问我？”

“我认为你应该比其他人更了解他的喜好。”

乔乐乔喝了一口咖啡，看着叶樱笑：“你可别忘了这女友有个‘前’字。我说的未必有参考价值。”这个女孩儿真有意思，要送男人礼物，跑来问他的前女友。

“我相信你。”

乔乐乔撑着下巴问叶樱：“你有去英国留学的打算吗？”

“我想去江曜的学校。”

乔乐乔听了这个回答，觉得眼前这个女孩子追江曜还是很有戏的，起码比她有戏，于是建议道：“送他一对电子管吧，表示你愿意为他发光发热，前提是你真的愿意为他发光发热。”其实，江曜对女朋友还是很好的，在大方向一致的情况下。

“电子管？”

“这是我的建议，你再考虑一下。我有一对西电的电子管，你要是把微博删了，我马上送给你。”她工作后给江曜买的，以他俩的关系，送礼都没有名目。

“这不好吧。微博我可以删，东西我就不收了。”

“没什么不好的，反正我也用不着，送给你也算物尽其用。”乔乐乔盯着叶樱看，“现在，你是不是应该采访我了？”

叶樱还是有些职业道德的，在乔乐乔的提醒下，她进入了正题：“你当初为什么选择说相声？”

“你知道爱说话的人，选择什么职业不会觉得压抑吗？”

“主持人？相声演员？还有什么？”

“出租车司机、老师还有居委会大妈。我们家人都顶爱说话，我爸是出租车司机，我妈是老师，我不太愿意去居委会工作，能选择的也就只有说相声当主持人了。双腿截肢和哑巴你觉得哪个更难忍受？”

“截肢吧。现在交流的渠道太多了，不只是说话。”

“但对我来说，当哑巴比什么都难受。说话对我来说是挺开心的一件事儿，譬如现在，和你坐在这儿。”一天到晚说外国话，对乔乐乔来说，就跟当哑巴一样。

不得不说，乔乐乔要是个男的，这句话值得叶樱心跳加速一秒。

谈话进行了一个多小时，是乔乐乔买的单，临走前她对叶樱说：“采访有问题，随时联系我。”

叶樱感动于乔乐乔的慷慨，决定趁着热度给她做一个专版。

第二次采访，叶樱又带来了一个男孩儿，男孩儿叫周鸣，周学弟自称是乔乐乔的忠实听众，她的相声每场必听。

周学弟的访谈比叶樱要犀利得多。

“你踢你的搭档是因为你们对相声的理解有分歧吗？”

“我们对相声的理解基本一致。校园相声，因为面向的是学生，我们基本会在段子里避免伦理哏和荤口，那次完全是一个意外。”说着，乔乐乔就推广起了自己的相声，“如果你经常听我们的相声的话，就知道我所言非虚。无论是平常生活还是舞台表演，孟渊都十分尊重女性，尊重观众，否则，我也不会和孟渊长期搭档。”

“你之前对你搭档要说这些毫不知情？”

“对。”还是第一次有人问她这种问题。

周学弟虽然自称是乔乐乔的粉丝，但问起问题来却很尖锐：“你认为这是最好的应对方式吗？”

乔乐乔还是第一次听人这么思考问题：“那要是你，你会怎么说？”孟渊在相声里说名字里一般能看出五行缺什么，温鑫是五行缺金，王淼是五行缺水，接着又问江曜五行缺什么，据她对孟渊的了解，他绝对要说江曜五行缺日。

“曜就是太阳，你可以说江曜缺太阳，你愿意做他的小太阳，当然这个可能有些肉麻，并非上策，但我认为以你的水平，当时完全可以有更好的解决方式。”说到这儿，周学弟顿了顿，继续说，“学姐，说句冒犯的话，你踹你的搭档，是最差的办法，不管他的初衷是什么，是你坐实了他要说黄色笑话，当你决定踢他的时候，这段节目就彻底宣告失败了，什么也挽回不了了。”

乔乐乔陷入了沉思，她喝了口咖啡，点了点头：“你说得很有道理。”

叶樱顺着周鸣的话问下去：“那么学姐你为什么选择了这个最差的办法呢？是为了在江曜面前表现吗？你这儿脚虽然牺牲了艺术的完整

性，但足以吸引江曜的注意力，给他留下深刻印象。”

说完，叶樱又补充道：“这只是我的一个猜测，如有冒犯，还请学姐见谅。”

乔乐乔笑道：“你这个猜测，也有一定的合理性。虽然我从未那么想过。你还有别的猜测吗？”

周鸣继续说：“也可能是你太紧张被砸挂的人了，听到他被侮辱，情感战胜了理智。”

这两个人，对乔乐乔左一个猜测，右一个猜测。

周鸣问：“乔学姐，你说相声这么长时间，最怕的是什么？”

“我就怕别人把我说的当真事儿。我们说相声的跟话剧、小品不一样，只能使用第一人称，有些观众就真以为我就是我说的那样。”

“那《我要脱单》算吗？”

“你猜？”

叶樱这时插话道：“你把江曜写进你的相声，他难道不会生气吗？据我对他的了解，他这个人十分重视隐私。”

乔乐乔冲叶樱笑：“我可从来没说过我写的是他。”

叶樱继续追问：“那你写的是谁？”

“一看你就不怎么听相声，相声演员在相声里说的话，你怎么能当真呢？”

乔乐乔不想再提江曜，于是隆重推出相声界学历最高的演员——孟渊，虽然说相声的博士越来越多，但孟渊无疑是学历最高的之一。孟渊是研究蒙元史的，满蒙藏回的文献都能看懂，但因为这些地方都是祖国不可分割的一部分，不能向江曜一样标榜自己会六国语言。

乔乐乔看了下表，和对面的两个人说：“孟渊今晚就有课，你们要不要跟我去听一下？”

叶樱表示没时间。乔乐乔知道，她还要去听江曜的课。

周鸣最后跟着乔乐乔去了。

听周鸣这么一分析，乔乐乔对孟渊多少有些愧疚。孟渊确实有问题，但也是一时酒后失言，如果她当时能处理得当，也就不会有后来的事了。

孟渊说完相声不久就付出了代价，本来他的奖学金都板上钉钉了，结果系里负责奖学金评审的钟教授认为他操行不过关，公开场合有辱斯文，坍尽了历史系的脸面，愣是投了反对票，傅主任则认为孟渊是一时头脑发热，如今及时认错，犯不着上纲上线，两人为此还差点儿吵了起来，最后两人各退一步，把孟渊原定的奖学金降了一等。

乔乐乔特意为孟渊在论坛发帖，主要夸他学识如何渊博，为人如何幽默谦和，最后附美照一张，匿名发布。如果她是实名，恐怕会因她和孟渊的关系，让人怀疑帖子的可信度。

一直到周六，帖子都有回复。其间有孟渊的学生现身说法，说孟老师确实讲得很好，而且因为选课的人少，课间随时都可以和孟老师沟通，不像江曜的课，几百个人，听得见听不见都难说，更何谈沟通。而且最重要的是，江曜的前女友作为一个已经毕业四年的社会人士，每每孟渊上课，都会来听。这足以说明孟老师的课是多么富有吸引力。

第十一章 卖布头

GanZhi RuYi

周六下午，乔乐乔和孟渊在茶馆有节目，她一早就到了后台，跟孟渊对词儿。他俩的师哥创建了一家民间相声团体，虽不是主流的大班社，但也有些名气，每周定时在茶馆有演出。有时乔乐乔和孟渊也会来茶馆试试水。这间茶馆万陵有入股。

今天有乔乐乔和孟渊的节目单，演出还没开场，万陵一早就来了，还特地买了花篮，上面乔乐乔的名字很是醒目。

万陵没想到会在这里看见江曜。

江曜今天穿了件浅灰色衬衫，袖子卷到手肘，万陵发现他手腕上的表和乔乐乔以前戴的差不多。

万陵见到江曜，主动和他坐到一桌，还让服务员上了一壶上好的龙井。

他一边给江曜倒茶，一边说："江学长，这是我送你的，上次我就想请你喝茶，这次终于有个机会补上了。你尝尝，这茶怎么样，要是喝着好的话，我送你。"

"不必破费了。"江曜并没碰万陵的茶，而是喝他最开始点的。

"谈不上破费，毕竟这茶馆我有些股份。我上学的时候，一直有个愿望，就是乔乔想什么时候说相声，底下都有一拨人听，所以我和人盘了这茶馆。你强迫乔乔考雅思的时候，我就告诉她，如果你爱她，就应该支持她的事业留在国内，而不是让她迁就你出国。好在她听了我的话及时醒悟。"

江曜掀开茶盖继续喝茶："听了你的话？你是不是高估了你在她心里的分量？"

万陵压低声音说：“高估自己的恐怕不是我。她为了一直做相声的节目，拒绝了市台一个收视率很高的节目，光从曝光度上讲，那个可比《怡笑茶馆》强多了。江学长，有句话不知当讲不当讲。”

“那你就不要讲了。”

万陵刚准备好的话被迫咽了回去，拿起茶盖对着茶吹了吹，没忍住继续说：“江学长，现在你对乔乔的吸引力，远不如电视台的曝光度，更不能跟相声比。乔乔是不会和你出国的，你趁早断了这个想法。”

“你是乔乐乔的代言人？”

“我是乔乔朋友，还是很了解她的。”

“万老板，你对每个来茶馆的客人都要说这么多吗？”

“那你喝茶。我去后台看看乔乔。”

万陵起身进了后台。

乔乐乔和孟渊正跟别的演员交流，今天他们说的是腿子活《武家坡》，这个节目说了太多遍，基本对一遍词儿就差不多了。

万陵并没跟二人提起江曜的存在，他让人备了茶，倒了一杯送到乔乐乔面前。

“乔乔，你不是说要请我吃饭吗？晚上我订了一家湘菜馆子，你可一定去。”

“这次我请客，师哥也一起。”上次和江曜一起吃饭，乔乐乔虽然把万陵的那份钱出了，但算不上正经请客。

孟渊看了一眼万陵，识趣地说：“我晚上好像有事儿，就不去了。”

“你有什么事儿？”

万陵替孟渊说道：“当然是和你未来的师嫂约会去了。”

“这么快就有新的了，我怎么不知道？”

乔乐乔的前师嫂和孟渊谈了三年，博士毕业后，孟渊留校做博后，师嫂拿到了老家一所普通高校的讲师聘书，正式编制，不需要在“非升即走”这种残酷的竞争机制里过滤一遍，师嫂想让孟渊也跟她回老家，孟渊不愿意，协商无果后，两人和平分手，师嫂也就变成了前师嫂。

“别听万陵瞎说，我有别的事儿。你们俩去吧。”

乔乐乔说：“你不去，我和万陵也不好意思吃，是吧，万陵。”

万陵说：“师哥，你还是把别的事儿推一推，和我们一起去吧。”

乔乐乔和孟渊是第三个上场，穿的都是孔雀蓝的大褂。一登台，江曜就听见旁边万陵的巴掌拍得震天响，把其他掌声都给盖了。

万陵的掌声太响，乔乐乔放眼打量台下的时候少不得往他那儿望了一眼，顺便就看见了江曜。

她的目光顷刻又回转到台上，这段相声她逗孟渊捧。腿子活一般要通过逗哏不懂装懂制造效果，今天这段《武家坡》也不例外。相声里的逗哏明明什么都不懂，偏要装成什么都懂。而她明明对这段《武家坡》熟得不能再熟，偏要演成一副什么都不知道的样儿。

她什么都懂，非要演成不懂装懂。

《武家坡》结束，两人鞠躬下台。

一到后台，孟渊问她："你和江曜到底怎么回事儿？他怎么来这儿了？"

"师哥，你还是先关心关心你自己的感情生活吧。"

返场的时候，万陵为了捧场，献了六个花篮。应观众要求，乔乐乔又唱了段《武家坡》。

她又往台下扫视了一圈，然后对着江曜旁边一桌的万陵笑了笑。收回目光，唱戏的起调陡然就高了八度，接下来的唱腔一出，直接把旁边的孟渊给惊了。

江曜没看台上，只在喝茶的间隙扫了万陵一眼。当年万陵坐在乔乐乔的后座上，乔乐乔唱的就是这几句。过了两天，他就把乔乐乔叫到家属楼学英语去了。

乔乐乔一进后台，马上有人给她捧来茶水，送到她手上："今天你可太卖力气了，你唱的时候，我一直提心吊胆，怕你把嗓子给劈了。"

乔乐乔连着喝了大半碗茶。孟渊坐那儿捧着茶盏说："你这是何必？"

"你想哪儿去了？我就是单纯觉得这段唱得过瘾，这出戏，我最爱这几句。"说着她又唱了起来，"……与你娘做一个安家的钱。买白布，做白衫，买白纸，糊白幡，落得个孝子的名儿在那天下传。"

"骂得是挺过瘾的。你这是骂谁呢？"

"要有具体的人可骂，还唱个什么劲？"

有人通过看球骂街释放情绪，而乔乐乔释放情绪的方式就是唱戏。

万陵进后台时，乔乐乔正斜靠在椅子上扇扇子，扇子上写着四个大字：吃好喝好。

字是乔乐乔自己写的，她虽然书读得不怎么样，字倒写得凑合。

乔乐乔有十来把扇子，她以前跟江曜好的时候，抱了一堆扇子让江曜给她画扇面。江曜用他那并不精湛的画技，给她画了一堆小黄人，她负责题字，那堆扇子她没还给江曜，如今还丢在储物箱里发霉。

从后台出来，几人一起到了茶馆停车的地儿，孟渊没号没车，自动上了乔乐乔的车。乔乐乔又看见了江曜租的那辆奔驰，心里感叹幸亏当初江曜没把苹果的股票卖了送她去留学，要不然一定得打了水漂。

湘菜馆子里，万陵又开始含沙射影。

万陵毕业几年，身上精明的商人气慢慢掩盖了原本的活泼，可他那张娃娃脸，阻碍了乔乐乔把他当万总看待。在她眼里，万陵还是那个大学丢了不下十辆车的马虎学弟，精明也是孩子似的精明。

“乔乔，有些男人看起来很深情，其实只是因为不甘心，要是他甩的别人，早八百年就放下了。对付这种人，不要给他任何好脸色。”

乔乐乔马上听出了万陵在暗指江曜：“人家只是想听相声，你想多了。”

“乔乔，你老跟我和孟师哥这种好男人待一块儿，对男人的劣根性缺乏认知。千万不要被某些人给蒙蔽了。”万陵说完，怕自己的敌意太明显，又补充道，“当然，这只是我的一个猜测。”

孟渊对万陵这种为了打击江曜，动不动就把全体男人拉下水的话术很不满，但由于他认同万陵追乔乐乔的战略，所以决定暂时忍受万陵战术的瑕疵。万陵有种种毛病，可没谁比他更支持乔乐乔的事业，光这一点，孟渊就认为万陵比江曜强百倍。

乔乐乔和万陵在一块，以后他和乔乐乔可以把朋友一直做下去，要是乔乐乔和江曜旧情复燃，可以预见的是，不出三年，他和乔乐乔估计就相忘于江湖了。

“陵子，你是真想多了。”

万陵没再跟乔乐乔争辩，江曜没这心更好，他又提起乔乐乔去电视台的事。

在乔乐乔表示想继续留在电台后，万陵劝道：“乔乔，你在电台，一年三百六十五天直播，晚上十一点多才回家，连出去旅游都没时间，电视那边虽然也忙，但不用天天直播，曝光率也高，曝光度上去了，办巡演也是水到渠成的事儿。你再考虑考虑。”

“我对现在的生活挺满意的，暂时不打算换。”

乔乐乔在小事儿上相当随便，别人占她便宜她也不恼，但大事上一贯很有主见，万陵很是知趣地没有提下去。

“我新房装修好了，明天温居，你们有时间吧。”

去年万陵在乔乐乔家附近的一高档小区买了一套一梯一户的二手清水房，最近才装修好。本来这房子前期是万陵的前女友监工，结果房子没装完就分了。

“我没问题。”乔乐乔记得江曜爸妈就住那个小区，所以她对报纸上关于江院长如何清苦的报道从来都不相信。

乔乐乔那个二手小二居刚刚简装，万陵就主动找了一帮人给她暖房，还包了一个大红包，于情于理，她明天都得还礼。

说好的乔乐乔请客，她在吃到尾声时以去卫生间为由，提前买了单。

乔乐乔一早就和孟渊说好，晚上一起录节目。出了馆子，和万陵告了别，她就开车带孟渊去了电台。

今天的节目主要讲相声里的学吆喝，放了不同版本的《卖布头》。

《卖布头》里小贩的宣传方式和今天“黄鹤的小姨子跑了”如出一辙，都是打着跳楼大甩卖的旗号招揽生意。众多版本里，乔乐乔特意夹了一版她和孟渊的，也暗合了《卖布头》的精髓自卖自夸。

从电台出来，乔乐乔取车时，又看见了那辆熟悉的奔驰。奔驰停在自己车附近，车窗开着，车里人的侧脸她下午才在台下瞥过，那个侧脸的轮廓她曾无数次描摹过，不过，那是四年前的事情了。不仅她看见了江曜，孟渊也看见了，目光在那儿多停了几秒。

彼此都没打招呼。

一路上，孟渊几次欲言又止，快经过Z大时，才问：“江曜的车怎么一直跟着咱们？”

“他就住在家属楼，跟咱们顺路。”

那辆奔驰一直跟着，跟他俩保持不近不远的距离。

乔乐乔看着后视镜里的车，记忆突然就转回了五年前他俩去天安门看升旗，她一直在后面追着江曜跑，结果中途链子掉了，江曜骑远了，又跑回来找她，之后就变成她在前面。

“按理说你俩的事儿我不该管，不过我想你们有什么问题还是说开了，他这样跟着你我觉得怪瘆人的。”孟渊最近看了两本推理小说，涉及尾随跟踪杀人，此时夜深人静，想起来不觉有些骇人。

“这倒不至于。”

乔乐乔打开电台，放她和孟渊的相声。

“小乔，这样是不是显得咱俩太过自恋了？”刚在电台里放完自己的相声，此时又在车里放。

“我是听听下午说的有什么毛病。”

半个小时了，江曜的车还停在那儿，并没来找她。

乔乐乔等得有点儿不耐烦，一个劲儿地摁手机，好几次她都输完了江曜的号码，却始终没拨出去。

一个小时过去了，她看见江曜的车还停在那儿。回过头，仍能看见那个熟悉的侧脸。

她一时没忍住，跳下车走向江曜。她第一步迈得很决绝，但到第二步时，明显缩小了步子。

江曜摇开车窗看她：“你有什么事吗？车坏了？”

乔乐乔在他脸上找不到任何一丝破绽，仿佛凌晨打电话骂她，下午去茶馆听相声，而后又开车去电台的人不是他。

她一肚子的话又咽了回去，嘴角勉强挤出一丝笑容：“没有。”

江曜盯着她的嘴看：“你是下午唱戏把嘴唱麻了吗？怎么有点儿歪？要不要去医院看看？”

车里的阅读灯开着，江曜的膝上放着一沓材料。乔乐乔以前跟着江曜耳濡目染，知道那是古希腊文，至于到底什么意思，她是完全不懂。

乔乐乔收敛了脸上的笑。她开始疑心江曜在讽刺她，可他面上无波无澜的，不免怀疑自己的嘴真有了什么问题。

“如果没人陪你去的话，我可以和你一起去医院，前提是你不介意。”

她站在车前，盯着江曜的侧脸，不说话。

江曜从储物箱里拿出一包润喉糖递给她：“今天唱得不错，注意保护嗓子。”

他以前也这么夸过她，次数也不是很少，前提是他以为相声唱戏只是她的爱好而不是事业。

当她浓烈地表达出对相声的喜爱时，江曜就不怎么夸她了，反而劝她把时间放在论文和英语上。那阵子江曜经常在她嘴上制造些痕迹，她无法带着这些痕迹出去说相声，只能在江曜家的客厅里背单词。事后她不止一次谴责自己自制力不强，但下回还是着了江曜的道儿。

其实他并不是什么都不知道，他只是选择不知道。

江曜的手在空中停留了二十秒，见乔乐乔没接，他又收了回去。

“你要实在不想休息的话，可以去我那儿喝杯咖啡。”

“谢谢，不用了。”

乔乐乔继续站那儿，等江曜的下文。她不认为江曜等在这儿是为了送她润喉糖。

江曜摇上了半扇车窗，问她：“你还有什么问题吗？”

"没有。"

江曜低头看了下表："不早了，你赶快回去休息吧。"说着，他关了车窗，继续低头看材料。

乔乐乔仍站在那儿，半天终于挤出一句："你有什么话要和我说？"

江曜没抬头，边翻看资料边说："你要是时间充裕的话，我现在就可以陪你去医院。"

乔乐乔连声再见都没说，转身回了自己的车，墨蓝的夜里，路灯亮得很是称职。

她从包里拿出镜子，从左到右照自己的嘴。她才没嘴歪！

夜里三点，乔乐乔又被手机吵醒了。

"乔乐乔，你买的电子管为什么要让叶樱送给我？"叶樱送的电子管，江曜坚持按市价转给了她现金，结果被告知那是乔乐乔的。

乔乐乔仿佛在做梦，可在原则问题上绝不含糊："你搞错了。"叶樱竟然出卖了她。

"乔乐乔，你是不是以为你很了解我？"当他得知是乔乐乔的建议时，一时间愤怒不甘涌在一起，她早就向前看了，只剩下他一个人挣扎。可是，她还知道他的喜好。

"她年轻天真，最重要的是雅思不错，有留学打算，比我更适合你。"

"我不是大学招生委员会，谁绩点高雅思好就偏向谁。"

"可你也不需要一个根本不会和你一起出国的人。"

乔乐乔的头脑发胀，她不想再争辩下去，关机，闭上眼，继续用蚕丝被蒙头。

第二天清早，她就把江曜拖入了黑名单。

她下午又奔去了茶馆，今天说的这段正是昨晚在电台里放过的《卖布头》。

上台自我介绍时，乔乐乔往台下一瞥，又看见了江曜。

尽管他坐在角落，穿得也无甚特色，五官也说不上十分精致，但一眼望下去，即使跟他不熟，往往也会第一眼注意到他。乔乐乔也未能免俗。

乔乐乔毕竟小时候就登台演出，各种问题都见识过，此时她深吸一口气，把精力全部集中到节目上。学旧社会小贩叫卖，对嗓子要求很高，在引入正活儿卖布头前，她学了一大段卖糖葫芦、卖馄饨、卖豆汁儿。

乔乐乔长在胡同，据她奶奶说，以前没解放的时候，一天到晚都有小贩叫卖，小贩一吆喝，一天就开始了，卖豆汁儿豆腐脑螺丝烧饼糖三角烤红薯老玉米艾窝窝老鸡头的不一而足，夜里灯熄了，叫卖声仍不绝于耳。不过到她出生的时候，走街串巷卖吆喝的小贩已经不多了，只剩那个馄饨挑子。她为了学叫卖，把以前的老街坊都给访遍了。

懂行的都知道，《卖布头》很考验基本功，乔乐乔学得很地道，每一段吆喝都有人在台下喝彩。

乔乐乔向台下鞠躬时正对上江曜的眼神，这次她并没偏过去，而是直愣愣地盯着江曜看。到底是她认了输，毕竟台下那么多的眼睛都盯着她。

到了后台，乔乐乔接过伙计递过的茶猛灌了大半盏。

孟渊在旁边问："江曜怎么又来了？你们俩……"

乔乐乔这次没说话，只捧着茶在那儿润嗓子。她不知道江曜到底要干什么，他想要骂她，她昨天已给了他机会。

万陵隐约知道江曜要干吗，这使江曜在他眼中更加讨厌。乔乐乔一上台，万陵坐在茶座上，两只手都拍红了。等她下了场，万陵的手掌和眼睛才得以休息。他回头瞥了一眼江曜，眼下，江曜正在那儿喝茶，一点儿听相声的范儿都没有，听个相声愣是表现得听交响乐一样，乔张做致，令人生厌。

万陵恨不能在门口放一块"唯江曜与狗不得进入"的牌子，可惜时移世异，现今消费者才是上帝，他只能心里想想。

演出一完，孟渊就借口有别的事儿先打车走了。在江曜的见证下，万陵以自己的车在修为由坐到了乔乐乔的副驾驶。万陵本想着听完相声就能摆脱江曜，没想到江曜的车一直在后面跟着。

"后面那辆奔驰是江曜的吧。"

"是吧。"

"他今天怎么老跟着咱们？"

"他父母和你住一个小区。"乔乐乔心里觉得也许并没有这么巧。

"我怎么记得以前看校报，说江院长放弃了低价买学校集资房的机会，一直住在学校六十年代的家属楼？"

确实是放弃了低价买房的机会，但只有江曜自己住在家属楼。江曜曾和她说过，家中二老的人生观是"顺我者昌，逆我者请你自生自灭"。江曜如此忤逆，给他低价住家属楼已算二老仁慈。

乔乐乔心不在焉地说道："是吗？"

好在不在一栋楼，乔乐乔不用在电梯里看见江曜。

万陵的房子两百平方米，是小区最小的户型。但在乔乐乔这种刚刚踏入有产阶级的人看来，这个面积已经“壕”无人性。万陵是他这个年纪的例外，他家采用全套中式装修，一水的明式家具，每一件都叫嚣着我很贵。

“乔乔，你不嫌这里小吧。”

乔乐乔听后，不禁一笑：“够了，没这么炫富的！我再为祖国健康工作一百年，也未必能挣下你这套房子。”

“你不嫌弃就好。”

万陵的话说得乔乐乔心里有些没底，她问万陵：“其他人怎么还没到啊？”

“我就请了你和孟渊。”

“哪有温居只请两人的？”

“大家时间都不一样，我只能一拨一拨地请。”

乔乐乔“嗯”了一声，算是认同了万陵的说法。

万陵家户型很周正，很符合当年小乔跟江曜吹过的牛，她那时候跟江曜说要买一个大房子，拣一间大房间做听音室。江曜家的听音室太小了，站两个人都很勉强，他俩日常娱乐不多，听音乐是其中之一。音乐品位上她比较兼收并蓄，古今中外的音乐很少有不能听的，江曜喜欢的她基本也喜欢。和江曜在一起之后，她的耳朵对音响设备开始挑剔，后遗症是她和江曜分手后忍着肉疼花三万八买了一个 CD 机，有一阵在躺椅上听音乐时恨不得劈一半给江曜寄到英国去，让他也享受享受。

万陵书房里悬挂的一幅字把小乔从回忆里拉了回来，字是小乔写的，四个字：诸事顺遂。

当时万陵管乔乐乔要字的时候，乔乐乔不知道他要挂书房里，写得很是随心所欲。

旁边的一幅字出自如今很火的一位青年书法家。

“你把我和人家放一块，这不是寒碜我吗？”

“如果只有一幅的话，我只挂你的。”

乔乐乔从包里拿出了她给万陵封的大红包，里面有人民币也有美金、欧元等外币。这个红包表达了她对万陵的美好祝愿，从今以后，不仅要赚中国人的钱，也要努力赚外国人的钱。

阿姨做完饭后，就出了门，家里只留乔乐乔和万陵。

“装修你觉得怎么样？”

“挺好的，不过你自己家的装修，你自己喜欢最重要。”

万陵从酒柜取出他珍藏的红酒，给乔乐乔斟了一杯。

“我开车来的。”

“就一杯，我找人送你回去。”

乔乐乔笑道：“这个我真喝不了，你也知道我不能喝酒。”

“那你就抿一口。”

《数来宝》适时地响了起来，乔乐乔拿起手机，按了接听键，对方无应答。

她看了下手机号码，确实陌生。

江院长和沈律师都是中上之姿，江曜还是一好看娃娃的时候，江院长时不时感慨基因重组的神奇，及儿子到青春期，江院长便添了些甜蜜的烦恼。怕儿子仗着好皮囊惹出事端，丢了自己的脸，时刻对他耳提面命，每次见他，便嘱咐他把时间用在学业上。沈律师本来想让江曜去国外读大学，江院长怕他年纪轻轻被资本主义腐蚀，力主他在国内上学。

等江曜大学毕业去国外留学，江院长对他仍不是很放心。江曜不在国内的这四年，江院长与儿子只近距离见过三次，一次是他和沈律师去英国，另外两次是他去欧陆国家开会，江曜飞过去看他。除了父亲节、他的生日以及各类节日，江曜会及时送上礼物，其他时间儿子很少主动联系他。

江院长在学校里教育学生养成了习惯，一到家夫人自然是教育不得的，就连阿姨在家务事上也比他懂得多得多，轮不到他教育，儿子读大学时，平均每两周回来一次，他的教育欲微微能得到满足，等儿子出国留学，他平添了几分寂寞，只好抽出他极为宝贵的时间通过视频对儿子进行价值观教育。

一家三口难得凑在一起，此时儿子近在眼前，江院长自然不肯放过这个机会。

江院长先是感谢儿子送他万宝龙的限量版钢笔，而后劝诫他送礼物不要在意价格高低，心意到了就行。之后江院长便提到了江曜的感情生活：“你如果有女朋友的话，也带回家让我们见一见，我和你妈妈可以给你提些建议。”

见儿子不说话，江院长又说：“对待感情要严肃，你还是找一个志同道合的女朋友早点稳定下来。感情稳定事业才能稳定，当年我们系的谢执安资质比我好得多，但时间都用在了交女朋友上，学业无足观，吉他倒弹得不错……”

沈律师截断了丈夫的话：“自从江曜回来，这个例子你已经对他说了三遍，今天就不要再讲了。”

这位谢姓同学和沈律师颇有些渊源，大学时关系很是密切，不过当时江院长沉迷科研，并不知情。后来谢某人因为意外伤人进了监狱，沈律师还为此奔走过。从世俗角度看，谢执安实在算不上失败，只是没有专心学术而已。

“我老同学许多比我资质强的，我之所以走得比他们远，和你妈妈的支持分不开关系。当年你妈怀孕的时候，院里有一个去美国进修的机会，要是别人，未必肯让我出去，你妈妈非但不反对，还把家里的存款换了美元让我带走。一想到你妈妈一个人进的产房，我就十分歉疚。”江院长这番话自夸的同时又夸赞了夫人，自认还算有水平，不料妻子和儿子并不买账，只低头吃饭。

考虑到江曜一个月后就要回英国，江院长建议儿子这一月住在家里。

“我一个人习惯了。”

江曜大概是厌烦了老子的陈词滥调，吃完饭就起身告辞。

乔乐乔的手机挂掉一次响一次，这严重影响了万陵的计划。

到现在，万陵虽然交过十来个女朋友，但对乔乐乔，终究使不出那些已经熟得不能再熟的手段，只能借酒壮胆。他的计划还没实行，就被一遍又一遍的《数来宝》给打断了。

乔乐乔最终设置了陌生来电拦截。

万陵仰头灌了半杯酒，终于鼓起勇气：“乔乔，这些年其实我一直对你……”

乔乐乔再迷糊，此时也明白了万陵的意思，她必须跟万陵说清楚。

“陵子，我不喜欢比我小的男的。”

“江曜不就比你小吗？”

“你跟他不一样，他跟谁都不一样。”

“对，我跟他当然不一样，我比他尊重你，比他了解你，现在未来永远都不会强迫你。”

“他从来没有强迫过我，是我自愿的。”

万陵即将要说的话被卡住了：“你自愿的？”

“对，是我自愿的。我每天拼了命背单词，也是自愿的，虽然自愿是有时效的，可这辈子，我也不会为别人做这些了。”乔乐乔开了瓶苏打水，和万陵的杯子碰了碰，“陵子，祝你乔迁新居，姐先干了。”

乔乐乔将瓶中的水一饮而尽，拿包出了万陵家，留万陵一个人自斟自酌。

从小区出来，乔乐乔漫无目的地往前走。甜品站依然第二个半价，她买了两个甜筒，找了个靠边的位置，打开电脑，坐在角落里一个人吃。

这世界上有很多事变了，但麦当劳的甜筒还是四年前的味道。

《数来宝》又响了，林恬的电话，说江曜找她有急事，让她速回电。

江曜？

乔乐乔最终拨通了那个熟悉的电话，太熟了，早就印在了她的脑子里，删不删都不影响。

拨通后，对面没人说话。

"是你吗？江曜？"

"你在哪儿？"

江曜坐到乔乐乔对面的时候，乔乐乔已经独自解决完了两个甜筒和一个汉堡。

"你去万陵家干什么？"

"温居。"

"你多大了？不知道独自去对你有企图的单身男人家有多危险吗？"

乔乐乔刻意忽略江曜语气中的焦灼和担心，把新品菜单推到江曜手边，大方提议："想吃什么？我请你。"

"我不会再逼你学东西了。"江曜拿出一个袋子推到乔乐乔面前，"打开看看。"

他不想再纠结过去了，既然她不肯主动，那他主动。

里面是一堆照片。

"我买的那房，不是新的，有几十年历史了，不过面积还行，有前后花园，你可以在里面养个狗什么的。你的英语完全够用，不用再学了，你要还想做电台的话，可以单辟一个直播间，现在已经有了雏形，照片上有，你要去的话可以再添设备。"

乔乐乔看着手上的照片，三层的独栋，外墙的红砖有些年头。她看到了花园、客厅，每一个卧室江曜都拍了照片，她看到了江曜跟她说的直播间，她偏过脸，避免"汗珠"从眼眶里滚下来。

江曜从兜里掏出一个方方正正的盒子，打开放到乔乐乔手里："这次是新的。"

和五年前送她的手表差不多，不过是新的。

这表是江曜前年买的，那时候他知道乔乐乔留学的概率为零，学费的钱可以省了，就卖了一部分股票买了这表，乔乐乔一个电话都没来，他也就一直没送出去。

今天他去茶馆就带去了表，他愿意原谅她对他的欺骗，和她从头开始，可生活太爱和他开玩笑，偏偏撞上了乔乐乔和万陵上了一辆车，不用想，他们去的是同一间房。

在英国的四年，他不是没想到乔乐乔会和别人在一起，可亲眼见到，是另一回事。他等不及她主动开口了。

乔乐乔握着表盒的手一直在颤抖：“你以后一直在英国？”

“对。”江曜连想都没想就答道。

她是不可能跟他到英国去的，于是她只得合上了盒子。

“表很漂亮，只是不适合我。”江曜描画的前途很漂亮，只是不适合她。可即使不适合，也不妨碍她觉得表漂亮。

乔乐乔又把表盒推到了江曜面前，小桌子一下子显得局促起来。

“你要不喜欢，可以换一块。”

“不是表的事。”

他压制住内心的波动：“那是因为什么？”

“我很喜欢国内的生活，你知道我喜欢说相声，你觉得我能去英国说相声吗？”乔乐乔说着自嘲地笑了笑，“就算我去说，你认为有人听吗？”她自己在国内有房有事业，去了英国，她有什么？

长时间的沉默。

“这算是明明白白地拒绝吗？”

“对不起。”

“我不需要这三个字。”

沉默了好一会儿，江曜又问：“乔乐乔，你是不是只骗过我一个人？”

乔乐乔低着头说不出话来，当然是，骗人太不容易了，一个人已经足够费力。

“那个重要吗？”

“对我来说重要。”

“傻子，哪个骗子会只骗一个人呢？”

快餐店实在不适合求爱，周末人多，有一对小情侣走过来，问他们旁边是否有人。

乔乐乔挪了挪表盒的位置，对他们笑笑说有。

女孩儿也是想要儿童套餐的玩具，男孩儿说：“能不能别吃了？我都要吃吐了。”

小导播问乔乐乔的衬衫什么牌子，她也要买一件，又问：“乔乔姐，你的眼睛怎么红了？”

“蚊子叮的。”

“蚊子叮了怎么会是这样？”

今天是女相声演员专场，男相声演员的名字说一个钟头都未必能说完，女相声演员就那么几位，即使把她们的作品都放完了，也用不了半个月。女孩儿说相声确实有一定的局限，像《托妻献子》这种传统段子是绝对不能说的，《揭瓦》这种无赖地痞形象女孩子塑造起来也有很大困难。即便如此，小乔也不认为女孩儿不适合说相声。

整个直播时间，她避免自己去想江曜。

直播结束，乔乐乔打开手机，看到江曜发来的短信，他送她的手表放在传达室。

打过去，关机。

再打过去，仍是关机。

因果循环，报应不爽。

从电台出来，夜空依然干干净净，一颗星星都没有。

回家途中，乔乐乔格外焦躁。以前路上有相声相伴，即使堵，她也很少有不耐烦的时候，可今天，每隔三十秒，她就看一眼表。她又想起了以前，她刚收到江曜送她的表，恨不得每一秒都盯着看。

途经Z大，大概驶过半里地，乔乐乔又折返回来，车停在门口。已是晚上十一点，她自己一个人在学校走，风吹过，她又听到了蝉鸣和簌簌的树叶声。

走着走着就到了家属楼，她上到六楼，按响了江曜家的门铃。

江曜家的门铃仍然坏着，要想进去要么敲门，要么给他打电话。

他俩的关系，是她一声声敲开的。她打着为他负责的旗号让他开门，而后她又敲门要他帮自己补习功课，现在，她又来了。

夜深人静，邻居已经歇息，当然是不适合敲门的，只剩下手机。乔乐乔心下一动，一种直觉越来越强烈——江曜也许在等着她的电话。他知道她会打电话给他。往事一块块拼凑出来，欲擒故纵这招他以前用得很灵的。

好几次她都要停止行骗了。他这么聪明，到后来不可能看不出她不想学雅思，不想留学，可他总有办法勾着她，明明他也是合伙人，现在却把自己包装成了一个受害者。

他为了自己心里安稳，非要让她知道，他在零时区给她弄了一个直播间。她难道要在零时区给东八区的人直播相声吗?

本来四年前就分手了，他今天非要来这一出，表明他从未忘记她。可即使他从未忘记她，也不肯为她做任何妥协。如果这次她再去敲江曜的门，他只会让她再次妥协。

乔乐乔一步步又从楼梯退了下去。她拨通了江曜的电话，接通又挂断，几次之后，江曜主动打了过来。

“有事吗？”

“你选的表很好，谢谢。”

“不客气。”

乔乐乔又开车回了自己的家，到家她从储物箱里翻出了一张 CD，那是江曜给她讲雅思，她时不时能听见自己“嗯嗯”附和的声音。那几声“嗯嗯”很能反映出一些东西。开始时装作很有兴头，慢慢声音就有些敷衍，但很快又像打了鸡血般。这种鸡血终究不能长久。

她在网上找到了表的价格，给江曜的支付宝转了一笔钱过去。转账通知上她特意写了名目。

发完，她就关了机。

第二天，她发现钱又转了回来。

乔乐乔组织人去孤儿院义演，顺便敲定了捐款项目。晚上，她给江曜发了条短信，短信上说她把江曜给她的表卖了，卖表的钱她打算捐给一家孤儿院，并代孤儿院的孩子感谢他。

江曜并没回复。

周一，乔乐乔三百六十五天都在的《怡笑茶馆》突然换了主持人代班，代班的小主持在电台里说乔乐乔有事请假了，至于为何请假，并没有说。

乔乐乔并没有要紧事，她只是病了。她这几天无缘无故地燥热，空调一直开得很低，周一早上，她是被烧醒的，嗓子也肿了，吞咽都疼。一照镜子，下巴肿得多出了一层，活像人胖了十多斤。去医院一看，确诊是急性扁桃体炎。医院床位都很紧俏，像她这种病情是没资格住院的。她打完抗生素就回了家，发烧倒是停了，可一说话还是跟刀刺一样，只能吃流食。她这种情况自然不能主持节目，只能打电话向台领导请了假。

她疼得无心工作，只能放相声解闷儿，一乐就疼，于是只能关了，蒙头睡觉。她从周一晚上八点睡到第二天早上七点，直到被门铃声吵醒。

她穿着睡衣趿着拖鞋去门外，在猫眼里意外看到了江曜。

她没开门，而是隔着门问："有事吗？"她跟吐枣核似的一个个吐出了这三个字，语速比平常慢了不止一倍。

"我想问下捐款的事儿怎么样了。"

他这个理由一出，乔乐乔不能不放他进来。

"等下。"搁平常，她一定说一串话，譬如为什么等她，等多长时间，顺便再说上一串见谅的话，可她现在因为说话如针扎，只简短地说了两个字。

乔乐乔披了件外套，戴了口罩，才给江曜打开了门。

江曜的眼睛盯着她的口罩。

乔乐乔回避着江曜的目光，做出一个欢迎的手势，只说了一个字："坐。"

她以前听人说，人这一辈子说的话是一定的，她之前说得太多了，现在说话每个字都得字斟句酌。

"你的手机怎么一直关机？"话里的不满简直要溢出来。

这个指责有些似曾相识，乔乐乔一瞬间有些恍然。

他们在一起的时候，江曜从来都是二十四小时开机的。她有一次出门，江曜给她打电话她关机，江曜把她三个室友的电话都打遍了，等她终于联系上江曜，隔着电话，她都能感受到江曜的怒气，她嬉皮笑脸地说太平盛世她能出什么事情。为这事儿，江曜冷了她两天，最后以她赔礼道歉并设江曜为紧急联系人结束。江曜送了她一个两万毫安的充电器，让她时刻充电，两人重归于好。

以前一个电话联系不上就紧张得睡不着的两个人，整整四年不联系，也过得很好。

她虽然和江曜分了手，习惯却保留了下来。受江曜的影响，她手机的电量低于百分之二十就要充电。

这个习惯因为昨晚的疼痛打破了。

"没电。"乔乐乔明白了，江曜来这儿，大概是因为电话一直不通，她指了指正在充电的手机，证明她所言非虚。

乔乐乔从冰箱里拿了瓶水拧开递给江曜，这次她没说话，只是示意。

"你嗓子怎么了？"

乔乐乔再次慢吞吞地蹦出两个字："发炎。"

江曜一把取下了她的口罩，露出一张浮肿的脸。现在的她，加上这个双下巴，活脱脱像是漫画版的乔乐乔。

乔乐乔不知怎么想起了电影里的女孩子被扯开面纱惊艳众人的一幕，她这一幕也蛮让人惊讶的，或者说惊悚更准确。

她现在笑笑都扯着疼，所以客套就免了。

她打开手机给江曜发了条短信：我现在不太适合说话，咱们能改天再谈吗？

林恬的电话就是这时打进来的，她开口就是一句：“你手机怎么关机了？江曜的电话又打到我这儿了。”

乔乐乔忍着痛一字一句地说：“昨晚充电没开机。”她像是刚学会说话的儿童，每一个字都透着慎重。

“你怎么了？”

“微信说。”

乔乐乔以前都用语音输入法，现在又用起了拼音输入，她在微信告诉林恬，她扁桃体发炎了。林恬问她严重不严重，去医院了没有，要不要来看她。乔乐乔说去医院了，不用过来。林恬让乔乐乔赶快给江曜打个电话，从没见人这么急过。

等乔乐乔挂掉电话，江曜问她：“去医院了吗？”

“去了。”

“你别说话了，短信说吧。”

两个人近在眼前，乔乐乔碍于嗓子，只好发起了短信。

乔乐乔把她的病情简单述说了一遍，脸肿是正常反应，她建议等她好了，江曜再同她聊捐款的事情。她现在这尊容和上次脚软组织挫伤不一样，她不想以后江曜想起她来都是这张脸。

“你的病历本在哪儿？给我看一下。”

江曜的“给我看一下”是祈使句，而非问句，不容她反对。

乔乐乔眼下只想把他送走，从包里翻出病历本给他看。

江曜的眼睛一直盯着病历本，他第一页看得很认真，而后迅速翻到最后一页，把病历本放到茶几上。

他的手掌直接放到了她额头上：“体温计在哪儿？”

乔乐乔没正面回答，而是在短信里说起了别的事：半年前，我去了一个很有名的素菜馆子，大师傅最出名的是，能把素菜做得有肉味。我到现在也没明白，既然这么喜欢肉，干吗不直接去吃肉，而是费劲把素菜做出肉味呢。我当时就想起了你，那应该是你理想的菜，可惜我不是你的菜。我就想当一道彻头彻尾的素菜。

“我知道你不会和我一起去英国了，用不着你一遍又一遍地提醒我！体温计在哪儿？”

乔乐乔又发了一条：如果你不能照顾我一辈子，也不用照顾我一时。

“你是想让我回国吗？”

乔乐乔因为嗓子很痛，尽量把话提炼成四个字：“没奢望过。”

“奢望？”

乔乐乔点点头，吐字真的很疼，所以她选择不再说话。即使和江曜最好的时候，她也没有过此类幻想，他太诚实了，毫不保留地表达他的想法，一点儿都不掩饰，不像她，遮遮掩掩的，怕他看出来，又怕他看不出来。

这时候，乔乐乔的电话又响了，是孟渊打来的。

“你和江曜到底咋回事？他的电话都打到我这里来了。”

“我没事。”乔乐乔不想再跟孟渊多说，飞快地从嗓子里挤出三个字。因为嗓子的关系，她连儿化音都省了。

挂断电话，乔乐乔问江曜：“你给多少人打了电话？”

“没几个。放心，我没给你爸妈打，你保密做得太好，我现在还不知道他们的电话号码。你的药箱在哪儿？”

得到答复后，江曜没再理会乔乐乔，独自进了次卧，和药箱挨着的储物箱里堆着CD，上面的封面写着：赠江曜。

他的目光在CD上略微停留了几秒，就提着药箱出了卧室。

在乔乐乔的注视下，江曜从药箱翻出了额温枪。

“还有别的吗？”

乔乐乔摇摇头。

江曜对额温枪并不信任，不过暂时还能充充数。

一测，38.5℃。

“去医院吧。”

乔乐乔继续打字：发烧是正常现象，我有消炎药，下午再去医院挂水，过几天就会好。你走吧。

江曜并没要走的意思，转而问她：“你吃饭了吗？”

乔乐乔摇头又点头。

“你现在这情况也只能喝粥了，借用下你的厨房。”

“我叫外卖。”乔乐乔说完咬了下牙齿，汗珠从她鼻子上淌下来。

江曜没再跟她废话：“你吃了药去卧室休息，粥煮好了，我叫你。”

指望一个身体虚弱的人，精神多么坚强，太过有难度。乔乐乔因为身体的关系，连精神都软弱起来。哪怕有人现在能照顾她一刻，也是好的。

她没再拒绝，喝完药就去了卧室，没一会儿就睡着了。

煮粥的砂锅咕噜响着，江曜在屋外用小乔高价买的CD机，播放一张音质并不高的CD。两张CD上面写着“赠江曜”，一张是相声版，一张是京剧版。这个人太过小气了，上面明明写着赠给他，这些年过去了，他还是没有收到。现下播放的CD内容大概是她相声京剧的精选版。

隔壁主卧突然传来一声喊，江曜跑过去，推开门，乔乐乔仍在睡着，蜷成一团。他听见一个声音在说：我能说话。

她做了一个噩梦，梦里她突然成了一个哑巴，什么都说不了，她急得大哭，努力发出一个个单音节。

迷迷糊糊中，她感到了一阵清凉，仿佛有手指穿过她的头发，那阵凉意从发丝传到了双下巴。睁开眼睛，她看见了江曜的脸，他的手指搭在她的额头上。

江曜知道她不便说话，也没问她发生了什么。

“你刚才叫，我才过来的。”

“嗯。”乔乐乔下意识地侧过了脸，好让双下巴不那么明显。

第十二章 学聋哑

“粥好了，出来喝吧。”

乔乐乔刚张开嘴，江曜止住了她：“如果没有必要的话，就别说了。”

粥用冰水冰过，喝起来并不烫，但吞咽的时候，她还是感到了一阵牵痛。

“疼吗？”

乔乐乔摇头。

“你说我还能相信你吗？”江曜凑近她的脸，“乔乐乔，你不是说你不喝那种酸奶了吗？可我刚才在你的冰箱里发现了不止一瓶。”

乔乐乔僵在那儿，问题太突然，一时找不到借口。

“你连这种无足轻重的小事都能撒谎，谁知道你的话是真是假？我甚至怀疑，你一句真话都没对我说过。”

江曜不仅发现了酸奶，还看到了好多方便食品，而这些食品都指向同一个品牌。如果他没记错的话，应该就是当年万陵给相声社拉来的赞助，他和乔乐乔没分手的时候，他家连矿泉水都是这个牌子的。他不认为乔乐乔会主动买这种听起来就很山寨的牌子，所以大概率是万陵送的，而且是前不久送的。

“你冰箱里的东西都是万陵送的？”

乔乐乔摇头，怕江曜不相信，嘴里蹦出仨字：“真不是。”情真意切。

万陵在他们台里做广告，除了广告费，还附赠了一堆“好饱”牌方便食品。端午节，台里给员工发福利，乔乐乔不得已带回了一堆，并不是万陵单独送给她的。她上班时间机动，周末就往家里跑，连吃带拿能顶半个星期，剩下的时间单位食堂、各大学校的食堂、附近的餐馆也够她吃的，她并没什么吃快餐食品的机会，开伙的机会就更少了。厨房的调料米面还是上次乐女士和老乔闹分居带来的。

“吃完中饭，我带你去医院，换一个医生给你看看。”乔乐乔昨天大概急着挂号，并没挂到专家号。可能是怕她拒绝，江曜又加了一句，“我以前给你补课补了那么长时间，你不是要跟我算账吗？你这半个月归我支配，咱们就算两清了。”

乔乐乔一听江曜在中午休息时间带她去看医生，猜想江曜是用关系替她搞到了专家号。

她刚要吐出一个“谢”字，江曜拿着她的空碗又给她加了一勺粥。

中午十一点，乔乐乔早早喝了荷叶粥，就坐江曜的车去了医院。她没想到，沈瑾医生竟然在中午休息的时间亲自给她看诊。像沈医生这种专家，当天临时挂根本不可能挂到号，而且她没记错的话，沈医生好像今天不坐诊。

她细想，就不意外了，沈医生和江曜的母亲都姓沈，估计是他的姨妈之类。

“原先的诊断结果和治疗方案都没问题，按之前的办就行。江曜，你电话里说的急事儿，就是为了让我来医院看个扁桃体发炎，你是不是认为我很闲？”

“用住院吗？”

“请你珍惜一下医院的医疗资源。”沈医生看看乔乐乔，又对着江曜说，“下次找我，直接到我家，不要再让我来医院了。”

“一起吃个饭吧。”

“咱俩吃，让人家姑娘只喝粥，你觉得合适吗？”沈医生起身冲乔乐乔笑笑，“有空和江曜一起来家坐。”

乔乐乔从她说话的语气确认这是江曜的姨妈，和沈律师连话风都一致。

挂水的大厅，乔乐乔看着吊液滴答滴答。江曜起先坐在一边看他的论文，她太过无聊，以至于忘记了昨晚的教训，又听起了相声，不过这次是自己的。她笑的时候牵扯到嘴角，忍不住发出嘶嘶声。

江曜拿起她的一只耳机，塞到了自己的耳朵里，继续看论文。

乔乐乔很有些不好意思，她是有多自恋，听自己的相声还能笑出声来。

江曜的手机响了，他去一旁接电话。

“听你二姨说，你和小乔又在一起了？”

江曜沉默。

沈律师把沉默当作默认："男女这事儿最怕谈牺牲，即使她现下愿意为你牺牲，迟早她会后悔的，就连你，恐怕也要后悔。"

"您后悔吗？"

"我对自己的事从不后悔。我唯一后悔的是，干涉别人的选择。我不会干涉你的感情生活，但我作为过来人的建议，你最好听一听。"

沈律师吃够了干涉别人感情的苦，她虽是家里的小女儿，却自觉对兄姐的人生负责任。当年沈医生谈恋爱，男方条件不佳，沈律师打着为了姐姐未来的旗号，主动找男方去谈，最终致其分手，沈医生一直单身到现在。沈医生为了这事儿曾与她一度疏远，直到江曜出生，她们姊妹的关系才有所好转。有前车之鉴在，沈律师对自己的儿子也只是建议。儿子的选择，她如果满意，就给一套房子，不满意，包个红包就算了。至于别的，她管不了，也不想管。

趁江曜不在，乔乐乔马上把相声换成了别人的。

旁边的姑娘对乔乐乔不无艳羡："你男朋友对你可真好，连输液都陪着。他是老师吧，还可以歇暑假。"

因着肿痛，乔乐乔好多要说的话都咽了回去，到嘴边的只有微笑。在一旁的姑娘看来，这是幸福的表示。

江曜回来，又捡起了一只耳机放到自己耳朵里。

"怎么换了别人的？"

"我……"

"别说了，我懂。"

吊完水，江曜把乔乐乔送到家，这一次他按照食谱给她做了银耳粥。

乔乐乔虽然爱说话，但她始终认为能禁得住长时间的沉默而不觉尴尬，才是交情的最高境界，以前她和江曜是有这种交情的，永远不怕话落地。重逢后，两个人在一起，怕尴尬，她总要找话说，但这次有病在身，她可以放心地沉默。

一直到晚上九点江曜才离开，顺便顺走了乔乐乔的两张CD。

历史充满了前车之鉴，有人重蹈覆辙，有人矫枉过正，并没有以史为鉴这回事。江曜算是后者，并不比前者更体面。

CD机里在唱《武家坡》。江曜总觉得人不禁等，等着等着就不知道等谁了，他信不过乔乐乔，也信不过自己。可生活跟他开了个玩笑，这四年，他确实没有喜欢上别的人。

他把乔乐乔跟他一起出国当作理所应当，而乔乐乔把他留在国内当成奢望。在这段感情里，志在必得的是他，患得患失的是她。他早就知道乔乐乔不想考雅思，不想出国，乔乐乔唯一骗他的是，他以为她会为了他改变，并且一直变下去。

夜里十一点，乔乐乔接到江曜的电话，他在电话里问："我送你的表，你真卖了吗？"

乔乐乔停顿了几秒，而后说道："你想要的话，我可以给你买回来。"

"我明白了。"她并没有卖，于是他问下一个问题，"你说愿意在国内等我的话还算数吗？"

乔乐乔握着手机，这次她什么都没说，任由时间从她的手指缝里溜过去。

有些事是需要头脑发热的，如果他再早一些，就在送表的时候，她一定毫不犹豫地答应，那时的她短暂地忘却了现实的困难。可她现在冷静了，一想到他之前的欲擒故纵，她现在并不知道他的话几分真几分假。

毕竟她也骗过他。当骗子最大的损失就是失去了信任人的能力。

扁桃体发炎也是好事，现下她有了沉默的借口。

"你好好想想，先不用回答我。"

这番话扰了乔乐乔的清梦，她躺在床上打滚，幸亏有药劲儿催眠，没多久她又睡着了。

第二天一早，乔乐乔又听到了门铃声，她的脸稍稍有些消肿，但吞咽起来还是疼。开门时，她看见江曜拿着一束花，他拿花时不是捧着，而是像提菜一样提着。

江曜觉得送花和说"我爱你"一样庸俗，在他们谈恋爱期间，乔乐乔并未享受到任何送花的待遇，对于收到花的人她也从不羡慕。

江曜把乔乐乔家花瓶里的花扔掉，换上了他新买的花。

"今早喝莲子百合粥。"

乔乐乔"嗯"了一声表示同意。

"今天不烧了。"放好花，江曜拿耳温枪给她测了下。

有人照顾还挺好的，乔乐乔又恢复了今朝有酒今朝醉的本性。江曜要骗她，也由他去了，反正她不吃亏。

今天的天气出奇地热，乔乐乔的扁桃体发炎和一直吹空调有些关系，客厅的空调自她病了，就没再开过。

她看见江曜鼻尖上的汗珠，多少有些不好意思。

乔乐乔坐在桌前小口喝莲子百合粥，江曜并没提起昨晚的事情。她想，江曜可能是因为自尊心作祟，不好再提第二次，她也没追问。

他俩已经实现了无声交流，见乔乐乔的碗空了，江曜又给她盛了一碗。

下午江曜陪着乔乐乔去挂水。江曜带来了一台随身CD机，里面放的是乔乐乔唱的戏。

“你要不喜欢听不用勉强。”乔乐乔一个字一个字往外蹦。

“我从来都是勉强你，我什么时候勉强过自己？”他并不讨厌乔乐乔唱的京戏说的相声，他只是反感她把时间都用在这方面。她口口声声要和他一起出国，每次做题时的厌倦显而易见，只有轮到和孟渊那拨人谈论相声时，兴致突然就来了。他再傻，也不会不知道她真心喜欢什么，可如果一再放任她，她就不可能同他一起出国了。命运跟他开了个玩笑，越怕什么越来什么。

听江曜这么自嘲，乔乐乔终于噤了声。

“我不想听了。”

“怎么？”

乔乐乔吐出了两个字：“尴尬。”再自恋的人也不能一直听自己的东西，何况她算不上自恋。

江曜掏出了自带的耳机，独自去听。

乔乐乔看江曜听她的唱词，手头的活儿也没停下。江曜握着一沓论文，每一行都有标注，这些字都是他边听边写上去的。

“你在听什么？”

“《打渔杀家》。那次你跟我说，你用音乐钓鱼法，钓了一条十四斤的鱼。”

乔乐乔听到自己的黑历史，没再搭茬儿，这人一心二用倒是厉害。

江曜从最末抽出一张纸给她：“选一个吧。”

上面密密麻麻大概写着一百多种粥。

“你不用说话，直接在上面画钩就行。”

“孟渊要来看我。”小学期一结束，孟渊就轻松了。他听说自己师妹扁桃体发炎了，坚持要来探病。

两人一向不对付，乔乐乔并不认为江曜想见到孟渊。

“他要在你家吃饭吗？”

“不知道。”

“要是他坚持在你家吃的话，给他点外卖吧。”

乔乐乔很是体谅江曜，只钩了一个绿豆粥。

江曜给孟渊开的门。

孟渊对江曜的感情，三个字概括，不待见。

那次马赛克事件，江曜间接为他挨打本来能缓解两个人的关系，但江曜不合时宜的傲劲儿摧毁了孟渊好不容易对他生出的一丝好感。

两人简单寒暄，江曜继续回到厨房熬绿豆粥。

孟渊曾亲眼见乔乐乔在西门的烧烤摊上喝得人事不省喊江曜的名字，所以坚定地认为江曜是个陈世美，如今陈世美洗手做羹汤的画面实在有点儿超乎他的想象力，他很想拍照同历史系的广大同仁分享。

孟渊的前女友曾有一句名言，渣男是最好的乙方。她曾在孟渊面前盛赞渣男，能够伏低做小，满足女朋友一切需求，唯一的缺点就是待机时间短。他越看江曜越有渣男的潜质，尤其是待机时间短这一点十分符合。

好奇心压倒了一切，以至于江曜问他要不要一起吃饭的时候，他说了声好。

等到饭点时，孟渊才意识到不对劲，江曜陪小乔一起喝绿豆粥，他自己一个人吃外卖。

饭间，孟渊问江曜："你最近有回国打算吗？"

"近期还没有。"

孟渊怕江曜拿回国时间吊着乔乐乔，这样的人他见多了："近期具体是什么时候？"

乔乐乔咳嗽了一声，制止孟渊继续问下去。

孟渊看了眼乔乐乔，没再说话，毕竟是她自己的事情，他管得已经够多。

晚上九点，乔乐乔打开了《怡笑茶馆》，今天代班的是台里另外一个曲艺节目的周主播。

开播前，乔乐乔怕周主播一时不适应，辛辛苦苦攒了台本，一个字一个字地叮嘱，可周主播太适应了，她也不是很高兴。为了《怡笑茶馆》，她推了电视台的邀约，可如今她发现，自己可能也不是那么不可或缺。

乔乐乔窝在沙发上听，江曜靠在椅背上继续批他的论文。

"为了你的听众耳朵着想，你最好赶快养好病。"江曜起身收拾桌上的论文，和乔乐乔告辞。

乔乐乔言不由衷地说："现在的主播也很好。"

"你比他强多了。"

"没有吧。"

“你比他松弛，他太拿着了，跟要和谁比赛一样，你节目的收听率不错吧。”

“确实还行。”乔乐乔听了心里很是受用。她这个节目广告收入在台里排前几，虽然工资不高，但年底能拿到大笔奖金。

“他可能想取而代之。”江曜拿耳温枪在乔乐乔耳侧测了下，“不烧了。”

“那倒不至于。”周主播自己节目的收听率很一般，乔乐乔想并不是没有那个可能，她一定得赶快好。

乔乐乔精神好了不少，顺带也想起了江曜找她的事：“你昨天急着找我就为捐款的事情吗？”她并不认为江曜找她就是为了这件小事。她怀疑江曜是听了她的节目，发现她不在，才这么着急忙慌地找她，可她又不想自作多情。

“我前天恰巧听你的节目，发现你不在，你这人除非万不得已不会不工作，我想可能是出什么事儿了，给你打电话你也不接。”

乔乐乔想起了他的红眼珠和他没有打理的头发。她猜对了。

“麻……”

“没什么可抱歉的，我还得感谢你帮我认清了一个事实。”他和她的联系太过脆弱，不过一个号码，还有一个地址。即使她出了事，也不会有人通知他，他不是她的任何人。

直到离开，江曜也没再提起昨晚的事情。

乔乐乔的人缘太好，微信上关心她的未读消息已有几百条。最关心她的莫过于老乔夫妻，她本来想回家养病的，但因为江曜来了，怕产生不必要的误会，她也就没跟爸妈说自己扁桃体发炎的事儿。老乔夫妻还以为她去外地旅游了，问她玩得好不好，她说她玩得太累了，就结束了通话。

江曜在乔乐乔家的第三天，又迎来了一拨探病人员。乔乐乔叫江曜躲在次卧里学习，结果江曜来了一句：“我没那么见不得人吧。”

上午林恬和宿舍老四都来看她，见江曜在，两人很识趣地待了五分钟就走了。江曜大概批论文很着急，送走林恬，他问：“能不能用下你的次卧？”

齐淼来的时候，江曜正关在次卧里。

齐淼并不知道次卧里有个江曜，主动跟乔乐乔谈起了自己最近的感情生活。

乔乐乔扁桃体发炎了，说话不利索，此刻是个最好的倾诉对象。前阵子骑自行车的江曜把开宾利的严总打了，齐淼曾短暂地对江曜产生了兴趣，后来公司的事太忙，她就忘了这茬儿，如今工作的事情解决，她又想起了江曜。

“江曜什么时候走？”

“这个月。”小学期早就结束了，他不可能一直在国内待着。

“你有他的联系方式吗？”

“你找他干吗？我不是跟你说他迟早要回英国的吗？”乔乐乔本来这两天说话就慢声细气的，齐淼这么一说，她说话的声音突然就变急了。

“没关系，反正我也不想和他发生长期关系。”没等乔乐乔说话，齐淼又问，“他私生活干净吗？没那么多乱七八糟的事儿吧。”

“你还是找别人吧。”乔乐乔压低声音，指了指次卧，“江曜在这儿。”

“他在你的卧室？”

乔乐乔点头，这都是什么事儿啊。

次卧的门打开，江曜的出现证明乔乐乔所言非虚。

齐淼不愧是在生意场上混过，她很快就调整了姿态，主动与江曜握手。江曜并没伸出手，而是问齐淼，喝茶还是喝咖啡。

“咖啡，谢谢。”

等江曜去煮咖啡，齐淼低声对乔乐乔说：“你不用担心，朋友夫不可欺，我现在对他一点儿意思都没了。”接着她一转话头，“他成了你男朋友，你怎么不告诉我？让我刚才在你面前丢人现眼？他不会听见了吧。”

“应该没有。”

“他比传说中还要帅一成，把握住，姐姐切身之谈，什么天长地久，都不如当下爽重要。他这基因，你顺便连下一代的问题也解决了。”

“你能不能小声一点？”

齐淼突然缓过神来：“你这四年一直没谈恋爱，不会就是为了他吧。”

乔乐乔蹦出六个字：“主要是没时间。”

江曜的咖啡这时送了过来。

齐淼道了谢，问江曜是否有未婚的表兄弟，有的话，可以介绍给她认识。

在得到否定的答复后，齐淼也没生气：“这四年，我可给小乔介绍了不少青年才俊，她一个都没看上，没想到是为了你。她这等待倒很值，不过你可不许把她给拐走，小乔要走了，我每天都要失眠了。不瞒你说，我这失眠就是她治好的。我可是小乔的忠实听众。”

齐森喝完咖啡，也很识趣地起身告辞。

等齐森走了，没等乔乐乔说话，江曜就问：“你这朋友交往几年了？”

“四年。”

“四年的朋友都不知道我，你这保密工作做得不错。”她的父母不认识他，她的朋友不知道他。江曜拦住了乔乐乔接下来的解释，“可如果你对我完全死心的话，又为什么不找别人？还是你有了相声，有了工作，其他就无所谓了？”

有急性扁桃体发炎这件事当借口，乔乐乔安心地选择了沉默。

下午，江曜又带乔乐乔去医院吊水。江曜在一边听 CD 机，乔乐乔在旁边扫了一眼，他听的很可能是她的相声。很早以前，她并不需要江曜多么欣赏她的相声，她有的是听众，江曜只要能接受就可以了。

回去的路上又开始下雨，温度低了不少，乔乐乔减少了不开空调的负罪感。

晚上喝的是银耳粥，乔乐乔很不好意思：“这些你够吗？”对于江曜陪着她只喝粥这件事，她很抱歉。

“够了。除了粥，我也吃别的，只是没让你看见而已。”

“那就好。”说着她又补了一句，“当着我的面吃也没关系，我没那么馋，见不得人吃好东西。”

急性扁桃体炎来得快，去得也快，她现在已经好得差不多，说话也利索不少。

“前天我跟你说的事，你想好了吗？你知道我现在在国内一点儿议价权都没有，回来撑死是个副教授，这还得靠系里仁慈，最晚五年，我不会让你一直等着我，如果你愿意等的话。”

文科和理工科不一样，有二十多岁的理科正教授，文科却找不出来，尤其像历史学这种学科，是需要年头资历的，他不想回来为着升职和各种基金把本心给丢了。

“你不用勉强的，你其实在英国待着更好。”那个独栋别墅，在离学校这么近的地方，恐怕一辈子都不会有。她不愿为江曜牺牲，她知道，如果她为他牺牲了，迟早有一天，她一定会怨恨江曜；江曜如果为她牺牲，那么总有一天，他也会怨恨她。感情太缥缈，职称和房子才是实实在在的。

“这算是拒绝吗？还是你觉得五年太长了，我们还有假期可以见面。”或许时间可以更短些，但他不习惯开空头支票。

“如果在国内对你发展更好的话，那么我希望你留下；如果不是的话……”乔乐乔拿勺子在碗里搅动，“那就算了。”

“你这人可真是拎得清。”

“谢谢。”乔乐乔把这不算夸奖的夸奖照单全收。

“我再说一遍，我从来没有勉强过自己。我选择的，都是当时当下对我最好的。小乔，你不要拿自己来揣度我。你要没想好，就慢慢想。我等得及，你随时都可以回复我。”

雨声越大，越凸显出客厅的寂静。

乔乐乔率先打破了沉默：“你为什么那么执着于永远呢？”一点儿也不像这个年龄的人。

被感情冲昏头脑的时候，不仅可以说等五年，十年也可以等。可不能总发热。她太明白了，刚说相声的时候，放弃并不难，说了五年，就长在骨肉里了。江曜并不讨厌他现在的学术环境，五年过去，他只会越来越适应，等他终于扎了根，却要为她回来。他做不到，她伤心；做到了，他痛苦。

他们在一起的那一年，如果不是因为老想着以后，规划着未来，本来可以过得更好的。如果江曜愿意在这个暑假再发生些故事，她也可以很快入戏。

江曜拉过乔乐乔的左手，放在眼前看，他的手劲太大，她的掌心一下就被他攥红了。江曜的眉头蹙着，眼睛一直盯着她的掌心，大概是为了看得更清楚些，不断用大拇指摩挲她掌心的纹路。他可以住在国外，吃西餐，说英语，目光所及都是各种西洋文字，偏偏他喜欢的是一个中国女人，这个中国女人只爱吃中餐说中国话写中国字。

“你以前是不是也想着过一天算一天？”

江曜这是明知故问了，乔乐乔也知道他是明知故问，但她还是说了声是。

“那你为什么不早说呢？我一开始并不是非你不可。”

“并没什么非谁不可。”乔乐乔又不合时宜地开起了玩笑，“就算我是人民币，人见人爱，你也可以花英镑和欧元。”

多严肃的话题都能被她消解掉，但江曜不得不承认，他以前确实喜欢她这一点。江院长动不动就提科学家的使命人类的福祉让他对任何崇高的字眼产生了免疫力，当初他对希腊史感兴趣不过是由于有人动不动拿希腊罗马的先哲标榜自己，他为了戳破泡泡才去翻材料，以至于误入贼船至今难下。

而现在她的俏皮话激怒了他。

“你当初可不是这么说的。”她说的那些话光是在脑子里过一遍就牙酸，他连重复都觉得羞于启齿。

江曜收敛了气力，但乔乐乔的手还是红了一片，她忍着疼笑道：“我当初雅思雅思不成，论文写得也不行，再不对你说说漂亮话，我不就更一无是处了？”

乔乐乔说得面无惭色，江曜一直盯着她的唇珠看，她的嘴仍然那么红，不薄不厚，这些年也没被她那些俏皮话给磨薄。

“那话里总有几分真心吧。”

乔乐乔上下嘴唇动了动，又把话咽了回去。

“既然没什么非谁不可，那你这四年怎么就没找别人？”

“没时间，太忙了。”

“太忙了？”江曜举起她的手指打量，“既然你如此日理万机，四年里连谈恋爱的时间都没有，那了解新人对你太费时间了。从省时省力的角度看，我是你最好的选择。”

乔乐乔的笑僵住，她不再开玩笑。

“你喜欢的是‘我’，还是那个努力满足你要求的‘我’呢？”自从江曜回来找她，她就想问这个问题，她无法把后者当成常态。

“那不都是你吗？”江曜去捕捉乔乐乔脸上的神色，“你问这个问题，是怕我逼你继续考雅思？英国文化协会又不给我提成，我现在逼你去考对我也没什么好处。”

为免弄疼乔乐乔，江曜放开了她的手：“你的指甲该剪了，你家指甲刀在哪儿？”

“我前几天才剪过。”乔乐乔看了下自己的指甲，不过比指肚高出一点点，再剪，手指头就要秃了。她不知道江曜怎么想起这茬儿。

江曜没理她，起身去拿了指甲刀，抓起她的手，就要给她剪指甲。

他握住她的手，一点点地给她修剪，他剪得太短了，指头肉都露了出来。

江曜放松了手劲，只这么握着她：“放心，没几天就会长出来的。”

他问她：“你能让你的指甲不长吗？”

乔乐乔不知道江曜为什么这么问，只说：“那怎么可能？难道你能做到？”

“我也做不到。”即使剪掉了，它也会长出来，只要人活着，就一直有再生的能力。

就像他对她的感情。为免疯狂生长，他只能一次次地剪断，可马上又要生出来。这话太肉麻，他无法对她说出口。

“能不能别剪了？”再剪，手指头就要秃了。

“也许我并不是非你不可，但没了你的未来我实在想象不出来。”他每个字都说得很用力，同样用力的还有他的手，乔乐乔怎么也挣脱不开。

大概是觉得太过肉麻，江曜松开乔乐乔的手，起身收拾碗筷去了厨房。

乔乐乔愣在那儿回味江曜的话，她走到阳台去看雨。

雨点儿噼里啪啦，把她的耳朵都给占满了。

她在落地窗上看见了江曜的影子，他的手放在她头顶又落下了。

“今天我没带伞。”

“我去给你拿。”乔乐乔看了看窗外的雨，“要不还是等雨小点儿再走吧。”

“如果这雨一直下这么大，怎么办？”

她还有一间客房，可以留江曜住。

乔乐乔刻意不去看江曜的眼神，咬了咬唇说：“总会停下来的。”

雨刷器疯狂地拍打着车窗，车里仍在放《武家坡》。

因果循环，今天他又把乔乐乔当年受的煎熬重新尝了一遍。当初她说等他，他不愿意；如今他愿意，她却未必情愿了。

这雨一直下到凌晨两点，江曜从橱柜里翻出了当年的U盘，U盘里是乔乐乔在《外国史学名著选读》里朗读材料的音频。

他第一次对乔乐乔有印象是她梳着丸子头穿着薄荷绿的大褂踹了孟渊，下了台又低声下气地向他道歉，她的话太过诚恳，以至于他再多说一句责备的话都显得小气。等这印象慢慢消退，他又在课上见到了她，她叽里呱啦说着一口乔氏英语，那是他第一次觉得老祝的课没那么无聊。他开始以为她是故意的，为了让她多表演几次，他总是适时地提出问题让老祝为难，老祝一为难，便会让她站起来朗读材料兼回答问题，她一说话，课上马上充斥着欢乐的气息。等到他发现她并非故意时，她已然在课上丢了十来次脸。

等他俩在一起，他越来越看不得乔乐乔为了取悦观众，把自己塑造成不学无术不懂装懂爱占小便宜的形象。当他是观众的时候，看到乔乐乔，他也会笑；可乔乐乔成了他的自己人，他就见不得她被别人取笑了。

乔乐乔一连喝了四天粥，到第五天，她不顾周主播仍要给她代班的好意，坚持去主持节目。

她的病好了之后，江曜仍每天来给她做早餐，剩下两餐都是在外面吃。江曜找的馆子，每天都不是一家，叫的菜却都是例行的清淡。其余时间江曜都在她的客厅工作，晚上定时送她上下班。他们还去吃过一次南京大排档，途经抓娃娃机时，江曜问她要不要抓一个，她说不要，多幼稚，好像当年站那儿不走的是别人。

周日，乔乐乔坐在江曜对面喝粥。粥喝到一半，她抬头对江曜说："中午我回趟家。"

"上次我说要上门拜访你爸妈，没去成，这次我和你一起去。"

见乔乐乔神色犹疑，江曜像是看透了她："你随便怎么介绍我都行。"

话说到这份儿上，她也不能再拒绝。

这几天乐女士很高兴，前些天她十几年前教的学生同学聚会，把她也请了去。其中一个叫林郴的学生四年级就转学了，当年乐女士很喜欢他，还请他来家里吃过几次饭，转学后，两人就断了联系。没想到十几年没见，再见面依然很亲近。林郴现在在基金公司工作，他管理的医疗基金年化回报很高，乐女士最近为了稳妥起见，从股票市场转投基金，正缺人指点，彼此聊得很投缘，聊着聊着林郴就问到了乔乐乔。得知林郴单身后，乐女士果断请他来家里吃饭。

乔乐乔开门前，林郴已经来了。乐女士正热情地请他吃水果，老乔在厨房做饭。

乐女士此次看见江曜，并无之前的兴奋，她之前没跟乔乐乔说林郴要来，也不能怪乔乐乔事前没通知自己。

乐女士接过江曜手里的水果，笑道："你真是太客气了，怎么还带东西？快进来坐。"

为免林郴误会，还没等乔乐乔介绍江曜，乐女士主动说："乔乔你带同学来家里吃饭，怎么也不提前说一声。"

乐女士为乔乐乔、林郴做了引荐："乔乔，还记得林郴吗，就你那林哥哥。"

七八岁叫人哥哥那叫嘴甜可爱，二十多岁再听，乔乐乔不禁一阵恶寒。

他们家人都太好客了，挣的钱基本都用来吃饭了，不是自己吃，就是请人吃。乐女士作为一小学手工课老师，按理说远离教学核心，但她硬是在学校刷出了大把存在感，经常带学生来家吃饭，乔乐乔叫过的哥哥姐姐不计其数。

对眼前这个哥哥，乔乐乔并没什么印象，出于礼貌，她只好说记得。

两人互相交换了赞美。林郴夸乔乐乔越来越漂亮，乔乐乔则夸人家越来越帅气。

“你当年给我的签名我还留着呢。”

乔乐乔有了上次许毅的教训，并不敢把他的话当真，只说：“这些年我也没让签名升值，真是不好意思。”

“我一直留着，总有升值的一天。”林郴是个收藏癖，当年幼儿园的课本还完整地保留在家里的储藏室，他并没撒谎。

乐女士先是向林郴介绍江曜：“小乔的同学，大学霸，现在在英国当大学老师。暑假特地回来给国内的同学讲课。”

林郴问了江曜执教的学校，打量了下他手上的表，嘴上佩服了一番：“我以前也想学历史，但是为铜臭还是进了金融的坑，看见你们这种安心做学问的就羡慕。”

林郴很会看表识人，他一眼就认出了江曜手上的表，猜测这人家里可能有点儿底子。搞江曜这行的，在哪儿都不算能赚钱的，何况是他这种刚读完博的。

两人又交换了一些成年人的客套。

乐女士又把林郴夸了一番：“林郴是做基金方面的专家，你们要买基金可以咨询他。”

林郴本就对乔乐乔有意，他在来之前，已经对乔乐乔了解得差不多了，除了对她的工作时间不太满意，她各方面都很符合他对相亲对象的要求，何况有童年滤镜加成。而江曜在，更激发了他的热情。有些人虽然是彻头彻尾的异性恋，但他们仿佛和同性谈恋爱一般，女孩子的追求者越多，越能激发出他的竞争欲。如果竞争者平平，女孩子再好，也唤不起他内心沉睡的热情，林郴就是这样一种人。尽管江曜掩饰得很好，但林郴从进门开始就注意到江曜的眼神一直跟着乔乐乔。抛却别的不谈，光看江曜的长相，赢了他，就可当作炫耀的资本。

作为一个收藏癖，记忆也是林郴收藏的一部分，他清楚地说出乔乐乔在哪年获了什么奖。乐女士已经把江曜的话霸占住了，乔乐乔出于待客的礼貌，为了不让林郴的话落地，她一直和林郴交流。

在江曜看来，这两人聊得太过热络了。

乐女士怕冷落了江曜，又是请他喝茶又是请他吃水果。

“本来准备给你做咖啡的，但我们家的咖啡机好像坏了。”乐女士默认江曜在英国待久了，喜欢喝咖啡。

“茶也很好。”

两个不熟悉的人打开话匣子的方式就是聊彼此都认识的人，乐女士主动提起了同是历史系的万陵。

“这茶是万陵送来的，就你们历史系的万陵。”

“万陵经常来您家？”

“也不算经常来。他父母都不在本地，中秋端午来不及回家，一个人孤零零，可怜见儿的，我就让他过来吃个饭。这孩子可人疼，有什么都想着给我们送一份来。你和他关系不错吧。”

江曜放下手中的茶，说：“还好。孟渊也常来吧。”

“孟渊不光自己来，还带他女朋友来过几次，我最喜欢他前一个女朋友，本来挺好的两个人，结果散了。”

“是不是我们系的同学，除了我，都来您家吃过饭？”

江曜问得很轻描淡写，就跟开玩笑似的。

“也就小乔的舍友和相声社的孩子来得多些。你这次来，小乔没提前跟我们说一声，我也不知道你爱吃什么，做的饭也不知道你喜不喜欢。”

茶几上摆着一本相册。

江曜问：“我能看一看吗？”

“看吧。”

都是乔乐乔的照片。

翻到大学的合照，江曜看到了万陵，看到了孟渊，系里的人他都能在相片上找到，除了他。

乐女士本来安排乔乐乔挨着林郴坐，乔乐乔特意同老乔换了位置，坐在乐女士旁边。

席间，乐女士一边一直布菜，又一边说没什么好吃的，请他们将就一下。

林郴很是捧场，光是夸老乔四喜丸子做得好，就用了对比、衬托等手法，先是批评他以前去过的馆子，大概有五六家，都是一些说得上名号的馆子，色香味有哪方面的缺陷，然后话题一转，又回到了老乔的菜色上，夸他好手艺。既展现了自己见多识广，又恭维了主人厨艺，他拿这套在酒桌上对付老板的手段恭维老乔，老乔很是受用，好像他做得真有那么好。

林郴的话言过其实，而且过得还不是一点儿，老乔却明显当了真，眼角眉梢都是喜色，可偏偏还要忍。乔乐乔见老乔这副模样，忍不住想笑，可又不礼貌，只能憋着。

林郴马上捕捉到了乔乐乔嘴角那点儿笑意，问她在笑什么。

“就是想起了一件好笑的事。”

“不如说来听听。”

“其实也没那么好笑。”

“江曜，这口味你还习惯吧。”乐女士见江曜一直不说话，心里怪乔乐乔不懂事儿，只在那儿低头吃饭，自己的同学也不知道张罗张罗，把人冷在那儿。

相比林郴，江曜非但不主动，就连回答的形容词也显得十分匮乏，好、习惯、很好……

乐女士觉得江曜的吃相很好，她认为一个人的吃相能反映的东西很多，比如江曜的手指很长，手指距离筷子尖很远，这说明他长大了离家很远。女儿不选择他是对的。

乔乐乔低头给自己夹了一筷香辣啤酒鸭，江曜低声说：“你最近忌辛辣，别吃这个。”

他这声音虽低，但足够桌上的人都听见。这话这语气自然不像普通同学说的。

乔乐乔任由鸭块躺在碗里，和江曜一样只夹眼前的菜。

乐女士见江曜没怎么夹菜，生怕他吃不好，一个劲儿地布菜，拿起碗就要给江曜盛香菜丸子汤：“老乔这丸子汤做得不错。”

“妈，他不吃香菜。”

“哦，这样啊，那你喝。”乐女士把盛好的汤放乔乐乔跟前，越想越觉得不对劲。

林郴坐在一边倒是明白了七八分，他这位乐老师对女儿的感情状况并不了解，贸然把自己请了来，此时自己陡然进攻也不会有结果，倒不如战略后退，保持颜面。他已经过了那种为感情折磨自己的年纪，体面舒服比什么都重要，自然不敢去招惹已有心上人的女孩子，哪怕乔乐乔是一个很不错的结婚对象。

吃完饭没多久，林郴就告了辞。

乐女士把老乔拉到厨房收拾碗筷，留江曜和乔乐乔在客厅。

乐女士问老乔，外面两人是怎么回事儿，老乔说你问问不就知道了嘛，乐女士骂道，要问得出来我不早问了。

江曜打开相册指着照片问乔乐乔是何时照的，一张张问下去，乔乐乔只觉得心虚。她也不知道为什么家里人那么爱照相，连外人来家里吃个饭都要照一张。江曜好像只是好奇，他的声音也听不出愤恨，可越是这样，她越觉得可怕。

在她和江曜交往那段时间，有许多同学都来过她家吃饭，还不止一次，而她一次都没请过江曜。

江曜上次就从乐女士嘴里听过，可听到和看到是两回事。

乔乐乔抓过相册，啪地扣上："没什么好看的。"

"你现在打算怎么向你爸妈介绍我？"

第十三章 和好如初

江曜的声音并不高，厨房里的老乔和老乐并不会听到。乔乐乔从这声音里感到了一股压迫感。

她没说话，起身把相册放到橱柜里。

“乔乐乔，你打算怎么介绍我？”这次变成了嘲讽，好像要看她的笑话。

乐女士从厨房出来，切了一个无子西瓜，插了牙签放在盘子里，招呼江曜吃。

“妈，您别张罗了，他不喜欢吃西瓜。”

“你怎么知道我不喜欢？”

“猜的。”当年江曜冰箱里的西瓜基本都是她解决的。她知道江曜这么说，不过是想要从她嘴里逼出那些往事，但她过去没说，现在也不必说。

“那你可猜错了。”江曜插了一块瓜放嘴里。太甜了。当年撞他的那个西瓜大概也这样甜吧。

乐女士看这两人的气氛有些不对。她笑着说：“你要喜欢吃，一会儿带一个走。”

“不用了，您要不嫌麻烦的话，我下次来这儿吃。”

“那敢情好。你下次来之前说一声，你想吃什么，阿姨给你做。”乐女士一面觉得江曜教养好，一面又觉得他太生分了，只吃眼前的菜，且不厚此薄彼，根本看不出他爱吃什么。

乐女士还要继续说下去，乔乐乔及时站起来：“妈，我们还有事儿，就先走了。”

回程路上，江曜问乔乐乔：“你刚才在笑什么？”

“没什么。”

“你是笑他说得那么假，你爸还当真了吧。”

“当局者迷，其实也没什么好笑的。”

“咱俩的事儿，你想得怎么样了？”

乔乐乔又开始不说话。一个平时话那么多的人开始沉默，说明她不想回答。

“你是嫌五年太长了？”

五年确实太长了，可以改变的事情太多。

“专注眼前不行吗？”

乔乐乔看到江曜的喉结在跳，握在方向盘上的手青筋越来越明显。

“乔乐乔，你是不是觉得我也挺可笑的？把你说的漂亮话当了真。我跟你说那些未来规划时，你是怎么忍着没笑出声的？你忍耐的功力可够好的。”

车速越来越快，最终车停在一家酒店门口，这家酒店乔乐乔认得，他们在这里有了第一次实质性关系，也是唯一一次。

“你不是要及时行乐吗？那下车吧。”

乔乐乔坐在副驾驶不动。

“当初你不就为了这个才忍了这么长时间吗？”

乔乐乔坐那儿，半晌挤出一句话：“酒店太贵了，没必要花那冤枉钱。”

“就这儿吧，自己家换人不换床，你不觉得硌硬吗？”

江曜打开车门请她下车：“你下不下？”

乔乐乔关上车门，深吸一口气，和江曜进了酒店，江曜拿出证件开了房。

前台从没看过这种来开房的情侣，长相上倒还算是般配，眉目间一点儿柔情蜜意都无，哪里是来酒店开房，更像是在法院开庭，还是离婚案。

明明在电梯里并没停留多长时间，乔乐乔却觉得格外漫长。

“你还记得当年在电梯里说了什么吗？”

她那天借着酒劲说了很多甜言蜜语，唯独没说“我爱你”，这仨字儿太酸了，酸得她牙疼，实在说不出口。

乔乐乔不太回忆起那一晚，她并不后悔自己主动，只是后悔那些主动的细节，从电梯到房间，哪儿哪儿都透着傻劲儿。

到了房间，江曜问她：“你这次还要喝酒吗？”

“不用。”乔乐乔没再扭捏，走到窗前去拉窗帘。

江曜扳过她的脸扣着她的后脑勺咬她的嘴。乔乐乔当年太丢脸了，此时遇着重新表现的机会，她忘记了疼去捧江曜的脸，吐出舌尖去亲他嘴唇周围的皮肤。等江曜的嘴唇打开，她又碰到了那颗小虎牙，她一边亲他一边去摩擦他的鼻尖。他的嘴唇是烫的，鼻尖也是烫的，她还想亲亲他的耳朵，看会不会更红，把四年前没做到的再做一遍，但她的主动并没迎来江曜的好感，他好像越发愤怒了。

四年过去了，这人一点儿都没进步，反倒退步成刚开始那样，一点儿技巧都没有，仍像当年那个刚被狼群驱逐出去不得不自己打猎的小狼崽，饿了三天，见了猎物第一反应就是咬。但又和以前不一样，那时是对第一个送上门的猎物，因为是第一个，而且确定不会跑掉，咬完了还要怜惜地舔一舔。现在对她，像是对跑了又抓回来的，谈不上怜惜，只有恨。

江曜的手在她身上游走，时轻时重，他是左撇子，右手吉他轮指很娴熟，她此时好像就是当年江曜手里的那把吉他，任他随意操纵着，嘴里不成调子发出声音。

她最终放弃了技巧，放弃了抵抗，闭上了眼睛。

“你和我在一起就为了这个吗？你早说多好。”

哪个傻子跟他似的，一天和女朋友在一起超过十二个小时，就为了考雅思申请学校。不知情的人以为他俩肯定在那间房子里什么都做过了，而且没少做，可是并没有。他也不知道自己是怎么把欲望忍下来的，大概是觉得未来很长，不急一时。

未来就是一个笑话，就跟他一样。他当初忍得有多辛苦，现在看就有多滑稽。

伴随着手上的动作，江曜附在乔乐乔耳边重复她以前那些尴尬的画面。

她亲他时磕到了牙齿；她主动解内衣搭扣，结果解了半天还没解开；她不好意思把灯关了又怕他第一次没经验，一边亲他一边摸着黑伸手去找开关；她全身红得像个煮熟的虾还在那儿瞎指导，好像多有经验似的，其实什么都不懂。

“乔乐乔，你怎么这么可笑？你知道自己有多可笑吗？”江曜去亲她的耳垂，顺便送出他的嘲笑。每一个字都说得很用力，他在等她反驳。其实他比她更可笑。

乔乐乔能听到江曜急促的呼吸声，为了不让她好受，他自己更不好受。

他边咬她的嘴角边问：“你不是爱说吗？你怎么不说了？”她有一种和所有人熟络的本事，总是能和人搭上话，而如今对着他，却没了话。

大概是觉得自己确实太可笑了，乔乐乔笑得都落了泪。

上次她在这间酒店哭时，江曜说要娶她，她骗了他很多次，那次却没说好。可她其实很想说好的，嘴巴开开合合几次，还是没说出口。骗亦有道，她其实是个讲究人。

他说要娶她没几天，两个人就彻底分了手。

江曜的吻落在她的眼角，不再像以前那么蛮暴。他这次很细致地亲她眼睛，她的睫毛刺得他发痒。

最终他的头靠在她肩上：“给我唱几句《武家坡》吧。”

乔乐乔的嘴还是麻的，嘴唇粘在一块，她张开又闭上，几次翕张之后终于开了腔。她选了西皮流水板，头一次唱这么低的调，低到只有江曜靠在她近前才听见。江曜没说停，她就一直唱。

等了十八年的下场实在算不上好，太触霉头。

于是江曜封住了她的嘴。

乔乐乔还要再唱，字音落在江曜的唇上又弹了回来。

江曜一粒粒给乔乐乔扣上衬衫的扣子，把她散乱在前面的头发拨到耳后，手扶着她的肩头说：“我们结婚吧。”

乔乐乔的嘴巴粘在一起，说不出好，她的眼睛有点儿泛红，眼珠出奇的黑而亮，显示着与实际不相匹配的智慧，谁第一眼看见她，都以为她是个聪明人。

江曜一开始也被她的眼睛骗了，他不光一开始认为她的发音是故意的，就连她的成绩也以为是她玩心太重，完全不努力，只要稍稍用点功就能赶上。实际并非如此。

他在她眼睛上亲了亲，她在眨了眨眼睛后顺从地闭上了，睫毛扫下一圈阴影。她的睫毛很长，不说话的时候她的气质是偏忧郁的，但她总是在说话。

江曜很快就把她刚才的技巧学到了手，一一回赠给她。每一次变换角度的亲吻都能勾起她的回忆。

乔乐乔悲哀地发现，以后她如果和别人做这些，也一定会想起今天，继而又回忆起四年前某个普普通通的清晨、午后或者某个有风的晚上，她坐在阳台的秋千上，江曜俯下身来亲她，不小心咬到她的舌头，继而将错就错。秋千是她自己擅自搭的，江曜嫌弃了一番后又给她搭了个新的，他们很少在阳台上亲，怕外人看见，更多的时候是在屋里。正式收养暴富之前，他俩每天能亲好长时间，她每次亲到后来都腿软，好在江曜都能拿手箍住她。她最喜欢靠沙发的地方，腿软了还能靠一靠，让脚歇一会儿。

这次她没地方可靠，倒在了床上。

此时仍是白天，彼此都能清楚地看见对方的脸。

“你还记得你上次做了什么吗？”

她当然记得，为了更顺利些，她摸着黑伸手去开灯，太窘了，江曜大概比她还要不好意思，握住了她要去开灯的手，又堵住了她的嘴，以防她说出更破坏气氛的话。

江曜凑到她的耳边，哑着嗓子问她：“你能不能再教教我？”

她本来脸就发烫，听到这里就更红了。他哪里用得着她教，他的生理知识比她学得好多了。

尤其他的手，简直无师自通，不知道是天赋还是后来习得的技巧，总能引起她的反应。

可此时他好像真不懂一样，他的手指在她身上弹着，每变换一下位置都要凑在她耳边问对不对。她刚开始不搭理他，他的手指就在一处停着，一边摩挲，一边问她这样还是那样，她的毛细血管都能感到他手指的颤动，她不得已“嗯”了一声，他的手指又变换位置哑着声音问她，直听到她出声同意才罢休。他这次弹得不怎么样，声音从她嘴里断断续续地流出来，不成调子。

等她连发丝都发烫时，他问：“你愿意和我在一起吗？”

这话一语双关。

她咬着嘴唇不说话，现在答应，好像她和他在一起就为了做那事儿一样。

他又转换了话题，继续在她耳边请教她，好像这方面她是多么精通，开始江曜问她的都是选择题，现在已经变成了判断题，只需要说是或不是。相比江曜一开始的粗鲁，她更受不了他现在的温柔，这温柔把时间拉得很长，每一秒都让她觉得煎熬。她知道他是故意的，她从他的喘息声得知他比自己更难受，但他并没有因此放过她。

他一遍遍不厌其烦地问她。

她只好屈从于诱惑。

当她说出愿意的时候，好像怕她反悔一样，江曜马上封住了她的嘴。是他坚持的，即使后悔了也怨不到她，她已经坚持够久了。

她以前也想过永远，也不止一次被江曜对未来的规划打动过，继而她也在某些软弱的时刻想过放弃自己的事业，可那些想法在她想到未来时马上就驱散了。她花江曜好不容易省下的钱去留学，最好的结果就是成为一个靠江曜发论文的学术混子，当然更大的可能是她根本找不到工作，只能花江曜的钱住江曜的房子，外人一定会以为她占了江曜天大的便宜，不会有人想她牺牲了什么，包括她自己，其实她在国内靠自己是可以买房子的。

当她说了愿意之后，他好像突然就无师自通了，随即技巧也不见了，就跟最开始亲她的时候一样，还是最原始的那股力。她被他箍着，一动也不能动。他的汗落在她身上，房间没开空调，空气格外黏腻。这么热的天，太需要一场雨。他问她疼不疼，其实刚开始是有一点疼的，但等得太久了，疼也成了某种存在的证明。她说很好，一点儿都不疼。

他抱她去洗澡，给她洗头，她任江曜的指尖穿过她的头发，连头皮上的每一个毛孔都那么熨帖，舒服得发出声音，两人又做了一次。

洗完头江曜要给她吹头发，她说还是自己来吧，她晚上还有直播，身体吃不消她再堕落一次。

直播结束，乔乐乔提议去吃夜宵，附近有家小店，馄饨做得很好，她大四在电台实习的时候，经常撺掇江曜和她一起去。这四年里，她一次都没来过。

店倒是还在，只不过门脸和牌匾都换成了另一种风格。

进到小店，乔乐乔发现老板也换了，原来是老两口，现在换成了一个干练的中年妇女，据说是老两口的儿媳。乔乐乔心里预感不太好，但还是点了两份馄饨。

乔乐乔的牙齿刚触到肉馅，舌头已经比胃更早意识到馄饨已经不是当年的馄饨，不是不失望。

可能这馄饨当年只是一般好吃，但因为太久没吃到，味道在记忆里一再升华，今日再尝到，滋味不过尔尔。如果她不来，而是放在回忆里不断咀嚼，这碗馄饨终会成为得不到的珍馐美味。但她来了，没有收获美味，只是收获了失望。

也不知道她和江曜会是什么样。

这稍稍有点儿影响她的心情，她吃了两个馄饨，就对江曜说：“别勉强了，我们走吧。”

路上永远不缺车流，乔乐乔坐在副驾驶座盯着窗外看。

“我爸现在在美国，在我去英国前他不会回国。在我离开之前，双方父母没办法见面。”他打小就明白，只要他不想从家里搞钱，他就是自由的，他想干什么，只要知会父母一声就行了。但小乔的家庭好像很传统。

乔乐乔在迟疑了两秒后，凭借着以前的默契，马上领会到了江曜的意思。他的意思是，在两人领证前走不了父母见面这一环节。

“太快了，我们可以慢慢来。”

“你不是答应了吗？”

她答应的并不是和他马上结婚。

乔乐乔笑着说：“你还是应该了解……骗你的我是什么样，再决定。”她最终还是用了“骗”字。

她拿不准江曜对她的感情。她喜欢的确实是江曜，因他从来没骗过她；但江曜喜欢的未必是真实的乔乐乔。他如今回来找她，除了爱她还可以有一百种解释。或许是雏鸟情结也说不定，毕竟他情感上的第一次都是和她一起完成的，他在她身上付出的沉没成本太高了。

“你怎么知道我不了解？”

“这种了解程度谈恋爱或许够了，但结婚……”

“你常年只喝同一种酸奶，牛排可以接受五分熟但最喜欢的是全熟，跟牛相关的你最喜欢吃的是卤牛肉，喜欢吃草莓却对草莓味冰激凌敬谢不敏，红酒高于60毫升必醉，感冒时眼皮会变成三层，勉强笑时只露出四颗牙，只有大于等于九颗牙齿时，你才是真的想笑……”

乔乐乔露出四颗牙，随即闭上了嘴。

“至于你的获奖年谱哪年登上春晚参加过哪届相声大赛表演什么作品以及你最喜欢哪位演员，你的百科上都有，我就不背了，你留意到你的百科三天前更新了吗？”是江曜更新的，他在网上买了一个有权限修改的账号。收集信息对他来说是最基本的能力。

乔乐乔打开手机，发现百科确实更新了，资料添加了近一倍。只是最新修改资料的账号叫“宝宝要维护世界和平”。她看到这个名字马上确定不是江曜，当年被叫宝贝儿都要忍不住皱眉的人是绝对不会用这种名字的。而且，她知道，江曜从不用某度，更不会有相关账号。

但即使这样，也超出了她对他的预想。

“不过你想慢慢了解也可以，今晚是到你家了解，还是到我家了解？”

乔乐乔没想到江曜突然转到这个话题。

“那就我替你做主，去我家吧。”

在校门口停了车，乔乐乔坐到了江曜的自行车后座上，她觉得这车就是她当年买的那辆。

“这车你在哪儿买的？”

“修车的王大爷。”

当年江曜把车还给她之后，她直接把车推到了修车摊，把原价一千二百多买的自行车以不到一百三的价格卖给了王大爷。没想到又被他买走了。

幸亏她这四年并不知道，知道的话，她未必会过得好。

“你多少钱买的？”

“五百吧。”

乔乐乔心里叹了口气，王大爷可真是个奸商，江曜也真是不会还价。他俩一分手，让王大爷赚了差价。

她开始只扶着车座，拐弯的时候江曜骑得太快，她下意识抱住了他的腰。

今天风不大，月亮透过树枝碎了一地，乔乐乔坐在后座给江曜背地理图。当初她撞他背的就是这段。

终于到了六楼，江曜告诉她：“门铃我换了新的。”

暴富在江曜父母家享福，乔乐乔无缘得见。

江曜没问她喝什么，用新苏打枪给她做了杯苏打水，不过杯子倒是旧的，她对上面的小黄人很熟悉。

“还是当年那个吗？”

“我消过毒，你可以放心喝。”

江曜在杯里插了根吸管。有时候训练她发音，江曜会用吸管替代压舌板。压舌板不常见，而吸管经常见，她也不是每次用吸管都能想起他，只有在一个人用吸管的时候，会联想到他，其实不用吸管也没问题，她独自在家基本不用。江曜的口音，她学得有七点五成像，不过是出国前的江曜。最后一次雅思，她的口语其实达标了。当英文单词在她嘴间辗转时，江曜就会在她的脑子里过一遍，好在这种场合很少。

趁她正喝着，江曜又拿出一个杯子放在她面前。

是她丢在 302 的水杯。

“那天，我见你的杯子在那儿，就顺便拿回来了。”一个水杯能用这么多年，他以为她是个恋旧的人。慢慢他发现，这人恋的是旧物，对旧人倒未必有多留恋。可那些蛛丝马迹显示，她可能并未完全忘记他。在她忘记抑或不忘间辗转，那滋味并不算好受。

“你还记得这是我的？”

“我还不至于这样健忘。其实我以前有个一样的。”

乔乐乔欲言又止，她早就知道他有一个一样的。

这个水杯陪了她六年，这个水杯曾经是江曜同款，后来江曜的丢了，她的还在。越缺什么越关注什么，她对学霸有一种本能的好奇，关注关注着，她就动了学习的心思。

就像有人学马云，完全不管他的思维理念，只学着跟他穿一个颜色的布鞋。乔乐乔当年对江曜看什么书读什么论文也不感兴趣，只觉得他的水杯很好，斥巨资在日亚买了个一样的。她总是学些细枝末节的东西，比如江曜只用键盘不用鼠标，她也学着这么干。自从她不用鼠标后，她觉得自己也酷了一些，但悲哀的是，她的成绩并没有任何好转。

许多巧合，其实是她之前的东施效颦。江曜误会了，以为他俩有许多相似之处。等他发现并非如此，为时已晚，只能将错就错。

想到这儿，乔乐乔不知是要露出四颗牙齿还是九颗及以上。

最终她露出了六颗牙齿。

“你之前送我的 CD，我自己拿回来了，希望你不要太介意。这是唯一一次。”

CD 机里放着乔乐乔以前唱的戏。

江曜开了瓶酒，问她要不要喝一点儿。

乔乐乔犹疑。她什么都没带，而且她记得这里只有一张上下铺的单人床，上铺堆满了东西，并没多余的空间给她睡。

“你要坚持回家的话，我打车送你。”

在江曜的鼓励下，乔乐乔捧着高脚杯喝了一小口，又喝了一小口……

她觉得自己可能真的有点儿醉了。

江曜含着酒扣着她的后脑勺又喂了她几口，她越发迷糊了。

酒后吐真言。撒谎是需要动脑的，酒精作用下，大脑不能进行那么复杂的思考，只能说实话。

江曜贴着乔乐乔的耳朵问她：“你喜欢草莓吗？”

“喜欢。”

“你喜欢钻石吗？”

“不喜欢。”

“那你喜欢我吗？”

乔乐乔并不说话，只是在那儿低头笑，江曜抬起她的下巴，把嘴唇印了上去。

以前乔乐乔喝醉了是要夸人的，把人夸得面红耳赤才肯罢休。她还没醉到这一步，就说不出话来，但这并不妨碍她唇舌的灵活，江曜突然恨起她这一点，她说她这四年没谈过恋爱，可未必没有别的故事。这样想着，他在她的唇上咬了一口，随即他感到了她浑身的战栗，又在刚才咬过的地方亲了亲。他把亲吻的地方移到了眼皮，没多久她就睡着了。以后比以前更重要，他对自己说。

他把乔乐乔抱到卧室的单人床，给窗户留了个缝，此时终于有了一丝风。

从洗手间出来，江曜洗完澡没顾上吹头发先拿了湿毛巾给她擦脸，从额头擦到下巴，她皱了皱眉，翻了个身，又缩成一团。

以前他俩在一起的时候，乔乐乔有时会在他这儿午睡，也是睡着睡着就跟胎儿似的缩成一团，因为这种睡姿不利于身体健康，他不止一次提醒过她，纠正的结果就是她放弃了睡午觉。

乔乐乔醒来的时候，外面的天仍黑着，夜风透过缝隙闯进来，她的全身被被子捂得严严实实，一伸手就摸到了挂在床边的衣服，应该是她夜里脱下来的，但她并不记得自己做了这件事。

她裹着蚕丝被开了灯，卧室里没一个人。

乔乐乔口渴得厉害，披了衣服，趿着江曜为她准备的拖鞋出了卧室，倒了一杯白开水就往嗓子里灌。客厅的灯没开，折叠床上也没人，隔壁房间的灯还亮着，她的左手落在门把手上，门没锁，右手轻轻在门上叩了两下，没人开，又敲两下，依然没开。她轻拧了下把手，进了门，江曜靠在椅子上，眼睛闭着，大概是睡着了。

桌上摆着一堆雕刻玉石的工具，还有几枚玉石挂件。她低头看，这几个挂件好像刻的都是一个人。她拿起一个仔细看，玉握在手中，成色并不十分好，眉目鼻子有几分像她。

大概是她太自恋了，她觉得玉上的人并没她好看，再拿起一个看，还是没她好看，又拿一个，稍微好看了一些。

他的手艺跟不上他的审美。

这些长得差不多的玩意儿里，也不知道哪个是成品，哪个是半成品。

看到这些，乔乐乔并不感动，只是觉得江曜傻，就算真想送她礼物，找专门师傅来雕多好，不仅能省料，还能多睡一会儿，这么没有经济头脑，怪不得放弃经济改学历史了。

书架上以前排布的CD和唱片如今只剩下十来张，一半是当年她送给江曜的，分手时，江曜说找不到了，她那时候以为他是真把她精心淘换的东西不当回事。

因为这个，她后来的愧疚少了许多。

她在心里问自己，如果她知道江曜把她卖了的自行车马上买了回去，如果她知道江曜还留着她送的CD，如果她知道分手后的几年他可能一直没忘记过她，那她还会不会分手?

答案仍然是会，只不过她这几年不会那么好过。

她的手指落在江曜的鼻尖，轻轻点了一下，又落在江曜的眉毛和眼睛上，他这次说要同她结婚，她可不能再把他放走了。

这些年，在她努力自黑下，如愿在和江曜的关系中站在了道德至低点。如果江曜有一天回国，那就是为她做了天大的牺牲；而她为江曜去英国，她不是牺牲，而是占了天大的便宜。但她无所谓，如果有人把她当成苏妲己一般的人物，她应该感到荣幸。

江曜的眼睛缓缓睁开，乔乐乔马上缩回了手。

“你怎么还不睡？”

“我睡够了，想找张CD听。”乔乐乔假装没看到桌上那些东西，“你去床上睡吧，我在这儿坐会儿。”

“我没那么困，你要听什么？”他当年离开的时候，能带走的CD和唱片都带走了，不能带走的都送了人，这次回来没带多少。

乔乐乔迟疑了一下，刻意回避了与自己相关的，随便抽了一张。没一会儿塞戈维亚的《恰空》就开始搔她的耳朵，大概是怕惊扰楼下的人，声音调得很低。

房间不大，乔乐乔退到门外，手插在裤兜里，披散着头发，斜靠在墙上听那段熟悉的音乐。

她有一堆话要说，可话到嘴边，嘴唇又粘在了一起。

音乐已经够低，江曜的声音还要低不少，低到她只能勉强听见：“这四年有我没我，对你有什么不一样吗？”

乔乐乔靠在墙上，仰着头盯着天花板，这几年她该干的事儿一件都没耽误，快乐的时候也不算少，唯一可惜的是她终于有钱给他买限量版球鞋的时候，他不在身边。

过了大概五分钟，乔乐乔还是没说话。

“其实你这会儿可以骗一骗我。”

乔乐乔嗫动了下嘴唇，骗人的话还是没说出口。那些甜言蜜语是有期限的，过了那个年龄，就再也不能轻而易举地说出来。其实换另一个人，她也是说不出口的，江曜太要面子，她百分之百确定，他绝不会把那些话说给第三个人听，所以可以安心地看他耳朵红，然后向她投来不耐烦的一眼。

“你现在倒学会诚实了。”

江曜靠在椅子上，手指敲击桌面。

他倒不认为乔乐乔会像她说的那样“没了他就活不下去”，但他曾自作多情地认为她没了他，会活得不太好。

他从没刻意地想起她，一次都没有，只是乔乐乔时不时会从脑子里冒出来，偶尔看着看着资料，也会想起她，随手在纸的背面画一个她的简画像，继而忍不住去收集她的信息。像乔乐乔这种广交朋友的人，得知她的现况并不困难，想到她没了他，还过得很好，他就想打电话嘲讽她一番。他按捺住了拨打电话的冲动，把有她画像的那页纸丢进碎纸机。碎纸的声音会让他平静下来，继续看资料。

四年里，他的碎纸机粉碎了多张乔乐乔的简笔画像，却没粉碎他对她的希望。

江曜的手指在桌上有节奏地敲着，敲得乔乐乔心烦意乱。

乔乐乔反问江曜：“有我没我，对你会有什么不一样？”

没等江曜说话，乔乐乔就替他答道：“有了我，你估计一天四个小时都睡不了，要帮我改作业审论文申请学校，我申请上博士，你愁学费，股票也不够卖；我申请不上，你更发愁。我就算读了博，也未必能毕业。毕了业，也未必能找到工作。我就是你甩不掉的包袱，被你的女同学们衬得黯然失色，别人看了你，也会质疑你的眼光怎会如此差劲，怎么单单挑上我，善意的猜我有什么独到之处，不善的猜你有什么难言之隐。你更不会有钱买房。”

江曜侧身，手搭在椅子上，双手撑着下巴，盯着她笑：“那这么说，你当初分手，我还应该为此谢谢你。”

他的眼里并没有笑意，搞得乔乐乔后背发凉。

“你知道，我不是那个意思。”

“我从来不觉得你是我的负担，我也没有在感情上做慈善的爱好。至于别人怎么想，我无所谓。”

“但我有所谓，我在乎，我希望你女朋友是个优秀的人，不靠你也能有一番事业，让别人觉得你不光人长得好，学问做得好，连选女朋友的眼光都那么好。”

“乔乐乔，你可真是会说话。”

几句话，倒成了一心为他。她这张嘴，把黑的说成白的也不是不可能。

但他不得不承认，让乔乐乔随他一起出国，并不是一个好选择。不嫌弃是另一种居高临下，如果乔乐乔只是不嫌弃他，他也不会满足。

乔乐乔的声音无比诚恳："我确实是这么想的。"当然并不只是为了他，更为了她自己，可是他不是想让她说好听的嘛，她什么都愿意说，如果他高兴的话。别的她做不到，但说漂亮话对她来说，实在是太容易做到了。

"你继续说。"

"我虽然后来成了你的前女友，但是我也时刻想着不给你丢人，努力工作，努力生活。毕竟前女友是你品位的最直接体现，我要掉链子，你脸面也不好看。"

她努力工作固然是因为爱自己的事业，为了有更好的生活，但她有时候坚持不下去的时候，确实也会想到他。严格来说，她算不上说谎，只是省略了部分事实。

她说的话糖分超了标，他并不相信她。她不说漂亮话的时候，他嫌她不骗他；等她说了，他又嫌她把过往感情看得轻佻，忍不住去逗她。

江曜走过来掐住她的下巴，盯着她的嘴看："是吗？还有吗？"

"你不信？"乔乐乔冲着江曜笑，这次她露出四颗牙，笑完又低下头。

她已经过了说蜜语甜言毫不脸红的年纪，她再次抬起头，直到她能毫不闪躲地看着江曜的眼，方才说道："你非要认为我骗你的话，这些年，我也只处心积虑不择手段骗过你一个。"

乔乐乔的眼睛一直盯着江曜看，力图证明她说的全是真的。

反倒是江曜先避开了她的眼睛，去亲她的嘴。亲了一会儿，江曜转到她耳边问她："那你四年不联系我，也是完全为了成全我，是吗？"

江曜在她的嘴唇周围一直亲着，最多只碰碰她嘴唇边缘，任她把那些漂亮话继续说下去。

乔乐乔嘴唇痒得厉害。

她忍着痒说："我都主动放弃了，怎么能再次打扰你？你总是不缺人追的。"

"你为我考虑得可真是太周到了。"江曜一把箍住她，咬她的下巴，"那别人都以为是我甩了你，也是你为了我好，是吗？"

"那不是我说的。"她苦笑，"我那样说对我又有什么好处？现在还有不少人以为我当年撞你是故意的。"

但她确实有责任，和江曜在一起的时候，她从来不吝惜表达感情，而江曜是较冷漠的那个，所有人都以为她爱惨了江曜，而江曜迫于她的热情不得已接受了她。江曜为她打架上电视，由于马赛克打得太好，也没几个人知道。

“难道你不是故意的吗？”

“当然不是。”

“毕竟像你刚才说的，你所做的一切都是为了我。那么，你那天等着撞我也不是不可能。”

“我真的没有。”

音乐仍响着，乔乐乔愣了一阵才发现江曜只是在逗她。

但他也确实信不过她。他信不过她，并不妨碍他喜欢她，要同她结婚。

要重新找回他的信任，理智手段怕是没用了。除了江曜，她从不对人发誓，一来她认为赌咒发誓是很伤自尊的一件事，另一方面即使发了誓，也没人把她说的话当真。

但她知道，江曜会当真。聪明人犯起傻来，比世界上最傻的傻子还要无可救药。

“那我给你发个誓吧。”乔乐乔的嘴唇被刺得发痒，字一个个从她嘴里蹦出来，“我要是再骗你，就让我一辈子孤独终老……”

“乔乐乔，为什么你连发个誓都要咒我？”

她明明是在咒自己。

江曜没让她再继续说下去。

他换了好几种方式亲她，然后停下来问她喜欢哪一种。

乔乐乔双手撑在背对着的墙上，大脑早就停止了思考，她根本没去想有几种，更没深究第一种第二种是什么。

于是她诚实地说忘了。

他俩以前一起学习的时候偶尔会互相考一下，谁输了就做一些很无足轻重的家务活儿，譬如洗个苹果什么的。为了加大自己的胜率，她会特意找那些二十个以上字母的单词问江曜靠后的单个字母是什么，限时两秒，但是江曜只输过一次，那次她从网上找了一个医学方面的专用单词，共有四十个字母，她很不厚道地问江曜第三十四个字母是什么，江曜愿赌服输。之后她靠在沙发上跟位姑奶奶一样，享受江曜为她切的苹果。

但这样的机会并不多，即使江曜对她宽容得多，他至多考考那些专业论文里的生僻词，她也经常输。每每这时，江曜就会先放慢速度重读一遍。

如今，江曜又给她重复了一遍，好像为了她的唇部神经有记忆，他比以前重读单词还要慢。

他示范完了，还要她再重复一遍。

她捧着他的脸去努力复原，亲得犹豫，亲得磕绊。其实她自学很快的，但越想表现往往越容易出错。

于是他只好再教她一遍。

她像以前那样，怕出错，嘴唇的每次翕张都很慎重。

到后来他实在没了耐心，乔乐乔感觉身体从衣服里跳了出来，仿佛生来是别人的，并不归自己管。

阳台上仍保留着那架秋千，风打进来，除了蝉鸣偶尔传进来，屋里发生的一切像是旧时代的默片。如果是旧中国人自己的默片，遇到屋里发生的这一段，或许会露出一轮圆月，停留个几十秒，坐在底下的观众都能会意；而若是从好莱坞进口的外国片，大概是要把接吻的场面拍出来，为引着人看，总是要拍得有些肉感，给人对之后的事情留下很大的想象空间，那时的观众也不是现代的，观影厅里是可以抽烟的，碰到接吻可以鼓掌发出嘘声，也有道德感强的清白人蹙起眉头，在地上呸一口，感叹世风日下，道德败坏。

乔乐乔很怕楼下神经衰弱的老太太呸一口唾沫然后找上门来。

原先身体里的火星子慢慢燃成一团火，胡乱在她体内蹿着，她口干舌燥得厉害，可又不敢稍稍喘口气，生怕烫得叫出声来。

这里很不隔音，别的声音听见了倒还好，万一现在被老太太听到了，她还不知道去说些什么。她以前听江曜顺口提过一嘴，因她老在房间里笑，且笑声经常不同，楼下老太太听见了，还跟江院长告过状，说江曜经常带不同女孩儿回家，江院长为此教育儿子让他对待感情要严肃些。

她去抓江曜的背，用好不容易空出来的嘴提醒他："楼下……"

生怕他忘记那个老太太。

江曜并不理会她的提醒，他拿起她贴在墙面的手，让她挂在自己的肩膀上，一把将她抱了起来。

他贴着她的耳朵把话一个字一个字送进她心里。他说，分手后，想到唯一一次是她主动，他就很懊恼，恨没有在这间屋子里主动同她发生些什么。

她竭力忍着不发出声音，手指刻在掌心里，但还是不够疼，或者说没有多余的感官来感受疼。

她越忍耐，于他反而越是个刺激。

乔乐乔从客厅到了卧室，她眼睁睁看着没有开灯的卧室一点点亮起来。

等她嘴唇都被咬麻了，掌心被手指摁得几乎失去知觉，江曜才告诉她楼下老太太这几天不在家。

不在家早不告诉她？

她这会儿已经软得像一摊水，但还是张开已经黏合在一起的嘴唇，露出牙齿，用尽全身的力气，在江曜肩上使劲咬了一口。她咬得很用力，灰蓝的睡衣上每一个牙印都很鲜明。她咬完又心疼了，问他："疼吗？"

"不疼。"

她躺在床上，听见卫生间里的流水声，也不知道热水滚在江曜肩上的牙印时，他疼不疼。

她裹着蚕丝被走到窗前，她一拉窗帘，看到了太阳。

天已经彻彻底底地亮了。

江曜的手机一直在响，自动挂断后又继续响下去。

她仍听见卫生间里的水流声。

"帮我接一下。"

电话是沈律师打来的。

"江曜……"

"江曜现在有事在忙。"对着江曜的母亲，她实在无法说江曜正在洗澡。

"你是小乔吧？"

"我是。"这两个字间隔很长。她和沈律师只见过几次面，还是好几年前的事情了，记忆力再好的人，也不会隔着电话就知道她是谁。

"你是不是好奇我怎么认出你的？"

乔乐乔老老实实地承认，她确实很好奇。

"在你之前，他从来没让别人替他接过电话。我想你对他一定是个很重要的人。"

乔乐乔愣在那儿，一时找不出合适的语言答对。

"你让江曜协调下时间，咱们有空一起吃个饭。"

她最终吐出一个好字："您还有别的事儿吗？"

"没了，我就是想他了。"沈律师的一个大客户想要把同在英国留学的女儿介绍给江曜认识一下，她想着儿子这些年一直单身，见一见也没坏处。现在他有了女朋友，这话自然就不能说了。

"那我一会儿让他给您回个电话。"依照乔乐乔对沈律师的了解，对方并不是一丁点儿事都没有就给儿子一直打电话的人，可能只是碍于她这个外人，不好意思说。

早餐是在学校食堂吃的，暑假仍有食堂开放。他俩都很懒，都没做饭的爱好，谁也没资格嫌弃谁。

乔乐乔埋头喝小米粥。

“中午何溪约了我一起吃饭，你要不要一起去？”

“我就不去了。”她去了，就太尴尬了。她吃谁的醋，也吃不到何溪头上，两人都认识二十年了，还什么事儿都没有，那肯定不会有事儿，就像她跟孟渊一样。

大概怕乔乐乔误会，江曜又补了一句：“她最近一直在香港工作，很少回来。”

“我信得过你。祝师母今天过生日，你不要忘了。”

江曜没再勉强，乔乐乔和孟渊吃饭，拉他过去他也不愿意。这点乔乐乔倒是做得比他好，即使何溪对她并不友善，她也从未当他面说过何溪的坏话。反观他，对她的朋友倒是缺乏包容。

何溪当年在英国和江曜做了两年的校友，并没从朋友更进一步。因着江曜一直单身，还有一个本校帆船队极富浪漫精神的队员对他明示过好感，过程和结局都颇富戏剧性。

感情上没达到她想要的，学业上也称不上顺利。她先读了一年硕士，之后又申请到了博士，但她在学术上没有明确的计划，读博让她觉得十分无味，在她决定放弃读博这件事上，江曜给了她很大支持，甚至帮她搞定了她父母。

她当时问江曜，乔乐乔那么不适合读博的人，为什么一定要她来英国，江曜说因为他当时想和乔乐乔生活一辈子。因为这句话，何溪彻底放弃了和江曜在一起的想法。

何溪放弃文学转而投身艺术品拍卖，在读了另一个硕士后又回到香港工作。她的感情虽没结果但已开花，这几年，听闻江曜仍在单身，她心里多少有些愧疚，认为这和自己的那些话多少有些关系。

顾忌她和江曜的关系，她一直没好意思把当年的事情说出口。

“你仍在追求乔乐乔？”

江曜并没有否认，大概只有正式结婚，才算追到手。

“你们恐怕有些误会还没解开。”

江曜纳罕，现在人人都是情感专家，好像什么都不懂的只有他。

何溪在做完心理建设后，终于把准备的话说了出来：“在你们分手前，我曾经找过她。那时候你不是因为她上了体育头版吗？我挺生气的，说你喜欢她，是因为她比你弱很多。她好像当真了。我现在明白那只不过是你拒绝我的理由。如果有必要的话，我可以和她解释一下。”

江曜苦笑：“我什么时候拿这理由拒绝过……”他终于想起来了，当年何溪同叶勘说他疏远她是因为他喜欢弱的，他不想和何溪发展，宁愿默认。

他不是喜欢弱的，他只是可以接受乔乐乔比他弱，他不能接受的是他比乔乐乔弱。但乔乐乔同他是一样的人。

如今何溪承认，他当然也不能迁怒于她。即使何溪不同她说这些，她也会同他分手的。

“她怎么说的？”以他对乔乐乔的了解，别人当面说她弱，她肯定是要还嘴的。

“她说我完全在撒谎，你特别欣赏她唱的戏说的相声，如果她什么都不会，你根本不会看上她。让我不要再因为嫉妒挑拨你们的关系。”她一气之下，又回了乔乐乔很多伤人的话。乔乐乔当时看起来完全不信她说的，她还生气世界上怎么有如此没有自知之明的人。

果然是她说出来的话。

何溪终于把她的愧疚说出了口：“我之前一直没敢跟你说，怕影响咱们的关系。”

“不是一句话的事情，她没那么脆弱。不过，你还是跟她道个歉吧。”

祝师母今天过六十岁生日，江曜打电话让乔乐乔先去，乔乐乔带着礼物先行去了老祝家。

等电梯的时候，乔乐乔没想到遇见了叶樱。叶樱虽然对她有意见，关于她的报道却写得很客观，她在微信上感谢过叶樱一次，对其并没有什么坏印象。如今再见，她又主动感谢了一次。

叶樱要拜访的老师和祝教授住在同一栋楼。

“乔学姐，你还在追江曜吗？”

乔乐乔不得不感慨，现在的孩子可真是直接。

“他没告诉你，他有女朋友了吗？”

“我知道。”江曜之前同她说过他正在追求一个女孩子，但她以为这是搪塞她的借口，并不十分相信，如今听乔乐乔这么说，她终于信了八分，“谁啊？”

“我。”乔乐乔说得很坦然，兜兜转转还是她。

江曜说的是他在追人，但又没说是在追她。虽然江曜去看过两次乔乐乔的相声，但未必算得上追。

乔乐乔看叶樱的眼神，颇有些失落，自己也不至于在别人眼里就是这么个形象。情敌眼里出东施，她很快原谅了叶樱那不可置信的眼神。

“我不至于拿这个开玩笑。”

“你要同他去英国？”

“不会。”

叶樱一颗心又放下，所谓破镜重圆，不过是重蹈覆辙在情感上的另一个说法。

“只要没结婚的男人，都是自由的。”

叶樱几乎在告诉她，只要不领证就存在公平竞争。

“我们马上就要结婚了。”

这次轮到叶樱再次惊讶，她放眼去打量乔乐乔的手指，发现并没有戒指。

乔乐乔马上明白了叶樱的意思，晃了晃自己手上的表，很是幼稚地炫耀道：“这是江曜送我的。”

乔乐乔作为年长者和胜利者表现出了极大的宽容，夸叶樱的报道写得很不错，如果以后对相声感兴趣的话，可以联系她。

感情这东西如果不产生互动，是很容易移情别恋的。如果她当年没和江曜在一起那么多天，她未必不会喜欢上其他人。她相信叶樱此时的伤心是真的，但她也相信，叶樱很快就会喜欢上别人。

到了老祝家，乔乐乔献完礼物，洗了手就主动进厨房帮忙，祝师母做的一手杭帮菜，乔乐乔也学了半手。

今天自然不能让寿星佬做饭。

今天来的人一半都上过老祝的《外国史学名著选读》，有和乔乐乔同届的，还有她的学弟学妹。历史系教授队伍里有两个大嘴巴，中国史老钟当仁不让，世界史则是老祝一马当先，乔乐乔和江曜没分手那会儿，老祝跟学生们夸乔乐乔是如何的努力，如何的用功，本在 60 分及格边缘却在期末一跃达到了 90+，只比她的男朋友江曜差几分。那时的学生们已经不习惯大力出奇迹，只感慨王者带青铜的奇迹。

关于乔乐乔和江曜的传闻，大家都听了些，此时不知他俩进展到何种地步，怕言多必失，大家都很有默契地不再提江曜，转而感慨起了未来的学术之路，有同学恨自己生晚了，教职的坑越来越少，产出的博士却越来越多，以后毕了业也不知道能不能找到位置。又提到外系有回来的“海龟”没有拜到大佬的山头，现在发展还不如只在国外做了两年博后的土博。

乔乐乔告诉自己，江曜是不一样的，他回来前途虽然比不上在英国，还是光明的。

有人感叹：“老祝真是个理想主义者，也就他认为江曜会回来。”大概是说完又想起了乔乐乔在，这个话题并没引起讨论。

祝师母专门叫了外送，否则光凭这几个人做的远不够吃。

江曜来的时候，大家马上就要上桌了。乔乐乔和他对视了一眼，目光又马上收了回来。

人太多，只能按男女分成两桌。

席间，老祝感谢祝师母这些年为他做的牺牲，本来祝师母可以有更好的发展，为了他没有继续深造，在资料室干了一辈子。

“资料室怎么了？每个岗位都有价值，衡量一个人，不是他的行业，而是他的本职工作做得好不好。从这个方面讲，我这个资料管理员也不比你这个教授差在哪里。”

祝教授忙谄媚夫人：“你哪里比我差，分明是比我强太多。”

乔乐乔专门为师母准备了《麻姑献寿》的片段，等祝教授说完，她便起身唱了一段。

江曜的眼神刺得她发烫，她怕自己脸红引人注意，只好看向别的地方。

对于她的献唱，大家都很捧场。

这一顿饭，一向活泼的乔乐乔显得有些沉默，祝师母又说：“我还是不建议你们为丈夫牺牲，你们祝老师理解我，认为我不为家庭牺牲肯定会更好，但并不是每个男人都有这种觉悟。你为他在事业上做了退让，过些年，他不但不以为你是牺牲，反而认为是你无能。这种人我可见得太多了。咱们历史系老实人还算多，你们看别的院，一茬接一茬……”

祝教授咳嗽了一声：“那都是多少年前的老皇历了。”

祝师母马上把他的话扳了回来，又夸起了自己的丈夫：“找男朋友，人品是第一位的，长相、家世倒是其次，我当初选你们祝老师，就是看中了他的人品。”

老祝被夸奖了，但这夸奖并不使他满足。

终于有人更进一步：“祝教授当年那可是历史系的系草，帅气并不在江曜之下。”

老祝很是谦虚地表示：“和江曜比，那还是差了些。”

中老年男性对长得好的男性后辈尤其欣赏，随时准备将其发展成女婿。老祝在这方面很无私，他很愿意把乔乐乔和江曜撮合在一起。

席间，祝教授又称赞了国内“青椒”待遇的提升，刻意忽略了非升即走和编制这回事，顺便再次问江曜何时回国，很随意的口吻，抱着被拒绝的打算。

“近期不会回来。”又是老说辞。

连祝师母在内，都嫌老祝这话问得多余，所谓“近期”不过是应付老祝的谦辞，心里默默替江曜把“近期”改成了“永远”。

“不过我总要回来的，结婚了一直两地分居也不是个办法。”

乔乐乔听到“结婚”两个字，连心跳都加快了许多，但这并不妨碍她继续吃饭。

桌上人莫不眼前一亮，老祝第一时间问和谁。

“大家都认识，不过她还没答应，我要是现在说，好像在逼她一样。”

“还有你追不到的？”

“那您可高估我了。”

乔乐乔仍继续吃饭，任由心脏怦怦跳着，他倒是为她正了名。一桌的人都看向她，毕竟她是江曜唯一公认的女友，且前段时间又对江曜展开了不择手段的追求，虽然开战失利，但马上又扳回一局。两个人很像是复合了，但是在大家的刻板印象里，江曜要同乔乐乔结婚，乔乐乔能自个儿买钻戒直接戴上，并不会像现在这般低调。

同桌人时不时偷眼瞧乔乐乔，大家都是体面人，好奇也表现得很克制，并没人出口问她。除了给祝师母说祝寿词时连眉眼都在笑，乔乐乔这顿饭格外不活泼，这不禁让人疑心她对着祝师母的笑也是装出来的。

祝师母在这些学生里对她格外垂青，自己的生日一直张罗乔乐乔吃饭。乔乐乔对于师母的好意一一笑纳，她的嘴一直没闲着，不是吃，就是对着师母笑。

祝师母以为她是强颜欢笑，对她又心疼了一分。

乔乐乔并不知道自己已经被同情上了，心里还在琢磨江曜的话。

她知道当众求婚这种事江曜是绝对做不出来的。

他要做得出来，她当年未必会喜欢上他。她爱热闹，却不会对热闹的人产生爱情。他这个人，能当众说出这番话已经出乎她的意料。

快晚上八点时，乔乐乔以晚上有节目为由告辞。江曜在这时起身，也要告辞，理由是要送乔乐乔去电台。

这时客厅里的人才明了江曜没追到手的人原来是乔乐乔。

乔乐乔一点儿没有胜利者的得意，和老祝夫妻告别后，很是低调地出了门。

等他俩出了门，祝教授迫不及待地分享他的未卜先知："我早就知道他们还要在一块儿。"

祝教授在内心从厚黑学的角度对乔乐乔的成功做了解读，先是故意用发音引人发笑，引起江曜注意，继而以请教发音为由靠近江曜，因为她把起点搞得很低，只要稍稍表现得正常，就会令人刮目相看。祝教授认为乔乐乔赢在差异化竞争，乔乐乔英语说得再好，也比不上江曜，倒不如往烂了说，越差劲越引人注意，还能玩欲扬先抑的把戏，实在是高。

碍于师道尊严，祝教授不能和大家分享他的高论，只能在心里默默赞叹乔乐乔的手段。

直到乔乐乔到了电台，祝教授的客厅里还间或提起她的名字。

电台直播期间，导播接入热心听众，乔乐乔很是客气地问您好，那边一直不说话，等到导播要转接别的热线，那边才开了腔："乔乐乔，我喜欢你……"

乔乐乔闭着嘴，笑意从眼睛里冒出来，而后她的眼睛升腾起一层水汽，这种私事说给她听就行了，用不着昭告天下，他这么一说，大家都知道了。她人缘太好，免不了又是一堆解释。

在停顿几秒后那边又补上："你的相声很多年了。"

乔乐乔很礼貌地说谢谢，导播接到下一位。

节目结束，小导播问乔乐乔："刚才你的那个粉丝声音听起来有点儿耳熟，好像在哪儿听过，我觉得他的声音可以来电台当主播了，不比方主播差。"

"那不算粉丝。"

"怎么不算？都喜欢你的相声好多年了。"

"他跟方主播也不是一个路子。"她永远无法想象江曜会来播报曲艺节目或是情感节目，为广大女性同胞的爱情婚姻出谋划策。

回家路上，两人很有默契地没有提起电台的热心听众来电。

车里又在放她的相声。

乔乐乔笑着说："其实也不用老放。"她不需要他有多欣赏她的相声，只要接受并尊重能做到求同存异就可以了。很明显，江曜并不是个相声迷，她也不打算把他培养成自己的迷粉。

她又说：“你这样，为了礼尚往来，我总觉得应该把你的论文都看一遍，看不懂就看第二遍，这对我可太有难度了，所以，你也不要太难为我。”

“你之前不是问我现在了解现在的你吗？”

乔乐乔截住了他的话：“适当了解就够了，太了解了也不是什么好事，也给我留一些神秘感。”

她找了一张两人都还算喜欢的纯音乐 CD 替换了相声。

“你这样显得我当年很狭隘。”

“谁叫你当年没经验呢？”乔乐乔拿手指捂住眼睛，“我当年也没什么经验。咱俩就互相原谅吧。你愿意原谅我吗？”

“谈不上，你又没做错什么。”

“你也是为了我好，而且你也从没逼我看你的论文。”乔乐乔笑道，“以后相声一周听一次就好了，其实我是怕你听多了我的相声，看出来我说话的套路。”

四年过去了，路还是和从前那样堵，乔乐乔还是那样不习惯严肃，一涉及严肃话题，总要用俏皮话消解。

乔乐乔主动提出先去家属楼，让江曜拿几件衣服，收拾好再去她家。

从校门口步行回他家，即使是暑假，这个点儿也不缺人。乔乐乔忘却了恋爱的矜持，和江曜分析，为什么住她那儿而不是他那儿，并不是他的房子不好而是她的房子虽然是二手，但买的时候是清水房，装修都是新的，一定要趁着新可劲儿住可劲儿造，这样才算回本，每当看见谁的新房子一直空着不住，她都要代人家心疼几秒。

住的人越多越回本。

江曜觉得乔乐乔的解释认真得有些好笑，他的自尊心并没脆弱到那种程度，连住她的房子都感觉自尊心受损。

“我求之不得。”他对电台的工资水平和乔乐乔的家境多少了解一些，如今想来，她买这个房子并非像她说的那么容易。

“就是房子有点儿小，再大点儿就好了。”她对自己的房子很满意，包括大小，比这更小的房子她住了十多年，连四人间的宿舍住着也没觉得不适过，嫌现在的房子小多少有些矫情，何况那已经是她能力的极限。但是她不得不承认，和江曜那个三层独栋比起来就小多了。

“等我回来，咱们换大的。你想要多大的？”

乔乐乔只是微笑：“我现在又觉得也没那么小，两个人住着正合适。”

她这样阴晴不定，江曜也就没再问下去。

路上有人哼《斯卡布罗集市》，乔乐乔看过去，也是两个人，一男一女，看穿着，比他俩还要小些。

她又想起了以前，大概也是这样一个天儿，月亮在云朵里藏着，她站在树荫底下给江曜唱同样的歌，蝉在树上叫，十有八九是在求偶。

这样想着，乔乐乔也哼了起来。她的英文虽经江曜矫正过，但唱歌时总带着点儿戏腔，那边唱歌的女孩儿看过来。乔乐乔冲着对方笑了笑，只有路灯的夜，她的牙格外显眼，大概有八九颗。

到了屋里，蝉鸣声就渐渐弱了。

她坐在沙发上喝江曜给她做的苏打水，边喝边说："带几件换洗衣服就够了，我那儿什么都不缺。"

言语间大有催促之意。

江曜并没去衣橱里收拾行李，而是展开她的手，给她剪指甲。

谁家的指甲一天一剪，不过剪剪也没什么，乔乐乔顺从地伸出手。

等指甲剪完了，江曜拿着她的手放在灯下看，而后与地面平行，放了一枚挂件在她手心里。

"你愿意吗？"是电台里那个说喜欢她相声许多年的声音。

乔乐乔展开手掌看，仍是她的模子，不过比凌晨看到的要周正一些。

她握着挂件背着手，仰头看向江曜，一脸失望的样子："就这个？还有别的吗？"

江曜想到她可能会犹豫，但犹豫的原因并不在他的预料之内。

他勉强撑起一个笑："戒指还在做。"他定制了一枚戒指，还没做好。

艺术家相比纯粹的商人就是有个坏处，一点儿时间观念都没有，没准儿他去英国前戒指还没做好，还得乔乐乔自己去取。可随便买一个，太敷衍。但他照之前对乔乐乔的了解，戒指早拿晚拿对她并不太重要。她的仪式感虽然比他强，但也低于平均水平。

"跟戒指无关。"

"那是什么？"

"我戴着我的像，那也太自恋了，你要是求婚，按理也应该把你的像给我，好在你之前送了我表，我就不追究了。"

乔乐乔踮着脚把挂件戴在江曜脖子上，这个和田玉的挂件明显和江曜的灰色衬衫并不配，她解开了江曜的圆领衬衫最上面的扣子，想着要把挂件塞到他的衣服里。

她同江曜说："这个你还是自己戴吧。"

江曜握住了她的手，她恨自己手欠，她并不是看清了挂件上的像，而是用手指一点点儿摸出来的，眉毛眼睛鼻子嘴巴。她抬起头看着江曜的脸，他的眼睛好像又亮了一些，鼻子一直是挺的，她想这个人刻在玉石上可能比刻她的像要麻烦许多。

她只好在脑子里先刻一遍。

乔乐乔当晚没能回家，她又被迫在江曜的单人床上住了一宿。

卧室的窗总是留着一个缝隙，好让风能送进来。藏在云里的月亮从云彩里爬了出来，透过窗帘隐隐地出来个影子。

乔乐乔舒服地叹了口气。

四年前，她跟江曜相处像穿运动鞋，只要江曜不逼着她跑，她就是舒服的；等再次刚见面时，就像穿八厘米的高跟鞋，尺码倒没问题，只是累；现在则如愿恢复了赤脚状态。她毫不矜持地跟江曜说起了她对未来结婚的打算。

江曜下周六飞英国，那他俩下周领证也来得及。她虽然仪式感不算很强，但终究是有一点儿，婚纱照倒无所谓，反正想拍什么时候都能拍，她现在想拍的欲望也不是很强烈，可结婚证只有一个，拍照的时候一定要好好准备，首先要准备的就是白衬衫，她知道一个订制衬衫的裁缝，齐淼介绍给她的，手艺很好，跟那些动不动就上万的名牌比起来价格也算得上实惠，想要快些可以多付一些钱。她想穿着定制的衬衫照相，要在领口绣上江曜的名字，比买定制婚纱省钱多了。

至于领证的事情还是要先斩后奏，她家太讲老礼了，尤其是奶奶，奶奶在堂妹的婚事上得不到满足，肯定要在她身上下手，没有几个月婚是结不成的。

第十四章 梦中婚

GanZhi RuYi

“我并不赞成你们结婚，你也许只是不甘心，你现在有多不甘心，以后就有多后悔。”

江曜想说“像您当年一样吗？可我和您不一样”，但他对自己的母亲说不出那种话，要想过下去，最好装不知道。

“我以为您喜欢她。”

“我喜欢她，和我认为你们不适合结婚并不矛盾。你早晚会后悔为了感情放弃了事业更进一步。”恋爱和结婚是两码事。

“您不是教育过我从来不要后悔吗？您教育得很成功，我从来都没有后悔过。我只是选择了眼前最适合自己的，并且打算为此负全责。”他家的家训是，永远不要为已经发生的事情后悔，如果对现状不满意，那就改变。

沈律师决定劝告适可而止。

“周六晚上六点，我约了小乔和您一起吃饭，希望您能到。”江曜拿出一个首饰盒子，推到沈律师手边，“这是您送给小乔的一个小礼物，到时您别忘了。”

里面是一条细细的铂金链子，算不上多贵重，但是必要。

江曜对自己的母亲有信心，按照沈律师的性格，就算她不喜欢乔乐乔，出于教养，也绝对不会表现出来。只是按照以往的用钱投票，沈律师绝不会给他一分钱，怕场面难堪，江曜提前买了一条项链给沈律师。

沈律师打开盒子看着里面的项链苦笑，没想到自己生了一个情种。

丑媳妇总得见公婆，乔乐乔虽不认为自己丑，但一想到周六晚上要见沈律师，她心里就发怵。

江曜劝她：“我妈还是很喜欢你的。她上次还和我夸你。”

乔乐乔笑得很不好意思：“是吗？我们好像也没怎么见过面。”

江曜难得说句肉麻话：“谁叫你这么讨人喜欢？”

“你觉得我送你妈什么东西好？”

“礼物我给你准备好了，到时候你说是你送的就行。”

沈律师喜欢收集丝巾，目前至少有几百条，里面有十多条是江曜送的。这次仍然送的丝巾。

“这样不太好吧？”

“有什么不好？咱俩分什么你我？”

这几天江曜很忙，只有白天和晚上与她一起吃饭，其余的时间都在外面。乔乐乔起得已经够早，但只要一醒，江曜就不在她身边。他嫌她之前的功放不够好，正在给她做一个 300b 的胆机，说是这种胆机比较适合听戏。早上江曜负责做饭，晚上两人就一起下馆子，两人立志在江曜出国前把八大菜系都吃一遍。

周六白天，乔乐乔约了齐淼一起逛街，打着为见沈律师买新衣服的旗号。

齐淼行动力极强，最近又交往了一个二十啷当岁的小青年，到底还小，一块迪通拿就俘获了年轻的心。

齐淼向乔乐乔抱怨：“现在的小孩儿跟我那时候不一样了，那时候的男孩儿心里不管怎么想，面上也要假大方，现在也太赤裸裸了，今天要这个，明天要那个，好像我就一提款机。昨天跟我说他考了驾照后，一直没车开……”

“你不会真给他买车吧。”乔乐乔作为一个无甚经验的情感专家，经常告诫自己的朋友，感情随便动但千万别动钱，感情伤了还可以安慰自己丰富了情感体验，伤钱则是真正的动了筋骨。

“他也配！拿我当傻大姐骗呢！他要是不提，时间长了，我还要考虑考虑，现在一点儿门也没有！”

乔乐乔对此很理解，如果江曜今天要她买衣服，明天要她花钱买车，她再喜欢他，三天也就消耗光了。

“要不算了，没必要跟这人死磕。”

齐淼笑笑说：“还没新鲜够呢，等我烦了再说。”

“你自己掌握吧，别陷进去。”

“放心，我开始以为我是一颜控，现在我发现高估了自己，昨天他跟我说爱因斯坦发明了电灯，我什么兴致都没了。”

“那他一定长得很帅吧。”要不齐淼不会到现在还舍不得放手。

“忽略气质的话，我认为他不输你们家江老师。”

“他俩没什么可比性。”

“就比一比，你都不愿意了？我不是为了你有一个更直观的了解吗？你们俩怎么样了？”

“我马上就是有夫之妇了。”

“他向你求婚了？”齐淼低头打量乔乐乔的手，“戒指呢？”

“正在做，还没做好。”乔乐乔举起自己的手，“他送我的表，比戒指实用多了。”

齐淼第一反应是乔乐乔怀孕了，否则不会这么着急。

“孩子干妈我先定下了。”

乔乐乔扑哧一乐：“姐，想什么呢？没影儿的事儿。”

“那你在备孕？”齐淼认为婚姻就是为繁殖准备的，不生孩子压根儿就没必要结婚。当然，对于她来说，即使生孩子，她也没准备结婚。

“我暂时没这打算。”

“你俩就这么异国着？”

“他跟我说，五年后就回来了。”

齐淼叹了口气：“那你着急结什么婚？你们江老师虽然好，但一年也见不了多长时间，不是我挑拨你俩关系，他说五年就五年？就算他现在是真心的，谁知道他会不会变？你才试过几个男人，何苦用这张证把自己锁住？”言语间大为乔乐乔可惜。

“没办法，我就好他这口，别人都不行。陪我去看看对戒吧。”

“戒指不应该他买吗？结婚不比恋爱，你也不能太主动了。”

“我们俩不分这个。”乔乐乔隐约觉得江曜现在没钱了，不过才工作一年，工资也没多少，就算有股票和版税，刚买了房子，也不剩多少，还要还贷。

乔乐乔选中了一对银色的戒圈，什么装饰也没有。

买完戒指，两人又去买别的。

齐淼虽然对现下的男朋友不满，但此时为了笼络他，还是买了衣服鞋子。乔乐乔虽然远没齐淼有钱，但花起钱来却比齐淼狠得多，齐淼买了一双鞋子，她买两双，还都比齐淼的贵，袜子也买了两打。

一时乔乐乔竟产生了自己比齐淼还有钱的错觉。

去家纺店买床单被罩，乔乐乔挑了一套全棉的。乔乐乔以前不会光顾这种价位的店，与她的身家不符。

买单时，齐淼很慷慨地要付账，作为结婚礼物。

乔乐乔笑：“哪有床上的东西让朋友送的？你别想用这个把我打发了。”这套床单被罩并不是给自己用的，她准备给江曜带到英国去。

等她手上的大包小包拿不了时，才停止了消费。她想，要想江曜把这些东西都带走，她还需要给他准备一只大号箱子。

齐淼看乔乐乔这么大方，还以为她发了横财。

不料她还没提出此种设想，乔乐乔就说：“以后你朋友里需要剪彩或者主持，一定要联系我。”

乔乐乔这些天没接堂会没接活动，还要还房贷车贷，积蓄也差不多花完了，但好在还有信用卡。

她透支的这些钱靠工资可是还不起，必须得接点儿外活儿。

乔乐乔提着大包小包回了家。她本来说是要为自己买新衣服的，结果什么都不买，只是给江曜买了一堆。

光是换衣服乔乐乔就用了半个小时，江曜在隔壁做胆机。

她穿着以前的灰蓝色裙子在江曜眼前晃，问：“你觉得还行吗？”

“你今天不是去买衣服吗？”

“我想了想，这新衣服不能马上买了就出去见人，哪儿哪儿都不熨帖，像衣服穿人，不是人穿衣服，所以我想了想还是算了。”

乔乐乔看着江曜的眼神反问：“怎么，不好看吗？”

“你穿什么都好看”这种话江曜是说不出口的，他只说很不错。

乔乐乔穿着她的旧裙子一件件给江曜展示今天的战利品：“你去试试这两双鞋，不合适我再去换。袜子我给你买了两打，最近你不用买了。”她把袋子丢给江曜，又给他看买的帽子，“我看你最近也不戴帽子了，但我觉得这帽子很适合你，就买了，你能不能戴给我看看？”

江曜把帽子扣到了头上，压低帽檐，盖上了眼睛。

沈律师收到礼物时就知道丝巾和CD是自己儿子的手笔或者是建议。

饭是在江家吃的，阿姨做的饭十分之健康，低油低盐低糖，乔乐乔吃得很克制。沈律师并不同小乔父母一样爱给人布菜，并且讲究食不言寝不语，饭桌上很少跟乔乐乔说话。

乔乐乔有准备地沉默。

饭后，沈律师拿出一个盒子给乔乐乔，里面是一对红玉髓耳钉。

乔乐乔知道这首饰牌子，要大几万块钱。她听江曜说过，沈律师向来是用钱投票的，送这礼物应该对自己还算满意。

“附近家里还有一套房子空着，你们可以先住那里。”

乔乐乔笑着说：“您不用操心了，我在附近有一所小房子，我和江曜住那儿挺好的。”

沈律师也没再勉强。

沈律师拿出江曜以前的照片给乔乐乔看。乔乐乔越翻越发现，江曜小时候的合影对象主要以女性为主，下到刚会走，上到九十九，可到了中学，不仅照片少了，合影里女性所占的比例也小了很多，大都是比他大很多的，看上去都很有气质，且这些女性都长相相似，大概是他的姑妈姨妈之类。

“江曜以前很讨女孩子喜欢的。”

乔乐乔心里说，现在也是，尤其讨她的喜欢。

江曜临走前，沈律师又把项链还给了他：“这个你还是自己送她吧。”

乔乐乔摸着自己脖子上的项链笑：“你妈妈送给我这么贵的东西，我是不是应该再送她件礼物？”

“没必要。”

“你妈把户口本给你了吗？”

“给了。就看你了。你跟你爸妈提我了吗？”

“提了。”乔乐乔为了补救自己之前的过错，很是对着父母渲染了一番江曜于她的重要性，“他们都很喜欢你，尤其我妈，你简直满足了她对女婿的所有想象。”

乐女士这两天一直处于喜忧参半的状态，喜的是女儿有了男朋友，条件还十分不错；忧的是这男朋友没两天就要回英国了。

乔乐乔这一周对乐女士灌输了大量她和江曜的信息。

女儿一向不同她聊感情生活，如今一聊，乐女士大有营养过剩的架势。凭借女人的直觉，那天江曜来家吃饭，她就预料到他俩有事儿，即使如此，速度还是超出了她的意料，照女儿的说法，两人已经奔着结婚去了。

老乔则完全是忧，他认为江曜完全和女儿不搭，属于完全过不到一起的两个人。

“我不赞成他俩在一起，两人在一块儿不就是找个伴吗？隔着这么远，要他有什么用？”

“好像你不赞成有用一样！”

“怎么没用？他俩才认识多长时间，我和小乔生活了多长时间，我要说得有道理，她就得听！”

乐女士瞥他一眼：“要光看时间的话，你比马云也差不了几岁，钱是不是至少得有他的一半！”

“你这个人永远这么俗不可耐，动不动就谈钱！”

“也不知道是谁追得我这个俗人满世界跑！要不是你当初追得我都没地方躲，我都懒得看你一眼！追到手了，我就俗了，还不可耐！”乐女士突然另转话题，“你知道江曜妈是谁吗？就以前电视里那个沈律师，你没少盯着节目看人家。”

“我又不是为了看人，是谁坐那儿我都看！你别当着孩子的面儿说这个，不知道的还以为我老不正经。”

两人很快就从女儿的事转到了过往恩怨，又吵了一架。

老乔虽然对江曜的到来并不欢迎，但还是一大早去了菜场，买了大几百块的菜，回来就泡在厨房里，火腿汤在灶上熬着，老乔在一旁处理活鱼。

二婶一进门就闻到了厨房里飘来的香气。

她最近有点儿烦，女儿小雯虽说订了婚，可房子的事还没敲定，自己家的房子和男方家的房子，小雯都嫌离公司远，要买新房。小两口很有主意，选定了一处三居，全款要八位数。现下讲究男女平等，双方家庭各出一半。如果只是出首付，她还能勉强凑一凑，但是男方家突然卖了一套房子说要全款买房，她也只能舍命陪君子。

她家虽说有三套房，但一套在住，一套老房是单位分房不能买卖，唯一能卖的是和小乔家一起分的回迁房，五十多平方米的回迁房，位置又偏，如今急着卖，也未必能凑够。

她丈夫骂女儿不体谅父母，明明可以住老房，或者只付新房首付，偏要买新房付全款，非把老两口榨干才罢休，又说：“你看看小乔，不靠父母，自己买房子！”

小雯很爽利地怼了回去：“你们不是说我大伯大妈为人失败，小乔不得已才自己挣钱买房，忙得这几年连个男朋友都没有吗？”

她心里怨女儿又嘴上批评丈夫，总之这些天过得并不如意。因为没从老太太那里借到钱，这次来只带了一箱临近保质期的牛奶。

她虽然自己过得不顺利，却始终没忘记小乔的幸福，仍要给小乔介绍对象。

乐女士摆摆手：“不用了，小乔自己已经找到了。”

"那男孩子做什么的？多大了？是本地人？"

乐女士笑道："小乔同学，在英国教书。"

没进家门前，乔乐乔事先已经给江曜打了预防针："我二婶那个人，比较爱炫耀，她说什么，你都不要在意。"

小雯的男朋友求婚送了三克拉钻戒，有两套全款房要写小雯的名字……这些话乔乐乔都会背了，她用指甲盖就能想出二婶会问什么。她太了解自己二婶了，天天打压她找存在感，如今看江曜不错势必会找出他的种种不足。

"用不用我撒谎给你争个面子？"

乔乐乔扑哧笑了："这个就不用了，你本来就够好了，再编，把我二婶气出病来怎么办？也怪造孽的。你这次可是破费了。"

江曜给老乔买了茅台，送给乐女士的是一条海水珍珠项链。

乔乐乔记得，她以前跟江曜说过，老乔攒私房钱买茅台，结果买来的茅台被乐女士发现，拿去卖了，卖酒得来的钱买了一支白酒股票，那一年因为限制三公消费，白酒股票大跌，老乔对乐女士进行了无情的嘲笑，乐女士则对老乔攒私房钱这一行为进行了无情的打压。

上次江曜来，乔家的咖啡机坏了，江曜这次又给买了台新的。江曜给小乔的家人都带来了礼物，包括小乔的二叔二婶。

因着乔乐乔对这对伉俪的介绍，江曜对他二人基本有所了解，送二位的礼物都是直接能看出价钱的。

江曜虽然不喜交际，但不喜和不擅是两回事。

二叔拿着江曜送他的一条中华烟，顿时觉得眼前的年轻人很上道，比自己那个未来女婿强多了。他那个未来女婿，是个贯通中西的奇才，谈权利时，要求父母像传统的中国家长一样，给子女买房买车；谈到义务，就言必称学习西方，父母子女要保持距离，送的礼物压根儿就不能叫礼。近墨者黑，自己女儿这一套也运用得越来越熟练。

二叔二婶固然平时十分小气，平时来家不是送过期牛奶就是快要烂掉的水果，但也是体面人："小乔，你带男朋友回家也不跟我们打声招呼，你看，我俩连红包都没包，多过意不去……"

乔乐乔替江曜答道："就是见个面，不用讲究那个。"

二婶见着江曜，心道怪不得给小乔介绍的那些男孩子她一个都看不上呢，原来是喜欢好看的。

二婶不由得为自己未来的女婿惭愧起来，她与这未来的女婿并没任何感情，只将其作为她炫耀的道具；女婿对她明显更无感情，否则也不会通过全款买房来榨干她的存项。可没感情是一回事，到底是自己的，在长相气质行事方面被人比下去了，她心里并不算快活，只好在心里找补未来女婿的其他优点。

饭前，乔乐乔对老乔说：“爸，您把江曜给您买的茅台拿出来和二叔喝点儿。”

她的声音太大，全屋的人都听见了。老乔要不拿出来，就跟藏私一样，他无奈地开了一瓶，想着大不了以后再买一瓶补上。

他不赞成江曜和小乔，自然不能收人家的礼。

酒不仅能消愁，还能催愁。

二叔对着老乔诉苦：“现在有些小兔崽子净想着吃绝户，我们当父母的还没退休呢，就想着把女方的家产全都榨干净，就这一个女儿，以后的财产不全是他们的，怎么就怕当爸妈的享受一会儿？”

二叔本来要吐槽的是自己的未来女婿，听在乔乐乔耳朵里，却是另一番意思。

还没等乔乐乔说话，二婶忙截断了二叔的话，家丑不可外扬，何况是在她这位大嫂面前。

怕丈夫言多必失，二婶一个劲儿地问江曜话，不仅把江曜的职业详详细细问了个遍，就连他父母也没放过。

“小江，你父亲是做什么工作的？”

“教书。”对于非熟人，江曜并无自曝家门的习惯。

“你母亲呢？”

“兼职教书。”

二婶猜测江曜的父母一定不是什么名校的老师，要是稍微有点儿名头，他一定说是哪所小学哪所中学，现在不说，八成和这位大嫂一样都是在什么不知名的胡同小学、中学教书。

“现在国内的孩子可太难了，一平方米房子就十多万，要没爸妈帮衬，买套房子可太不容易了。我们家要不是之前趁着便宜买了几套房子，现在给孩子买，真是拿不出那么多钱来。英国是不是除了伦敦，其他地方的房价都没法和咱们这儿比？”

“我不是太清楚。”

二婶献上金玉良言：“不买房也要关注房市，为以后做准备，否则真想买的时候，不就抓瞎了吗？”

“我已经买房了。”

二婶多少有些尴尬，在心里又为未来女婿减了一分，随即岔开了话题：“乔乔在英国好找工作吗？”

“她在国内的工作很好，并不打算变。”

“你们就一直异地？”

“过几年，我就会回来。”

二婶很为小乔着想：“女孩子跟你们男孩子不一样，可能等不起这么多年，能让小乔去英国还是去。”小乔在二婶心里的位置远低于她的实际，她也希望小乔幸福，但绝对不能比自己女儿幸福。

二婶终于又平衡了，眼前这个男孩儿可能只是想和小乔玩玩，并不当真，所谓的几年不过是个幌子。她自己的女婿跟人家比，虽然可能有种种缺陷，没一样可以炫耀的，但毕竟是看得见摸得着可以把握的。

乔乐乔笑着说：“我是愿意等的。”

二婶本想说多少人等着等着等成了大龄女青年，你以为你能例外。但毕竟刚收了人家礼物，又没拿红包还礼，得罪人的话终究无法说出口。

“我们马上要领证了，今天回来就是和大家说一声。”乔乐乔本是想着先斩后奏的，但既然做了，索性就做到底，拖泥带水又会让江曜寒心，没必要。

接收这个信息大家着实费了一些时间。

乔乐乔的手没闲着，又给江曜盛了一碗火腿汤：“尝尝咱爸的手艺。”她在江曜的手上拍了拍。

老乔一周前还以为女儿一直单身，如今突然多了个女婿，拿酒杯的手悬着，正要说点儿什么，乔乐乔对着他笑：“爸，江曜给您买的茅台您还喝得满意吗？”

这几乎是威胁了，喝人嘴短。原来这丫头一开始要自己喝酒，是有后手。

乔乐乔又看向乐女士：“妈，江曜送您的珍珠项链您还喜欢吗？”

乐女士没想到又点到了自己，她以为江曜很快就回国才属意他的，如今这速度太快了点儿，不光是江曜异国的事儿，连双方家长都没见面，就提结婚，她并不能接受。珍珠项链她本来没打算收，是小乔说她帮了江曜大忙，礼物受之无愧，她才收的。如今倒成了把柄。

没等乔乐乔主动提，乔奶奶主动对着江曜说：“你送我的砚台我很喜欢。”

江曜并没有当众剖白心意的习惯，但乔乐乔做到这份儿上，他不能再等着她说：“可能大家不知道，我和小乔大学时就在一起了，当时我以为异地恋肯定没有结果，可这四年里，我们也没喜欢上别人。我也想过是不是等我彻底回国后再和小乔结婚，但是既然早晚都要在一起，晚不如早。”

乔乐乔只好坦白：“四年前我觉得我俩没结果，一直没告诉家里。”

二婶没承想看到这么一出，一时忘了刺探江曜向小乔求婚时是否送了钻戒，钻戒是不是比三克拉小。她想起以前的自己，那时候她读大专，毕业分配除了关系特别硬的，基本都是回原籍，她毕业时打算放弃自己引以为豪的户口和男孩儿去西北，但是人家反悔了，找了另一个能帮他留校的姑娘。很久以前的事情了，记忆一爬上来，她短暂地忘掉了攀比。

乐女士在心里组织措辞，半晌道：“既然要结婚，双方父母总得见面谈一谈。”这个程序必须得有，她并不觉得这个要求过分。

乔乐乔替江曜答道：“江曜还要回英国工作，江叔叔去美国出差了，在江曜去英国之前，回不来。沈阿姨最近也很忙，匆匆见面倒不如不见。等年底办婚礼的时候再见面也不迟。”

乐女士心底嫌女儿太不矜持，让老二两口子看了笑话。

晚上，乐女士留江曜又用了饭。吃完饭，餐桌还没收拾，乔乐乔就问母亲户口本在哪儿。

乐女士把女儿带到卧室，一关上门，就没好气：“乔乔，你就不能端着点儿，看你这样子，别人还以为你非嫁他不可呢。”

“我就是非他不可啊，装这个有什么意思？当初您不是非让他来家里吃饭吗？那时候您也不端着的。”

乐女士叹了口气：“他爸妈对你怎么样？”

“好得不能再好了。”乔乐乔指了指自己的耳钉，今天为了让乐女士看，特意戴的，“这是沈阿姨送我的。”

“你也不早说，我们什么都没准备。”

“准备好户口本就行了。”

乐女士的指头在乔乐乔额头上狠狠戳了一下：“你这个不争气的。”

老乔夫妻俩各给了江曜一个红包，9999，票子是下午从银行取的，寓意是长长久久。

婚姻可能有利于省钱，但准备结婚可太费钱了。好在结婚证不需要工本费，乔乐乔赶上了时代的马车，省了九块钱。

一切都很顺利，唯独在走流程念结婚誓词的时候，乔乐乔极度缺乏相声演员的修养，忍不住笑了好几次场，反倒是从不说肉麻话的江曜毫无磕绊地把誓词说了出来。

出了婚姻登记处，乔乐乔为自己做解释：“我对着第三个人那些话总说不出口。”当着江曜的面，什么甜言蜜语都说得出，但只要当着别人的面儿，表达爱总要伴随着戏谑，她可以洋洋洒洒写一大篇追求江曜的相声，严肃的剖白她却一个字儿都说不出。

“我知道。”他也不喜欢当众念那些东西，但也没必要为了这种小事同人扯皮。最重要的是顺利领到证，其他的都不重要。

“咱俩的结婚相片拍得可真不赖，给你爸妈也送一张。”乔乐乔的声音掩不住的高兴。

走着走着，她指着远处一个穿卡其色裙子的女孩子对江曜说：“快看，是不是很漂亮？”

乔乐乔以前就有这毛病，不仅吃好吃的想着他，有好玩的想着他，就连看见好看的女孩子也要叫上江曜一起看看。她第一次让江曜看漂亮姑娘的时候，江曜以为她是故意测试自己，故意引出不如她漂亮的话，于是只随便望了一眼，连脸长脸短都没看清楚，就说确实好看，妄图通过不配合改掉她这无聊行为。

不料乔乐乔没有一点儿不快，下次遇到漂亮姑娘依然捅他一下让他看，这样几次后，江曜明白乔乐乔可能就是让他看一看，就像看花看鸟看云彩一样。江曜要么不看，要么配合地顺着她手指的方向瞥一眼，很淡漠地说是吧。

江曜忍不住问她：“真喜欢一个人有可能不嫉妒吗？”吃醋是爱情的副产品，但他好像从没见她吃醋过。

“嫉妒又不是什么好品质，就算有，也得改。”她母亲就极为善妒，一会儿把丈夫贬得一文不值，一会儿觉得全世界的女人都在抢老乔，老乔走路上多看妇女同志一眼，哪怕只是看一眼人家手上拎的菜篮子，也要爆发一场战争。她从小就发誓一定不要像妈妈一样，如今矫枉过正，江曜明明没看，她也非要让他看一看，让他恋爱结婚了也有欣赏美好事物的权利，表明自己胸怀宽广。

江曜突然说刚才那女孩儿头发很好，又长又黑。

江曜感到乔乐乔挽着他的手僵了一下。

他顿悟她的大方并不是天生的。

乔乐乔听乐女士同她传授，男人夸一个女人，如果只是大而化之地评价一句，可能并没什么；但落实到细节，发丝眼睛鼻子，无论褒贬，都说明心起码动了一下。

“你何必要假大方？”

乔乐乔笑了，知道江曜不过是试探自己，难为情地露出四颗牙齿：“我真的不是装的。”

她并不是装，她只是高估了自己。她以前很少吃醋，并不是因为她多大方，而是江曜太过洁身自好，从没给她嫉妒的机会。今天他一试，就露了馅儿。

“你以后要看姑娘就自己看吧，不用叫我。”

乔乐乔“嗯”了一声，仰头看天：“今天真是个好日子，天也这么蓝。”

她提议今天这种日子一定要自己做饭，还要吃牛肉馅饺子。江曜买了一瓶正宗山西老陈醋送她，说对身体有好处，每天都要喝一点儿。

江曜调馅儿，乔乐乔负责擀皮，她包饺子的时候想把戒指包进去，又怕不卫生，作罢。

乔乐乔想展示下自己的手艺，包出皮薄馅儿大的饺子，结果皮太薄，破了，一半是饺子，一半是肉馅儿面片汤，江曜夸她一样饭做出了两种效果，很有水平。

两人吃得都很高兴。

乔乐乔买了一本菜谱，决定临走前给江曜好好露一手，做几道大菜。

佛跳墙，失败。

鼎湖上素，失败。

佛手白菜，仍然失败。

这些失败的菜并没扔掉，都被江曜给吃了。乔乐乔心疼江曜，决定再也不下厨。

准备结婚虽然很费钱，但一般来说，结婚后总比单身经济些。别人结婚，两人并到一处，起码水电只需要交一份，还是多少能省些钱，但他俩不行，结了婚不久还要分居，日常花销还是两份。又因为多了一个人，给自己买东西的时候总免不了给对方添上一份，钱不知不觉就从刷卡的指缝溜走了。

为了控制花销，乔乐乔告诫自己，不要花钱打扮男人，他俭省些，对她反而有好处，然而还是控制不住自己的手。

她就像新晋的暴发户一样，看见什么都想买。

江曜临走前一天，乔乐乔慷慨地忘记了自己下个月还有账单要还，很贤惠地给江曜收拾行李。江曜大学时去外地开会，每次只带一个小行李箱。他箱子理得又快又好，据说是家传。

乔乐乔又给江曜买了两个行李箱，否则她买的东西实在没地方放。她在卧室理行李，江曜在厨房做饭。他喜欢吃好的，却不喜欢做，为了解放双手宁愿委屈胃，但因为今天日子特殊，他在厨房待了已经一个小时。

乔乐乔边给他熨衬衫，边催他：“差不多得了，咱俩又吃不了多少。”

“煲的汤放冰箱里，你明天还可以喝。”

“哎——”她拖了一个长音。

菜都是乔乐乔平常爱吃的，可她吃得并不快。

饭蒸得也很好，这些年她最爱吃的就是这种大米，甚至想让江曜带走一袋。但乔乐乔觉得并不是米好才饭好，而是江曜手艺好。

“定制的戒指还没好，我留了你的号码，到时你自己取。”

“行。”

两人坐在地毯上看电影《二十二条军规》，很老的片子，投在投影仪上，乔乐乔一面被电影逗得咯咯笑，一边观察江曜的表情。

她在给他的爆米花桶里放了戒指，戒指包了两层酥纸，严严实实的，又厚，触感明显区别于别的，几乎是浮在表层了，只要江曜把手伸进桶里，马上就可以找到。

但江曜就是不吃。

“尝一尝，还挺好吃的。”

他依然不为所动。

电影快结束时，乔乐乔又说：“尝一尝吧。”几乎是哀求了。

江曜的手伸进爆米花桶，像他想象的那样，他摸到了戒指，但他没说，继续看电影。

等片子完了，江曜好像还没发现，乔乐乔忍不住抢过江曜手里的爆米花桶，去翻找里面的戒指。

并没有戒指。

她疑心江曜吞了下去，但这是不可能的，或者她压根儿没放，只是她的幻觉。

江曜把头靠在她肩上，一个戒圈套上了她的无名指，原来他早就发现了。

乔乐乔心里骂道，真是个骗子。

她提着一颗心给江曜套戒指，很好，大小没买错。

江曜握着她的手给她剪指甲：“你的指甲长得倒快。”

“好像是越剪长得越快。”都快一天剪一次了。乔乐乔拿着他的手掌看，大拇指摩挲他无名指上的戒指，“我可真是会买东西，你可不能把它给丢了。”

江曜逗她："要丢了我就不回来了。"

"那怎么行？戒指什么时候都可以买新的。"

江曜拿出一张卡放她手里："以后就用里面的钱还房贷。"

里面的钱还热乎，这些天他为了赚钱，给一个搞知识付费的网站录了一整套音频，主讲希腊神话，卡里是新要到手的劳务费。是真的"要"，他要不催，财务没那么快打钱。搁以前，他懒得干这事儿，有钱多花，没钱少花。

乔乐乔第一反应就是："我有钱！"江曜每月也要还房贷，工资也不算多高，刨去花销，也不知道能剩下多少。她如果接活动的话，钱比他好挣不少。

"怎么还你你的？家里花销我也得出一份儿。否则这婚结不结有什么不一样。我能挣就多给你点儿，要是挣不了，以后就有赖你了。"

乔乐乔拿着卡站那儿，别转过头："也行，你以后要没钱就管我要。"

从电台回来，乔乐乔又把江曜的行李清点了一遍，生怕有什么错漏。她试图通过忙来掩饰自己离别的失落。这一走，再见面就得好一阵子了。

江曜倚在门上，看着乔乐乔不停地在屋里转来转去，把一件件他那儿都有的东西塞到箱子里。三个行李箱塞满了，还剩不少东西，又拿出来重新取舍，取舍完又整一遍。

乔乐乔背对着江曜，边收拾行李边说："等你下次回来，咱们就办婚礼，我送出了那么多份子钱，这回得一次性都收回来，没准还能小小地发一笔财。"她说这话的时候带点儿哭腔，又含着笑。

江曜从背后抱住她，她回过头贪吃似的啄他的嘴，两人抱在一块儿，好像要融化在一处。窗外是一轮圆月，马上就要农历十五了。

夜里，乔乐乔闭着眼，隐约觉得有人在亲自己的脸。卧室里黑着灯，有效地遮盖她脸上的颜色，让她可以安然地装睡，可她越来越乱的呼吸还是暴露了她。

她咬着牙，闭着眼，继续装睡，直到她要被翻转过身，终于装不下去了，她钩住他的肩膀，去亲他。

"我们去看升旗吧。"

不知是谁提议道。

他们是开车去的，环卫工人已经开始一天的劳动，偶尔也能看到夜生活还没过完的男女。

一路上，乔乐乔在副驾驶座给江曜哼戏。

她不再唱《武家坡》，因为很不吉利，她可不想江曜有什么代善。她的扣子扣到了最上面一颗，还是能看出昨晚的端倪，但她忘却了她和江曜之外的其他人类，一心祈祷，千万不要再像上次看升旗那样出问题。

许是太虔诚，一路无事。他俩来得并不算早，等候升旗的人群已经聚集了一大批。

她握住江曜的手，手指在他的戒指上摩挲。江曜回握她的力气很大，几乎要把她给弄痛了。

距离上次他俩一起来这儿已经五年过去了。

旗帜缓缓升到杆顶，乔乐乔几乎要跳起来，声音掩藏不住的欢快，一手指天："江曜！你看见太阳了吗？"

第十五章 归家人

又是一年小学期，江曜从英国回国。

江曜的希腊神话课还是一如既往的火爆，但他的希波战争史则不然。在某些颜控看来，江学长的课可以无聊，毕竟他的脸可以看一节课，可他的问题比无聊要恐怖一百倍。这门针对本系学生开的课，课业负担很重，给分也吝啬，自己成绩单一堆 90+ 的分数里突然来了个 70+ 实在不能让人愉快。

这在江曜看来全然不是那么回事，他自觉已经足够体恤学生，就连希腊文的阅读材料他都全翻译成英文了，阅读门槛约等于零，当年对乔乐乔可能也就这样耐心宽容了。给分也够大方，除了极个别不能容忍的，都给了及格分。

但大家明显并没有感到他的诚意。

有了上一年的教训，选课的人连他限定的人数都不到。

江曜看到选课名单的时候，心里的失望约等于当年乔乐乔向他提分手时的百分之一。

冤家路窄，孟渊的课又安排在了同时段。

第一节希波战争史课前，乔乐乔同江曜一起吃晚饭。

他们又搬到了家属楼，乔乐乔买的房楼上新搬来一户人，江曜回国的当天，楼上装修漏水差点儿把她家给淹了，赔钱的事情倒还算顺利，只是修补也需要时间。

乔乐乔安慰江曜，大概是上天嫌他俩太快乐，必须得找点儿事惩罚他俩。

卤牛肉是乔乐乔从熟食铺子买的，又在食堂打了四喜丸子、火腿豆腐和青菜，单为江曜买了一个大馒头。回家切了牛肉，炝芝麻辣椒油拌了黄瓜，端出了之前做的跳水泡菜，虽然她只做了一个菜，但自觉十分贤惠，可以称得上一个合格的主妇。

江曜上次走之前乔乐乔让他上秤量了量，此次回来又量，发现比上次瘦了两斤。她决定把江曜瘦的那两斤补回来。

乔乐乔夹了一筷子黄瓜放江曜的碟子里："尝尝这菜怎么样？"拌黄瓜是她唯一做的菜。

江曜一连吃了两块，问："你这手艺跟谁学的？"

乔乐乔很得意，谦虚地说道："自学成才。没什么大不了的，拍之前先把黄瓜用盐水腌一腌就行。你要爱吃，我天天都给你做。"

"倒也不必这么辛苦。"

"不辛苦，也就五分钟。"

江曜没办法再推辞，只好接受乔乐乔的好意，事实上，她做的拍黄瓜并没那么好吃。

乔乐乔连着喝了几口江曜熬的粥，说："你说选你的课这么火，我想去蹭课都蹭不到。"她并不知道江曜的选课人数都没满。

"也没那么夸张。"

"跟我还谦虚什么。"乔乐乔转头又说，"今年选孟师哥课的人比去年多了不少，几乎都要满了。"

"是吗？"

江曜说得无波无澜，乔乐乔又感叹道："时间长了，大家也就看出谁有水平了，孟师哥的课虽然去年只有五个人选，但今年翻了好几倍，是人才总不会被埋没的。"

江曜微微皱了皱眉，问："要是选课的人还不如之前，你觉得是怎么回事？"

"当然是水平露出马脚了，学生上了一次当，不肯再让学弟学妹上第二次，广而告之，自然没人了。学生可是会用脚投票的。"乔乐乔说得轻松，又说，"你还记不记得咱俩当年上学的时候有一位姓侯的老师，小学期来咱们学校试讲，开始有不少的人冲着他的相片选了课，等到真来了，大家才发现侯老师实在是太上镜了，课又一般，给分还不高，结果一到下一学期正式选课，选课的人数连开课要求都没达到，课都开不了。"

江曜没回应，乔乐乔发现江曜的脸色不是很好看，又给他夹了一块卤牛肉："你得多吃点儿肉。"

江曜把碗筷放到洗碗机里，江曜走哪儿，乔乐乔揣着口袋跟他到哪儿，在他后面给他捏肩：“今晚我和孟师哥一起录节目，你就不用送我了。”

“他还没摇到号？”

“唉，也不知道他为什么在这方面运气这么差。”

乔乐乔坐在沙发上看江曜给她拍的风景照。她每天直播，几乎断绝了出国旅游的机会，江曜本来没有拍照的习惯，现在每去一个新地方都要拍照，水平倒是越来越高，现在洗出来的照片也有几百张，她一张张地看。

“怎么都是风景，一张你的照片都没有？”

“我就在你眼前，拍我干什么？”即使是著名景区，江曜找的地点、拍摄的角度都很独特，网上一张照片都找不到类似的，类似的也没必要拍。

乔乐乔这才知道他拍照片全是为了给她看，她一张张地翻照片：“你以前不是跟我说看风景时拍照纯属丢了西瓜捡芝麻吗？”

“我不爱吃西瓜。”

他不爱吃西瓜，乔乐乔早就知道。可他爱芝麻，她并不知道。

还差二十分钟上课，江曜拿了资料对乔乐乔说：“我选课表上人数不够，你要不要去？”

惊异的神色只在乔乐乔脸上停留了一秒，她马上调动脸部肌肉，露出八颗牙齿：“好啊，求之不得。”

乔乐乔自觉刚才说的话犯了大忌，一路上不停地跟江曜解释：“如果是选修课的话，选课的人少了，未必跟老师水平有多大关系，可能只是分数批得稍微严格了一些。只要手头松一些，就不会缺学生。”

“你刚才可不是这么说的。”

乔乐乔马上承认错误：“我刚才看问题太片面了。让没选你课的人后悔去吧。”

乔乐乔跟着江曜一路从家属楼到了教学楼，两人走在一块儿，乔乐乔私下握住江曜左手无名指，摩挲他手上的戒指：“你用左手写板书还是右手写板书？”

“左手。”

乔乐乔心里暗喜，岂不是江曜每写一次板书，大家都会看一次他左手无名指上的婚戒。她这项投资可真是大大的值了。

选课的人不多，旁听的人却很多。

乔乐乔还没进教室，只瞥一眼，就发现人已经满了。

她心想，这些学弟学妹可真鸡贼，不选课而旁听，只享受权利，而不履行义务。

乔乐乔作为江曜的家属，很有牺牲的自觉："我就知道听你课的人不会少，我走了，你进去吧。"

"去哪儿？"

"我师哥的课应该还有空座。"

还没等江曜说话，一个男生擦过江曜的手臂往前跑，还没进教室又跑回来对着江曜说了声"老师好"，又看了看乔乐乔，半天挤出一句："乔学姐也来听课？"

乔乐乔心道，这是不是差辈了？

江曜是个左撇子，写板书的时候，日光灯一照，无名指上的戒指格外晃眼，时刻提醒着大家他已经有主了。

因着乔乐乔每节必去旁听江曜的希腊神话，她在小范围内渐渐得了一个新一代醋缸的称号。这个称号的得来要归功于前一任醋缸傅师母。

傅师母又美又凶，脸上一点儿也看不出岁月的痕迹。她有两大爱好，养生和吃醋，都是以前做护士时遗留下来的习惯。传说中，傅师母是系里知名的醋缸，就连家里养的狗都是公的，在她的严防死守下，现在连母苍蝇都不敢进她家的门。

最近，傅师母在系里一次聚餐中，点名对乔乐乔这个后浪进行了肯定，大有前浪技不如人之感，就凭乔乐乔每天去丈夫的课上监察这一点，她就做不到。

乔乐乔很委屈，他俩一年见的时间有限，她只是想找时间多看看江曜，根本就不是什么监察。

希波战争史课上的一部分学生嫌江曜的课时太少，特地给他写了一封联名信，问他能否多加一些课时，来满足大家的求学欲。这些学生都学过古希腊文，有底子在，不满足只看英文文献。江曜自己也认为时间太少，讲得太浅。在学生的强烈要求下，江曜决定办一个小型读书会，读希罗多德的原典。

乔乐乔问一共多少人，男女比例多少？

在得知男女差不多后，乔乐乔略微有点儿失望，她以为女生会比男生多不少，结果差不多。

江曜误解了乔乐乔的失望。

随即乔乐乔就表现得很热情，主动提出第一次就在家里办，她也可以旁听一下。没说出口的是，顺便为自己正名，她可不是个醋缸。

她很豪爽地对江曜表示：“都交给我，你就不用管了。”

江曜嫌麻烦，并不想请学生来自己家，但乔乐乔这么主动，他也不好拒绝。

在人来之前，乔乐乔狠狠收拾了客厅，采购了一百个大号一次性纸杯，把家里的椅子都搜罗过来摆在长桌周围，并且准备了一堆饮料水果，把冰箱都塞满了。

为了这次聚会，乔乐乔特意花三分钟时间化了妆，还换了裙子，站在镜子前照。

江曜坐在她身后，随手从桌上捡起一张复写纸，拿铅笔画正在照镜子的她。

乔乐乔在镜子里看见了江曜冲着她笑，忍不住也对着镜子笑起来，转身去看江曜手里的画。

江曜不给她，她就抢，一不小心跌到江曜怀里，终于抢到了纸。

从上至下，一共三幅图，每幅都只有眼睛和嘴巴：眼睛睁圆了配四颗牙齿露出来，眼睛没那么圆配六颗露出的牙齿，眼睛眯缝着露出了十颗牙，最后一幅笑得最开心。

乔乐乔看后把纸揉成一团。

江曜又把纸展开看：“你不喜欢？”

“谁会喜欢？”

“不像你吗？”

“这根本就不是我！”

“那你觉得和你差哪儿了？”江曜扳过她的脸，“张开嘴，让我看看这是不是你的牙？”

乔乐乔闭上嘴不说话。

“那就是了？”

乔乐乔刚张开嘴要否认，怕中了江曜的计谋，又合上了。江曜抱住她，去亲她没有搽唇膏的嘴，引诱她露出牙齿。

乔乐乔刚开始很坚决，但耐不住江曜咬她上唇，她怕留下印子，一会儿还有客人要来，只好做暂时的屈服，屈服没多久就变成了迎合，在这方面她总是缺乏坚定的立场，只顾着享乐。她的手去摸江曜的耳朵，越摸越烫，她报复性地想：你画我，我也画你。

等时针指向八点，江曜才放开她，手里握着被她揉皱的纸团说：“既然你不喜欢，那我就自己留着了。”

乔乐乔抱怨他：“你把我裙子都弄皱了。”不光裙子，她的头发也乱了。

“我给你熨。”

“不需要。你把画给我就行。”这么难看的画，可不能落到别人手里。

江曜把画放到乔乐乔手心，又合上：“送你了。”

乔乐乔收好纸团，又扯出一张纸 ，也迅速画了两幅图，上面画了两只耳朵，下面也画了两只。

不同的是，下面的两只耳朵用红色铅笔上了色。

乔乐乔拿着纸在江曜面前晃，一脸微笑：“像不像你？要不要在镜子前看看？”他现在的耳朵仍然是红的。

她没得意两秒，江曜又封住了她的嘴。她去扯江曜的耳朵，证明确实是红的，她画得很准确。

准确归准确，乔乐乔却没落着好。她在镜子前检视自己的嘴唇，发现确实没有什么印子，但裙子必须得换一件，太皱了。刚才的粉太薄了，脸红了还能看出来，必须得加点儿。

门铃响时，乔乐乔刚打理好自己。她看江曜，还比她从容三分，只是江曜不搽粉，耳朵仍有些红。

乔乐乔做了三大瓶饮料，一瓶杨梅汁、一瓶酸梅汤、一瓶橙汁，光冰激凌就提供了四种口味，让大家随便选。怕把她喊老了，同学们叫她乔学姐，都说乔学姐实在太热情太周到了。

乔乐乔本就是个热情的人，今天格外热情，尤其对女生，以此证明她并不是个醋缸。

但在江曜看来并不是那回事，她的表现过于夸张了，好像在掩饰什么。

乔乐乔根本不懂什么希腊文，刚开始还在那儿假模假样地听着，眼睛时常偷偷去瞥江曜，他当着外人的面，往外抛了好几个笑话，把人都逗得不行了，但他面上仍很平静。

唯一好笑的地方是江曜的嘴角，她发现他在忍着，这一发现让她忍不住笑出声来，她笑得后知后觉，大家都去看她，她脑子里仍是江曜那憋笑的嘴角，她咬住牙齿，起身奔去了厨房。

乔乐乔自认还算心灵手巧，切了两个很好看的果盘，切完很安静地摆到桌上。她有点儿小私心，特意把江曜喜欢的水果放到离他很近的地方。

中午十一点突然下起了雨，雨越下越大，雨点儿打在窗户上，噼里啪啦的。乔乐乔站在阳台上，看着路上行人的伞被风吹跑了。她心道一声，不好。

时针指向十二点，江曜开了口：“中午大家就在这儿吃吧。”

同学们本来没打算给江曜添麻烦，但雨这么大，也只能叨扰了。

乔乐乔很苦恼，要是搁正常天气，出去下馆子或者叫外卖都没问题。现在雨这么大，请外卖小哥跑一趟也怪不好意思的，就算她好意思，也不知道何时能送到。那就只能自己做了，可这么多人的饭，怎么做？总不能让大家跟他俩吃挂面吧，现在连盛挂面的碗都没有。他俩并没在这间房子请过客，餐具只有两个人的。

前些天有人给江院长送了不少鸡枞，分给了他们一些，江曜做了鸡枞油。这几天，他们不是吃食堂下馆子，就是拿鸡枞油下面或配白粥，偶尔炒个青菜，家里根本没有菜可以供八个人吃。

“吃意面吧，这样比较快。”还有咖喱鸡块和土豆。

唯一值得庆幸的是，之前点了不少外卖，有家店的餐具是瓷盘子，乔乐乔数了数有八个，这时候正好派上用场。

乔乐乔还想留下来帮忙，被江曜轰出去待客。

客厅的长桌上摆着一个圆筒，里面插了很多把扇子，在从乔乐乔嘴里得知这些都是江曜的大作后，有同学问能否欣赏一下。

乔乐乔在经过一番思想挣扎之后，说了声好。

“江老师喜欢小黄人？”扇面上有一半是小黄人，想到平日里看上去不食人间烟火的江老师竟是小黄人爱好者，还每一个都画了扇面，有一个男生不禁笑出声来。

“是我以前喜欢的。”

“这都是江老师画的？”

乔乐乔点头称是。看着学弟学妹脸上丰富的表情，乔乐乔自觉很对不起江曜。

午饭是咖喱鸡丁意面，咖喱汁熬得很好，都浸在面里，很入味。江曜虽然不爱请客，但请了也不愿怠慢人家，他做好意面，又去做苏打水。等江曜把他做好的苏打水分发给大家，发现自己面前的意面已经被换了。

意面不大够，江曜只象征性地给自己盛了两根，现在碟子里的分量明显多了不少。他瞥了眼旁边乔乐乔的盘子，发现她的盘子里只有几根，她一只手护住自己的盘子，好像是怕人看到。

江曜本想把自己盘子里的面拨给乔乐乔一点，但一想到两个人会为了一盘面推让起来，就放弃了这个想法。这个年代，请客饭不够吃就够可笑了，两个人再为这点儿饭推让……

同学们都夸江曜饭做得好，问他是不是经常在家做。

“偶尔做。”

江曜很快把面吃完了，怕乔乐乔吃不饱，江曜特意给她煎了一只鹅蛋，这是乐女士送给他们的，据说是老乡自己养的，很营养，很有机，但事实上乐女士很可能被骗了。

乔乐乔看着自己的加餐，不好意思地说了声谢谢。她很客气地问别人吃不吃。没有人愿意夺人之美，纷纷表示，乔学姐尽管独自享用。

饭后，江曜出于习惯，把收拾碗筷的责任揽到了自己手里，有同学提出要帮忙，直接被他拒绝了。

江曜的熟练程度暴露了自己，不难看出他经常做这一类工作。

对面的同学合理推断，江老师家务全包。

雨一直到下午三点才停，来的同学都带了伴手礼，江曜不习惯收人东西，又都送了他们一罐巧克力，让他们带走。乔乐乔也很客气，欢迎大家常来做客。

江曜补了一句：“只是我们不常在家。”

等学生走了，江曜马上从冰箱里拿出挂面下到锅里，就着油浸鸡枞，两人又都吃了一碗面。

乔乐乔吸取了教训：“下次请人做客前，一定看看天气。”

“你不觉得你刚才热情得过了头吗？”

“是吗？我觉得刚刚好。”

“让人怀疑你别有所图。”

“怎么会？”

“下次别这样了。除了你，我对其他人没有任何想法。”

“我知道。”

“我总怕你不知道。”

“我真的知道。”她要是不确定的话，她是不会同他结婚的。

“那就好。”

这一番突如其来的剖白让乔乐乔很不好意思，她笑了笑，想到江曜今天画的画，她很快又要闭上嘴，江曜没给她这个机会。

乔乐乔过了两天才后知后觉，原来江曜以为她对读书会的女生不放心，才请人到家里做客的，她实在太冤了，整个一南辕北辙。

她放弃了解释，只盼着江曜不知道他画小黄人的事情已经随着他包揽家务的名声一起传了出去。虽然系里的人差不多都知道了，但应该没人会告诉江曜吧，她这么想着。

江曜一回国，系里许多老师都请他去吃饭，乔乐乔也跟着蹭了不少。

最好吃的要数傅师母做的。

傅师母的声名远扬和傅主任脱不开干系，傅主任把妻子善妒当作自己魅力的证明，日复一日地传扬自己怕老婆的美德。每当傅主任要拒绝应酬或别的什么，只要说一声太太不让，再滴几滴汗，大家就都很会意地体谅他。本来傅师母顶多只算个醋瓶子，硬是被夸大成了醋缸。

傅主任不仅宣扬自己如何怕老婆，还主张后辈向他学习，婚姻的秘籍到了他老人家嘴里就成了：娶一位好太太，然后听她的话。

而对于江曜这种已经结了婚的人，傅主任的箴言只剩后半句，就是要听太太的话。

乔乐乔并不羡慕傅师母的御夫术，但很羡慕她的厨艺。

傅师母做的鱼丸格外鲜嫩，现成的鱼丸汤可以下面吃。乔乐乔向傅师母讨教了做鱼丸的方法，师母说做鱼丸的鱼一定要用活鱼，削鱼泥要快。乔乐乔却学不来师母的杀伐决断，也不敢买活鱼来杀。

鱼丸不敢做，并不妨碍乔乐乔继续和傅师母讨论厨艺。大概是觉得乔乐乔孺子可教，傅师母时不时发微信对她提点一番。

系里的年轻男教师都怕自己的夫人和傅师母搞到一起，那样简直天无宁日，哪怕是傅主任的嫡亲学生，也很少把另一半带来见师母。

傅主任得知乔乐乔经常和自己夫人联系，也觉得江曜很可能走上自己的老路，为他掬了一滴鳄鱼泪。

江曜怕傅师母，倒不是怕她把御夫术传给乔乐乔。而是乔乐乔自从和傅师母对上号后，做饭的自信日益膨胀，简直要把家里的厨房撑开。

乔乐乔对于做饭十分有热情，也很舍得下功夫，什么麻烦做什么。以豆腐来说，凭她的手艺，拌豆腐最好吃，可她还要费劲做罗汉豆腐，大好的豆腐搅成泥做皮，裹上剁好的肉馅儿，扔到锅里炸，这还不算完，又要红烧，做出来的比简单的拌豆腐还不如。

江曜为了阻止乔乐乔的大厨梦，提前制订了一周的吃饭计划，哪顿饭下馆子，哪顿饭吃食堂，哪顿饭自己做，都写得明明白白。尽量不自己做，即使要做，江曜也要赶到小乔头里，以防她在做饭时发挥艺术家的本性。

从这方面说，江曜确实怕乔乐乔。

日子一天天过着，直到七夕的前一天，乔乐乔的厨艺也没得到很好的展现。

万陵七夕结婚，乔乐乔问江曜要不要和她一起去参加婚礼。

她当初办婚礼的时候，万陵给她包了个八万八的红包，这次她当然得给回礼。新娘她认识，是茶馆的股东，对万陵的情史远比乔乐乔要了解得透彻。

万陵的新娘跟他以前的女朋友都不一样，高却不瘦，以前是业余篮球运动员，身高 180+，穿上高跟鞋，将近要比万陵高一头，很能给人安全感。乔乐乔听孟渊说，万陵现在老实多了，晚上十点以后不在家都要打电话报备。

江曜指着小圆桌上的茶壶问乔乐乔："这茶是万陵送的？"

乔乐乔马上否认："我自己买的，还留了票据，你放心喝。"她这一年几乎和万陵没来往。

"他和谁结婚？上次那个？"

"不是。"

"他怎么想到这天办？"

乔乐乔笑笑。

江曜明显对万陵的婚事不感兴趣："你自己去吧，我没时间。"

乔乐乔对此早有准备。江曜请他的老师回国办讲座，这几天都陪着。而且即使有时间，她也不觉得江曜会愿意去。

"行。"乔乐乔倒坐在阳台的椅子上，下巴搁在椅背，手上拿着茶杯，听雨噼里啪啦地下着，斜眼去看江曜，"你饿了吗？食堂是不能去了，这么大的雨，点外卖怪不好意思的。你想吃什么？我给你做小碗干炸，一会儿我打电话请教请教我妈，她做得特别好。"

乔乐乔对于做饭十分有热情，但江曜好像却舍不得她下厨，连她拍个黄瓜都怕她辛苦，更别说包饺子做大菜了。他越是这样，她越过意不去。

江曜手边的书又翻了一页："还是我做吧。"他真是怕了乔乐乔的手艺。

"我做吧。"

乔乐乔到底没争过江曜。

江曜讨厌在规定的时间浪漫，所以乔乐乔并不指望江曜会在七夕这一天表示什么。

乔乐乔的领导大发善心，提前就跟乔乐乔说，七夕的节目她可以提前录播，七夕当天她可以拥有完整的一天假期。

七夕这一天，乔乐乔早早地起床，按照傅师母交给她的法子烙了葱油饼。按照师母的吩咐，葱花九白一绿，乔乐乔烙到第七个的时候，终于成功，她自觉烙得很好，层很多。

江曜很捧场地就着白粥吃了一个。

他发现乔乐乔没有，便问：“怎么就烙了一个？”

因为其他的都失败了。

乔乐乔很高兴：“今天就是随便试一试，你要爱吃的话，明天我还给你做。”

乔乐乔除了份子钱，还给万陵准备了一份结婚礼物，烫金扇面上写四个大字：百年好合。

江曜合上扇子，笑道：“你这字倒写得很好，也不知道他看见了高不高兴。”

乔乐乔问：“怎么会不高兴？这四个字多吉利。”

“就是太吉利了。”

江曜本来说不去，结果到了时间又赶了回来，他不放心乔乐乔一个人去。

他换上乔乐乔给他熨好的衬衫，问：“不给你丢脸吧？”

“请给新郎留点儿活路吧。”

乔乐乔并不是一个人，她的师哥还没摇到号，要搭她的车。

“既然总是摇不到号，孟渊怎么不租一个车牌？”

“那多贵，而且有风险。”

“我没记错的话，万陵是搞相亲的吧，孟渊可以让万陵给他介绍一个家里有车牌指标的。”

乔乐乔忍不住笑了，她知道江曜是记以前的仇，但万陵确实给孟渊介绍了一个家里有三个车牌指标的女孩儿相亲，只是孟师哥对爱情还抱有幻想，这个相亲不算成功。

万陵的婚礼办得很排场，他终于如愿娶了一个比他高很多让他有安全感的新娘，乔乐乔和孟渊都很为他高兴。

新娘向乔乐乔敬酒的时候，还没等她拒绝，就听万陵说：“小乔喝不了酒，还是让她拿杨梅汁代替吧。”

新娘说：“哪怕喝一口也行。”

新娘坚持，江曜接过酒杯：“一会儿我还得靠小乔开车，这个我替她喝了。”

“那你可不能只喝这一点儿。”

江曜的酒喝得很干脆，一连喝了三杯。

从酒店回来，乔乐乔先开车把唯一的单身人士孟渊送回了教职工公寓。

江曜让乔乐乔回家属楼。

乔乐乔疑心江曜喝醉了，之前被淹的房子已经好了，不用再暂住在家属楼。

“就去那儿，我有东西给你看。”

乔乐乔在客厅长桌上看到了红玫瑰，摆出了她名字的形状。

“喜欢吗？”

乔乐乔嗔道：“俗死了。”

但这并不妨碍她感动，一个不怎么俗的人，为了她干出俗得不能再俗的事儿。

江曜不喜欢七夕，因为他觉得意料之中的浪漫很没意思。但对于从不过七夕的他俩，这确实不算意料之内。

两个人坐在阳台上听乔乐乔之前录播的节目，放到乔乐乔的《我要脱单》时，夜色掩去了她的脸红。

乔乐乔在心里为自己辩护，她绝非故意自恋，时不时就要在电台放自己的节目，真的只是太应景了。

飞伦敦的机票乔乐乔本来买的是经济舱，结果江曜偷偷给她升了舱。

她本想对江曜进行一番批评，后来想想还是算了，得了便宜还卖乖的事情要少干。

乔乐乔这个假期极其来之不易，领导体谅她婚假都没休，同意她临时录播节目。乔乐乔赶在中秋节前休假，提前录播了一周的节目。

临行前她特意带了云腿月饼、两篓螃蟹、一箱大石榴去了江曜的父母家，江家父母留她吃了饭，还送了她一堆东西，月饼、果酒……后备厢都装满了。

乔乐乔直接把这些东西送到了自己爸妈家，又吃了一顿好吃的。

她把该看的亲朋都看了，该送的礼物都送了，主持了两场婚礼，挣够了过节费，才上了飞机。

江曜去机场接她。

乔乐乔没等江曜说话就晃晃左手的箱子，笑笑说：“这个是空的。”江曜之前叮嘱她要少带东西。

他们住的酒店离泰晤士河不远，放下行李，江曜带她到一家餐厅去吃烤骨髓。大概是因为太好吃，乔乐乔吃多了，又喝了啤酒，她绕着河散了一个多小时的步来消食儿，江曜在河边给她拍了不少照片。

回到酒店，乔乐乔看江曜拍的照片，边看边说："你拍的照片怎么比我本人好看啊？"

江曜看着她笑："傻子，你知道你长什么样吗？"

乔乐乔想了想说："如果镜子里的我和照片里的我都不可信的话，我可能真不知道自己长啥样。"说着她盯着江曜的眼珠，去寻找他眼里的自己，越靠越近。

"你看清了吗？"

"没有。"乔乐乔捧着江曜的脸说，"我还得仔细看看。"

江曜眼珠里的乔乐乔在那儿傻笑。

乔乐乔很后悔自己吃多了还喝了啤酒，她的肚子仍有点儿鼓。江曜好像把她的肚子当成了架子鼓，一直在那儿敲，虽然并不疼，但她很羞愧。江曜的每根手指好像都在笑话她，她被他弹得发痒，去扒拉他的手，很没底气地叫他不要再这样。不过，当江曜笑话她像怀了至少三个月时，她很理直气壮地反驳："说得好像你怀过一样，你知道三个月啥样吗？"

江曜不说话，只看着她笑："我总觉得你比我懂得多，要不你教教我。"

乔乐乔知道他在调侃自己，有点儿恼羞成怒："刚才还不是你一直让我吃？我都不吃了，你还帮我剔。还有啤酒，我都说不喝了，你非让我喝，一种喝完还不够，还让我喝你剩下的，我要不喝好像嫌弃你一样。"

"我又没说这样不好。"他的手指仍在那儿敲，另一只手扳过乔乐乔的脸亲她。乔乐乔不配合地偏过头，江曜又去找她的嘴。

她决定明天还是少吃点儿，不能再让他有由头逗她了。

江曜对待夫妻生活，就像对待金钱一样，没钱不花，有钱多花。他在这上面并不搞花样，像个毛头小子一样很实在，乔乐乔并不需要他的技巧，光凭热情就可以打动她。

第二天乔乐乔腰很酸，江曜建议她休息半天。

"那你干什么？"

"我去给你找吃的。"

"我又不是猪。"昨天他还拿她的肚子逗她。

"有家店的烤乳猪不错，你一定得尝尝。"

乔乐乔哼了一声，从床上爬起来和江曜去吃东西。

因为要留着胃口吃烤乳猪，乔乐乔在集市逛了一圈，只吃了一个冰激凌，但她买了很多种颜色的玫瑰，送给江曜当礼物。

烤乳猪确实很不错，肉很嫩。阳光透过落地窗照进来，打在江曜脸上，他脸上的微笑让乔乐乔想起了昨天晚上，她马上收束了胃口。

江曜问她："怎么才吃这么点儿？"

乔乐乔赌气说："我的肚子都三个月了。"

江曜冲着她笑："那你就更得多吃了。"

乔乐乔表现得很坚决，还是江曜先服了软，乔乐乔只好勉为其难地又吃了些。她不得不承认，江曜还是很会挑馆子的。

晚上去看歌剧，位置很好。江曜能坐这么好的位置完全是沾了乔乐乔的光，他向来是手头有钱就买好位置，没钱也能将就，不过结婚后他稍微调整了下消费习惯，轻易不买最高价位的票，毕竟贷款还没还完。

出了音乐厅，乔乐乔现学现卖给江曜唱了两嗓子，还有模有样的。

"虽然我唱得不如名角儿好，可他唱给那么多人听，我只唱给你一个人听，你可一定要珍惜哦。"

江曜伸出手在乔乐乔头上乱揉了一把，也没说答应还是不答应。

乔乐乔曾听说江曜骑车夜游伦敦，也想骑车看看，江曜没同意，理由是最近治安不好。

她刚想说自己也是有两下子的，又想起江曜为了自己进了不止一次派出所，于是选择了缄默。

乔乐乔在伦敦待了两天，胖了三斤。

她带着空箱子来的，江曜自然不能让她空着箱子走。第二天江曜就带着她去西区的奢侈品店，不顾她的反对，给她添置了裙子、毛衣和一个名牌手包。他花钱花得十分豪爽，店员十分客气地把他俩送出了门，并欢迎两位下次光临。

江曜的消费水平远远超出了他的收入水平，虽然他有版税，但也禁不住这么花。

乔乐乔抱怨他："我的衣橱早就堆不下了，包也有好几个。"

"那不是你自己买的吗？"

"咱俩不是在消费上达成一致了吗？吃好住好是最重要的，其他都可以从简。"

"理论上是这么说，但是我请你吃了饭，你总不能老说我一年前请你吃了什么，但包和衣服不一样，你向别人提到我，人家也不觉得突兀。"

“歪理！”

一个箱子并不够乔乐乔装的，她在大英博物馆买了许多纪念品准备回家送人，顺便给江曜添置了一件大衣，请他穿大衣时也向别人提提她，这样也不显得突兀。而她自己在诺丁山买了一堆小玩意儿和二手的歌剧唱片，准备即日学习，择日为江曜献唱。她买了一堆东西回剑桥，把江曜的后备厢都给塞满了，就连她在博罗市场给江曜买的玫瑰，因为还没蔫儿，也被她带了回来。

到了家，乔乐乔赶快把花抱出来，放到花瓶里。

她看到江曜的家第一感觉是，他一个人也可以过得很好。一切都那么有秩序，比她的家还要清爽不少，色调是暗绿色的，她喜欢这个颜色，但是用在小户型里就显得太压抑了。她尤其喜欢江曜的浴室，很大，不像她的那么窄。这里这么舒服，他还要回去找她。

她如愿看到了江曜照片中的家，还看到了那间给她准备的直播间。

到家的第一天晚上，乔乐乔吃到了江曜煎的全熟牛排，江曜拿出了他的威士忌，劝她也喝一点儿。不出所料，她又喝了个半醉。

床单被罩都是乔乐乔买的，到现在乔乐乔一共给他买了四套，方便他每天洗了都能换。

乔乐乔躺在自己买的床单上，听着她买的唱片，盯着天花板看。她忽地跳起来把唱机关了，侧过身贴着江曜的耳朵给他唱，还没等到她忘词儿，江曜就堵住了她的嘴。

清早，乔乐乔躺在床上跟江曜商量今天的伙食：“你想吃什么菜，我去给你做。”

“你有时间多转一转，附近有许多小馆子，不用你做，买菜也麻烦。”

“我愿意麻烦。”

好在早餐并不需要什么技巧，乔乐乔用烤面包机烤的面包，榨汁机榨的果汁都还算及格。

江曜有课要上，并不能时刻都陪着乔乐乔，乔乐乔很会自得其乐，在江曜的指引下，骑着自行车把学校逛了个遍，还和学校周围卖艺的文艺工作者进行了亲切友好的沟通。学院外边，有卖煎饼的，一个至尊豪华大煎饼换算成人民币要七十多块，乔乐乔看见沙拉酱，就觉得不过如此，哪有正宗煎饼用沙拉酱的。她想，如果当初自己来英国，即使学业不成，靠着卖煎饼也未必不能养活自己。

她中午陪着江曜吃了顿食堂，下午就去买菜做饭，她的英语程度虽然读深奥的文献有些困难，但是用来买菜毫无问题。

晚上，江曜就尝到了乔乐乔自制的乔氏大煎饼。

“你觉得我这个水平怎么样，可以靠这个赚钱吗？”

“卖相很好。”

“味道呢？”

“应该会有人喜欢，每个人口味不同。”

江曜在乔乐乔的注视下吃了半个煎饼。他也纳闷儿，乔乐乔平时下馆子很知道食物好赖的，一轮到自己，好像味觉失灵了一样，没有任何自知之明。

本来乔乐乔十分快乐，但中间发生了一个不大不小的插曲，让她有些疑惑。

江曜的书房对乔乐乔完全开放，她无意间在江曜的书架上发现了一张很不起眼的CD，出于好奇，她把碟放到了播放器。

碟大概是新刻不久，但录音却是六年前的。

她在里面听到了她极富标志性的英语，还配合着笑声。

她的耳根越来越红，倒不只是羞惭。

她很明确，录音的时候，她还没撞上江曜，两个人几乎没有任何交集，但那时她对江曜的印象极好，那节《外国史学名著选读》，她因为稀奇古怪的发音引来了一串嘲笑，唯独江曜没笑她。可他到底是出于什么目的把她的发音录下来的呢？

好奇心一旦涌上来，就再也控制不住。

饭桌上，乔乐乔对江曜旁敲侧击：“你是什么时候注意到我的呢？”

“你怎么想起问这个来了？”

乔乐乔盯着江曜的眼睛，又给他碗里夹了一筷子自己炒的菜：“我想知道。”

江曜对乔乐乔真正有印象，是她和孟渊说相声，孟渊出言不逊，乔乐乔狠踹了孟渊几脚。

“你还记不记得你第一次找我道歉？”

乔乐乔象征性地“嗯”了声。往事不堪回首，当年她太低声下气了。原来她在他的第一印象里是这样。

江曜继续说：“我还以为你俩要散伙。”

结果并没散，还一直合作了那么多年。

“那时候你是不是对我印象挺不好的？”毕竟江曜讨厌孟渊众所周知，作为孟渊的铁杆搭档，她被讨厌也很正常。

“我倒觉得你很讲义气。”乔乐乔受了孟渊不少牵连，还坚持和孟渊合作，而且他一直认为乔乐乔最开始并不认同孟渊，之所以和孟渊一直合作下去，都是为了义气。

但近墨者黑，江曜即使觉得乔乐乔够义气，也没打算和她有交集。

乔乐乔听到江曜对她的夸赞，一时忘了录音的事情，又给江曜盛了一勺她亲手熬制的火腿汤。

这火腿是她千辛万苦想方设法从国内背来的。

洗完澡，江曜的手指穿过乔乐乔的发丝给她吹头发，当江曜在她的头发里弹吉他时，录音的事情又爬上了她的脑子。

“老祝的课上，你对我有什么印象？”

江曜的手指一时僵在那儿，问：“你今天怎么了？”他觉得乔乐乔有些反常，一连两次问起了之前的事情。

“难道不能告诉我吗？”

他总不能告诉她，她的发音很幽默，给他留下了十分深刻的印象。以至于为了听她读材料，他总是故意问老祝问题，让老祝烦恼，不得不找乔乐乔站起来调节气氛。

但也不能说没有任何印象。

他去拨乔乐乔的头发，反问道：“你对我什么印象？”

吹风机拂过乔乐乔的头发，江曜的手指在里面随便拨着，乔乐乔有点儿发痒。

“很好。”

“很好是怎么个好法？”

“你从来不笑我。”乔乐乔换了语气说道，“虽然我也挺想逗人笑的，但我不想通过发音出丑让人笑。”

“我知道。”

“所以我知道你特意去找老祝让他停止找我读材料时，我特别感动。”

因为这个，她才会回去找他。

“老祝告诉你的？”

乔乐乔点点头，忘了她还在吹头发。

她继续说：“其实何溪在背后取笑我发音的时候我就听到了，我开始以为你和她一起取笑我，就没理你。后来你主动提出帮我忙，我就知道你不是那种人。”

江曜只好沉默。他当初确实反驳了何溪，说语言不过是个工具，乔乐乔愿意怎么说就怎么说。但是如果不是他，乔乐乔也不会出丑。

乔乐乔揪住最开始的问题不放："你到底是怎么看我的？"她实在想不通他为什么要录音，"你当时为什么要录我的发音呢？"

江曜关掉吹风机，下巴搁在乔乐乔的头发上，从后面拥着她，去亲她的嘴。当然怪他不小心，当时用U盘录了不够，后来还要刻成碟，但一千来张CD唱片，她怎么就找到了？他太知道，真实答案乔乐乔是不会满意的。

乔乐乔一开始被亲得迷迷糊糊，但她并没忘记她刚才的问题："为什么？"

江曜去吻她的下唇，试图让她放弃这个问题。

"是很难回答吗？"

"我早就喜欢你了。"终于说出一个答案。

乔乐乔一颗心怦怦跳，结婚一年多了，听到这句话仍然激动，她的嘴粘在一块儿，好不容易才挤出几个字："早就喜欢，有多早？"他喜欢她，所以连她的发音都要录，也不是说不通。

"比你想象的要早得多。"也不算完全骗她。

"那我撞了你，去找你，你怎么对我爱搭不理的？"她是很愿意相信江曜早就喜欢她的，可逻辑上说不通。

"我怕你知道我喜欢你，你就不来找我了。"

"怎么会？你连门都不给我开，我那时候还以为你讨厌我，要不是我对你有责任，我是真不敢去找你了。"

"多亏了你来找我。"

这次，江曜没再给乔乐乔张嘴的机会。乔乐乔躺在自己买的床单上，手指去摸江曜的耳朵，烫得厉害，她的心也跟着烫了。虽然江曜的话细究起来还是有不少漏洞，但她总觉得江曜不会骗她。

原来他早就喜欢她啊！

江曜上课之外，尽可能抽时间陪乔乐乔，小城不大，两个人出行总是骑自行车。

乔乐乔对自己的厨艺十分自信，怕江曜吃不好，她还特意为江曜制作了两罐泡菜，她走后江曜还可以用泡菜佐餐，顺便在吃早点的时候能够想起她来。

中秋那天，乔乐乔换上了一件矢车菊蓝底子的旗袍，她特意从国内背来的，就想让江曜知道她又做新袍子了。

江曜吃到了乔乐乔专门为他制作的乔氏月饼。她弄到了一些螃蟹，给江曜做了清蒸蟹，卖相很好，味道也不难吃。他们买了一瓶餐酒，好喝，还不贵，她喝了一点儿。

江曜从院里借了一条船带小乔去游河。他虽然长了一副斯文败类样，但是体力活儿干起来并不马虎。

游河的人白天比较多，乔乐乔自己闲逛的时候，花钱游了一圈，一条船十来人，她是其中之一。撑船的小哥据别人说很帅。乔乐乔对西方帅哥的品鉴能力一向很低，她的审美偏向东方男人。他们那一船中国人不多，乔乐乔一边看鸭子，一边哼戏，旁人夸她唱得很好听请她重复一遍，她也没推辞。

乔乐乔问江曜：“你累了吧，要不换我来？”

江曜拒绝了乔乐乔的提议，这里虽然不深，但足够脏，掉进去可够受的。

“你要掉进去，我可不捞你。”

“我不信。”

乔乐乔坐在船里，吃着自己亲手烤制的月饼，河风扫过她的头发。要想欣赏一地的景色，最好的方式就是坐船了。河上很冷，乔乐乔裹着大衣，给江曜唱戏，怕惊扰了河里的鸭子，她唱的声音不大，只够江曜能听见。

江曜只穿了一件衬衣，河水打在他的鞋裤上。

“你冷不冷？”乔乐乔问。

“不冷。”

“这还是我们第一次在一起过中秋呢。”乔乐乔抬头去看天上的月亮，“明年咱俩也一起过吧，好不好？”

扁桃体炎又一次找上了乔乐乔，她不仅脸肿了，就连说话声音也有些改变，节目也只好请人代班。好在这次没上次严重，打两次点滴就好了。

她每天都要和江曜视频，怕江曜担心，她开始还尽量瞒着，不怎么说话，解释说只想和他这么沉默地待着，真正的亲密关系是不需要语言来连接的。怕江曜看出她脸肿，她一直托着下巴 。

连着两天，乔乐乔都托着下巴以一种含情脉脉矫揉造作非常恶心的眼神深情凝视着江曜，以免他发现有什么不对的地方。

或许她的眼神实在太深情了，深情得江曜招架不住，以至于他第一次都没仔细看她，发现她脸上的异样。

但他俩毕竟在一起这么长时间，他对她还是很了解的。

当第二次乔乐乔继续用这种深情的眼神凝视江曜的时候，江曜终于发现了异样："把你的手拿开。"

她继续凝视。

"小乔，把手拿开。"

她不好再瞒着，只好尽量说得轻描淡写，她的声音出卖了她。

"你又想骗我？"

"没。"

江曜没再计较她的掩饰，只问她："看医生了吗？"

"嗯。"

"严重吗？"

"不。"

"跟你爸妈说了吗？"

"小事，不用说。"乔乐乔说话又回到了克制状态，发现江曜脸色不对，她又变了说法，"我明天就回家，让我妈顺便照顾照顾我，还不行吗？"

"你问过姨妈了吗？"

乔乐乔一着急，说话语速也加快了："我这小事儿，不用麻烦姨妈。"

每逢端午节、中秋节、春节以及沈姨妈生日，乔乐乔都会及时送上礼物，沈姨妈也会送她生日礼物。但沈家人性子都比较冷，她不愿意为这点儿小病去麻烦人家，也太把自己当回事了，她又不是慈禧，得个小病，哪至于如此兴师动众。

"那我帮你问。管住你的嘴，不要吃辣，你是不是又吃了不该吃的了？"江曜看乔乐乔刚要张嘴，马上说，"你不要说话，听着就行。工作的事情不要着急，等彻底好了再去。"

"我知道。"

江曜在对乔乐乔进行了一番嘱咐后，方挂断了视频。

江曜马上联系了他的姨母沈医生，又给岳父母打了电话，请他们关照一下。一个小时后，乐女士就到了乔乐乔家。当天是周末，乐女士并不上班。

乐女士接到江曜的电话后，急忙叫还没出车的老乔拉自己到女儿家。虽然电话里江曜说乔乐乔的病并不严重，但江曜的电话打得这么急，乐女士总不放心。

当乔乐乔看到母亲出现在自己眼前的时候，她几乎用崩溃的语调说：

“我没事儿。”

沈姨妈那边也来了电话，说她在医院等着乔乐乔。

当然是小病。

乔乐乔很不好意思：“他太大惊小怪了，又麻烦您了。”上次就是明明是小病，非要把沈医生请到医院给她看。

“他也是关心你，毕竟你们离着这么远。一家人，你也不必太客气。”沈医生没结婚也没孩子，把江曜当作亲生孩子一样看待。相比江曜的母亲，他俩来往更热络一点。她自己虽然是医生，但也免不了生病，上次她病了，做一个不大不小的手术，还是江曜一直在旁边陪着，小护士还以为江曜是她儿子。

乐女士按照江曜建议的，每天三顿给乔乐乔熬粥。

乔乐乔忍不住说：“我自己能做。”

“你结个婚，还隔着这么远，你妈不照顾你谁照顾你？”

乔乐乔只好由着乐女士照顾，直到她好了，仍在喝粥。

江曜不仅每天和她连线，现在就连乐女士也要每天问候一次。每当乔乐乔要对江曜的做法提出质疑时，江曜就说她的情况不适合总说话，请她把嘴闭上。

乐女士很高兴，觉得这个女婿很靠谱，至少会心疼人，随即又陷入了担心。

她劝女儿：“要不让江曜回来吧，夫妻就应该互相照顾，否则结婚的意义在哪儿？”

“那我去英国也可以互相照顾。”

“去什么英国，人生地不熟的。我跟你说，你还是要有自己的事业，不能把命运寄托在男人的良心上。主要怪爸妈，没给你挣下一份产业，只能靠自己奔。否则，你要去英国也不是不可以。”

“您又扯哪儿去了？我有事业，他就没有？凭什么我可以为了事业不去英国，他就必须为了我回来？”

“他跟你能一样？他回来，未必比在那儿差多少，再说，他一直在英国待着，保不齐他就……”

“他根本就不是那种人。”

乐女士自觉失言：“我没那意思，我就觉得他回国对你对他都好。”

“您这话跟我说说就得了，您可别跟江曜说。”

“我不至于这么没谱。”

等乔乐乔好利落了，她在视频里怪江曜，怪他兴师动众。

江曜倒没反驳："确实怪我。"怪他离得这么远，只能麻烦别人。

他承认得这么爽快，反倒让乔乐乔不好意思了："还是怪我，我以后一定好好锻炼身体，防患于未然，争取再不生病，你不用为我担心，你也要好好照顾身体，我这边这么多人呢，你在那儿，毕竟是国外。"再多朋友再多熟人，也不如自己的家。她病了，他可以找人照顾她；可他要病了，出事了，她去找谁？坐飞机要那么长时间，真要出了什么事儿，哪轮得到她赶过去。

感情可以经受得住异地的考验，但意外经受不住，哪怕只是个小意外。

可她还是没有勇气让他回来，她其实并不在乎他是副教授还是什么，哪怕学院的资料员也好，挣不了多少钱也没关系，她可以挣；就算两人都挣不了，也没什么大关系，又不是没过过苦日子，这年代，哪有饿死人的。

但她知道他在乎，这是他的事业，只有他自己能选择。

"你不用担心我。"

乔乐乔"嗯"了一声，表示答应。

"你病的时候，想没想过我在身边陪你？"

"又不是什么大病。"乔乐乔忍不住笑了，"我可没那么脆弱。你也把我想得太那个了。"

"我其实比你更担心，我总怕你不说实话。"因为看不见，总有更大的隐忧。

"我说过，我不会骗你了。你怎么还信不过我？"

"好吧，是我想在你身边待着。"只要在她身边，他就相信自己能控制，"你希望我回来吗？"

乔乐乔沉默。

"希望还是不希望？"

"听你的，你怎么做我都高兴。"她不想做抉择，又把选择甩到了他这一边。江曜现在的生活其实很适合他，但他非喜欢上她。

怕江曜不相信，她又补了一句："真的，你怎么选我都觉得是最好的。"

"我知道了。"

江曜没过多久就回国了。

当他表示出回国的倾向时，国内的聘书就准备好了，唯一麻烦的是他的博导，力劝他留在英国。不过当他坚定表明自己的回国意愿时，博导也只能尊重他的选择。

最让江曜想不到的是，反倒是乔乐乔一直再让他考虑考虑，他本以为她比谁都希望听到这个决定。

“你不是说我做的选择就是最好选择吗，为什么还要让我考虑？”

“我以为……”

“并不是什么都是你以为，我做的选择都是此时此刻对我最好的选择，而且，我从不后悔。我做这个决定，完全是为了自己，和你没有任何关系。”

乔乐乔以为江曜在说气话：“你不用这样说。”

“我即使想和你在一起，哪怕我想一直照顾你，也是为了我自己，你明白吗？”

“……”

“你有事儿，我不能顾到你，对我来说太煎熬了，所以我要选择一种不让自己煎熬的方式。”

江曜就是有这种本事，哪怕是表白，也说得义正词严。

乔乐乔沉默，江曜继续问：“你是不是怕我后悔怨你？”

乔乐乔不好否认。

江曜忍不住笑：“我想，我并不会混到这个地步，就算是不如意，无论如何也怪不到你身上。”

江曜回国后，系里师生都认为是乔乐乔发挥了关键作用。回国这一决定，体现了江曜对乔乐乔一片深重的爱意。

江曜回国后，又免不了一番宴请，有些没办法推，只能去。

傅主任请乔乐乔和江曜去吃饭，席上还有不少系里同仁，老祝也在场。

席上老祝对乔乐乔一顿表扬，江曜能回国，乔乐乔绝对功不可没，席上其他人附和老祝的话。乔乐乔和江曜共同的学长说，要不是乔乐乔，江曜未必会回国。

江曜坐在乔乐乔旁边，本来一直听着，一听这话马上否认道：“我不是为了小乔，我是为了自己。”是他想回来陪她，而不是她需要他回来陪她，这点很关键，他做这一切都是为了自己，并不想让她有什么负担。

但这种话，他不想在众人面前剖白，所以只能说一半。

傅主任对江曜的发言进行了拔高：“国内发展并不比国外差，江曜回国很正常，再说他以前对系里的感情就很重，一到小学期就回国教课，系里许多古典学讲座都是他帮忙办的。可以说，江曜回国，在我意料之中。”

从傅主任家出来，乔乐乔走在江曜旁边，同他开玩笑：“本来大家都以为我有妲己褒姒之才，结果你这么一说，我还没来得及膨胀就被戳破了。”

“你知道我是什么意思。”

乔乐乔低头笑：“我知道。”

没人比她更知道了。

番外 后来

GanZhi RuYi

1

堂妹孩子满月，乔乐乔包了个大红包，还送了一个长命锁。

二婶问她：“你们什么时候要一个？”

“我们不着急。”

乔乐乔和江曜都不着急，不光他俩，就连乐女士也不着急。乐女士早就为乔乐乔盘算了，江家爸妈是不可能给带孩子的，她没退休，也不能帮忙，老乔出租车是可以先不开，但乐女士实在无法想象老乔给乔乐乔带孩子。

乐女士给出了一个十分明确的期限，等她退休后再要孩子，她好帮忙带。

乔乐乔自从听了二婶对外孙的五年培养规划，十年培养计划，就对生孩子这件事望而却步。

她曾问江曜：“你能接受咱们有一个不漂亮也不聪明，考试总考倒数，还可能有各种小毛病的孩子吗？”

很明显，江曜并没想到这一点，他从没想过他和乔乐乔的孩子会既不漂亮，也不聪明，他想至少得占一样。

江曜每次都对她说，不会这样的。

乔乐乔更不放心了。她认为，必须能接受孩子可能有的任何缺陷时，才可以要孩子。

但是没等他俩准备好，孩子就来了。

虽然是个意外，既然来了，也要表示欢迎。

他俩都是第一次当父母，对这件事毫无经验。不过江曜向来有学习精神，很快就从自己的表姐那儿得到了一整套方案，并按照孕期食谱给乔乐乔做饭。

乔乐乔疑似患上了产前焦虑症，总是把情况往最坏的方向想。

听到江曜表姐的儿子六岁就学编程，学第三外语，学钢琴，为参加奥数做准备，乔乐乔就为自己的孩子担心。万一孩子像自己什么都不想学怎么办，当年她上小学的时候面对一大堆作业可太痛苦了，要不是因为她有特长，校长免除了她的作业，她得有多么煎熬。一想到高考，那可就更难受了，每天刷题对着正确答案欲哭无泪，一想到考试连饭都吃不下去，她可不希望自己的孩子重蹈覆辙。虽然她现在算得上幸福，但她的幸福可谓来之不易。她是吃了多少苦，才遇见了江曜啊。

但是她不能不做好最坏的打算，必须接受最坏的一面。江曜可以忍受她不擅长学习考试，但未必能忍受自己的孩子和她一样。

“咱们的孩子能不学这么多吗？”

“可以。”

“要是别人都学，他不学，他长大了会不会怪咱俩？”

“那就让他自己决定。”

“江曜，要是咱俩的孩子不够聪明，你不会怪我吧？”

乔乐乔觉得就算孩子不聪明，也不能怪到她头上，可要命的是，她是两个人中间智商不那么高的一个，如果需要家长背锅，一般只能她来。她必须得把话说到前头。

江曜本想说为什么会不聪明，话到嘴边却变成了：“你怎么定义不聪明？”

乔乐乔咬了咬唇说：“就像我学英语，总达不到你的要求。”

“可你唱戏说相声不都做得很好吗？”

乔乐乔点头表示同意。

“如果孩子不如咱俩怎么办？我当然是很聪明啦，但两个高智商的人在一起也可能会出现智商均值回归，爱因斯坦的孩子也没他智商高。”乔乐乔势必要江曜做好最坏的打算，她才肯放心。

江曜不知道乔乐乔为什么要有这种想法。

“只要是咱俩的我都喜欢。”就像乔乐乔做的菜，明明他的味觉并没有问题，但一遇到她做的菜味觉就选择性失灵。

江曜觉得乔乐乔太过杞人忧天了，做个一般人总不太困难，就算孩子各方面都不出色，不是还可以教育吗？他这点儿自信还是有的。

2

乔乐乔怀的是双胞胎。

得知消息的那一刻，乔乐乔觉得自己十分了不起，但骄傲了没几分钟，就开始发愁，两个，可怎么养啊？

江曜也没感到丝毫惊喜，倒不是经济上的压力，养孩子这种事花钱有极大的伸缩性，量力而行就好，只是对于孕妇来说，双胞胎总比单胎要辛苦些，就连生产之后喂奶，也要喂两个孩子。

出了医院，江曜带乔乐乔去粤菜馆吃饭，刚点了两个菜，她就不点了。

江曜捏了下乔乐乔的耳朵：“这可不像你现在的饭量。”他把菜单推到她面前，让她再点两个。

乔乐乔拒绝：“医生让我控制体重。”

“明天再控制行吗？”江曜没管她，又点了两样她爱吃的。

乔乐乔一吃饭，就忘记了烦恼。

出了馆子，乔乐乔挽着江曜的手走在路上，问他：“你猜男孩儿还是女孩儿？”

“我都行。”

乔乐乔昧着良心说：“我也都喜欢。”

最理想的当然是一男一女，两个女孩儿也很好，两个男孩子可招架不住。乔乐乔买了一堆教育书籍，起早贪黑地看，发现那些出书讲教育经的大多是女孩儿家长，她因此得出一个结论：从概率上讲，还是女孩儿的可塑性强，就算先天差一些，后天努力也可以追上。往往男孩儿像妈妈，她虽然自己爱说话，但不喜欢太贫气的男孩子，尤其是两个加一块，就算江曜能接受，她可不能保证自己不打他们。

乔乐乔同江曜商量：“以后咱俩少下馆子，尽量在家吃吧。”

他俩刚换了新房子，因为今后不打算再换了，装修比较奢侈，差不多把家底都掏空了。如今突然来了两个孩子，家里财政只能暂时紧缩。

江曜一时没悟到乔乐乔的意思，以为她是嫌外面的馆子不干净。

消息传到乔家，老乔十分高兴，下厨做了一桌子菜，都是乔乐乔爱吃的。乐女士却为女儿发愁，双方父母都有工作，乔乐乔和江曜也不是闲人，这俩孩子生出来，可怎么带？

八十岁的老祖母自告奋勇要帮乔乐乔带孩子。

乔乐乔哪敢应承，只能婉拒。

谈到带孩子，江曜倒是十分乐观，乔乐乔生产完可以去他表姐去的那家月子中心，出了月子，育儿嫂可以先请两个，等孩子大点儿了，就送到托儿所，让托班的老师去发愁。他自己就属于养着很不费事的那类，一岁就被丢进托儿所，接着幼儿园、小学一路读下去，食堂一路吃下去，连大学学费都自己负担，并没怎么耽误父母的事业。

乐女士一听江曜要把一岁的孩子丢到托儿所，不免觉得女婿太过狠心。好在自己不到两年就退休了，到时可以给乔乐乔帮帮忙。

老乔劝乔乐乔回家住，他可以每天给她做好吃的，还可以照顾她。

乔乐乔想都没想就拒绝了老乔的好意，她一过来，江曜就得跟着来，一来不自由，二来离学校太远了，江曜上班太麻烦。

江曜怕乔乐乔吃不好，特地在家政市场寻觅了一个做饭很好吃的钟点工阿姨，给他们做中饭和晚饭，煎炒烹炸，手到擒来。

乔乐乔虽然心疼钱，但看到江曜的胃口好了不少，也对陈阿姨的到来表示欢迎。

她在朋友圈发了消息，欢迎大家找她主持婚礼、车展、开业典礼，当然，她没忘了屏蔽江曜和自家人。她想趁着自己还不显怀为孩子挣点儿奶粉钱。

陈阿姨不仅手艺好，为人也很热情，并且见多识广，小乔家应该是她这几年做过的最穷的一家。据陈阿姨说，她在上一家雇主家做住家保姆，开卡宴买菜，只负责做菜和给婴儿做辅食，她自己的房间都有专人给她收拾的。言下之意，来小乔家，大有屈尊降贵之意。据陈阿姨自己说，她之所以来他们家，是因为敬重文化人，陈阿姨称呼江曜为江教授。陈阿姨见过许多文化人，但有书卷气的并不多，江曜算一个，在陈阿姨眼里，如果文化能具象的话，大概就是江曜这张脸。

江曜让陈阿姨不要那么客气，直呼其名就行，并且他现在只是一个副教授。

江曜纠正了好几次，陈阿姨依然坚持称他为江教授，他也懒得再说什么，只能由着她老人家去了。

陈阿姨似乎很看得起江曜，就连乔乐乔怀了双胞胎，也是江曜有能力的表现。乔乐乔虽然对江曜喜欢得不得了，但她一直坚持认为，肚子里装两个孩子，明明是她自己很厉害。

陈阿姨做饭很是尽心竭力，但并不妨碍她怀念以往的生活，坐头等舱，女主人把不用的名牌包和化妆品给她，现在的最新款手机也是雇主给换的。乔乐乔自然没预算给陈阿姨换最新款，她和江曜的手机都是老款，出行连公务舱都少坐。乔乐乔好奇，既然以前那么好，干吗不做了，一问才知道陈阿姨是和家里其他保姆斗争失败，黯然离场。

陈阿姨只在小乔家做了不到一个月，就又被原来的雇主以高薪重新聘请回去。辞别前，陈阿姨表示很舍不得江曜和乔乐乔，又感叹知识分子的待遇还应该更高些。乔乐乔即刻明白了陈阿姨的言外之意，她走还是因为江曜不够有钱。

江曜对乔乐乔抱歉地笑笑："这几天你先委屈一下，我给你做饭。"

乔乐乔在一旁打下手，嬉皮笑脸道："就让我天天委屈吧，我乐意每天都委屈。"

一个礼拜过去，江曜也没为乔乐乔找到做饭好吃的钟点工。他的厨艺倒是很有长进，乔乐乔每天淘好米蒸好饭切好菜，等江曜回家做饭。到周末，他俩就回家蹭饭，连吃带拿。

席间，老祖母回忆乔乐乔小时候，有一小男孩儿揪她小辫子，结果被她打哭了。乔乐乔在武力驯服人家之后，还要求人家写一篇书面检讨，必须留下文字性的证据，以防日后翻案。那时候都没上小学，小男孩儿根本不会写什么字，拼音也不太会，乔乐乔就要求人家一个个把字画出来，错用"×"表示，揪辫子这个动作也被画了出来，并打了大大的"×"。这给男孩儿留下了十分浓重的阴影，后来那孩子隔着十米看见乔乐乔，撒丫子就跑。

江曜看着乔乐乔笑，乔乐乔怀疑祖母记错了，记忆中的她十分乖巧，即使还击，也适可而止。她冲江曜眨眨眼睛，表示自己并非祖母讲的那样。

她和江曜时不时交流下自己的幼年。乔乐乔总觉得自己小时候是个乖孩子，对江曜也是这么说，江曜记忆里的自己虽然不算十分懂事，但自认从不给父母添麻烦。经过交流之后，两人达成一致，如果孩子没有基因突变，应该是非常让父母省心的两个孩子。

当然，这只是他俩一厢情愿的想法。

乔乐乔以为江曜小时候肯定跟现在差不多，但她的想象和妇幼医院的王院长的说法有些出入。王院长嘴里的江曜，嘴甜似蜜，活泼可爱。乔乐乔当然认为江曜可爱，可她想象不出这人以前是怎样一个活泼样子。

乔乐乔怀孕四个月时由江曜带着去产检，她坐那儿，由着江曜去忙，旁边的孕妇问她几个月了，乔乐乔据实相告，看着对方不太相信的眼神，她笑了笑："双胞胎确实要大一点。"

她看着自己的肚子叹气，四个月像六个月的，也不知道临产时有多大。她虽然吃得多，但因为吃得慢，吃得有选择，食物并未转化成多少脂肪。当然她的选择只是被选择，吃什么都由江曜定，连吃自助餐都是她好不容易争取来的。

乔乐乔怀着双胞胎和江曜一起去吃自助餐，很是得意地问他：“我有一个办法，三个人吃自助，只付一个人的钱，还不会被赶出去，你信不信？”

“信，不就你现在这样吗？”

乔乐乔表扬了自己的丈夫：“你可真聪明。我觉得我以后的相声里能用到这段。”

江曜无奈地笑笑，她什么时候都能想到她的相声。

乔乐乔很神秘地对江曜说：“我猜我肚子里至少有一个女孩儿。”

江曜往她嘴里塞了块肉，问：“你怎么猜的？”

“我最近想吃辣的，酸儿辣女还是很有道理的。”

“可你不是一直都挺爱吃辣的吗？”有一次乔乐乔扁桃体发炎江曜怀疑就是她吃辣吃多了。

“这次不一样，我格外想吃，明天咱们去吃火锅吧。”

“不行。”

“麻辣锅我只吃一点儿，没有关系的，许多孕妇都吃火锅的。”乔乐乔为了说服江曜又说道，“我肯定怀了一个女儿，我想你的女儿肯定是很像你的，我们还是应该满足她对食物的需求。”

“是满足你吧。”

乔乐乔很是理直气壮地说：“孩子妈的需求也应该被满足，咱俩的孩子，只有我一个人受苦，难道你不应该对我好点儿吗？”

“确实应该。”

乔乐乔马上接下话茬儿：“那咱们就去吃吧。”

在乔乐乔的要求下，江曜只好满足她吃火锅的需求。

乔乐乔吃得一点儿也不尽兴，她在那儿坐着，食材都是江曜放进锅的，麻辣锅放的东西都是最小单位，一块豆腐、一个丸子、一片藕……

乔乐乔虽然不尽兴，但也没说别的，面上表现得对江曜的行为十分认同，她指望着江曜还带她来。

在不知道是双胞胎之前，两人通过硬币正反面决定了孩子的姓氏，最终姓江，无论男女都叫江峤。乔乐乔觉得这个名字很好，既有山又有水，还综合了两人的姓氏。有了两个，另一个理所当然地随乔乐乔姓，乔乐乔每天翻字典给自己未出生的孩子想名字。

她决定另一个名字要更像个女孩子。

她认为自己至少有一个女儿，尽管她喝酸得令人发指的柠檬汁，桃子、杏子稍微软一点儿，不够酸，她都不那么爱吃。

3

怀孕六个月的时候，乔乐乔忍痛把晚间的《怡笑茶馆》给了别的同事做，专心搞上午的新节目。

别人家的胎教音乐是莫扎特、德彪西，她家的胎教音乐是相声、大鼓书。她的工作热情十分高涨，有空就听相声。碰到好笑的，她忍不住，又不敢大笑，但孩子还是受了惊动，就开始踢她。

胎儿刚开始踢乔乐乔的时候，乔乐乔觉得很美好，还让江曜来听。但老踢她，频率远高于其他胎儿，这种感觉就不太美好了。去检查，也没别的异样，只能解释为她的孩子实在太爱运动了。

爱动当然很好，但也要适可而止，乔乐乔之后放音乐都尽量放舒缓的，相声都不太敢放了。

乔乐乔的孕期正碰上暑假，好的是可以享受江曜全方位的照顾，麻烦的是天太热，怕感冒，又不敢一直吹空调。

每晚乔乐乔挺着大肚子和江曜去湖边散步，系里的人都知道江师母怀了双胞胎。两个人去逛街，乔乐乔给未来的孩子买了一堆衣服玩具，顺便给孩子爸爸也买了衣服。她买的乐高，孩子不知道几岁能玩，她并不觉得自己买错了，可当江曜给她买了不止一件适合她现在身材的衣服时，她却忍不住指责江曜乱花钱。

“我还会瘦回去的，你买这么多大号衣服，多浪费！还这么贵！”

江曜知错就改，给她都换成了小号的。

看到小号衣服，乔乐乔虽然还心疼钱，但心疼得有限。

乔乐乔每天挥着她日益发胖的手给自己扇扇子，跟江曜说她一定会瘦回去的。江曜又给她画了好多扇面，都很简单，几分钟就画成了。有一幅是画小乔的手，江曜在讽刺她这一方面很有些天才，左面的图是戒圈稍稍和手指间有些缝隙，右面她的手指被戒圈给挤皱了。

乔乐乔不以为意，笑道：“你把我喂成这样，原来是想套住我啊。”她另一只圆润的手去脱戒指，怎么也脱不下，“看，套住了，可就不能脱手了。”

她把扇子丢给江曜，用胖了却灵活的手指在江曜的额头一点：“罚你给我扇扇子。”

江曜调侃归调侃，依然不断地给她喂好吃的。

为了生产顺利，她照样用自己的胖手择菜洗菜，给江曜打下手。

她每天称体重，在她的体重终于超过江曜后，她提议下馆子好好庆祝一下。她特意挑了家江曜爱吃的。她能在体重上超过江曜，都是江曜的功劳，一方面得益于他源源不断地供给食物，另一方面要归功于他瘦了，当然是累瘦的。

乔乐乔不停地往江曜的碟子里拨菜，十分麻利。

乔乐乔越来越爱喝酸得令人发指的柠檬汁，这让她有一种不太好的预感，她之前逛街买的那些女孩儿衣服可不能白买，钱可是她一分一分挣来的，大概是为了逆天改命，她要求每顿饭都有辣的，江曜怕她扁桃体炎再犯，坚决不给她吃。

江曜实在禁不住乔乐乔的请求，为她亲手做了一碗酸辣粉。

大概是酸辣粉起了作用，乔乐乔得了一对龙凤胎。

乔乐乔怀的是异卵双胞胎，先着床的占据有利地形，营养吸收得比较足，出来的时间也晚。好比说相声，开场的分量就是不如攒底的，老大要攒底出场。

在把弟弟踢出来后，姐姐慢慢悠悠地又等了十多分钟，才从乔乐乔身体里出来。

姐姐出来得晚，身体也胖大些，比自己弟弟胖半斤还要多，哭声也格外嘹亮。

乔乐乔看到自己的女儿很欢喜，连带着看儿子也无比顺眼。

江曜买了两块田黄石，给自己的孩子各刻了一枚章。

男孩儿叫江峤，女孩儿叫乔又又。

乔乐乔更喜欢女孩子，名字也是她千辛万苦起的，理所应当女孩儿跟她姓，江曜只好表示男孩儿跟他姓。

满月宴，乔又又依然比弟弟大一圈，她长得不像江曜，不像小乔，而像极了她的奶奶沈律师。

最先发现这一点的是江曜的姨妈，说是乔又又的长相像极了自己的妹妹。至于她这个妹妹年轻时的性格，姨妈曾提过一嘴，过分地有责任感，明明是家里最小的，却要操一大家子的心，誓要把兄弟姐妹都管起来，就连哥哥不爱上学，她也要督促其做功课，她这样十分吃力不讨好。因为屡次失败，到了养自己的孩子，终于学会了放养。

乔乐乔内心祈祷女儿性格还是像现在的婆婆比较好，否则可太辛苦了。

对于自己的儿子女儿，乔乐乔都觉得十二分的可爱，没有不漂亮的地方。但在外人眼里，还是江峤更加漂亮些，就连很少夸小乔的二婶，也承认小乔生了个漂亮小孩儿。

按照本市规定，多胞胎可享受产假特殊福利，像乔乐乔这种怀了双胞胎的，可以多休半个月假。

产假一休完，乔乐乔就又恢复了孕前的体形。她的女儿胖大又健康，很给她争气，但儿子因为着床时没抢占有利位置，营养也吸收得不够，身体要弱很多，经常要跑医院，虽然都是江曜在跑，但她也整日提心吊胆。

乔又又出来得慢，却是个急性子。

七个月的时候，乔又又已经有意识地叫爸爸妈妈，一岁时，她已经会叫爷爷奶奶姥姥姥爷了，并且很有礼貌地称呼育儿嫂为阿姨。此外，她还会说一些词组，比如“妈妈抱”“妈妈亲”，乔乐乔当然要满足女儿对自己的要求，抱着越来越重的女儿在她的小脸上狠狠地亲上一口。此时江峤已经爬到了她的脚下，伸出双手去抱她的小腿。江峤的爬行能力绝佳，有着极强的运动天赋，他永远不知疲倦地爬着，地板都被他的小身子给擦亮了。

乔乐乔一手抱着女儿，又俯下身另一只手搂起儿子，一手一个，亲一下左边的又亲下右边的，以表自己绝不偏心。两个孩子也回馈给她许多亲吻，每天她脸上都会沾染许多口水。

但江曜绝不会允许孩子在他脸上留下这么多口水，他只会把两个孩子举得高高的，江峤和乔又又稳稳当当地坐在他的肩膀上，左边一个，右边一个。

每当看见这个场面，乔乐乔都会心跳加速，生怕自己的孩子掉下来，她还是很爱他们的。

乔乐乔关起门来批评江曜，让他以后不要这样举孩子了，孰料江曜竟把她举了起来。外面有人，乔乐乔只好捂住自己的嘴。江曜放下她，去亲她的脸，她忍不住笑：“别亲了，都是你女儿儿子的口水。”

乔又又的词汇已经升级到“妈妈好”了，江峤还不知道叫妈妈，乔乐乔虽然也希望自己儿子能够成长为一个安静的美男子，但也忍不住担心。毕竟两个孩子起点一样，环境一样，负责江峤的育儿嫂表示自己绝不比管乔又又的阿姨做得少，只是……

乔乐乔截断了阿姨的话，表示非常相信她，请她不要有任何顾虑，并请她不要着急，今后也不要过度教育。

江曜主动把责任揽到了自己身上，说自己说话晚，一岁半才会叫妈妈，江峤怕是随了他。

江曜没说的是，在会叫妈妈之前，他已经跟着CD机会唱英文儿歌了，法文儿歌也会一点儿，沈律师定期带他去医院做检查，认定他大脑发育正常，迟早会叫爸爸妈妈，并没有在这方面教过他。

乔乐乔相信了江曜的话，毕竟江峤的长相还是很像江曜的，虽然眼睛更像她。而她自己，确实很早就会说话了，是他们那一带的语言天才，单从基因遗传来看的话，她一点儿责任都没有。江曜的话给她宽了心，说话晚并不妨碍日后的学业。

两人彼此安慰，但还是给孩子挂了专家号。

两个孩子从来没分开过，为了公平起见，乔乐乔不得不浪费医疗资源给他俩都挂了号。

在经过一通检查后，医学证明孩子大脑发育健全、听力毫无障碍。为了奖励两个孩子很给自己省心，乔乐乔又给他们添置了新衣服，而江曜给他俩买了一堆玩具。

从医院回来，乔乐乔和江曜就有意识地教江峤叫爸爸妈妈，不仅如此，她还特地录了儿歌给育儿嫂，让阿姨放给孩子听。

不过江峤开口说的第一句话不是叫的爸爸，也不是妈妈，而是“谢谢妈妈”。

江峤对乔乐乔十分客气，乔乐乔喂他奶粉，喝完了便谢谢妈妈；给他穿鞋，穿完了也谢谢妈妈；她从外面买菜回来，什么都没干，江峤就扑过来感谢她。读绘本，每读几行，江峤就要谢她一次。乔乐乔说母子之间，倒不必如此客气，江峤依然对她表示感谢。

江峤每天坚持不懈地爬地板，每天把地板擦得锃亮，地板都被他给擦薄了，门一开，自动爬到门口迎接乔乐乔和江曜。

乔乐乔每天得以享受儿子的三跪九叩。

江峤在叫爸爸叫得不清不楚的情况下，日复一日地感谢妈妈，大家都夸她感恩教育做得好。连孩子吃辅食都要先感谢她一遍再吃，好比信徒饭前祈祷，感谢上帝恩赐他们粮食。

乔又又的模仿能力很强，也随时随地感谢小乔。

家里每天都在过感恩节，只感乔乐乔一个人的恩。

乔乐乔不得不向孩子们解释，他们吃的奶粉、住的房子都是爸妈一起挣的，如果非要感谢的话，请他们也感谢一下爸爸。

乔又又马上理解了母亲的指示，也照例感谢爸爸。

但江峤并不。

乔乐乔发现江峤好像不知道谢谢是什么意思，也不会单独叫妈妈，他只会说谢谢妈妈。

乔乐乔不得不向江曜说明，她并没有大功独揽的想法。

江曜很大度地表示，她就算这么想也很正常，她本来就很辛苦，感激她是很应该的，就连他也是要感激她的。

乔乐乔很惭愧，只好在别的地方弥补江曜。

等到乔乐乔发现这是江曜的阴谋时，江峤不仅会说爸爸妈妈，还知道他是姐姐的“little brother”，这当然不是她教的。

乔又又此时已经会唱好几个国家的儿歌，虽然她不知道怎么写，也不知道连起来是什么意思，但这并不妨碍她唱出来。她并不满足于自己唱，也愿意教弟弟，但弟弟并不买账，只喜欢体力劳动摩擦地板和摔玩具、撕绘本。

乔又又对自己的弟弟很宽容，虽然以她的体格，江峤是绝对打不过她的，但她不愿开展棍棒教育，只在不满的时候对着弟弟用各国语言说不。

江峤根本听不懂，他继续快乐地爬行。

4

乐女士退休后主动要给乔乐乔带孩子，被乔乐乔拒绝了。一来乔乐乔不忍自己母亲和老乔分居，二来也是江曜的意思。江曜告诉乔乐乔，现在不让老人帮他们带孩子，等以后孩子长大了有了下一代，他俩便可理直气壮地不带孙辈。

乔乐乔觉得江曜想得太遥远了，但不得不承认他的话很有道理，以身作则还是很有必要的。

虽然说好了一岁就送托儿所，但真到了时间，乔乐乔又舍不得，于是俩孩子继续在家里相亲相爱。

江曜并不提倡早教，他不止一次对乔乐乔说，现在费尽心思学的这点儿东西，将来时间到了，也就是几分钟的事情。他们做的也就是放音乐给孩子磨耳朵，有时间读绘本，陪孩子搭积木……至于识字书和字母表家里都是没有的。

鉴于江峤没事儿就撕书，乔乐乔买了一本又厚又便宜的书放在他手边让他随时撕，让乔乐乔庆幸的是，这本书太厚了，一个月过去了，她的儿子撕了三分之一都不到，很省钱。

家里新房在一楼，有个小花园。江峤已经不爬了，他走路走得很好，他现在最喜欢的是玩沙子，由阿姨陪着在小花园里搭城堡。乔又又很喜欢自己的弟弟，即使本来在房间里听阿姨读绘本，也要跟着弟弟出来看他玩沙子。

两岁的乔又又不仅会听音乐唱儿歌，还能将听过的绘本大致复述下来，重新讲给弟弟听，虽然她也不知道意思是什么，但她确实都记住了。乔又又庄严地坐在一张高凳上，为弟弟唱意大利语的儿歌，等待着他的赞美和讨教。可弟弟完全无动于衷，只顾着自己玩沙子，她很生气，骂他是个小坏蛋。

江峤并不在意，继续搭自己的城堡，乔又又气呼呼地看着他。等其中一个沙堆搭好，江峤突然说："姐姐的房子。"

乔又又看了看弟弟为自己搭建的破房子，很开心，在江峤脸上亲了一下。姐弟俩齐心协力搭好了可以供一家四口住的城堡，脸上手上都沾上了沙子。

乔乐乔昧着良心夸赞房子实在是太漂亮了，然后和江曜一人抱着一个去浴室给俩孩子洗澡。

江峤眨巴着大眼睛，对乔乐乔说："妈妈真可爱。"

乔乐乔在他脸上找了块干净皮肤亲一下："你也可爱。"

乔又又给爸妈唱法国儿歌，乔乐乔听不懂，在女儿额头上留下响亮的一吻："我的女儿真是个天才。"

乔又又问乔乐乔儿歌是什么意思。

所有的孩子迟早都会发现他们的父母并非全知全能，但这一天有点儿太早了。可毕竟是自己的孩子，乔乐乔也不忍心骗她，幸亏还有江曜。

"让你爸爸给你讲，好不好？"

江峤和乔又又就像两个行走的"十万个为什么"，总有问题问乔乐乔。

乔乐乔鼓励孩子多补充蛋白质，乔又又便问她蛋白质是什么，乔乐乔早就把当年学的知识还给了老师，她最怕别人考她，这让她又找回了当年被江曜督考支配的恐惧。她本能地蹦出蛋白质对应的英文单词。

江曜看出了她的窘迫，对着她笑，随后又调动以前学的知识给孩子解释。江曜的解释还算通俗易懂，不像她的公公江院长，就像一本《百科大辞典》，解答问题好像输入了词典开关。

乔乐乔说吃青菜可以补充维生素，乔又又问她维生素是什么，乔乐乔一时不知道说什么，只说吃了对身体好。乔又又又问她为什么对身体好，乔乐乔无奈，只好向丈夫求助。

乔乐乔悲哀地发现，即使她对自己的孩子全无要求，但并不妨碍她的孩子对她有要求。她毕业多年，早把中学学的那点儿东西忘了个干净，况且她当年学得就不怎么牢固。她还以为工作了只要把自己的专业搞好就行，其他的懂不懂都不影响生活，但有了孩子，她发现以前的自己实在太单纯了。

乔又又听希腊语的儿歌，问乔乐乔什么意思，乔乐乔有点儿恨江曜，他是从哪儿找了这么多不同国家的儿歌，让女儿刁难她的。

但是到了关键时候，乔乐乔不得不讨好地看向江曜，求他为自己解围。

自告别了雅思考试之后，乔乐乔又开启了艰苦的学习之路。相声对她来说是个乐子，怎么也不觉得辛苦。

她甚至怀念起考雅思的生活，至少她还可以有的放矢地备考，可现在她根本不知道孩子要给她出什么考题。

当母亲实在太难了，尤其是早慧儿童的母亲。

把孩子哄睡着了，江曜靠在床头捧着论文集看，乔乐乔靠在江曜的肩头翻看《十万个为什么》。

直到江曜放下论文集，乔乐乔还不肯休息。

江曜去亲她的脸，她不为美色所动，继续看书。

“最近你怎么这么有学习热情？”

乔乐乔嘴硬：“相声演员的肚子，杂货铺，我们说相声的，就应该活到老，学到老。”

江曜在她头发上亲了亲：“孩子迟早会发现父母不是全知全能的，你没必要在这方面有压力。”

乔乐乔委屈道：“可也不能全不能吧，我不能暴露得太早了，至少得等他俩上了幼儿园。”

江曜恨铁不成钢：“你现场搜索不行吗？”

“有时候也搜不到合适的答案。”

“你还可以编嘛。”

乔乐乔大义凛然道：“我没那么不负责任。”

“一味地问问题，根本记不住，授人以鱼不如授人以渔，你遇到不懂的，就应该让他们自己去找答案，而不是为难自己。你有一百种方法让他们以为你知道，但你就是不轻易告诉他们。知识越难获得，他们才会越珍惜。”

“这样对待自己亲生孩子是不是狠了点儿？”

江曜去亲她的眼睛：“这也是为他们好，他们以后会感激你的。”

他伸手关了壁灯，顺手把乔乐乔手里的书放到床头，缠住她的手。

乔乐乔受到江曜的鼓舞，自信心悄然上涨，待孩子们再有问题，会的她就直接说，不会的，要么上网搜索，要么请孩子先独立思考。孩子们虽然聪明，到底天真，一点儿都没有怀疑自己母亲的智商，反而更加努力地想办法解决。

她还是一个全能的母亲。

乔乐乔越发佩服自己的丈夫。

周六带着两个孩子回家。

二婶因着要给女儿带孩子，来老乔家的次数也不怎么多，这次乔乐乔正好碰见了，二婶问起她的育儿成果。

乔乐乔表示他们既没让孩子学英语，也没让孩子识字算数，现在玩好最重要。

二婶不满意乔乐乔的育儿观，再次表示不能让孩子输在起跑线上，又说起她以前的育孙成果，她的外孙像江峤、乔又又这个年纪已经会背好几首唐诗了。她把江峤叫到身边，问他现在会背什么唐诗。

江峤并不知道什么叫唐诗，他对着二婶笑：“对不起，叔姥姥，我没有糖给你吃。”他只有一块糖，要给妈妈吃，他走到乔乐乔面前，把唯一的糖块塞到她的口袋里。乔乐乔把儿子放到腿上，在他的额头上忍不住亲了一下。

二婶忍不住笑，这孩子长得可爱归可爱，可是太混沌了，什么都不懂，他父亲的智商大概一点儿都没遗传上。

二婶又问乔又又会背什么唐诗。

乔又又反问：“叔姥姥，您会背唐诗吗？”

“当然。”

“您能不能给我背一首？”并没有人教过她什么是唐诗。

二婶自然不能让小孩子以为她连唐诗都不会背，于是给乔又又背了首，《枫桥夜泊》《静夜思》这种小儿科她是不屑背的，不过再难一点的她暂时也忘了。

乔又又又发挥了她十万个为什么的本领，问：“叔姥姥，这讲的是什么？”

二婶到底没有教学经验，意思是什么她大概知道，但因为没有事先组织语言，显得磕磕巴巴。

乔又又问二婶第二句的第三个字是什么、第三句的第五个字是什么。乔又又很有些派头，她提问像考试，二婶连着回答了几个问题，心里颇有些不忿，咱俩到底谁考谁？

家里用来磨耳朵的材料太多，乔又又隐约听过，此时听她的叔姥姥重复了不止一遍，她记得差不多了，便说："这个我也会背。"

说完，她便站那儿一个字一个字地背。她比自己的母亲更像演员，遇到拿不准的字儿就看向窗外，好像在为诗中情形感慨。总之，她把这首诗背了出来。

在背完唐诗后，乔又又又给她的叔姥姥唱了她最爱的意大利儿歌，并给大家解释了儿歌的意思，前几天她的爸爸刚给她讲解过。

二婶听完便愣在那儿，她觉得乔乐乔实在够虚伪，明明比谁都教得多，面上还要做出一副云淡风轻的样子来。

乔乐乔不得不承认自己的女儿实在是个天才。

乔又又见弟弟把母亲的大腿占了，也跑过来坐在另一边。两个孩子分坐在乔乐乔的腿上，乔乐乔很高兴，连腿麻都忘记了。

江峤从果盘里拿起一个橘子，用他的小胖手去剥，乔乐乔拿过去代劳，江峤挥着小胖手，把第一个橘瓣送到乔乐乔嘴里。

乔乐乔嘴里充斥着橘汁，酸酸甜甜的，又往子女嘴里各塞了一瓣："你也吃一个。"

5

每当有人羡慕乔乐乔有了贴身小棉袄，乔乐乔心里便会反驳，女儿哪里是她的小棉袄，分明是一件貂，不仅暖和，还处处显得她很阔气。

三岁时，乔乐乔牵着乔又又在学校里散步，遇到有外国人问路，乔又又已经能用英语简单地指路，学校里的中英文指示牌，她也能认出不少。不过乔又又认得最多的是菜单上的字，中英法的菜单她会认好多，也会读，不过写对她这个年纪的孩子有很大难度，也没人教她。最令乔乐乔感动的是，她的女儿竟然学会了为她省钱，此时的乔又又已经识数了，知道"89"比"98"小，点菜时会点更小的数。

不知情的外人还以为乔乐乔阔气地为女儿报了许多早教班，实际上她一分钱没花。乔乐乔把省下来的钱和乔又又的压岁钱都放到给女儿开的账户里，偶尔也跟女儿说说她现在有多少钱。因着乔乐乔不懈地跟女儿谈钱，乔又又已经会读五位数。

江峤则在这方面毫无长进，乔又又教弟弟认大小。五颗草莓，她拿了两颗，给弟弟三颗，江峤觉得草莓很大很好，直接往嘴里塞了一颗，又拿一颗去给乔乐乔献宝。

乔又又不高兴，江峤把最后一颗草莓放到她手里，这样他面前就一颗草莓都没有了。乔又又吃完，又把自己的草莓分给弟弟一颗，姐弟俩吃得开心，就忘了识数这件事。

江峤点菜倒是一绝，每到陌生馆子，他用小指头一戳，总是能点到家人爱吃的。江峤虽然不识字，但他会认菜。乔乐乔买了一大本食谱给儿子看，让他学习，江峤每天看着食谱忍口水。他家现在请的两个育儿嫂只上白班，一周六天，一人一天负责做一顿饭，营养能保证，至于味道不能强求。乔乐乔和江曜的经济实力还不允许他们在两个育儿嫂之外再单独请一个做饭的阿姨，全家只有在回老乔家以及下馆子的时候能吃点儿好的，碰上江曜愿意，他也会露一手，不过机会并不多。

江峤一点儿都不喜欢自家阿姨做的饭，虽然每次他都吃得很干净。他宁愿吃食堂，起码还可以挑选，他不喜欢无法选择的生活。

有一天，江峤很恳切地请求爸妈：“咱们可不可以每天都吃食堂？”

这要求太过卑微，说得乔乐乔有些难过，她看向自己的丈夫：“咱家吃的饭有那么差劲吗？”

从那以后，乔乐乔给自家孩子每人一个点菜的机会，每天他俩把自己爱吃的菜告诉江曜，江曜再拿着饭盒给他俩打回来。

江峤很珍惜这个可以自主选择的机会，每次都会慎重挑选。

在江曜和乔乐乔不那么忙的时候，也会带着孩子们去学校散步。江峤走得很好，但有时走得太快，免不了摔倒，还没等爸妈去扶他，他已经自己站起来了。学校里不少人都认识这俩孩子，系里的更是没有一个不认识的。

江峤每次都会热情地请人到自己家做客，当然别人也免不了邀请他去做客。

做客这种事儿，一般来说并没有时间限制，但江峤喜欢把这个时间约定得很细致，细致到如果不去，就会显得很没有诚信。

一家四口，要留下吃饭的话，太给人添麻烦了，所以每次乔乐乔和江曜坐不了多久就要走。开始还好，后来经院已退休的郑院长留吃饭，江峤主动拒绝：“我们不吃，我妈妈说，不要在爷爷奶奶家吃饭，那样爷爷奶奶就太辛苦了。”他这么一说，表明了他不是不想吃，而是怕人家麻烦，主人自然要表示不麻烦不辛苦。于是江峤的每次拒绝都以失败告终，他在品鉴菜品时很有些本事，尽管词汇量有限，却自己创造了许多好吃的近义词。

儿子这样，乔乐乔很自责，决定每周都带孩子吃好的。

江峤很体谅自己的父母，当他们很忙不愿意搭理自己的时候，他主动提出由阿姨带着他去别人家做客，给父母单独相处的时间。

江峤去的人家都是无子女或是子女不在身边的。乔乐乔认为儿子又有爱心又有大局观，小小年纪就有丰富老年人生活的责任感，必须予以鼓励。

第一次江峤和乔又又由阿姨带着去做客，江曜和乔乐乔提前给俩孩子准备好伴手礼，并和主人打电话确认好，又嘱咐孩子不要吃饭不要收贵重礼物和红包，还不放心，又再三请阿姨有问题一定要及时联系他们。

等孩子们完好无损地从外面回来，乔乐乔一颗提着的心才彻底放下。

乔又又和江峤去人家做客已经有了套路，乔乐乔买了一堆贺卡，他俩就在上面画画。乔又又是写实派，而江峤更像他的父亲，十分意识流，两人最喜欢的是盖章环节，江曜在他俩出生前一人给刻了一枚章，现在派上了用场。这两个孩子画完任何东西，都要使出吃奶的力气在上面狠狠地盖一个戳。每当到别人家做客，他俩就会双手捧出自制的贺卡，上面印着各自的大名，献上真挚的祝福。

江峤的日程表非常密集，光看他的日程表，还以为他是多么日理万机。

他俩做客的人家除了历史系的老教授包括但不限于化学院、法学院、外语学院、数学院、经济学院……两人常年在学校送温暖，乔又又所获颇丰，跟着学会了不少专业名词，很少人会同不到三岁的孩子扯自己的专业，但架不住乔又又问。

与此同时，江峤也学会了很多东西，他跟着化学院最著名的臭棋篓子吴老教授学习象棋，学着学着嫌没意思，最终两人玩起了五子棋；他还同数学院的王教授学会了折纸，并折了一朵玫瑰花送给了师奶奶；哲学院的杨教授教给他如何拌西红柿拌得好吃，他回去把法子告诉给了自家阿姨，果然比之前拌得好吃一些。

他如此努力，五以内的数字还不会数。

对比自己的女儿，乔乐乔不可能毫不担心江峤，并且她隐约觉得江峤这样，自己的责任很大。江曜的心宽主要建立在对江峤这种孩子不了解的基础上，江曜不了解，可她太了解了，她以前就这样啊，要不是她嗓音条件好，小学不用写作业，她的义务教育生涯要多痛苦有多痛苦。

乔乐乔一早就看清了儿子未来的学渣本质，提前为他感到了上学的痛苦，她放弃了在学业上挣扎，决心发现并发展儿子的特长，她相信，只要有一个特长足够优秀，就可以在社会立足。

可她儿子的爱好实在太多了。

乔乐乔一开始决心发展儿子在建筑设计方面的才华，毕竟他喜欢堆沙子，她买了一大堆建筑设计方面的图册给江峤，有空的时候还给他和乔又又讲各种设计灵感；等江峤开始在纸上乱涂乱画时，乔乐乔觉得儿子可能有绘画天赋，买了各种材料和画册，还买了本画家的故事，让育儿嫂有时间就给儿子讲。没多久，江峤就放弃了画笔，爱上了玩滑板，还教姐姐和他一起玩。乔乐乔又猜测自己儿子可能有玩滑板的天赋，准备给他和又又请一个老师。老师还没请到，江峤已经抛弃了滑板，开始踢球。看着丈夫和儿子踢球，乔乐乔发现，自己儿子的天赋可能就是玩，他什么都想玩。

江曜劝乔乐乔不要担心，他直觉，自己儿子就算考了倒数第一也会很开心，像儿子这么心理素质好的孩子想培养都培养不出来，大概是遗传。

乔乐乔很谦虚："我的心理素质其实没有这么好。"

江曜只好把荣誉揽到自己身上："那就是像我了。"

乔乐乔自觉足够一视同仁，江峤不如乔又又会认字会算数会唱儿歌，并不是她给乔又又开了小灶，只是乔又又在这方面比较早慧而已。她在儿子身上下的功夫并不比女儿少。

但乐女士却认定乔乐乔重女轻男，因为她来看外孙时，发现江峤的衣服牌子不仅比乔又又的低端许多，而且上面还有许多洗不掉的水彩印子，早就该扔了。

乐女士一生气，忍不住数落起自己的女儿来："你这亲妈怎么当得跟后妈一样？出去见人俩孩子都干干净净穿一样的，一到家，就差这么多。"

她数落完又斥资给外孙买了一堆衣服送来，表达对女儿的不满。

乔乐乔觉得自己很冤，她给儿女的置装费总体是一样的，就这俩小人，比她小那么多，买衣服的预算比她还要高。可江峤实在太费衣服了，没有一天衣服上不沾染颜料水彩的，每天在地上打滚，在屋里滚也就罢了，在小区草坪上也要滚，她看见自己高价买的衣服一天就报废了，心疼得不是一点儿半点，她再有钱，也禁不起儿子这么造，何况她也就一普通中产。

不仅如此，江峤还喜欢在衣服上自我创造，好好的衣服，他非要添几笔，展现他作为艺术家的才华。他不光把灵感复刻在自己的衣服上，还要对乔又又的衣服下毒手，好在乔又又像爸爸一样及时拒绝了。

乔乐乔很佩服自己的女儿，不像自己，当时没加考虑就答应了，报废了一件真丝衬衫。

到后来，在材质可靠的情况下，什么便宜乔乐乔就给儿子买什么。他的衣服比家里其他人都脏，乔乐乔还单独为他买了一台洗衣机。有些穿了一次上面就蹭上好多颜料的，她也让儿子再穿几次，否则每天都报废衣服，一天为国家制造多少垃圾。出门时，为了孩子的体面，当然要穿好的。

她这一番苦心，到了母亲嘴里，就成了当面一套，背后一套。

罢了，乔乐乔决定不跟母亲计较，谁叫她小时候太乖，她妈没见过江峤这种孩子呢。

没等乔乐乔解释，乐女士就要带着外孙去买新衣服。

江峤当即表示不用，他很喜欢自己现在穿的衣服：“姥姥，您喜欢我衣服上的图案吗？”

乐女士一时没反应过来，说了声“喜欢”。

“那我给您画一个。”

直到乐女士穿着由外孙制作的世上独一无二的衣服离开时，她才理解了女儿的不易。

江峤的每一件衣服上都有属于他自己的独特印记，尤其他爱上了泼墨这一画派，衣服上的色彩堪称别具一格。

但这不妨碍江峤是个好看孩子。

一家四口出行，总有所谓的星探走过来问有没有让江峤拍广告演电影的打算。

乔乐乔每次都说没有。

直到一个在童装公司工作的同学给江峤提供了一个工作机会，乔乐乔才正经考虑起这件事儿来。这家公司的衣服价位并不是乔乐乔平常能负担得起的，她只在过节时给儿女买他家的衣服。一想到儿子未来很有可能是个学渣，她就觉得这也算是个机会。

经过一夜的思考，乔乐乔还是决定婉拒。

他们的儿子身体和灵魂一样自由，根本不习惯摆拍，广告模特这种工作一点儿都不适合现在的他。

放弃之后，乔乐乔一咬牙给自己的儿女各买了一套他家的童装。

悲哀的是，江峤又在衣服上留下了自己的手笔。乔乐乔发誓，在江峤上小学以前，她要再给江峤买四位数的衣服，她就不姓乔。

她自己不买，并不能阻挡她的公婆爸妈给孩子买，江峤对衣服从不厚此薄彼，每件衣服，无论贵贱，都留下了他的签名和印迹。

自乔乐乔怀孕到孩子上幼儿园，江曜长时间出差的次数寥寥可数，他每次出差前都要好好地安排一番。

过完父亲节，江曜就要去雅典出差。

父亲节的前一天，乔乐乔问两个孩子，他们想送爸爸什么礼物，她可以帮他们买。前不久过母亲节，江峤托父亲买了一袋花种子和一个花盆，还在花盆上贴了一张画。

画上是乔乐乔的脸，据江峤说这是世界上最好看的一张脸，但任谁看了上面的图也不会这样认为。乔乐乔看图的瞬间竟有些想哭，原来她在儿子的眼里竟长这样，完全是一个面团。江曜安慰她，这只是儿子画艺不精，她本人还是天生丽质。

现在，江峤每天浇灌这盆专属于老母亲的花，用乔乐乔专门为他买的小喷壶。本来喷壶更大一些，乔乐乔怕花被浇死，又买了个更小的。

乔又又刻了一枚橡皮章给乔乐乔，还亲手用烫金纸折了一朵玫瑰，亲自别到了乔乐乔上衣的扣眼里。她本来想送真花的，但被爸爸抢先了。

当然，他们也没忘记感谢乔乐乔的母亲以及江曜的母亲，也就是他们的姥姥和奶奶，他们不仅送了自己精心制作的贺卡，还用爸妈的钱买了一大捧花，并且在父母的帮助下做了一个很难看但不怎么难吃的蛋糕。

现在轮到他们的父亲了，乔乐乔觉得总不能比自己的差。

在乔乐乔的动员下，江峤和乔又又不放过任何机会给父亲以及父亲的父亲还有母亲的父亲准备礼物。

江峤和乔又又最终决定奖励江曜二十四小时做父亲的机会，前一天晚上九点，两人洗完澡就抱着绘本爬到了主卧的大床上，两人占据了最中间的位置，在江曜给他俩读完绘本后，他俩还没有走的意思。

“你们是不是该去睡觉了？”

乔又又昨天读的绘本告诉她，世上最珍贵的是陪伴，她准备把这最珍贵的东西在父亲节这一天完整送给自己的父亲。怕送得不那么完整，她决定和江峤早来会儿。

“我们四个睡。”

乔乐乔摸了摸女儿的头，说了声“好”。

乔又又本来和江峤商定一早起来就祝福他们的父亲，但是一醒来，他们的爸爸已经不在床上了。

父亲节当天中午，他们一家四口先是去了江曜的父亲家，晚上又到了小乔的父亲家。等这两位父亲都接受了祝福，才轮到江曜。

回到家，乔乐乔又查看了一遍江曜的箱子。他自己理箱子理得很好，但结婚之后，她就把这个任务揽了过来。

乔又又和江峤在父母的帮助下洗完澡，又爬到了父母的床上，准备继续未结束的陪伴大业。

乔乐乔把耳机插到江曜的耳朵里，又拿走一只，附在他耳边说：“放心，我没花钱，都是他俩出的。”

为了给江曜买耳机，乔乐乔狠狠敲了自己儿女一笔。两个孩子虽然都有乔乐乔给他们开的账户，但根本对钱没概念，乔乐乔一说要用他俩的钱给爸爸买礼物，江峤和乔又又都痛快地答应了，一点儿都不犹豫。乔乐乔把账单报给他俩听，他们点了点头，又继续玩。这两个傻孩子当然不是乔乐乔的对手。

江曜去亲乔乐乔的眼睛，她眨了几下，没忍住就闭上了，而后她感到江曜的手指滑过她的脖子，睁眼便看到一条项链挂在了脖子上。

“干吗？发财了？”又买东西给她。

“贿赂你的，要不是你，我哪有资格收礼物？”

最珍贵的是陪伴，两个孩子在卧室已经等不及要陪伴自己的父亲了，他们从床上爬起来，冲着卧室外面喊：“爸爸，快进来！”